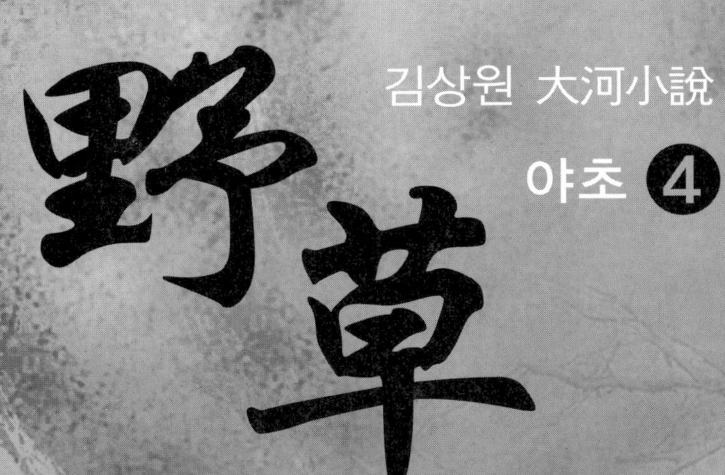

– 배내골 계곡의 대혈투

청어

野草(야초) ❹ 배내골 계곡의 대혈투

김상원 지음

발행처 · 도서출판 청어
발행인 · 이영철
영 업 · 이동호
홍 보 · 최윤영
기 획 · 천성래 | 이용희
편 집 · 방세화 | 이서윤
디자인 · 김바라 | 서경아
제작부장 · 공병한
인 쇄 · 두리터

등 록 · 1999년 5월 3일
(제321-3210000251001999000063호)

1판 1쇄 인쇄 · 2015년 3월 20일
1판 1쇄 발행 · 2015년 3월 30일

주소 · 서울특별시 서초구 효령로55길 45-8
대표전화 · 586-0477
팩시밀리 · 586-0478

홈페이지 · www.chungeobook.com
E-mail · ppi20@hanmail.net
ISBN · 979-11-85482-93-4(04810)
979-11-85482-83-5(세트)

이 도서의 국립중앙도서관 출판시도서목록(CIP)은 서지정보유통지원시스템 홈페이지(http://seoji.nl.go.kr)와 국가자료공동목록시스템(http://www.nl.go.kr/kolisnet)에서 이용하실 수 있습니다.(CIP제어번호: CIP2015007116)

– 배내골 계곡의 대혈투

작가의 말

소설을 쓰기 전에 어떤 소재를 가지고 어떤 주제로 소설을 쓸까 고심하는 것이 대부분의 작가일 것이다. 필자가 문학도로서 소설가의 꿈을 키울 60년대엔 한국의 유명 소설가 중 이광수의 『무정』, 『사랑』, 『흙』, 정비석의 『자유부인』, 『성황당』, 김래성의 『인생화보』, 『청춘극장』, 방인권의 『벌레 먹은 장미』 등 소설들은 재미가 있어 밤을 새워 읽기도 했다.

그러나 요즈음의 추세는 문학적인 면에 비중을 둔 소설을 많이 발간하고 있다. 그 결과 문학에 조예가 있는 소수의 독자들만 구독함으로 소설이 잘 팔리지 않아 전업 작가가 극소수다. 돈이 안 돼 생활이 어렵기 때문이다. 소설을 읽기보다 대부분 드라마나 영화를 본다. 소설이 독자에게 가까이 다가가기 위해서는 첫째로 재미가 있어야 한다는 작가들 대부분 자성의 소리가 높아지고 있다. 그래서 필자는 독자를 소설로 끌어들이는 대중소설을 쓰려고 했다.

본 소설 『야초』 대하소설 5부작은 독자들에게 재미와 감동 그리고 긴장감과 박진감이 넘치는 무협소설에 순애보적인 애정을 접목한 소설이다.

일제강점기 때 만주에서 독립운동을 하다 돌아가신 백야 김좌진 장군의 아들, 해방 전후 한국 건달세계의 거두 김두한이 남긴 주먹의 전설을 드라마로 엮은 〈야인시대〉가 2002년 방영되었다. 그때 야인시대는 대단한 인기가 있어 드라마가 방영되는 시간엔 거리에 사람이 한산하다고 뉴스에서 말할 정도였다. 그리고 1억 2천3백7십만 부의 경이적인 판매고를 기록한 일본의 작가 에이지 요시까와(吉川英治)의 무협소설 『미야모토 무사시(宮本武藏)』가 한국어로 번역되어 또한 많은 판매고를 올렸다. 필자는 드라마 〈야인시대〉를 즐겨 시청했고 『미야모토 무사시』 전권을 밤을 지새우며 탐독했다. 그 역작에 감동했다.

필자는 〈야인시대〉와 『미야모토 무사시』 같은 재미있는 소설을 쓰고 싶어 5부작을 계획하고 집필을 시작하여 12년 만에 탈고했다.

날치기에 의해 부모를 한꺼번에 잃은 12살의 소년 고인범은 아버지의 시신 앞에서 아버지의 원수를 갚겠다고 맹세했다. 어린 시절 추위와 배고픔으로 눈물겨운 처절한 굴곡진 삶을 살면서 오직 아버지의 원수 갚음만 생각했다.

필자는 주인공 고인범이 성인으로 성장하면서 범죄인들에게 짓밟히는 약자를 도우는 싸움꾼의 삶과 휴머니즘적인 삶을 엮었다.

김상원

野草(야초) ❹
배내골 계곡의 대혈투

차례

원한을 도움으로

1

"인범아, 이제 우리 집은 망했다. 인범아, 어떡해! 인범아, 어떡해!"

미란이의 그 한 마디 절규에는 도와달라는 간청이 절절했다. 인범은 울프와 센을 데리고 산길을 뛰듯이 내려가고 있지만 마음속엔 심한 갈등이 소용돌이치고 있었다.

미란이의 말에 의하면 지금 미란이 아버지는 사채업자들에게 감금당하고 있다고 했다. 미란이 아버지가 떠올랐다. '미란이 아버지는 내가 어릴 때 고아놈의 새끼, 거지놈의 새끼라고 하며 나를 얼마나 모질게 때렸던 사람인가. 그리고 나를 얼마나 미워했던가. 그런 미란이 아버지가 사채업자에게 감금당하고 있다고 해서 내가 왜 이렇게 분노하고 흥분할까?'

인범은 자신을 의심했다.

'미란이의 절규라 이럴까? 아니다. 나는 지금 미란이 아버지를 도우기 위해 가는 것이 아니다. 미란이와 미란이의 어머니를 도우기 위해 가는 것이다. 미란이 어머니는 내가 미란이 아버지에게 참독하게 맞을 때 몸으로 나를 막아주었고 나를 불쌍히 여겨 울어주었다. 그리고 미란은 거지같은 나를 친절히 대해주었고 가난한 나에게 갈비 구운 것도, 맛있는 반찬도 가져다주었다. 그래, 나는 미란이와 미란이 어머니를 도우기 위해 가는 것이

다. 미란이를 위하고 미란이 어머니를 돕는 것이라면 이보다 더한 위험에 도 뛰어들 수 있다.'

인범은 이렇게 편하게 생각했다.

미란이 집 가까이 가고 있었다. 미란이의 집 주위는 모두 고급주택들이었다. 그 중에 미란이의 집이 제일 으리으리했다. 높은 담 너머로 고급 상록수 가지가 사철 푸름을 과시하며 탐스럽게 뻗어 나와 있었다. 인범은 미란이의 방일 것 같은 녹색 커튼이 쳐져 있는 이 층 방을 쳐다보았다. 인범이가 신문배달을 할 때 인범이가 지나갈 시간이면 미란이가 이 층 방에서 내려다본다는 말에 한 번씩 쳐다보던 이 층 방이었다. 어쩌다 내가 지나가는 것을 보고 있던 미란이가 내가 쳐다보는 눈과 마주치면 창을 활짝 열고 손을 X 자로 흔들며 반겨줄 그때가 참 좋았었지.

어렵고 힘든 인범이에겐 미란이의 화사한 미소가 활력소가 되었다. 신문배달을 가는 발걸음이 가벼웠다. 그때는 노란색 커튼이었는데 지금은 녹색 커튼으로 바뀌어 있었다. 신문배달을 그만둔 후에도 이 길을 지나갈 때면 자신도 모르게 쳐다보았던 그 방이었다. 그런데 어릴 땐 그렇게 크게 보이던 집이 이젠 그때처럼 그렇게 크게 보이지 않음이 이상했다.

대문 앞에 섰다. 웬만한 집 한 채 값보다 더 비쌀 것 같은 대문 앞에 머리를 빡빡 깎은, 험상궂게 보이는 체격이 좋은 건달 풍의 두 청년이 담배를 꼬나문 채 이야기를 나누고 있었다. 직감적으로 두 청년이 사채업자가 고용한 직원들임을 알 수 있었다. 인범은 그들을 무시하고 쪽문의 고리를 잡았다. 두 청년이 피우던 담배를 동시에 길바닥에 던지고는 급히 막아섰다. 잔뜩 인상을 쓰고 있는 두 청년의 얼굴이 더욱 험상궂어졌다.

"당신 누구야?"

첫말부터 시비조였다.

"난 이 집의 친척이야. 당신들은 누구야?"

인범은 그들의 말이 거칠게 나오자 맞받아쳤다. 두 청년은 인범의 도전적인 언행이 다소 의외라는 듯 인범의 행색을 훑어보며 경계를 했다. 군살 하나 없는 날렵한 몸과 큰 키에 위압을 느낀 듯 험악했던 얼굴이 조금은 풀렸다.

"어디서 어떻게 왔소?"

처음과는 달리 다소 누그러진 말과 행동이었다.

"그런데 당신들은 못 보던 사람들인데 이 집엔 웬일이요?"

"글쎄, 이 집은 가족 외는 당분간 아무도 출입을 못 한단 말이오."

"왜 못 한단 말이오?"

"이 집은 우리 회사에 저당 잡힌 집이라, 우리 회사가 이 집을 접수하였소."

"그건 당신들의 말이고 들어가서 알아보아야겠소."

인범은 그들을 무시하고 쪽문을 열고 들어가려고 했다. 한 청년이 급히 인범이를 밀치고 쪽문을 막아섰다.

"이 친구가, 못 들어간다면 못 들어가는 줄 알아야지."

한 놈이 감사나운 얼굴에 험한 인상을 하고 못 들어가게 했다.

"비켜!"

인범은 막아선 청년의 한쪽 발을 밟고 두 손으로 놈의 가슴을 왈칵 밀었다. 놈이 비실비실하더니 뒤로 벌렁 넘어졌다. 상대의 한쪽 발을 밟고 무게를 실어 두 손으로 가슴을 왈칵 밀면 넘어지지 않는 상대는 거의 없는 기본 무술이었다. 갑자기 근육을 움직이는 순간, 오늘 봉합한 등에 통증이 왔다. 아! 아직도 상처가 아물지 않았는데 또 싸움을 해도 괜찮을까? 인범은 넘어진 놈을 노려보았다.

엉덩방아를 찧고 넘어진 놈은 자신이 그렇게 힘없이 넘어진 것이 의아하고 의외라는 듯 멍하니 인범을 쳐다보았다. 나머지 한 놈이 험악한 얼굴로 변하더니 주먹을 불끈 쥐고 인범이에게 다가서며 눈에 날을 세웠다.

"이 새끼가 우리가 감히 누군 줄 알고……."

"누군 누구야? 남의 피를 빨아먹는 사채업자에 붙어먹고 사는 졸개 거머리들이지."

"뭐, 졸개 거머리……, 이 새끼가 죽으려고 환장을 했어."

놈의 얼굴이 흉악하게 일그러지더니 인범의 멱살을 우악스럽게 움켜잡았다. 넘어진 놈이 벌떡 일어나 합세했다. 인범은 멱살을 잡은 놈의 팔목을 비틀어 떼고, 놈의 오른쪽 손목을 손으로 잡고 전광석화처럼 빠른 동작으로 팔 밑으로 파고 들어가 돌아서니 팔을 꺾인 놈의 등이 자동적으로 인범의 가슴 앞으로 돌려 세워졌다. 관절이 심하게 꺾인 놈은 얼굴이 고통으로 일그러졌다. 이 동작은 적의 수가 적을 때 언제나 쓰는 팔 꺾기 기본동작이었다.

울프와 센이 사태의 심각성을 눈치 챘는지 이빨을 까뒤집고 으르렁거리며 긴장하기 시작했다. 나머지 놈이 개를 피해 물러서며 두려운 얼굴로 물었다.

"당신은 도대체 누구야?"

"이 집 가족이라고 했잖아."

인범은 관절이 꺾인 놈의 팔에 압박을 가하며 조금 전 인범에게 떼밀려 넘어진 놈의 앞으로 힘껏 떠밀었다. 인범이가 얼마나 힘껏 관절을 꺾었는지 놈은 '아악' 비명을 지르며 아픈 팔을 감싸 쥐고 주저앉아 버렸다. 주저앉은 놈은 얼마나 아픈지 얼굴이 고통으로 하얗게 질려 있었다. 인범은 처음 자신에게 떠밀려 넘어진 놈을 노려보았다. 놈은 자기 동료마저 당하는 것을 보고 잠시 멍한 눈으로 바라보며 더 이상 막지 않았다. 아니, 막을 생각을 하지 못했다.

인범은 쪽문을 열고 들어가 대문을 활짝 열었다. 무리와 싸우려면 좁은 곳에서는 불리하기 때문에 상황을 보아 밖으로 유인할 생각이었다. 인범이가 거칠게 현관문을 열고 들어서는 순간 고함이 터져 나왔다.

"이봐, 김 사장. 돈을 갚을 거야 안 갚을 거야? 못 갚을 거면 순순히 공장과 이 집을 우리에게 넘기란 말이야. 꼭 험한 꼴을 보아야 넘길 거야?"

고함과 함께 방망이로 기물을 부수는지 꽝 하는 소리가 들렸다.

"에구머니!"

미란이 어머니인 듯한 여자의 비명이 들렸다. 인범은 신발도 벗지 않은 채 거칠게 거실 안으로 들어섰다. 놈들이 한참 야료를 부리는 거실에 갑자기 문을 왈칵 열고 나타난 낯선 침입자인 인범을 보고 놀란 사채업자 최 사장과 그 직원들, 그리고 소파에 감금당한 듯 앉아있던 미란이 아버지도 놀라 눈을 둥그렇게 뜨고 인범을 멍하니 바라보았다. 미란이 아버지 김 사장은 또 다른 사채업자의 지원자가 들이닥친 줄 알고 더욱 공포에 질려 있었다. 김 사장은 체념하지 않을 수 없었다. 이건 피를 말리는 고문보다 지독하고 잔인한 수법이었다. 아예 매일 집에 찾아와 꼼짝을 못 하게 감금하는 것에 이제 더 이상 버틸 수가 없었다. 김 사장은 모든 것을 포기하고 싶었다. 김 사장은 놈들에게 가해질 행패를 기다리며 사태를 관망했다.

"어, 인범아! 왔어? 아, 울프도 왔네!"

미란은 아버지를 도우기 위해 나타난 인범이를 보고 놀람과 반가움에 자신도 모르게 인범이를 불렀다.

'인범이, 울프……?'

김 사장은 미란이가 인범이, 울프라고 하는 소리에 낯선 침입자의 얼굴을 자세히 보았다.

현관에 들어선 인범은 미란이를 힐끔 보았다. 그리고 인범은 놀란 얼굴로 자신을 바라보는 미란이 어머니에게 목례를 하고 아무 말도 하지 않고 놈들의 숫자와 집 안의 출입구와 구조를 예리한 눈으로 파악했다.

미란이 어머니는 인범이의 이름을 알고 있었다. 10여 년 전 남편에게 무참하게 맞은 그 어린 인범이를, 그리고 미란이가 불쌍하고 착하다고 종종 말을 하는 것을 들어 인범의 이름을 잊지 않고 있었다. 그리고 송이버섯과 산나물을 종종 신문과 함께 대문 밑으로 넣어주던 신문배달을 하던 아이가 생각났다. 그때 잠잘 곳이 없어 산속 동굴에서 살았던 고아였던 어린아이가 어느새 늠름한 청년으로 성장하여 나타난 것에 신기하고 또 신기했다. '비쩍 마른 인범이란 그 아이가 저렇게 늠름하고 당당한 청년으로 자랐단 말인가?' 참으로 신기했다.

인범이가 미란을 찾는 전화는 이따금 받았지만 초등학교 때 자신의 남편에게 호되게 맞은 후, 직접 보는 것은 처음이었다. 미란이 어머니는 사채업자에게 온갖 협박과 폭언을 듣는 것이 무서웠는데 자기 집에 신문배달을 했던 미란이의 초등학교 동기인 인범이란 청년이, 누구에게라도 도움을 받고 싶은 이때에 찾아와 함께하여 주니 너무나 고맙고 든든했다. 그러나 사채업자가 포악한 건달들만 골라 고용한, 한두 명이 아닌 놈들을 혼자서 싸워 이긴다는 것은 상상도 할 수 없었다. 다만 미란이의 아버지를 도와 한 편이 되기 위해 뛰어든 것에 그지없이 고마웠다. 그러나 놈들은 자기들 일을 방해하는 어느 누구도 그냥 두지 않을 것이다. 곧 놈들에게 무참하게 당할 것을 보아야 하는 것에 심장이 뛰고 살이 떨리는 공포가 미란이 어머니를 엄습했다.

"미란아, 저 청년 돌려보내! 젊은 청년이 저 포악한 놈들에게 맞아 죽든지 병신 되겠다. 어서 돌려보내! 미란아!"

미란이 어머니는 발을 동동 구르며 안타까워했다.

"엄마, 아까 온 전화가 인범이었어. 내가 사채업자에게 아버지가 당하고 있다고 말했어. 걱정 마, 두고 봐. 인범은 지지 않을 거야. 인범은 어릴 때 싸움을 잘했어. 개까지 데리고 온 걸 보면 단단히 각오를 하고 온 것 같아.

엄마, 저 개 보통 개들이 아니야."

미란은 초등학교 시절 개를 데리고 중학생들과 싸워 이긴 용감한 그때의 인범이가 떠올라 어머니를 안심시킨 것이다. 그리고 아버지의 원수를 갚기 위해 자신은 싸움을 익히고 누구든 억울하게 당하는 사람을 도와주겠다고 아버지의 시신 앞에서 맹세를 했다던 인범이가 성인으로 자라 당당한 싸움꾼이 되었음을 믿어 의심치 않았다.

그때 대문을 지키던 두 직원이 슬며시 들어와 동료들 사이에 끼여 서서 놈이 얼마나 대단한가를 지켜보고 있었다.

미란이 어머니는 미란이가 인범이가 초등학교 때 싸움을 잘했다고 하고 개까지 데리고 왔다고 안심을 시켰지만 놈들의 상대가 아니라고 판단했다.

"이를 어째, 저 청년이 어쩌려고 혼자 저 지독한 놈들을 상대하려고 왔지. 저놈들에게 심하게 당할 것인데……."

미란은 어머니가 또다시 발을 동동 구르며 인범이를 걱정하는 것을 보고 다시 말했다.

"걱정 말라니까, 엄마. 인범이는 어릴 때부터 싸움을 잘했다고 했잖아. 그리고 저 개들 보통 개들이 아니야."

미란이가 또다시 어머니를 안심시켰다.

미란이 어머니는 미란이의 말을 듣고 반신반의하면서도 여러 명의 폭력배 같은 사채업자 직원들 한 사람 한 사람을 매서운 눈초리로 훑어보며 조금의 위축도 없이 당당하게 맞서려는 인범이를 잔뜩 겁먹은 얼굴로 바라보고 있었다. 미란이 어머니는 무엇이 무언지 몰라 어리둥절할 따름이었다. 개 두 마리를 데리고 나타난 것이 더욱 의아스러웠다. 저러다 저 악독한 놈들에게 몰매를 맞지 않을까 전전긍긍하고 있었다.

인범은 사채업자 직원들을 노려보며 놈들이 어떤 형태인지 간파했다. 그들은 키가 크고 체격이 건장한 것만을 조건으로 입사를 한 건달들이 사채업자에 붙어 밥을 빌어먹는 것 이상도 이하도 아닌 놈들이라고 판단했다.

김 사장은 미란이가 새로운 침입자의 이름을 부르는 것을 보고 낯선 얼굴을 자세히 보았다. 모르는 얼굴이었다. 인범이? 어디서 듣던 이름이었다. 그러면서 미란이가 개를 보고 '울프'라고 하는 소리를 듣고 비로소 기억이 났다. 10여 년 전 학교 운동장에서 장 사장의 셰퍼드와 싸웠던 진돗개의 주인이었고, 신문을 배달하는 아이가 폭우가 쏟아지는 날 미란이를 꼬드겨 산속으로 데리고 갔다고 심하게 때렸던 그 아이라는 것을……. 내가 그렇게 때렸는데 자신을 구하기 위해 온 것에 미안함과 부끄러움이 교차되었다.

사채업자 직원 7, 8명이 거실 곳곳에서 무서운 눈초리를 희번덕이며 느닷없이 나타난 인범을 당장 요절낼 것 같은 험악한 얼굴로 사장의 명령을 기다리고 있었다.

소파에 몸을 깊이 파묻고 앉아있던 사채업자 최달호 사장은 겁도 없이 혼자 불쑥 나타난 인범을 가소로운 눈으로 노려보다 소파에서 몸을 꼿꼿이 일으켜 세우고는 피우던 담배를 신경질적으로 재떨이에 비벼 끄며 고함을 질렀다.

"넌 웬 놈이야?"

인범은 사채업자의 물음에는 대답을 않고 놈들을 경계하며 미란이 아버지 앞으로 다가갔다.

"미란이 아버님, 이놈들이 미란이 아버님을 괴롭히는 사채업자들이지요?"

미란이 아버지 김상준은 어떻게 말을 해야 할지 몰랐다. 이 청년이 미란이 초등학교 때 자기에게 참혹하게 맞은 그 아이라고는 믿어지지 않았다. 아, 어느새 이렇게 당당한 청년으로 성장했단 말인가! 그러나 이 청년이 혼자서 무엇을 믿고 이 무서운 사채업자들과 맞서려고 하는지 궁금했다.

청년이 오히려 일을 더 망쳐놓지 않을까 걱정이 되었다. 김상준은 이 청년이 곧 사채업자에게 참렬하게 두들겨 맞을 것이라고 생각했다.

"자네 왜 그래? 자네가 해결할 수 있다고 생각하나?"

"사장님, 말씀해 주십시오. 이놈들을 그냥 두면 안 됩니다."

"뭐, 놈들?"

자신들을 놈들이라고 하는 소리에 격분한 사채업체 직원들이 눈심지를 세우고 서로 얼굴을 바라보며 일그러진 인상으로 사장의 명령을 재촉하는 시선을 보내고 있었다. 최달호 사장도 분이 부글부글 끓었다. 당장 요절을 내고 싶었다. 그러면서 놈이 혼자서 자기들을 상대하려고 왔다면 무언가 자신이 있어 왔을 것이라고 짐작하고 놈을 좀 더 지켜보기로 했다.

김 사장은 자신을 구하기 위해 나타난 청년을 무시할 수 없어 사실을 말하지 않을 수 없었다. 그러나 김 사장은 사채업자의 요구를 순순히 들어줄 각오를 하고 있었다. 도저히 찰거머리 같은 놈들에게서 벗어날 수 없음을…….

"내가 실수했어. 그놈의 부동산 업자를 믿은 것이 잘못이었어. 부동산업자와 이 사람들이 짜고 나에게 사기를 친거야."

"뭐, 사기? 이봐, 김 사장, 알 만한 김 사장이 사기를 당했다고? 김 사장은 한글도 몰라? 귀한 인감도장을 아무렇게나 찍어? 여기 봐, 당신 자필로 서명한 것이 사기야?"

최달호는 서류를 치켜들고 미란이 아버지 눈앞에 흔들어 보였다. 인범은 사채업자가 계획적으로 작성한 서류를 들고 흔들며 큰소리치는 교활함이 역겹고 가증스러웠다. 그 역겹고 가증스러움에 분노가 치밀어 어금니를 악물고 냉기서린 차디찬 얼굴로 노려보며 말했다.

"조용히 해. 조사해 보면 당신들이 사기를 쳤는지 아니면 김 사장님이 잘못한 것인지 다 밝혀진단 말이야."

인범이의 위협적인 싸늘한 말에 사채업자 최달호 사장은 대로했다.

"이 애송이 같은 놈이 어디다 말을 놓고 있어. 이 물건 당장 박살을 내버려 당장!"

명령이 떨어지자 사채업자 직원들이 한꺼번에 우르르 소파 사이를 빠져나와 인범을 에워쌌다. 인범은 한 걸음 물러섰다. 울프와 센이 인범이 앞에 나서 이빨을 드러내고 으르렁거리며 사채업자 직원들의 접근을 막았다.

김 사장은 아까부터 개 두 마리를 유심히 보고 있었다. 두 개는 평소에 잘 훈련된 개 같았다. 그래, 저 진돗개 중 한 마리가 장 사장의 셰퍼드와 싸워 이긴 개였지. 그때 아이와 같이 온 투견 훈련 전문가인 사람이 셰퍼드와 싸운 개는 순종 진돗개이며 투견으로 잘 훈련된 명견이라고 했었지. 지금 김 사장의 눈앞에 자기 주인을 보호하기 위해 앞으로 나온 두 개는 아까부터 코를 벌름거리며 주인을 해치고자 하는 어느 누구도 물어뜯을 듯 설치는 것이 예사롭지 않았다. 사채업자 직원들이 자기 주인을 에워싸니 흰 이빨을 드러내고 으르렁거리며 주인 가까이 근접하지 못하게 막고 있었다. 사채업자 직원들이 무섭게 설치는 두 개를 보자 겁을 먹고 물러서고 있었다. 어떤 직원은 어느새 개를 피해 소파 뒤쪽으로 물러서 있었다.

"울프, 센 물러서."

인범이가 울프와 센을 물러서게 했다. 인범이가 보기에는 사채업자가 고용한 직원들은 전문 싸움꾼과는 거리가 멀었다. 구태여 울프와 센까지 싸움에 끌어들이고 싶지 않았다.

울프가 꼬리를 흔들며 물러서지 않았다.

"울프, 물러서라고 했잖아. 뒤로 물러서!"

인범이가 큰소리를 치니 울프가 슬그머니 인범이 뒤로 물러섰다. 인범은 울프와 센이 물러서는 것을 보고 주머니에서 새까만 가죽장갑을 꺼내 천천히 끼며 입가에 냉기 어린 미소를 머금었다.

사채업자 권 부장과 직원들은 놈이 싸울 때만 사용하는 가죽장갑을 소지하고 있고, 여유만만한 태도와 몸 움직임과 냉소를 머금고 자신들을 노려보는 인범을 보통 놈이 아니라고 생각했다. 그러나 자기들은 한두 명이 아니라는 것에 자신감을 갖고 있었다.

미란이 아버지 김 사장은 당당한 청년이 된 인범이를 자세히 보았다. 인범은 조금의 두려움이나 주저함도 없이 사채업자가 고용한 직원들을 노려보고 있었다. 청년은 혼자이면서도 많은 무리의 사채업회사 직원들을 압도하고 있었다. 어릴 때 신문배달을 할 때의 깡마른 소년이 아니었고, 자신의 마당에서 겁을 먹고 고개를 떨어뜨리고 있던 소년도 아니었다. 그리고 자신의 주먹과 발길질을 피해 정원 나무 사이로 요리조리 피하던 소년도 아니었다. 그사이 당당한 체격으로 성장하여 지금 자신을 구해주기 위해 뛰어든 청년 인범은 어느 누구도 힘으로는 이겨낼 수 없을 것 같았다. 청년은 여차하면 사채업자 직원들을 박살낼 자세로 서서 노려보고 있었다. 김 사장은 청년 인범이가 두 마리의 개를 뒤로 물러나게 하고 맞서는 것을 보고 의아했다. 김 사장은 싸움의 귀추가 어떻게 될지 몰라 청년 인범이를 지켜볼 수밖에 없었다.

개가 물러서니 사채업자 직원들이 전열을 가다듬으며 인범에게 다가서고 있었다. 그러면서 두 마리의 개를 힐끔힐끔 흘겨보며 경계를 풀지 않았다.

인범은 놈들의 공격을 기다리지 않았다. 어쩔 수 없이 선제공격으로 놈들을 물리쳐야겠다고 생각했다. 아무리 거실이 넓다 해도 한정된 실내에서는 무리가 오히려 거추장스럽다는 것을 알았다.

인범은 전광석화처럼 무리에 뛰어들어 맨 앞에 선 두목격인 놈의 턱을 강타했다. 놈이 어이쿠 비명을 지르며 쓰러지는 순간 뒤에 있는 놈들이 우왕좌왕하는 사이에 파고들어 양 팔꿈치로 놈들의 옆구리를 강하게 찍었다. 일순간에 몇 명이 쓰러졌다. 팔꿈치는 주먹의 몇 배의 파괴력이 있었다. 순간적으로 일어났다. 뒤에 선 놈들이 동료들이 주먹 한 번 못 쓰고 쓰러지는 것을 보고 겁을 먹고 소파 사이로 급히 몸을 피하는 놈도 있었다. 사채업회사에 고용된 직원들은 전문 싸움꾼들이 아니었다. 싸움 실력과 전술이 전혀 없었다. 그들은 거실에서는 숫자가 오히려 거추장스러운 것을 모르고 숫자만 많은 것에 자신을 갖고 있었던 것이다.

사채업자 최 사장은 자기가 고용한 직원들이 덩치만 컸지 주먹 실력이 없음도 알았고 단 한 명인 놈에게 겁을 먹고 있음도 알았다. 자신의 직원들이 놈의 적수가 못 된다고 단정 지었다. 무엇보다도 놈이 일순간에 자기의 직원들을 해치우는 것을 보고 놀랐다. 놈은 보통 놈이 아니었다. 혼자서 겁도 없이 무리의 싸움에 뛰어든 것은 그만큼 자신을 갖고 있음임을 알았다. 무엇보다도 놈이 개를 무른 것은 무리의 숫자인 자기 직원들을 자신의 적수로 생각하지 않고 한 수 아래로 대하고 있다는 것을 증명했다. 최 사장은 자리에서 벌떡 일어났다.

"가자! 김 사장, 어디 두고 봅시다."

사채업자 최 사장은 급히 일어나 거실을 나갔다. 주먹에 맞고 팔꿈치에 옆구리를 찍힌 놈들이 겨우 몸을 움직이며 그들의 뒤를 비실거리고 따라갔다.

며칠을 고함과 위협으로 야료를 부리던 사채업자들이 사라진 거실은 잠시 동안 죽음처럼 적막했다. 미란이 아버지 김 사장은 무엇이 무언지 몰랐다. 여러 명의 덩치 큰 사채업자 직원들이 단 한 명인 인범이라는 청년에게 힘 한번 못 쓰고 맥없이 무너지는 것에 어안이 벙벙했다. 미란이 어머니는 정신이 반 나간 상태였다. 미란은 쾌재를 불렀다. 예상한 대로 인범은 당당한 싸움꾼으로 성장해 있었다. 자신을 구해주기 위해 한달음에 달려와 준 인범이가 그지없이 고마웠다.

"인범아, 고마워. 정말 고마워!"

미란이가 인범이에게 안길 듯 다가와 손을 잡고 흔들며 진심으로 고마워했다.

김 사장은 자신과 가족들을 옥죄는 폭언과 위협을 하던 사채업자들을 인범이가 물리쳐 준 것이 그렇게도 시원하고 고마울 수가 없었지만 걱정이 앞섰다. 사채업자가 이번엔 전문 싸움꾼을 대동하고 올 것이 분명하다고 생각했다. 폭력을 믿고 사채업을 하는 최달호 사장이 결코 순순히 물러서지 않을 것이다. 그리고 입안에 든 자신의 재산을 그렇게 쉽게 포기하지 않을 것이라고 생각했다. 수단과 방법을 다하여 곧 보복을 가해올 것이 자명했다. 걱정이 되었다. 더 이상 당하기 전에 모든 것을 포기하고 싶었다.

"고 군, 고맙네. 뭐라고 해야 할지, 지난 일을 용서하게. 내가 자네에게 못할 짓을 많이 했었는데……."

"……."

인범은 아무 말을 하지 않고 신발을 벗었다.

"미란아, 빗자루와 걸레 좀 가져다줄래?"

"뭐 하려고?"

"청소를 해야겠어."

"그냥 둬. 아주머니 불러 하면 돼."

"미란아, 어서 비와 걸레를 가져와."

놀란 가슴을 진정치 못한 미란이 어머니는 아직도 심장이 뛰고 있었다. 청년이 무참하게 당할 줄 알았는데 결과는 정반대로 끝났다. 너무나 통쾌했다. 벌써 며칠째 놈들이 구두를 신은 채 들어와 온 집 안을 짓밟아 쑥대밭을 만들어 놓아 거실은 난장판이 되어 있었다. 일하는 아주머니를 며칠째 못 오게 하여 집 안은 더욱 엉망이 되어 있었다.

김 사장은 입을 굳게 다물고 이 층으로 올라갔다.

빗자루를 받아쥔 인범이 어떻게 시원스럽고 걱실걱실 청소를 잘 하는지 미란이 어머니는 절로 감탄사가 나왔다. '인범이란 청년, 훌륭한 청년이구나!' 행동 하나, 말 하나에 인품이 담겨 있었다. 딸 미란이가 이 청년을 좋아하는 이유를 알 것 같았다. 아들이 없는 무남독녀인 미란이의 집에 인범으로 인해 갑자기 활력소가 넘쳐나고 있었다.

인범이와 미란은 그동안 못한 청소를 한꺼번에 하였다. 상처가 채 아물지 않아 욱신욱신하던 등도 이상하게 아프지 않았다. 미란은 인범이와 함께 청소를 하니 너무 즐거웠다. 조금 전의 공포는 어느덧 사라졌다. 거실이 정돈되어 깨끗해졌다. 그사이 미란이 어머니는 부엌을 정리하여 놓았다.

미란이 아버지가 내려왔다. 아내와 미란이에게 자신이 각오한 것을 말하기 위해서였다. 인범이란 청년으로 인해 잠시 사채업자에게서 해방되었지만 더 참렬한 고통을 받을 것이라고 판단했다. 사채업자 최 사장이 이번엔 싸움이 전문인 난폭한 폭력배들을 대동하고 올 것이라고 생각했다. 그렇게 되면 청년이 폭력배들에게 무참하게 맞을 것이다. 청년 혼자서는 절대로 폭력배들을 이길 수 없을 것이 자명했다. 청년을 희생시킬 수가 없다고 생각하고 결심을 한 것이다. 최 사장이 폭력배를 데리고 오기 전에 순순히 재산을 넘겨주는 것이 해결의 방법이라고 판단했다.

거실에 미란이 아버지, 미란이 어머니, 미란이와 인범이가 앉았다. 미란이 아버지가 무겁게 말을 했다.

"여보, 내가 바보 같은 짓을 했으니 재산을 정리합시다. 당신도 이제 고생할 각오를 하시오."

비장한 각오를 한 남편의 말을 들은 미란이 어머니는 눈물을 글썽거렸다.

김 사장은 인범에게 사채를 쓰게 된 동기를 이야기했다. 자동차 부품을 생산하는 김 사장은 H자동차에서 부품을 대량 입찰받아 제품을 만들었다. 그러나 직원의 실수로 설계를 잘못하여 제품에 클레임이 걸렸다. 그 많은 제품을 모두 못 쓰게 되었다. 직원의 설계 잘못이 엄청난 도산의 위기에 처할 줄 몰랐다. 물론 담당과장이 설계도면을 검토하지 못한 책임도 있었다.

재료값은 당좌어음으로 구입했기에 당좌를 막지 못하면 부도가 나고, 자신은 형사책임으로 구속되어야 할 위기에 처했다. 부동산을 담보하여 대출을 받을 수도 없었다. 이미 담보를 하여 더 이상 담보 물건이 없었다. 김 사장은 급한 불을 끄기 위해 부동산업체를 찾아 돈을 빌리려고 한 것인데, 처음 약속과는 달리 저리가 아닌 고리의 사채업자를 연결해 주었기 때문이었다. 새마을금고보다 조금 이자가 많다고 했다. 계약서 작성을 할 때는 이자가 그렇게 많지 않았다. 공장을 유지하면서 그 정도 이자는 충분히 갚을 수 있다고 판단했는데, 사채업자가 뒷장에 작은 글씨로 교묘하게 두 달 만에 원금을 갚아야 한다고 만들어 놓은 조항을 못 읽은 것이다. 그리고 두 달 만에 원금을 못 갚으면 고리의 이자로 복리 계산한다는 함정을 파놓은 덫에 걸린 것이다.

“사장님, 어떻게 된 것입니까? 부당한 이자를 요구하는 사채업자에게 대처해야 합니다.”

“인범이 총각 고마워요. 우리 이이가 인범이 총각에게 못할 짓을 했는데도…….”

“사장님, 사채업자의 요구를 순순히 들어주면 안 됩니다. 며칠만 기다려 주십시오.”

“…….”

인범은 박 과장을 찾아가 사채업자에게 순순히 재산을 넘겨주지 않는 방법이 없는지 알아보아야겠다고 생각했다.

“사장님, 제가 미란이 집에 며칠만 있으면 안 될까요? 놈들이 다른 폭력배를 거느리고 다시 나타날 것입니다. 사장님이 혼자 당하시게 할 수 없습니다. 그리고 사장님, 순순히 놈들의 요구를 들어주면 안 됩니다. 놈들은 처음부터 사장님의 재산을 노리고 사채를 빌려준 것입니다. 부동산업자도 한패입니다. 제가 좀 알아보겠습니다. 알아보고 넘겨주어도 늦지 않습니다."

"무슨 대책이 있나? 나는 이쯤에서 손을 떼는 것이 놈들에게 더 시달리지 않고 또 자네를 보호하는 것이라고 생각하네. 그리고 고맙네. 오늘 자네가 내 가슴을 시원하게 해 주었어. 그러나 더 이상 끌고 가고 싶지 않네. 그보다 자네를 희생시키고 싶지 않네."

"안 됩니다. 조금만 기다려 주십시오."

"대책이 있나? 혼자서 놈들을 어떻게 할 건가? 놈들은 다음엔 호락호락하지 않을 것이네."

"네, 각오하고 있습니다. 그 점은 저에게 맡겨 주십시오. 저는 놈들에게 지고 싶지 않습니다. 그보다 놈들이 사채의 올가미를 씌워 남의 재산을 빼앗는 것은 결코 용납할 수 없습니다."

"……."

고 군의 말이 어긋남이 없었다. 사채업자가 올가미를 씌워 나의 재산을 빼앗겠다는 고 군의 말대로 결코 용납할 수 없고 억울했다. '그래, 고 군에게 맡겨보자.' 고 군이 먼저 우리 집에 머물겠다니 사채업자를 물리칠 자신이 있는 것 같았다. 고 군도 놈들이 반드시 그냥 있지 않을 것이라고 김 사장과 같은 생각을 갖고 있었다. 김 사장은 고 군이 자신감을 가지니 마음이 흔들렸다. 그래, 고 군을 믿어보자. 사채업자에게 대항할 수만 있다면 순순히 내어놓을 수 없다고 생각했다. 김 사장의 공장은 지금까지 경영을 잘하여 제 값으로 팔 수 있는 공장이었다. 그리고 부당한 이자에 어느 정도 탕감을 요구해야 한다고 생각했다. 그러려면 고 군이 옆에 있어 주었으면 하는데 자진해서 집에 있어 주겠다니 너무 고마웠다. 김 사장은 고 군이 어릴 때 가혹하게 때린 것이 후회가 되었고 미안했다. 고 군이 비록 고아로 자랐지만 심성이 착한 청년임을 알 수 있었다. 김 사장은 다시 한 번 하나밖에 없는 딸이 고 군을 좋아하는 이유를 알 것 같았다.

"고맙네. 그렇게 해 주겠나?"

"사장님, 제가 어디 급히 갔다 오겠습니다. 미란아, 울프와 센을 두고 간다. 말을 잘 들으니 어렵지 않을 거다. 그보다 울프는 아직 너를 기억하고 있을 거야."

"인범아, 어디 가? 같이 가면 안 돼?"

미란은 인범이가 어디 간다는 것은 자기 집과 무관한 일이 아님을 알았다. 인범은 잠시 생각했다. 박 계장, 아니 박 과장에게 가서 사채업자에 대항할 법적 근거를 알아보려고 가는 것이다. 그래, 박 과장이 사채업자에 대해 물으면 미란이가 더 잘 알 것이다.

"그래, 같이 가자. 울프, 센, 이리와. 미란이 어머님, 이리로 오십시오."

"……"

울프와 센이 인범이 가까이 다가왔다. 미란이 어머니도 두 마리의 개를 보고 겁먹은 표정으로 슬금슬금 인범이 가까이 왔다. 미란이가 먼저 울프에게 갔다.

"울프, 나 잊어버리지 않았지? 나 미란이야. 기억하지?"

미란은 울프의 머리를 쓰다듬었다. 울프가 미란이를 기억하는지 아니면 주인과 같이 있어 그런지 미란의 손을 핥으며 가만히 있었다.

"인범아, 저 개 이름은 뭐야?"

"응, 센이라고 불러."

"센, 나 인범이 친구 미란이야. 우리 친구하자."

미란은 센의 머리도 쓰다듬어 주었다.

"엄마, 이리와. 울프와 센의 머리를 나처럼 쓰다듬어 봐, 그래야 우릴 따라."

미란이 어머니는 조심스럽게 울프의 머리를 쓰다듬었다. 울프의 눈망울은 인범을 보며 가만히 있었다.

인범은 미란이 어머니에게 울프와 센을 맡겼다.

2

경찰서에 들어서니 박 과장이 어떤 손님과 담소를 나누다 인범이를 발견하고 미소를 던지며 손을 높이 들었다. 인범은 박 과장에게 이야기를 나누라고 손사래를 하고 창밖의 경치를 바라보고 있었다. 미란이가 인범의 곁에 와 가볍게 팔을 잡고 인범이가 바라보는 쪽을 응시하며 말을 했다.

"인범아, 난 너무 행복해. 너와 같이 우리 집에 함께 있으니 꿈만 같아. 그리고 고마워."

"……."

인범은 박 과장이 보이는 곳이라 미란이가 팔을 잡고 있는 것이 쑥스러웠지만 억지로 미란의 팔을 떼칠 수 없었다.

박 과장은 아가씨가 인범이의 팔을 잡고 있는 것이 퍽 정답게 보여 빙긋이 미소를 지었다.

"박 과장, 아들이야? 뒷모습이 멋진 한 쌍인데."

친구도 인범이와 미란이가 정답게 나란히 서 있는 것을 바라보며 물었다.

"아니야, 저 청년 참으로 불우한 청년이야. 그런데 오늘은 이상하네. 처녀를 다 데리고 오고 그럴 청년이 아닌데 말이야."

"아들이 아닌가? 박 과장 손님이 왔는데 이만 일어나겠네."

"그래."

박 과장은 일어나 친구와 악수를 하고 인범이 가까이 다가갔다.

"고 군, 보기가 좋군. 자네도 연애를 할 때가 다 있네."

인범이가 깜짝 놀라 얼른 미란이의 손을 떼며 돌아섰다.

인범의 얼굴이 홍당무가 되어 있었다.

"계장님, 아니 과장님 오래간만입니다. 그동안 잘 계셨습니까?"

"고 군, 나 자네 덕분으로 과장으로 진급된 지 오래되었네. 그런데 아직도 계장이라고 불러? 이 미인은 누구신가? 소개해 줘야지."

박 과장은 옆에 서 있는 미란이를 눈이 부신 듯 바라보았다. 적당한 키에 날씬한 몸매, 유달리 흰 얼굴, 부잣집 딸이라 그런지 미란이는 누가 보아도 고아하고 귀티가 몸에 밴 미인이었다. 허리를 졸라 맨 연한 녹색 원피스가 유난히 어울렸다.

미란은 박 과장이란 분이 인범이 덕분으로 과장으로 진급했다는 말이 무슨 말인지 이상했다. 박 과장이 인범이로 인해 일 계급 특진하여 과장이 된 것은 도저히 이해가 되지 않았다. 아니, 미란은 알지 못하고 있었다.

"초등학교 동기입니다."

"애인인가, 미인인데?"

박 과장의 애인이라는 말에 인범은 더욱 얼굴을 붉혔다. 인범은 여자가 생각나면 왠지 모르게 먼저 미란이를 떠올려짐이 이상했다. 그러면서 언제나 미란이를 대하면 전혀 이성으로 대할 수 없었다. 그것은 자신과 미란이와는 현격한 환경 차이가 있음을 알고 있기 때문이었다.

미란은 항시 인범이가 자신과 거리를 두고 외면을 하는 것이 불만이었다. 미란은 박 과장이 애인이냐고 묻는 말에 얼굴을 붉히는 인범이의 얼굴을 힐긋 보고 미소를 지었다.

"과장님, 처음 뵙겠습니다. 김미란이라고 합니다. 그런데 인범이 덕분으로 과장으로 진급되었다는 말은 무슨 말씀이에요?"

"김 양이라 했지? 그런 일이 있었어. 쑥스러워 내 입으로 말 못하겠어. 고 군에게 물어봐. 김 양, 초등학교 동기와 지금까지 가까이 한다면 애인이 아닐까?"

"……."

미란은 박 과장의 말에 부정도 긍정도 하지 않았다. 미란은 박 과장의 말대로 인범이와 애인이었으면 했다.

"어디 고 군에게 물어보자. 애인 아니야?"

"아닙니다. 저와 미란이는 그런 사이가 아닙니다."

"그런데 자네 왜 얼굴이 붉어져?"

"……. 미란은 지금 E대에 다니고 있습니다."

인범은 미란이가 일류대학에 다니므로 환경의 차이로 자신과는 어울리지 않음을 간접적으로 강조하는 변죽을 울렸다.

"김 양에게 물어보자. 고 군이 애인감이 안 돼? 내가 고 군을 보증하지. 요즈음 젊은이로서는 드물게 보는 훌륭한 청년이라고 보는데……. 다만 현실을 너무 무시하는 삶을 살아 문제지만……."

박 과장은 인범이를 보증한다고 했다. 미란은 박 과장이라는 분이 인범이와 가까운 사이이고 인범을 매우 아끼고 있다는 것을 알 수 있었다.

"과장님, 인범이가 저를 애인으로 안 받아준대요."

"그래, 그러면 안 돼지. 이렇게 미인이고 착하게 보이는데……. 다방으로 가지. 차나 한잔 하면서 무슨 이야기인지 들도록 하자. 고 군이 나를 찾아올 땐 특별한 사정이 아니면 오지 않을 테니까."

박 과장은 미란이에게서 사채업자의 이야기를 상세히 듣고 고개를 끄덕이며 알아보겠다고 했다. 그리고 사채업자 사장의 이름과 회사 전화를 적으라고 했다. 미란은 아버지에게 전화를 하겠다고 다방 카운터로 갔다.

"과장님, 아무리 사채업자라도 법적으로 정한 최고 이자가 정해져 있지 않습니까?"

"있지. 그놈들이 법정이자만 받으려고 해야지. 다른 방법으로 사채업자를 다루어야 할 것이야."

박 과장은 인범이의 근황을 물으며 이야기를 나누다 일어섰다.

"고 군, 기다려 주게. 빠른 시일에 알아봐 줄게."

인범은 미란이에게 말했다. 아버지에게 사채업자의 요구를 당분간 절대로 들어주지 말라고 하고, 박 과장의 말도 하지 말라고 했다. 어떻게 될지 결과를 모르기 때문이었다.

미란이 어머니는 그사이 시장으로 가 진수성찬으로 저녁 준비를 하여 놓았다.

"미란아, 아까 왜 사채업자 사장의 이름과 전화를 물었어?"

"……."

미란은 갑작스런 아버지의 말에 답을 못하고 인범의 얼굴을 바라보았다.

"네, 제가 좀 알아달라고 했습니다."

"자네가 왜?"

"다음에 말씀드리겠습니다."

"그래."

인범은 미란이의 가족과 함께 저녁을 먹었다. 태어난 이후 이렇게 좋은 집에서 그리고 이렇게 고급 반찬으로 식사를 해 보기는 처음이었다. 미란이 어머니가 사채업자의 공포에서 잠시 벗어나 인범이를 대접하기 위해 시장에서 찬거리를 사와 정성껏 준비한 것이다. 미란이 가족은 모처럼 걱정을 잊었다. 아들이 없어 딸만 있던 집에 청년 인범이가 함께 있으니 그렇게 든든할 수 없었다. 미란의 어머니는 인범이가 사위가 되어 함께 산다면 참으로 행복할 것 같았다. 그러나 인범이가 고아이고 학벌과 환경의 차이가 있다는 것에 고개를 저었다. 그러면서 인범이가 너무 믿음직했다. 학벌만 갖추어졌다면……. 미란이 엄마는 아쉬움을 금할 수 없었다.

이 층 미란이 방이 고급스럽게 치장되어 있었다. 지금은 녹색 커튼이 쳐져 있지만, 인범이가 신문배달을 할 때 이따금 쳐다보던 이 층 방 창엔 노란색 커튼이 쳐져 있었다. 자신의 방과는 극과 극이었다.

미란은 며칠이 될지 모르지만 인범이와 한 집에서 함께 있는 것이 꿈처럼 행복했다. 어릴 적부터 인범은 미란이의 가슴에 깊이 자리 잡은 남성이었다.

그 다음 날, 인범은 긴장 속에 사채업자의 보복을 기다렸지만 아무 일도 없었다.

다음, 다음 날이었다. 벨소리가 요란하게 울렸다. 벨소리에 미란이 어머니가 깜짝 놀라 인범이의 얼굴을 쳐다보았다. 인범은 빠른 동작으로 신발장으로 뛰어가 신발을 신고 끈을 단단히 조여 매었다. 표창을 꼽은 혁대를 찼다. 그리고 돌멩이가 든 등산조끼를 입었다. 상대가 무기를 사용한다면 표창으로 대항할 것이고, 무리로 덤비면 돌멩이로 대항하기 위해서였다.

또다시 벨이 신경질적으로 울렸다. 인범은 고개를 끄덕이며 미란이 아버지의 얼굴을 보았다. 미란이 아버지는 양미간을 찡그린 괴로운 표정을 짓고 있었다. 그러면서 올 것이 왔다는 담담한 표정으로 현관 쪽을 바라보고 있었다.

현관문을 박차고 며칠 전에 왔던 사채업체 직원들 외에 조폭 풍의 험악하게 생긴 건장한 10여 명의 청년들이 우르르 들어왔다. 무례하게도 모두 신발을 신은 채였다. 사채업 직원들은 하나같이 기세등등한 얼굴들이었다. 넓은 거실이 꽉 찼다. 그들은 손에 쇠파이프와 야구방망이를 들고 있었다.

사채업자 최달호 사장의 지시를 받고 권 부장이 서울의 조폭들에게 돈을 주고 불러들인 것이다. 며칠간 조용했던 거실이 또다시 살벌한 분위기가 되었다. 공포의 얼굴을 한 미란이와 미란이 어머니, 그리고 김 사장은 자기 가족의 유일한 보호자인 인범의 얼굴을 보았다. 인범은 조금의 동요도 두려운 얼굴도 아니었다. 차분한 얼굴로 그들을 노려보며 냉소를 머금은 얼굴이 놀라울 만큼 침착했다. 그 침착한 태도는 바위같이 무겁게 보였고 든든하게 보였다. 김 사장은 평범한 주먹꾼이 아닌 조직폭력배들을 상대하면서도 조금의 두려움도 없이 상대를 압도하는 당당하고 대담한 행동을 보고, 고 군이 이런 싸움을 한두 번 겪은 것이 아니라는 것을 알 수 있었다.

인범이의 눈짓을 하며 고개를 끄덕이는 신호를 받은 미란은 잽싸게 현관으로 뛰어나가 울프와 센을 데리고 들어왔다. 울프와 센이 싸움의 분위기를 느꼈는지 코를 벌름거리며 조폭들을 노려보고 있었다. 미란은 다시 나가 현관문을 활짝 열어놓고 대문도 열어놓았다. 또다시 들어온 미란은 이 층으로 올라가 창문도 모두 열어놓았다. 특히 옥상으로 통하는 문을 열어놓았다. 이것은 인범이가 싸움이 시작되면 그렇게 하라고 시킨 것이다.

조폭들이 개 두 마리가 들어오는 것을 보고 의아한 얼굴로 서로 보며 고개를 갸우뚱했다.

"저놈입니다."

권 부장이 손가락으로 인범을 가리켰다. 순간 조폭들의 눈과 인범의 눈이 허공에서 부딪치며 불꽃이 튀었다. 서로 잠시 노려보았다. 그러고는 두목인 듯한 사십 대 초반의 어깨가 쩍 벌어진 사내가 뚜벅뚜벅 걸어와 육중한 몸을 던지듯 소파에 앉았다. 두목이 소파에 앉자 그 옆에 졸개들이 우르르 몰려와 소파 옆에 서서 인범이를 무섭게 노려보았다. 두목의 명령만 떨어지면 한달음에 인범을 무차별 폭행을 할 태세였다. 기세가 등등했다.

그때 조폭 중 한 명이 인범이의 얼굴을 보고 깜짝 놀라더니 얼굴엔 당황한 표정이 역력했다. 눈을 깜박이며 자세히 인범을 뜯어보았다. 놈은 소리 없는 비명을 지르더니 난처한 표정으로 변했다.

"최 사장님, 여기 앉으시오."

조폭사장 박치수는 여유만만한 얼굴과 태도로 사채업자 최 사장을 옆자리에 앉혔다. 그리고 인범이를 가소로운 눈으로 지긋이 노려보다 말을 했다.

"네놈이 우리 최 사장의 사업을 방해한, 하룻강아지 범 무서운 줄 모르는 놈인가? 아직도 애송이군."

늙지도 않았는데 걸걸하게 목이 쉰 목소리가 꼭 저승사자처럼 기분 나쁜 목소리였다.

"……."

인범은 입가에 미소를 머금고 두목을 말없이 노려보았다.

"이봐, 내 말이 들리지 않나? 아직 젊은 놈이 겁도 없이 아무 곳에나 끼어들면 부모님이 주신 귀한 몸이 망가져 병신이 되든지 하나밖에 없는 소중한 생명이 없어진다는 것을 알아야 한단 말이야. 네놈이 젊은 객기에 그럴 수도 있지. 나도 네놈과 같은 나이 땐 물불을 가리지 않았지. 마지막으로 기회를 준다. 잘못했다고 빌고 조용히 물러가. 그것만이 네놈의 몸과 생명을 보존하는 마지막 기회야. 얼른 빌고 꺼져, 이 애송아."

목에서 억지로 끌어올리는 기분 나쁜 쉰 목소리지만 얼음장같이 차고 저승사자 같은 기분 나쁜 목소리였다.

"아닙니다. 저놈은 그냥 순순히 돌려보내면 안 됩니다. 어디 한 곳을 단단히 분질러 놓아야 합니다."

사채업자 직원이 조폭들을 등에 업고 이를 갈았다. 지난번 인범이에게 턱을 강타당한 놈이었다.

"……."

인범은 여전히 냉소를 띤 얼굴로 가소롭다는 듯 최달호 사장과 조폭 두목을 바라보며 잔잔한 미소를 머금고 있었다. 그러나 얼굴은 냉기가 서려 있었다.

미란이와 미란이 어머니는 공포에 질려 인범이에게서 시선을 떼지 못하고 있었다.

울프와 센이 잔뜩 긴장한 자세로 이빨을 반쯤 드러내고 조폭들을 노려보고 있었다.

인범은 놈들을 노려보며 가죽장갑을 천천히 끼었다. 냉기가 서린 날카로운 눈은 서기를 뿜어내고 있었다. 인범의 패기는 무리의 숫자는 아랑곳하지 않았다. 이들과의 해결은 오직 싸움뿐임을 너무나 잘 알고 있었다.

인범이가 가죽장갑을 끼며 조금도 자신들을 두려워하지 않는 것을 확인한 조금 전의 조폭의 일원인 상진이가 두목 곁으로 가, 귀에 대고 귓속말을 하였다. 박치수 사장도 귓속말로 물었다.

"틀림없나?"

"네, 틀림없습니다. 그때도 저놈이 검은 장갑을 끼고 있었습니다. 개 두 마리를 보니 더 확실합니다."

박상진의 말을 들은 두목 박치수는 놀란 얼굴로 잠시 망설였다. 놈을 타일러 순순히 말을 듣지 않으면 무자비하게 손을 보려고 했는데……. 일이 묘하게 꼬이고 있었다. 박치수는 최 사장에게 이 사건은 맡을 수 없다고 귓속말을 하였다.

그 말을 들은 최 사장은 당황한 얼굴로 박 사장을 멀거니 보았다. 놈에게 항복을 받을 수 없음을 안 조폭 두목 박치수는 멍하니 인범을 바라볼 따름이었다.

'아! 그놈이었구나! 일을 잘못 맡았구나!' 박치수는 일을 맡은 것에 후회를 했다. 서초동 거물 조폭 두목 고려물산 김승배 사장의 말이 기억났다. 서울 바닥에 건달조직과 조직폭력배에 속해 있지 않은 천둥벌거숭이 한 놈이 있다고 했다. 그놈은 자신의 목숨을 아끼지 않고 어떤 상대와 싸우든 물러서지 않는 놈이라고 했다. 또한 그놈은 김두한, 시라소니보다 더 싸움의 달인이라고도 했다. 그놈에게 땅벌이 영원한 불구자가 되었다는 것도 들었다. 놈을 쥐도 새도 없이 처치할 수도 없었다고 했다. 놈을 제거하려고 놈을 미행하여 한밤중에 기습을 했지만 놈이 훈련시킨 개 두 마리 때문에 제거하지 못하고 다섯 명의 부하가 오히려 놈에게 무참하게 당했다고 한 말도 기억났다. 분했지만 보복을 거기에서 멈추지 않을 수 없었다고 했다. 서울의 모든 주먹꾼들의 공포의 대상인 폭력조직을 전담하는 경찰 야전 사령관 박정웅 과장이 그놈을 보호하고 있는 한 놈을 제거할 수 없었다고 했다. 그놈을 처치하면 우리 조폭들의 조직이 뿌리째 흔들린다고 했다. 그것은 그때 계장이었던 박 과장이 직접 김승배 사장을 찾아와 당신들의 조직과 바꿀 각오를 하고 그 청년을 제거하라고 경고하더라고 했다.

'아! 안 된다.' 놈을 이길 수도 없거니와 잘못하면 땅벌처럼 부하를 불구자로 만들 위험을 감수해야 아니, 놈의 주먹에 부하를 잃을 수도 있을 것이다. 그보다 놈을 건드리면 우리 조직의 뿌리가 뽑힐 각오를 하지 않을 수 없다. 박치수는 이 사건에서 손을 떼어야겠다고 결심했다. 그리고 김승배 사장이 괜한 곳에 주먹을 빌려준 땅벌이 실수한 것이라고 했다.

'음, 두 마리의 개가 바로 저 개들이구나.' 박치수 두목은 두 마리의 개를 유심히 보았다. 과연 다른 개와 달리 유달리 목과 앞발이 굵었다. '진돗개 순종이구나.'

"얘들아, 그만두어라. 모두 돌아간다."

박치수가 소리치고는 소파에서 일어났다.

"아니, 박 사장님?"

"최 사장, 자세한 것은 나가서 이야기합시다."

박치수 두목이 먼저 현관을 나가고 사채업체 직원들과 조폭들과 합해 20여 명이 자기들끼리 뭐라고 불평의 소리를 하며 일시에 썰물 빠져나가 듯 나갔다. 뒤따라나가는 최달호 사장은 실망의 눈빛이 역력했다.

미란이 아버지 김 사장도, 미란이 어머니도 미란이도 의아했다. 그 중에 인범이가 제일 의아했다. 조폭들이 스스로 물러간다는 것이 이해가 되지 않았다. 당장 요절을 낼 듯 기세등등하던 조폭들이 무언가 귓속말로 수군거리더니 싸우지도 않고 달아나듯 현관을 빠져나가는 뒷모습을 의아스런 눈으로 멀거니 바라볼 뿐이었다.

"……?"

김 사장, 인범이, 미란이, 미란이 어머니는 서로 얼굴을 보며 영문을 몰라 어리둥절한 표정들이었다. 김 사장은 그들이 달아나듯 가버린 원인에 대해 아무리 골똘히 생각에 생각을 하여도 도저히 알 수가 없었다. 그렇게 서슬이 퍼렇게 설치던 폭력배들이 스스로 물러난다는 것에 어안이 벙벙했다.

"고 군, 저자들이 왜 순순히 물러가지?"

김 사장은 끝내 인범이에게 묻지 않을 수 없었다.

"……."

인범이도 골똘히 생각을 하였다. 어림짐작으로 그들 중 혹시 자신을 알고 있는 조폭이 그들 사장에게 귀띔을 해준 것이 아닌가 하는 생각이 들기도 했다. 그렇다면 더더욱 자신을 심하게 다룰 것인데 인범은 도저히 알 수 없었다. 김 사장은 인범이도 모르는 것 같아 더욱 궁금했다.

또 한차례 폭풍이 지나갔다. 알 수 없는 원인이 미란이의 가족과 인범이를 궁금증으로 몰아넣었다. 그러나 여하간 협박과 난동을 부리던 그 지긋

지긋한 사채꾼들이 물러갔다. 살벌하던 거실은 무덤처럼 적막했다.

김 사장은 사채업자가 대동한 조폭들이 순순히 물러선 그 의문이 좀처럼 뇌리에서 벗어나지 않았다. 그러면서 사채업자들의 협박과 고문이 또다시 계속되지 않을 것 같은 막연한 예감이 들었다. 아! 인범이가 개입하지 않았다면……. 생각만 해도 몸서리가 쳐졌다. 인범이가 고맙고 미안했다. 새삼스럽게 인범이에게 친근감과 호감이 갔다. 고아인 인범이가 강하게 성장했구나! 그리고 단 며칠이지만 고 군을 대하고 보니 훌륭한 청년인 것 같은데 왜 싸움꾼이 되었는지. 아니, 보통 싸움꾼이 아닌 대단한 싸움꾼이 되었는지 알 수 없는 의문이 김 사장을 혼란하게 했다. 고아만 아니었다면 지식을 갖춘 훌륭한 청년이 되었을 것인데, 새삼스럽게 안타까운 아쉬움이 들었다.

조폭 사장 박치수와 사채업자 최달호 사장이 최 사장의 사무실에 마주 앉았다.

"최 사장, 그놈이 누군지 모르지요?"

"……."

"그놈은 우리 폭력조직에서 제거하지 못하는 놈입니다."

"……?"

최달호는 박치수의 입만 바라보고 있었다. 박치수는 인범의 이야기를 하며 한숨을 내뱉었다.

"그럼, 그놈을 이대로 두란 말입니까?"

"최 사장, 그놈을 건드린다면 당신의 사채업도 문제가 될 거요."

"음……."

최 사장은 분함과 아쉬움을 씹었다.

최 사장은 김 사장을 옥죌 수도 없었다. 일이 거의 마무리 단계에서 난

데없이 나타난 놈 때문에 망쳐지고 있는 것이 너무나 분했다. 눈앞에는 천둥벌거숭이 같은 싸움꾼 청년이 막아섰고, 그 뒤엔 조직폭력배들이 가장 두려워하는 경찰간부 박 과장이란 커다란 권력이 버티고 있었다. 김 사장의 재산을 먹어치우려다 자신의 사채업이 흔들릴지 몰랐다. 아니, 뿌리째 뽑힐지도 모른다고 생각했다. 그보다 자신이 구금될 수도 있을 것이다.

그러나 최 사장은 반발심이 생겼다. 입에 다 넣은 먹이를 삼키지 못하고 뱉어야 하는 것이 너무나 아까웠다. 몇 배가 남는 장사가 물거품이 되어 날아가는 순간이었다. 자객을 시켜 쥐도 새도 모르게 제거해 버릴까도 계획해 보았다. 그러나 그것도 쉽지 않을 것 같았고, 살인의 범죄가 밝혀지면 자신은 끝장을 각오해야 했다. 어쩌면 평생을 감옥에서 보낼지, 아니면 사형대의 이슬이 될지 몰랐다. 최 사장은 끙끙 앓고 있었다. 그보다 서초동 김승배 사장이 보복을 하려다 못한 것을 자신은 더더구나 못한다는 것이 자명했다.

3

미란이 어머니가 시장을 나섰다. 그러나 어제와는 달리 먹구름이 확 개인 가볍고 상쾌한 발걸음이었다. 인범이가 고아만 아니라면 아니, 고아라도 학벌이 갖추어져 있다면……. 미란이 어머니는 아쉬움이 간절했다. 아들이 없는 무남독녀를 가진 미란이 어머니는 아들의 든든한 위치를 아쉽게 실감했다. 아! 우린 저런 든든한 아들을 갖지 못했을까. 그러면서 인범이가 대단한 싸움꾼임에 왠지 모를 개운치 않은 감정의 찌꺼기가 남았다. 왜 인범이가 대단한 싸움꾼이 되었을까 하는 의문이 뇌리를 복잡하게 했다.

그날 저녁은 지난날과는 달리 화기애애한 분위기였다. 오랜만에 갖는 평화스런 가족의 분위기였다.

저녁을 먹은 미란은 인범이를 데리고 가벼운 걸음으로 아니, 깡충거리는 걸음으로 이 층 방으로 올라갔다. 인범은 미란이의 책상 앞 걸상에 앉았고 미란은 인범이 맞은편 침대에 걸터앉았다. 미란은 일어나 전등을 켜고 서쪽 편 창문을 활짝 열었다. 어둠이 밀려드는 집들의 창가엔 하나, 둘 불이 켜지고 있었다.

전등불에 비친 미란의 얼굴이 오늘따라 더욱 아름답게 보였다. 그동안 맘 졸이고 억눌렸던 걱정이 사라지고 사랑하는 인범이와 단 둘이 마주 앉아 바라볼 수 있다는 것에 가슴이 뛰도록 행복했다. 언뜻 감상적인 소녀때 깊은 산속 인범의 동굴에서 함께 지냈던 하룻밤, 그리고 인범의 좁은 가슴을 파고들었던 생각이 떠올라 얼굴이 붉어졌다. 여자로 태어나 처음으로 느끼는 감정이 달아오르며 얼굴이 화끈거렸다. 미란은 인범이와 자신과의 사이를 이 기회에 정립하고 싶었다. 미란은 입안에 고인 침을 꼴깍 삼키고 조용한 목소리로 말했다.

"인범아, 이젠 우리 아버지도 어머니도 내가 너를 좋아한다고 하면 우리의 교제를 묵인해 줄 것 같아. 우리 좀 친하게 지낼 수 없어? 넌 왜 늘 나와 거리를 두려고 해? 난 초등학교 때부터 너를 좋아했단 말이야, 넌 나의 첫사랑이란 말이야. 난 널 사랑해, 인범아."

미란은 애원에 가까운 목소리와 표정으로 고백을 했다. 미란은 어릴 때에도 인범이에게 첫사랑이라고 하며 인범에게 시집을 가고 싶다고 했고, 성인이 된 지금도 사랑을 고백하는 것이다. 미란의 얼굴은 더욱 상기되어 있었다. 여자가 남자에게 사랑을 고백하고 있는 것이다.

인범은 미란이의 사랑 고백을 듣고 가슴 깊은 곳에서 솟구치는 갈등으로 괴로워했다. 미란이가 동굴에서 말했던, '인범아, 넌 나의 첫사랑이야.

난 자라서 너에게 시집가고 싶어.' 라고 한 말들이 생생히 되살아나면서, 인범이의 사랑에 불질을 하고 한편 괴로움을 주었다. 미란이의 진실한 사랑을 외면하는 것이 남자로서 비겁하고 미란에게 가혹한 것 같았다. 솔직한 심정으로 자신도 미란이를 사랑하고 있는 것이다. 그리고 미란은 지금도 첫사랑이라고 서로 사랑하자고 하지 않는가. 남자가 고백을 해야 하는데 미란이가 아니, 여자가 어려운 고백을 하고 있지 않는가? 그러나 이 순간 자신의 말 한 마디가 미란과 자신에게 얼마나 큰 영향을 끼치고 상처가 될 것인가를 잘 알고 있었다.

인범은 멀거니 미란이를 바라보았다. 그러나 인범은 미란이의 사랑 고백에 나도 널 사랑한다고 말을 할 수 없었다. 자신과 미란의 환경은 결코 사랑으로 연결시킬 수 없는 조건의 높은 장벽이 가로막고 있는 것이다. 그것이 미란이와 인범과의 엄연한 현실이었다.

"그래, 미란아. 나도 널 좋아해. 나는 초등학교 땐 사랑이란 것이 무엇인지 몰랐지만 사춘기가 지나면서 나도 널 좋아했다는 것을 알았어. 그러나 사랑은 아니야. 그냥 동기생으로 늘 네가 고마웠어. 나와 넌 서로 다른 환경에서 태어났고 자라고 있어. 넌 고명딸 공주고 난 학교에도 제대로 다니지 못한 고아이고 거지에 가까운 생활을 하고 있었던 것을 너도 알잖아. 그리고 지금도 공사판에서 막노동꾼으로 살아가고 있어. 그런데 어떻게 내가 널 사랑할 수 있겠어? 내가 너에게 해줄 말은 너와 나는 친구야. 미란아, 나에게 사랑이란 말을 하지 마. 넌 좋은 남자를 만나 행복하게 살아야 해. 나를 사랑했다니 고마워. 그러나 네가 잘못 생각한 거야."

미란은, 난 너를 좋아했지 사랑하지 않았다는 말과 너에게 맞는 좋은 남자를 만나 행복하게 살라는 인범이의 말을 듣고 인범이를 조용히 정면으로 바라보았다. 깊은 호수와 같은 미란이의 눈이 젖어들더니 속눈썹에 물방울이 맺히고 있었다. 반쯤 입을 벌리고 바보처럼 인범이의 얼굴을 바라보던 미란이의 눈에 눈물이 그렁그렁했다. 미란은 메어진 젖은 목소리로 말했다.

"인범아, 넌 나를 여자로 대하지 않는구나! 내가 그렇게 싫어?"

드디어 미란은 눈물을 주르륵 흘렸다. 미란은 흐르는 눈물을 닦지 않았다. 눈물이 흘러내리더니 턱에 고여 한참을 머물다가 툭 떨어졌다.

"……."

눈물을 흘리는 미란이의 손이 바르르 떨고 있는 것을 발견한 인범은 얼른 눈길을 창밖으로 던지며 가만히 생각했다.

'미란아, 미안해. 그리고 고마워. 나도 너를 사랑했어. 아니, 지금도 너를 사랑해. 그러나 나는 너를 사랑할 수 없는, 사랑을 이룰 수 없는 환경으로 태어났지만 혼자만의 첫사랑을 간직하고 싶어. 먼 훗날 늙어서 미란이 널 만나면 나에게도 네가 내 첫사랑이었다고 말할게. 그리고 사랑했다고 말할게.'

인범은 이렇게 혼자 말하며 마주보이는 시커먼 산줄기를 바라보며 허공에 조용한 한숨을 토했다.

인범은 가슴속 깊이 자리한 미란이의 사랑을 잊어야 한다고 생각했다. 이렇게 생각하는 인범의 시야에 순희가 명멸했다.

미란이가 나를 좋아하는 것은, 어느 소설에서 읽은 주인공이 가난한 청년을 동정하여 사랑한 그 아가페(agape) 사랑일 것이다. 어릴 때 미란은 내가 고아이고 가난하기 때문에 나를 동정하는 그 아가페 사랑을, 지금은 미란이 말대로 첫사랑이기 때문에 막연히 사랑으로 연결시키는 것일 것이다. 바보같이……, 인범은 그렇게 생각하면서도 자신의 처지로 미란이와는 이룰 수 없는 가슴 쓰린 사랑이지만 혼자만의 첫사랑의 아름다운 추억으로서 간직하고 싶었다. 그러기에 미란이가 '이제 우리 집은 망했다. 인범아, 어떡해! 인범아, 어떡해!' 할 때 자신도 모르게 사채업자에게 분노하여 그날 날치기에 칼을 맞은 상처를 봉합한 것도 잊고 달려온 것인지 몰랐다.

그러나 그것과 이것과는 다르다. 인범은 냉정해야 했다. 미란은 의식적으로 자신과 연인관계로 확인하려는 것이다. 자신과 미란이와는 현실의 괴리가 크다. 결코 아가페 사랑만으로 이루어질 수 없다. 가까이 지내기를 멈추어야겠다고 생각했다.

인범은 순희가 떠올랐다. 내가 만약 다른 여자를 택한다면 순희의 어릴 때부터 나에 대한 사모의 연정이 자칫 잘못하면 커다란 비극을 가져올 수 있다고 생각했다. 나도 순희를 좋아하지만 그건 어디까지나 오빠와 누이동생의 감정 이상은 아니지만 순희는 이성으로서 나에게 애정을 쏟고 있음이 틀림이 없었다. 그러니 자기의 첫사랑이 끝내 이루어지지 않을 때 순희는 어떻게 할 것인가……. 인범은 머리가 혼란스러웠다. 나의 첫사랑은 분명 미란이었다. 왜 하필 순희의 첫사랑이 나란 말인가. 그러나 내가 만약 한 여자와 결혼을 한다면 순희하고는 환경과 현실이 일치할 것이다.

인범은 여자를 생각하면 미란이가 떠올랐고 그러면서 언제나 순희의 얼굴에 미란이의 얼굴이 중첩되었다.

"미란아, 나 집으로 가야 해. 이제 사채업자들과 타협을 하였으니 너의 아버지를 괴롭히진 않을 거야. 만약 또다시 놈들이 나타나면 이리로 전화해. 이 전화는 내가 사는 앞집의 목수 아저씨 집 전화야."

끝내 미란이의 고백을 외면하고 일어섰다.

"인범아, 우리 또 우연히 만나지 않으면 못 만나는 거야? 내가 너의 집을 찾아가면 안 되니?"

"미란아, 너와 난 달라. 살아가는 방향이 달라."

인범은 언제나 똑같은 말을 했다.

"내가 너의 방향에 맞추면 안 돼?"

"……"

미란은 눈물이 그렁그렁한 얼굴로 애원했다. 인범이가 한없이 원망스러웠다. 인범은 한편 감상적인 소녀 적부터 자신의 사랑 고백을 외면했고 성인이 된 지금도 외면 아니, 거부하는 것이 그렇게도 원망스러웠다. 학벌과 환경이 그렇게도 중요하단 말인가……. 원망을 하면서도 불타오르는 연정이 자신을 괴롭혔다. 미란은 인범의 거절이 아버지가 결코 허락하지 않을 것을 알고 있기 때문이라고 단정했다. 과연 아버지는 인범이와 자신과의 결합을 허락하지 않을까?

미란은 폭우가 온 다음 날 계곡을 건널 때 인범이의 말이 문득 떠올랐다. 계곡을 건너다 내가 죽으면 넌 어쩔 것이냐고 물었을 때 나도 죽는다고 했다. 내가 죽는데 너가 왜 죽느냐고 하니 너가 죽으면 난 너의 아버지에게 맞아 죽는다고 했다. 아, 인범은 어릴 때부터 우리 아버지를 무서워했고 아버지가 자기를 미워하고 있다는 것을 알고 있구나!

인범의 의식에는 사랑이라는 단어가 존재하지 않았다. 그것이 미란이와 인범이의 현실의 차이였다. '나는 아버지의 원수를 갚아야 한다. 그 싸움에서 병신이 되거나 죽을지도 모른다. 사랑은 나에겐 사치이고 허세이다.'

미란이와 인범은 가까이 살기 때문에 어쩌다 거리에서 만날 때도 있었지만, 인범은 언제나 헤어지는 것을 아쉬워하며 만나자는 미란의 말에 미소로 답하고 헤어지곤 했었다. 미란이의 사랑 고백을 외면하고 이 층 계단을 내려오면서 인범의 가슴 한구석에 무언지 모를 차갑고 시린 물이 흐르고 있었다.

미란은 초등학교 때 인범이를 막연히 좋아했다. 인범이가 불쌍하여 동정으로 좋아했는지도 몰랐다. 그리고 폭우가 쏟아지던 날 동굴에서 여자로 태어나 열에 들떠 처음으로 남자 아니, 어린 인범의 품을 파고든 진한 기억이 평생을 두고 잊어지지 않을 것 같았다. 폭우로 넘쳐난 계곡을 건너면서 설익은 남자지만 꽃망울 맺는 자신의 벗은 젖가슴을 보인 이후부터 인범이가 이성으로 좋았다. 그러나 인범은 자신과는 다른 환경에 산다며 언제나 자기를 외면하고 피했다. 학벌, 재산, 환경이 그렇게도 중요하단 말인가. 남자와 여자의 결혼생활에 학벌과 재산이 꼭 필요하단 말인가?

인범은 어릴 때부터 아이 같지 않고 어른스러웠다. 혹독한 가난을 겪어 그런지 다른 아이와는 달리 침착하고, 가난을 극복하려는 강인한 의지가 몸에 배어 있었다. 그리고 누구보다도 좋은 품성을 갖고 있었고 생활 관념도 투철했다. 같은 학년이지만 미란은 인범이가 오빠같이 어른스러웠다. 인범이가 주먹보다 투지와 당당한 의지로 사채업자를 물리치는 것을 보니 아버지의 회사를 물려받아 잘 키울 것 같았다. 그런데 왜 인범은 나의 사랑을 받아주지 않는 것일까. 인범은 우리 부모가 반대한다고 생각하고 그럴까? 인범인 우리 부모가 허락하면 나를 받아줄 것인가, 아니면 다른 여자가 있단 말인가. 인범의 앞집 처녀가 인범이의 애인인지 몰랐다. 내가 맨 처음 중학생일 때 찾아간 그때 어린 소녀가 떠올랐다. 그리고 소녀는 자라면서 미란이를 대하는 태도가 달랐다. 한번씩 산으로 인범이를 찾아갈 때마다 처녀로 성숙되어가던 그 소녀가 자신의 방문을 두려운 눈으로 바라보던 것이 마음에 걸렸다.

4

일주일 뒤 중앙빌딩 2층 사무실에 사복형사들이 들이닥쳤다. 박 과장의 지시로 최달호 사장의 사채업을 조사하고 급습한 것이다.

경찰에게 사채업 장부를 압수당했다. 고리를 받으면서도 세무서에는 저리를 받는 것으로 신고 돼 있었고 이자소득을 거의 누락한 것이 밝혀졌다. 경찰이 악덕 사채업자로 조사하겠다고 으름장을 놓았다. 최 사장은 경찰에게 매달렸다. 김상준 사장에게 대출해 준 대출금은 은행이자와 똑같은 특별 저리로 장기 상환하도록 하겠다고 사정을 하였다. 경찰 경제팀 담당자가 박 과장에게 전화로 전달했다. 박 과장은 김상준 사장과 대출 서류를 다시 작성하라고 했다.

최 사장은 미란이 아버지 김 사장에게 매달렸다. 고리 이자를 마을금고 이자가 아닌 시중 은행의 이자로 장기대출로 전환하여 주겠다고 하고, 지금까지 받은 고리 이자를 반환하겠으니 사건을 더 확대하지 않도록 해 달라고 사정사정하며 매달렸다. 이제 주객이 전도되었다. 영문을 모르는 김 사장은 최 사장과 다시 계약서를 작성했다. 집에 돌아온 김 사장은 이 사실을 미란이에게 말했다. 그제야 미란은 인범이가 박 과장에게 부탁한 사실을 말했다. 이로써 미란이 아버지는 인범이로 인해 사채업자와의 대출을 완화할 수 있었다. 미란이 아버지 김상준 사장은 인범이가 고아이고 신문배달을 하며 산속 동굴에서 처절히도 가난하게 살 때 모질게 때리고 미워했던 인범이로 인해 사업을 다시 정상적으로 운영할 수 있게 되었다. 인범에겐 고맙고 한없이 부끄러웠다.

미란은 이 사건으로 인해 아버지 어머니의 내락을 받아 인범이와 가까이 지낼 수 있다고 행복감에 젖어있었다.

그날 밤이었다. 미란은 어머니의 방을 찾았다. 사채업자의 일이 해결된 이후 이제 집은 평화스러워졌다. 아버지도 어머니도 이제 사채의 시달림과 두려움에서 완전히 벗어났다.

"미란아, 왜 자지 않고……."

"엄마, 잠이 안 와."

미란은 어머니의 옆에 누워 어머니의 가슴에 손을 얹고 젖가슴을 더듬었다.

"애는 간지러워 아니, 징그러워."

어머니는 얼른 미란의 손을 치웠다.

"엄마, 나 누굴 사랑하고 있어. 그런데 그 남잔 나를 싫어하지는 않는 것 같은데 내가 자기에게 가까이 다가가면 의식적으로 나를 피하려고 해."

"왜 너를 피해?"

"…… 몰라. 내가 부담스러운가 봐."

미란이 어머니는 미란이에게 돌아누우며 미란이의 가늘고 부드러운 손을 꼭 잡으며 말했다.

"어느 남자가 이렇게 예쁘고 착한 우리 미란일 피하지?"

"그런 남자가 있어. 엄마 혹시 인범인 어때?"

"뭐, 인범이……? 인범은…… 너하고 안 어울려."

"왜 엄마, 고아라서? 이젠 인범은 성인이잖아."

"미란아? 여자는 남자를 잘 만나야 행복하단다."

"어떤 남자를 만나야 행복한 거야? 내가 사랑하면 행복하지 않아, 엄마?"

"……."

미란이 어머니는 인범이를 떠올렸다. 믿음직하고 든든했다. 그러나 고아이고 학벌이 없다는 것이 아쉬웠다. 가만히 고개를 저었다.

"여보, 당신 요사이 얼굴이 좋게 보여요."

미란이 어머니는 남편 옆에 살그머니 다가앉았다.

"얼굴이 좋을 수밖에 없잖아. 그놈의 사채업자 때문에 얼마나 생가슴을 앓았고 돈 걱정을 했는데……. 난 당신에게 말했듯이 모든 걸 정리하려고 했었어. 그 흡혈귀 같은 사채업자 놈 지금도 생각만 하면 진저리가 나. 아, 그리고 인범의 부탁으로 우릴 도와준 그 경찰간부 한번 찾아봐야 사람의 도리일 것 같아. 너무 고맙잖아."

"여보, 우리 미란이가 그 청년을 좋아하는 것 같아요."

"……."

미란이 어머니는 말을 하고 힐긋 남편의 얼굴을 살폈다. 순간 김 사장의 표정이 일그러졌다. 고뇌의 표정이었다. 김 사장도 인범이를 많이 생각했다. 딸 미란이가 인범이를 사랑하고 있다는 것을 알고 고민을 한 것이다. 믿음직한 청년이었다. 그런 아들이 있다면 하는 아쉬움이 간절했다. 그러나 사위로서는 얼른 확신이 서지 않았다. 무엇보다도 고아이고 학벌이 없는 것이 마음에 걸렸다. 그러나 믿음직하고 성품이 좋은 진실한 청년임을 부인할 수 없었다. 그러나 인범이란 청년이 대단한 싸움꾼이라는 사실에 고개를 저었다. 어떠한 이유라도 주먹꾼은 싫었다.

"왜 인범이 청년이 싫으세요?"

"당신이 왜 인범이 청년을 말하는지 이유를 모르겠어. 솔직히 이야기해 봐. 그냥 인범이 청년을 말하는 것은 아닌 것 같은데. 혹시 미란이와 그 청년을 엮어주고 싶은 건 아니야?"

"미란이가 자기는 인범이가 좋대요. 그런데 인범이 청년이 우리 미란이를 멀리한대요. 인범이가 당신에게 그렇게 맞았는데 미란일 좋아하겠어요. 인범이가 당신이 자기를 싫어하는 것을 알고 미란이를 거부하는 것 같아요."

"음……."

김 사장은 긴 신음을 뱉었다. 청년이 아무리 믿음직하고 신세를 졌다지만 사위로서는 조건이 맞지 않는다는 결론을 지었다. 청년이 미란일 거부한다니 다행이라고 생각했다.

5

미란이 아버지 김상준은 인범이에게 사건해결의 고마움에 금전으로 사례를 하려고 생각했다. 그러나 곧 인범이가 어릴 때 자신에게 심하게 맞았을 때, 아내가 인범이에게 돈을 주었더니 받지 않고 미란이에게 돌려주더라던 말이 떠올랐다. 그땐 인범이가 극도로 가난하여 돈이 필요할 때인데도 받지 않았던 것이다. '아, 고 군은 어릴 때부터 착한 아이였구나! 그래, 돈은 받지 않을 것이다.' 김 사장은 식사 한 끼라도 대접하고 또 고 군이 구하여 준 회사도 구경시킬 겸 미란이를 통해 인범이를 회사로 초청했다.

인범은 미란이를 따라 미란이 아버지 회사에 도착했다. 입구 기둥에 '남일자동차부품공업사' 라고 씌어 있었다. 회사의 규모가 제법 컸다. 오백여 평의 마당에 짐차들과 승용차들이 주차되어 있었다. 사무실 직원들도 여자 직원이 10여 명이 넘었고 남자 직원들도 여러 명이었다. 미란이 아버지는 없었다. 키가 작고 예쁘게 생긴 여자 직원이 미란이를 알아보고 나왔다.

"오셨어요? 사장님이 조금 늦겠다고 전화가 왔습니다. 조금만 기다리시면 곧 오신답니다. 앉으세요. 무슨 차를 드시겠어요?"

아가씨가 상냥하게 미소로 미란이를 맞았다.

"인범아, 앉아. 무슨 차를 할래?"

"아무거나."

"커피 주세요."

미란은 자리에 앉으면서 말했다. 인범이도 미란이 곁에 앉으며 사무실을 둘러보았다. 만약 사채업자와 해결이 되지 않았다면 도산했을 것이라고 생각하며, 인범은 자기로 인해 회사가 정상으로 된 것에 보람을 느꼈다.

인범이가 앉은 자리 맞은편 벽에 액자가 걸려 있었다. 액자에 붓글씨로 쓴 글이 보였다. 인범이가 보기엔 정말 잘 쓴 서예였다. 인범은 서예에 관심을 갖고 있었다. 공사장의 일을 마치면 시간이 많은 인범은 살아가면서 유익한 취미 중 서예를 배우려고 하고 있었기 때문이었다. 동적인 운동과 정적인 서예가 좋을 것 같았다. 언젠가 서예를 배우기 위해 학원에 간 적이 있었다. 곧 배우려고 하고 있었다.

액자의 내용을 읽었다. 사훈이었고 해서는 안 될 말이라고 적혀 있었다.

社訓

해서는 안 될 말

'잘해봐라' 는 비꼬는 말

'난 모르겠다' 는 무책임한 말

'그건 안 된다' 는 부정의 말

'내가 뭘 아는 것이 있나?' 는 안일의 말

'네가 뭘 아느냐?' 는 무시의 말

'바빠서 못 한다' 는 핑계의 말

'잘 되어 가는데 뭘 하려고 바꾸나?' 는 무사 안일주의 말

'이 정도면 괜찮다' 는 타협의 말

'다음에 하자' 는 미루자는 말

인범은 미란이 아버지의 사업지침이 확실하다고 생각했다. 아! 저런 확고한 경영철학과 지침이 있으니 공장을 잘 이끌어간다고 생각했다. 인범은 사업은 전혀 몰라도 그 내용이 참 좋았다. 몇 번을 읽으면서 머리에 새겼다.

미란이 아버지가 바쁘게 들어왔다.

"어, 미란이 왔어. 고 군, 미안하네. 급한 일이 있어 잠깐 어디 들렀다 조금 늦었네. 자, 내 사무실로 들어가지."

미란과 인범은 자리를 옮겨 사장실 소파에 앉았다. 사장실은 소파도 크고 고급스러웠다. 김 사장이 웃옷을 벗어 옷걸이에 걸고, 소파에 앉았다.

그때 노크 소리가 나고 여직원이 들어왔다.

"사장님, 경비실에서 전화가 왔습니다. 모범택시 기사가 어떤 외국인을 데리고 와서 뭐라고 한답니다. 김 과장이 들여보내야 하는지 돌려보내야 하는지 사장님께 여쭈어 보라고 합니다."

"뭐, 외국인이……. 경비실 바꿔."

전화가 경비실과 연결이 되었다.

"어떤 외국인인가?"

"네, 아주 점잖은 외국인입니다. 그런데 우리 회사 제품이 인쇄된 카탈로그를 보여주면서 뭐라고 합니다."

"뭐, 카탈로그를……? 들여보내. 최 양, 김 과장에게 모시고 오라고 해. 그리고 오 부장 오라고 해."

"오 부장님은 휴가 중입니다."

"그러면 영어를 할 줄 하는 직원 있으면 오라고 해."

인범은 외국인이라는 말에 귀가 솔깃했다. 인범은 리비아에서 배운 영어회화를 잊어버리지 않기 위해 에리샤에게서 받은 영국 초등학교 교과서를 열심히 쓰고 읽고 있었다. 또 서울의 미국 군인을 위한 영어방송을 열심히 듣고 있었던 것이다.

그리고 거리에서 영어를 사용하는 외국인을 보면 접근하여 길도 가르쳐 주고, 여러 가지 도움을 주며 많은 이야기를 나누곤 했다. 때론 외국인에게 접근을 하면 인범이를 경계하는 외국인도 있었다. 그러면 인범은 자기는 리비아에서 일을 하면서 영어를 배웠는데 배운 영어를 잊지 않기 위해 영어를 사용하는 외국인을 만나면 길도 안내해 주고 다른 도움이 필요하면 도와 드린다고 하면, 반신반의하며 접근을 허락하는 외국인도 있었다. 그러나 대부분은 친절히 대화하면서도 한국인을 믿지 못하는지 도움을 바라는 외국인은 드물었다. 그러나 때론 도와 달라며 길 안내를 부탁하는 외국인도 있었다. 그래서 인범은 외국인이 미란이 아버지의 회사를 찾아왔다는 것에 관심을 가졌다.

"아버지, 외국인이 왔대요?"

"응, 왜 왔는지 모르겠네."

김 과장이 사무실로 들어오고 그 뒤에 외국인이라 나이를 가늠할 수 없었지만 나이 오십이 조금 넘은 것 같은 체구가 큰 사람이 들어와 사무실 안을 휘둘러보고 있었다. 얼굴은 온통 수염투성이였다. 손에는 경비실에서 말한 회사의 카탈로그가 쥐어져 있었다.

"미란아, 고 군과 저쪽에 잠깐 앉아있어."

미란이는 소파에서 일어나 비어있는 옆 걸상에 앉았다. 인범이도 미란이를 따라가 빈 걸상에 앉았다.

김 사장이 자리에서 일어나 외국인에게 손을 내밀며 짧은 영어 실력으로 인사를 했다.

"Welcome. I am…… of this company……(어서 오십시오. 내가 이 회사……)."

미란이 아버지는 자신이 이 회사 사장이라고 말하려고 했지만 사장이란 단어가 얼른 떠오르지 않아 우물거렸다.

미국인이 김 사장의 손을 잡으며 말을 했다.

"Pleasure to meet you. I am Smith, the managing director of Ford Motor in the United States. My staff member brought your……(만나서 반갑습니다. 저는 미국 포드 자동차 회사 스미스 이사입니다. 저의 직원이 한국에서

귀사 제품의 자동차 부품이 가격이 저렴하고 성능이 우수하다고 카탈로그를 가져와서 저의 회사 기술진에서 의논을 했습니다. 제가 다른 일로 한국에 가면 귀사에 들러서 부품과 성능을 보고 가격이 맞으면 수입을 하라고 지시를 받고 왔습니다)."

외국인이 자기소개와 방문한 목적을 말하지만, 영어를 잘 모르는 김 사장은 미국인의 말을 알아들을 수 없었다.

"…… 오 양, 얼른 나가 봐. 사무실에 영어를 할 줄 아는 직원 있으면 데리고 와."

오 양이 급히 나갔다. 김 사장은 조금 전 인범이와 미란이가 앉았던 소파에 외국인을 앉혔다. 외국인은 사장이 영어를 모른다는 것을 알고 멀거니 앉아있었다.

조금 후 김 과장과 두 직원이 들어왔다. 세 직원은 영어에 자신이 없는 듯 외국인을 보자 멀거니 바라보고 있었다. 그러면서 서로 외국인에게 먼저 이야기를 하라고 눈짓을 하고 있었다.

"오 주임, 어디 이 외국인 어떻게 왔는지 물어봐."

김 과장이 맨 앞에 선 오 주임에게 말했다. 오 주임은 결심을 한 듯 한 발 앞으로 다가섰다.

"I am an employee of this company. Oh, no……. What am I going to do(저는 이 회사 직원입니다. 어, 어떻게……)?"

오 주임은 다음 말을 못하고 긴장을 했는지 더듬거리고 있었다. 인범은 처음부터 미국인의 말을 듣고 있었다. 미국인에게 이 회사 제품인 자동차 부품 홍보물의 카탈로그를 보고 왔다고 하며, 제품의 성능과 가격을 알고 수입을 하고 싶다는 말을 들었는데, 미란이 아버지가 미국인의 말을 알아듣지 못하고 있음을 알았다. 그러나 방금 들어온 세 직원들도 간단한 영어는 할 수 있을지 몰라도 전문적인 영어를 몰랐다.

미국인은 직원들이 영어를 잘 모른다는 것을 알았다. 그러면서 혼자 중얼거렸다.

"Oh my god. I do not understand how this company tries to export it's products without anyone who can interpret English(맙소사, 영어 담당자도 없으면서 어떻게 수출을 하려고 하는지 이해가 안 되네)."

사무실 분위기가 어색했다.

"너희들 이 미국인이 무슨 말을 하는지 모르겠어?"

"사장님, 우린 영어를 잘 모릅니다."

"그러면 왜 들어왔어?"

"과장님이 들어가자고 해서……."

"나가보게."

오 주임과 박 계장은 머리를 긁적거리며 사무실을 나갔다.

"맙소사. 대학 졸업자가 영어를 모르다니. 오 양, 오 부장에게 전화해 봐, 집에 있는지?"

오 양이 오 부장 집으로 전화를 하였다. 오 부장 부인이 받았다.

"아주머니, 부장님 계세요?"

오 양이 오 부장님 부인과 전화를 하더니 힘없이 전화를 끊었다.

"사장님, 오 부장님이 아버지 산소에 가고 없답니다. 오시는 대로 회사로 연락하겠답니다."

"답답하구먼. 우리 회사에 영어를 전문으로 하는 직원은 오 부장뿐이란 말이지. 우리 회사도 수출을 해야 하는데 다음엔 영어 전문 직원을 채용해야겠군. 미란아, 넌 이 미국인이 어떻게 왔는지 모르겠어?"

"아버지 전 영문과가 아니잖아요. 그리고 영문과라도 생활영어를 배우지 않으면 회화를 잘 못해요."

인범은 처음부터 미국인이 온 목적을 들었다. 그러나 회사일이라 자기가 나설 수 없었다. 그러나 수입을 하려고 온 미국인과 영어를 몰라 대화를 못 하고 있다고 생각하니 모른 척할 수가 없었다. 인범은 가만히 미란이에게 말했다.

"미란아, 저 미국인이 너희 아버지 회사 제품을 수입하고 싶다고 하는 것 같아. 오늘 제품의 성능을 보고 수입을 결정할 수도 있다고 하는가 봐."

이 말을 들은 미란은 눈을 둥그렇게 뜨고 인범이의 얼굴을 놀란 눈으로 빤히 바라보았다.

"인범아, 너 영어할 줄 아니? 리비아 가더니 영어를 배워왔구나, 어쩜!"

"나도 잘은 몰라. 아까 저 외국인이 그렇게 말하는 것 같아. 상세한 것은 물어보아야겠지만……."

"그럼, 네가 한번 물어봐. 아버지, 인범 씨가 미국인이 어떻게 우리 화사에 왔는지 조금 전 미국인이 말한 것을 듣고 알고 있는 것 같아요. 미국인과 직접 대화를 하도록 해 보세요, 아버지."

김 사장은 고 군이 영어를 한다고 말하니 믿기지 않았다.

"뭐, 고 군이 영어를……?"

반신반의한 표정으로 인범이의 얼굴을 쳐다보았다.

"네, 아버지. 할 수 있을 거예요. 한번 시켜 보세요. 어차피 통역할 사람이 없잖아요."

미란이도 믿기지 않음은 사실이었다.

미란이 아버지는 도저히 이해가 되지 않았다. 학벌이 없고 막노동꾼인 고 군이 영어를 한다니 믿어지지 않았다. 그러나 미란이가 시켜보라니 시켜보지 않을 수 없었다.

"고 군, 자네가 통역을 해 보겠나?"

"네, 한번 해 보겠습니다. 미국인의 말을 전달만 하면 됩니까?"

"우선 우리 회사 카탈로그를 어떻게 해서 가지고 있고, 왜 우리 회사를 방문했는지 물어보게."

인범은 걸상에서 일어나 미국인이 앉아 있는 소파 쪽으로 걸어갔다.

"I am In-Bum Goh. A friend of the representative's daughter. I am not that familiar with technical terms in English. But I think I can deliver your message to the representative(저는 이 회사 사장님의 딸 친구 고인범입니다. 기술적인 영어용어는 잘 모르지만 선생님의 말씀을 전달할 수 있을 것 같습니다)."

"Oh, nice meeting you. I am Smith, the managing director of Ford Motor in the United States(오 그렇습니까? 반갑습니다. 저는 미국 '포드 자동차 회사' 이사 스미스입니다. 반갑습니다)."

스미스 이사는 자리에서 일어나 인범이에게 악수를 하고 지갑에서 명함을 꺼내 인범이에게 주었다.

"I am sorry. I do not have a business card(저는 명함이 없습니다)."

"It is okay. What kind of work do you do(그래요. 어떤 직장에서 무슨 일을 하십니까)?"

"I am working at construction sites(건축현장에서 노동일을 하고 있습니다)."

"Then where did you learn English(그래요. 영어는 어디서 배웠습니까)?"

"I learned English in Libya(리비아에서 배웠습니다)."

"그래요. 다행이군요."

김 사장과 김 과장, 그리고 미란은 인범이와 미국인이 이야기를 나누는 것을 놀란 얼굴로 멍하니 바라보고 있었다. 무슨 말을 하는지 알아듣지 못하지만, 인범이가 유창한 영어는 아니지만 그런대로 미국인과 대화에 막힘이 없이 말을 하는 것을 보고 놀란 입을 다물지 못했다. 미란은 인범이가 노동자로 리비아에 갔지만 몇 년 만에 저렇게 영어를 잘할 줄 몰랐다. 미란이 아버지 김 사장도 인범이가 고아였고, 초등학교 때 신문배달을 하는 등 학벌이 없었기에 영어를 저렇게 잘하리라고는 상상도 못 했다.

인범은 리비아에서 에리샤와 함께 지내며 영어를 익혔고 에리샤가 꼭 글도 익혀야 한다고 하여 한국에 돌아와서도 열심히 영어책과 영어만화, 그리고 영자 신문과 영어방송을 계속 보고 듣고 했기에 오늘 미국인과 대화에 자신을 가질 수 있었다. 무엇보다도 인범이가 에리샤에게 영어를 배워 외국인 감리와 함께 일한 것이 영어에 자신을 갖게 한 것이다. 어느 날 한국 감독이 없을 때 외국 감리가 한국 노동자에게 손짓 발짓으로 설명을 하며 작업을 시킬 때 인범이가 서투른 영어로 통역을 하여 감리가 인범이를 곁에 두고 일을 했기 때문이었다.

미국인은 부품을 수입하기 위해 왔지만 영어 담당자가 없어 낭패였는데 마침 미스터 고를 만나 다행이라며, 제품을 보고 가격이 맞으면 1차 계약을 하겠다고 했다. 그러면서 본격적인 질문을 했다. 먼저 회사의 설립연도를 물었다.

"스미스 이사가 이 회사 설립연도를 묻습니다."

"그래, 오 양, 우리 회사 등록증을 가져와."

스미스 이사는 설립연도를 보고 고개를 끄덕이고는 등록증을 복사해 달라고 했다. 이 모든 것을 인범이가 통역을 했다.

"It is indicated that this company was established in 1975. I want to have full explanations of the catalog(설립연도가 1975년이군요. 카탈로그에 나온 제품 성능에 대해서 설명을 듣고 싶습니다)."

"사장님, 스미스 이사님이 제품의 성능을 보자고 합니다. 그리고 제품 설명을 듣겠다고 합니다."

"그래, 김 과장, 이분을 공장으로 안내해. 고 군, 통역을 부탁해."

김 과장이 앞장을 섰다. 그 뒤를 스미스 이사가 따랐고 사무실 직원들도 따랐다. 미란은 상기된 얼굴로 쾌재를 불렀다. '아버지 보셨죠. 인범은 비

록 고아지만 영어까지 잘해요. 아버지 회사를 물려받아도 잘할 거예요.'

공장에 들어서니 기계 소리가 요란했다.

김 과장이 제품 설명을 하고 인범이가 통역을 했다. 기계 소리로 인해 큰소리로 말을 해야 했다. 직원들이 힐금힐금 보면서 일을 하고 있었다.

인범은 기술적인 용어는 몰라도 제품의 성능은 설명할 수 있었다. 스미스 이사는 알겠다는 듯 고개를 충분히 끄덕이었다. 제품을 실제로 시험을 하기도 하고 재료가 무엇인지도 물었다.

성능 시험을 한 스미스 이사는 만족한 듯 입가에 미소를 지었다.

직원이 제품 몇 가지를 들고 사무실로 가져왔다. 스미스 씨와 김 과장은 제품 단가와 결제방법을 의논했다. 인범이가 기술적인 용어를 몰라 김 과장에게 설명을 듣고 스미스에게 전달했다. 계약서에 인범이가 영어로 김 사장이 요구하는 사항을 적었다. 그리고 스미스 이사가 포드 회사의 요구하는 사항을 적고 인범이가 해석을 했다. 인범은 대화도 충분했지만 글도 잘 알았다. 기술적인 어려운 단어는 스미스 이사가 쓰고 회사 여직원이 영문으로 타자를 쳐서 작성하고 전문용어는 미란이가 오 부장 책상에 있는 사전을 찾아 확인을 했다.

김 사장과 미란은 너무나 놀라 벌린 입을 다물지 못했다. 말만 할 줄 아는 것이 아니라 영문까지 정확히 쓰고 읽을 수 있다는 것에 놀라지 않을 수 없었다. 영어를 전공한 대학 출신도 이렇게 계약서를 작성할 수 없는데, 리비아에 노동일로 돈을 벌러 간 인범이가 이렇게 영어를 배워왔다는 것에 놀라지 않을 수 없었다. 영문과는 아니지만 대학에 다니는 미란이보다 더 영어를 잘한다는 것은 도저히 믿기지 않았다.

김 사장은 계약서에 미국에 첫 수출을 원만히 하고 제품상 하자만 없다면 다음 번 수출은 단가를 몇 프로 올려 계약하겠다고 명시했다. 스미스 이사는 김 사장을 신뢰할 수 있어 까다롭게 계약서를 작성하지 않았다고 했다. 그러나 김 사장은 H자동차와 설계상의 문제로 금전적 손실과 심적 고통을 받았기에 완벽한 제품을 납품해야겠다고 생각하고 샘플을 월요일에 정확히 확인하기로 했다. 스미스 씨는 이렇게 명확히 하는 사장을 믿을 수 있어 더욱 신뢰가 된다고 미소를 지었다.

무엇보다도 오 부장이 없어 도저히 계약을 할 수 없을 것인데도 인범으로 인해 계약이 원만히 이루어진 것에 대만족을 했다. 계약서에 도장을 찍을 무렵 오 부장에게서 전화가 와서 무슨 일이냐고 묻고 회사로 오겠다고 했다. 전화를 받은 김 사장이 오 부장에게 첫 수출 계약이 잘 되었다고 했다. 오 부장은 영어를 하는 직원이 없을 것인데 어떻게 계약을 할 수 있었는지 놀라워했다. 김 사장은 휴가 끝나고 오면 이야기하자고 하고 전화를 끊었다.

인범이로 인해 회사를 사채업자에 빼앗길 뻔한 것도 해결되고 미국으로 수출의 길도 열린 것이 너무나 좋아 어쩔 줄 몰라 했다. 그보다 이번 수출로 지난번 H자동차 회사에 손해 본 손실을 일부 회복할 수 있어 너무나 기뻤다.

김 사장은 인범이를 통해 스미스 이사를 서울에서 최고급의 한식 궁중 요릿집으로 안내했다. 스미스 이사는 인범이와 많은 이야기를 나누었고 김 사장과 스미스 씨와의 대화도 통역을 했다. 스미스 상무는 이렇게 고급 전통한식 궁중요리를 먹을 수 있어 영광이라고 했다. 김 사장은 미란이와 인범이에게 회사의 승용차로 스미스 이사가 머물고 있는 호텔로 배웅하게 하고 집으로 돌아왔다. 너무나 기분이 좋았다.

그날 술이 취해 집에 돌아온 김 사장은 아내에게 인범이의 이야기를 했다. 남편에게서 인범이가 영어를 잘하여 계약이 이루어졌다는 이야기를 들었다. 미란이 어머니는 남편의 이야기를 듣고도 고아이고 학벌이 없는 인범이 총각이 한국어도 아닌 영어를 잘하여 외국 회사와 계약을 할 수 있도록 했다는 사실이 도저히 믿기지 않았다. 무엇보다도 남편이 인범이에 대한 생각이 바뀐다면 남편의 내락을 받아 미란이가 그렇게 좋아하는 인범이 총각과 엮어줄 수 있다는 것이 좋았다. 비록 인범이가 고아지만 딸이 좋아하니 짝을 만들어 주고 싶었다. 그리고 인범이를 대할수록 훌륭한 청년임을 알 수 있었다. 똑똑한 딸이 결코 인범이를 잘못 보지 않은 것을 알았다.

그날 밤, 미란은 뛸 듯이 기뻐 잠을 이룰 수가 없었다. 아버지가 인범이를 이제 거절하지 않을 것이라고 생각했다.

일요일 아침, 김 사장은 거실의 눈부신 화사한 햇살을 바라보며 기분이 상쾌했다. 인범이로 인해 사채업자의 일도 해결되었고 어제 우연히 이루어진 미국 굴지의 자동차업계인 포드회사에 부품을 수출할 수 있어 한꺼번에 이루어진 경사에 가슴이 부풀도록 행복했다. 그보다 미란이가 좋아하는 인범이가 영어회화뿐만 아니라 영문까지 대학 졸업자보다 더 잘 알고 잘 쓴다는 의외의 사실에 매우 놀란 것이다. 그렇다면 인범이를 미란이와 짝을 지어 주어도 괜찮다고 생각한 것이다.

미란이 아버지 김 사장은 아침을 먹고 아내와 미란이를 불러 거실 소파에 앉혔다. 오늘따라 정원의 화초들이 싱싱해 보였다. 정원수 사이로 새들이 바쁘게 날고 있었다. 김 사장은 담배 연기를 길게 내뿜으며 무슨 말부터 꺼내야 할지를 생각하고 있었다. 이제 와서 고명딸 미란이와 엮어주겠다는 말을 꺼내기가 속 들여다보여 민망했다. 그러나 분명히 고 군이 훌륭한 청년임을 알 수가 있었다. 다만 유명한 싸움꾼이라는 사실이 마음에 걸렸다. 그래서 얼른 말을 꺼내지 못하고 망설이고 있었다. 긴장한 미란은 귀를 크게 열어놓고 시선은 아버지의 입에 집중하고 있었다.

"미란아!"

드디어 김 사장은 입을 떼었다.

"네, 아버지."

"너 인범이 좋아하니?"

"……."

미란은 어제 일로 아버지가 인범이를 다시 본다는 것을 알면서도 얼른 '네' 라고 대답할 수 없었다. 그렇게도 인범이를 미워하던 아버지의 생각이 바뀐 것이 가슴이 뭉클하도록 기뻤지만 '네' 라고밖에 말할 수 없었다.

"여보, 당신은 고 군을 미란이 짝으로 어떻게 생각해요?"

"넷! 어떻게 생각하다니요?"

미란이 어머니도 얼른 대답을 못 했다. 그렇게도 인범이를 싫어하던 남편이 미란이와 인범이를 짝지어주겠다고 생각하는 것이 감격스러웠다.

"나만 허락한다면 미란이와 인범이를 짝지어줄 생각이 있느냐고 묻고 있지 않소?"

"당신이 그렇게도 싫어하던 인범이를 왜 우리 미란이와 짝지어줄 생각을 하는지 궁금하군요?"

아내의 질문에 김 사장은 담배 연기를 허공에 내뱉으며 독백처럼 말했다.

"내가 고 군을 처음부터 고아이고 가난하다는 고정관념으로 무작정 미워한 것이 잘못이었소. 내가 이번에 성장한 고 군에게 도움을 받은 것도 있지만, 고 군이 훌륭한 청년임을 알았소. 비록 학벌은 없지만 고 군은 스스로 뒤떨어진 학력을 자력으로 열심히 공부하여 뒤진 학력을 채운 것을 내가 안 것이오. 그것은 또한 고 군이 좋은 두뇌를 가졌다는 것이 증명이 된 것이요. 다만 마음에 걸리는 것이 있다면 고 군이 대단한 싸움꾼인 것이 걸려요."

"아버지! 고마워요. 아버지, 인범인 어릴 때부터 싸움을 배웠대요."

미란은 너무나 감동하여 울고 있었다. 미란은 흐르는 눈물을 손으로 훔치며 인범이가 대단한 싸움꾼이란 것이 마음에 걸린다는 아버지의 말을 듣고, 인범이가 싸움을 잘하는 이유를 설명해야겠다고 생각했다.

"싸움꾼이 무엇이 좋아 공부는 안 하고 싸움을 배워?"

"아버지! 인범인 어릴 때 서울에서 살기 위해 논을 판 돈을 은행에서 찾아 나오다 날치기들에게 돈을 뺏기고 아버지를 잃었대요. 그리고 그 충격으로 어머니까지 잃었답니다. 그래서 부모의 원수를 갚겠다고 아버지의 시신 앞에서 맹세를 했대요."

미란은 여기까지 말을 하고 잠깐 멈추고 아버지의 얼굴을 바라보았다. 미란은 아버지가 자신의 다음 말을 기다리는 것을 보고 말을 이었다.

"그리고 그때 노상에서 아버지가 살해될 때, 인범이가 청년들에게 우리 아버지 살려달라고 이 청년 저 청년에게 매달려도 구경만 하고 아무도 도와주지 않더래요. 그래서 인범은 자기는 자기와 같은 억울한 처지를 보면 죽음을 무릅쓰고 도와주겠다고 맹세를 했대요. 제가 초등학교 다닐 때에 우연히 골목에서 여중생 깡패들에게 돈을 뺏기는 것을 본 인범이가 저를 구해주었어요. 그래서 인범이가 여중생과 한패인 중학생 깡패들과 싸움이 붙었어요."

미란의 목소리는 울음이 섞여있었다.

"그때 내가 왜 나의 싸움에 끼어들어 네가 몰매를 맞아야 하느냐고 따졌더니, 자기는 누구라도 억울하게 당하는 걸 보면 도와준대요. 그래서 초등학생인 인범인 중학생 대장과 일대일로 맞짱을 뜨자고 하여 이겼어요. 그런데 싸움에서 자기편 대장이 인범에게 지자 중학생들 무리들이 인범이에게 덤벼들었지만, 인범은 지난번 우리 집에 데리고 온 울프가 있어 중학생들을 이길 수 있었어요. 인범은 아마 자기 아버지를 죽인 날치기들에게 복수를 할 거에요. 그래서 인범이가 싸움을 배웠대요."

미란은 울먹이며 말을 했다.

미란이의 말을 들은 미란이 어머니도 인범이가 너무나 불쌍해 눈물을 흘리며 듣고 있었다. 그때 미란이 아버지에게 무참하게 맞으면서도 아프다는 말 한마디 않고 이리저리 남편의 주먹과 발길질을 피하던 인범이가 떠올라 더욱 눈물이 났다.

"음!"

김 사장은 아무 말을 못 하고 이 층으로 올라가 침대에 걸터앉아 깊은 한숨을 뱉었다. '음, 고 군이 한을 품고 살아가고 있군.'

미란이 아버지는 인범이가 기막히게 싸움을 잘하는 것을 보아 알지만, 어느 싸움에서나 꼭 이긴다는 보장은 없을 것이다. 자칫 생명이 없어질지도 모른다는 것을 생각하지 않을 수 없었다. 복수는 자기의 귀중한 인생을 망치는 것이다. 김 사장은 인범이를 만나 부모의 복수를 포기하는 조건으로 미란이와 정식 교제를 허락해야겠다고 생각을 굳혔다.

며칠 후, 김 사장은 인범이를 불렀다.

김 사장은 인범이에게 지난번 사채업자에게서 회사를 찾게 하여 준 것과 이번 수출을 할 수 있게 결정적으로 도움을 준 데 대해 감사의 인사를 했다. 그러면서 사업을 하는 사업가는 사업상 도움을 받으면 사례를 하는 것이 마땅한데, 자신이 알아서 사례를 할 테니 받아달라고 했다.

"미란이 아버님, 저는 사례를 바라고 한 것이 아닙니다. 사례 말씀은 거두어주십시오."

인범은 미란이 아버지가 사례를 하겠다는 말을 일언지하에 거절했다.

"알겠네. 후에 다른 방법을 연구해 보겠네. 그것보다 중요한 이야기가 있네. 단도직입으로 말하겠네. 자네 우리 미란이 어떻게 생각해?"

"……?"

"고 군, 우리 미란일 여자로서 어떻게 생각하는지 의향을 묻고 있네?"

"어떻게 생각하다니요?"

인범은 미란이 아버지의 말의 뜻을 알지 못했다. 인범은 생각지도 않은 질문을 받아 어리둥절했다. 그렇게도 자신을 싫어하던 미란이 아버지가 자신과 미란일 연결한다는 자체가 가능할 수도 없는 것이기에 더욱 어리둥절했다.

"고 군, 우리 미란이가 자네를 좋아하고 있다는 것을 진작부터 알고 있었지만 솔직히 말해서 자네와 우리 미란이와는 환경 차이, 그리고 여러 가지 조건이 맞지 않아 초등학교 동창생이 아닌 남녀 간으로 가까운 것을 인정도 허락도 할 수 없었다네. 아니, 절대적으로 반대했었지. 그러나 이번에 자네가 학벌은 없어도 부족한 학력을 노력으로 보충하여 사회생활과 인간관계에 조금도 부족함이 없다는 것을 분명히 보았네. 그러니 이제부터 우리 미란이와 친하게 지내게 내가 허락하지. 그 대신 단 한 가지 조건이 있어."

김 사장은 잠깐 말을 끊고 다소곳이 앉아 자신의 말을 듣고 있는 고 군의 얼굴을 보고는 말을 이었다.

"자넨, 자네 부모의 원수를 갚겠다고 싸움을 배웠다고 미란이가 그러는데, 부모의 원수 갚음을 포기해. 자네의 원수 갚음은 살인을 하겠다는 것인데, 그것은 자기 인생을 포기하겠다는 것이야. 법치국가에서는 어떠한 이유이고 경우라도 살인자는 살인자로 죄를 묻지 않을 수 없다네. 그리고 설사 살인 동기가 참작이 되어 중형을 받지 않더라도 상당한 세월동안 영어의 몸이 되어야 하고, 출소 후에도 살인자의 전과가 자네의 나머지 삶을 순탄하게 살지 못하게 할 걸세. 그걸 알면서 내가 어찌 우리 미란이와 가까운 사이로 허락하겠어. 비단 우리 미란이와의 관계가 아니더라도 어른으로서, 그리고 자네를 아끼는 차원에서 아버지의 원수를 포기하라고 권하고 싶네. 아니, 꼭 포기해!"

인범은 미란이 아버지에게서 전혀 예상치도 않은 제의와 아버지의 원수 갚음을 포기하라는 말을 듣고 그야말로 아연할 수밖에 없었다. 미란이 어머니와 미란이와 어떤 말이 오고간 줄 모르지만, 인범은 사채업자를 물리치고 미란이 이 층 방에서 미란이가 자신에게 사랑을 고백할 때, 자기는 미란이를 초등학교 친구 이상도 이하도 아니라고 분명히 말하였다. 그것은 미란이와 자신과의 환경이 엮일 수 없다는 것을 너무나 잘 알기 때문이었다. 그런데도 미란이 부모는 자신의 학벌과 환경을 이해하고 받아준다고 했다. 그러나 자신이 받아줄 수 없었다. 뼛속까지 원한에 사무친 아버지의 원수를 포기한다는 것 자체가 있을 수 없었다.

미란이 아버지 말은 지극히 당연한 말이었다. 법치국가에서 살인을 하거나 중상을 입혔다면 그에 상응한 죄를 받아야 한다. 인범은 아버지의 원수를 갚다 날치기들에게 자신이 죽을지, 중상을 입을지, 상대가 죽을지, 중상을 입을지 그 결과는 알 수 없었다. 인범은 그런 것은 생각지 않았다. 다만 죽음을 각오하고 원수를 갚는다는 생각 외는 해 본 적이 없었다. 언젠가 수의사 선생님이 성당에 다니면 착하게 살 수 있다는 말을 듣고 목수일을 할 적에 어쩌다 일찍 마치면 가래성당에 몇 번 갔었다. 영세도 받지 않고 신부님의 강론을 들었다. 그리고 성경책도 읽어보았다. 신부님께서 원수를 사랑하라고 말씀하셨다. 그리고 원수를 용서하라고 하셨다. 그리고 일곱 번이 아니 일흔일곱 번을 용서하여야 한다고 했다. 사람을 죽여서는 절대로 안 된다고 하셨다. 인범은 그 다음부터 성당을 찾지 않았다.

"미란이 아버님, 저는 미란이를 초등학교 친구 이상으로 생각해 본 적이 없습니다. 그리고 아버지의 원수 갚음은 저 개인의 일입니다."

인범은 말을 하고 입을 굳게 닫았다. 더 말을 하고 싶지 않다는 표정을 지었다.

"음!"

미란이 아버지는 인범이의 단호한 거절의 말에 신음을 삼키며 담배를 끄집어내어 라이터에 불을 켰다. 담배를 든 미란이 아버지의 손끝이 바르르 떨리고 있었다. 심장이 뒤틀리고 송곳으로 찌르는 통증을 느꼈다. 거절은 상상도 하지 않았다. 고 군이 감히……. 그럼 미란이가 혼자만의 짝사랑을 하고 있었단 말인가, 왠지 억울하고 자존심이 상했다.

인범은 돌아오면서 혼자서 말했다. '미란이 아버님, 저도 미란일 사랑합니다. 그러나 나는 원수를 꼭 갚아야 합니다. 그리고 미란인 저와는 어울리지 않습니다.' 그러면서 순희가 미란의 얼굴에 중첩되었다.

인범은 미란이 아버지 회사에서 본 사훈이 뇌리에 머물렀다. 사훈의 내용도 좋지만 서예를 배우고 싶었다.

그 다음 날, 인범은 서예를 배우기 위해 '이곡서예' 라고 간판에 적혀 있는 서예학원을 찾았다. 오십대 중반의 원장은 서예는 해서, 행서, 예서, 전서, 초서가 있다고 했다. 인범은 기초 한 달만 배우고 집에서 연습을 하겠다는 조건으로 입회를 했다. 원장은 한글, 한문, 사군자, 문인화, 전각, 캘리그라피 등이 있다고 하면서 어느 것을 배우든 최소 6개월은 배워야 기초가 든든해진다고 했지만, 인범은 전문으로 하는 것이 아니고 취미로 배우겠다고 말했다. 인범은 노루지와 화선지 그리고 양모 필과 계모 필로 만든 붓을 사가지고 왔다.

인범은 서예를 틈틈이 익혔다. 정신 집중도 되고 정서에도 도움이 되었다.

산행

1

인범은 순희 아버지를 따라 공사장에 다니면서 목수일을 정말 열심히 익혔다. 열여덟 살이 될 즈음에 웬만한 목수일은 혼자서도 할 수 있었다. 4년간의 피나는 노력의 결과였다. 순희 아버지도 어렵지 않은 일은 혼자서 하라고 맡기기도 했다.

인범이가 등산을 좋아하게 된 것은 열여덟 살 때였다. 사춘기가 지나고 성인이 될 무렵 친구가 없는 인범은 일거리가 없거나 노는 날이면 배낭을 짊어지고 훌쩍 집을 나서 산을 찾는 것이 유일한 낙이었다. 인범은 며칠을 예정하고 등산을 가면 설악산이나 속리산보다 지리산을 찾았다.

지리산은 광대무변하고 장엄하고 오묘한 비경과 헤아릴 수 없는 지맥들이 각각 능선을 이루고 사방으로 뻗어 있었다. 그 중심부에 기려한 모습으로 우뚝 솟아있는 해발 1,915m 지리산 최고봉인 천왕봉은 언제나 가슴 설레는 감탄과 감동을 주었다.

지리산은 사계절이 완연했다.

봄에는 겨우내 몰아치는 삭풍에 움츠려 괴물처럼 웅크리고 있던 기암괴석들도 푸른 물기를 머금은 가지마다 눈망울이 움터 나온 파릇파릇 새싹들이 돋아나면서 서서히 푸른색으로 덮이기 시작했다.

여름철에는 울창한 수림에서 뿜어내는 신록의 향기와 함께 맑고 깨끗한 계류가 흐르는 계곡이 신비함을 드러내며 등산객들의 찌든 심신을 시원스레 씻어주었다.

가을이면 만산홍엽의 아름다운 단풍이 현란한 자태를 뽐내는 지리산은 웅장한 산세와 함께 절정을 이루었다.

겨울이 되면 삭풍에 앙상한 가지마다 하얀 잔설이 설화를 피게 하는 지리산은 산 정상 가까이에서 바라보면 참 아름다움을 느낄 수 있었다. 그리고 유장하게 뻗친 산마루 아래에는 촌락들이 가깝게 멀게 거리를 두고 정겹게 옹기종기 모여 있는 것이 그지없이 아름다웠다.

자연이 빚어놓은 아름다운 비경을 간직한 지리산을 더 이상 어떤 수식어로 묘사할 수 있을까? 태고의 정적을 가르며 아무도 범접치 못할 신비감으로 깊이 침묵하는 산, 그리고 깊고 수려한 골짜기와 수십 개의 능선을 거느리고 있는 광활한 지리산 산마루에서 판초를 치고 밤을 보내고 새벽 상쾌한 공기를 허파 가득히 채우며 아득히 보이는 수평선을 바라보는 즐거움을 어디에 비하랴. 그리고 대장간의 풀무 속에서 막 끄집어낸 잘 달구어진 붉은 빛의 장엄한 일출의 순간을 누가 글로써 묘사하랴. 그리고 석양의 구릿빛 노을. 아! 위대한 지리산의 사계절에 현혹되고 매료되어 일 년에 몇 번씩 산을 찾는 인범이 되었다.

인범은 태양의 계절 여름을 택하여 지리산 천왕봉에 올라가면 다른 등산인과는 달리, 하산하지 않고 정상에서 추풍령, 속리산, 소백산, 태백산을 향해 백두대간 능선을 타기를 좋아했다. 여름에 땀을 흘리며 걷는 것은 자신의 체력을 더욱 강하게 단련하기 위함이었다. 언제나 혼자인 자신은 다수와 생명을 걸고 적과 싸울 때는 무엇보다도 체력이 우선이기 때문이었다. 그리고 서울의 찜통 같은 더위를 벗어나 백두대간 능선을 걷는 피서는 어디에 비교할 수 없는 환상적 피서였다.

지리산에는 동식물이 많이 서식하고 있었다. 무엇보다도 능선에는 자신의 체력을 돋워줄 보강제인 뱀이 많은 계절이고 장소였다. 뱀은 어느 곳보다 많았다. 그 중에도 백두대간 능선은 산악인들이 거의 오지 않아 뱀들이 바위 위에서 햇볕을 쪼이고 있는 것을 쉽게 발견할 수가 있었고 잡기가 수월했다.

인범은 동굴에 살 때부터 보신을 위해 뱀을 잡아먹었다. 뱀을 잡아먹어 그런지 가난하였으면서도 다른 아이들보다 키도 크고 몸도 튼튼하고 강했다. 특히 감기에 걸리지 않았다. 인범은 뱀을 잡아먹기 위해 산을 찾는지 산이 좋아 산을 찾는지 모를 정도로 뱀을 즐겨 잡아먹었고 산을 즐겨 찾았다. 인범은 뱀이 혐오스럽고 징그럽지만 먹는 고기라고 생각했다. 뱀을 잡아먹기를 즐겨한 것은 무엇보다도 돈이 들지 않기 때문이었다.

인범의 배낭은 다른 등산인보다 월등히 컸다. 약 일주일 분의 식량과 장비를 넣기 때문이었다. 그러면서 제일 무게와 부피가 큰 텐트 대신 우비와 텐트를 겸할 수 있는 미국 군인들이 사용하는 대형 판초를 구입하여 중앙에 링을 만들었고, 판초 끝에 팩을 꽂기 위해 또한 여러 개의 링을 만들어 개조했다. 조립식 스틱을 이용하여 지주로 사용하고 판초 끝 링에 팩을 꽂으면 간단한 텐트가 되는 것이다. 비가 오는 날 능선에 판초를 치고 누워 있으면 빗소리, 특히 소나기가 두드리는 소리가 낭만적이고 퍽 운치가 있었다. 비닐 끝을 조금 위로 올려놓으면 물이 옆으로 흘러내렸다. 그것을 보고 있노라면 그렇게 즐거울 수가 없었다. 그리고 맑은 날에 능선을 타면 시계가 좋아 멀리까지 관망할 수 있었다. 티 없이 맑고 푸른 하늘이 보이고 산 아래를 내려다보면서 걸으면 별천지 같아 가슴이 시원하고 상쾌했다. 그보다 능선에서 자고 일어나 이슬처럼 맑고 밝은 장엄한 일출의 붉은 햇살이 산 정상을 화사하게 비출 때 그 희열은 어느 것에도 비교할 수 없는 신비요, 경이였다.

인범은 단단한 막대기 끝에 뾰족한 쇠를 박은 지팡이를 언제나 가지고 다녔다. 지팡이도 되지만 무기도 되었다. 인적이 드문 깊은 산에서 혹시 새끼를 거느린 예민해진 멧돼지를 만날 우려가 있기 때문이었다.

올 여름은 영란이와의 약속으로 백두대간 능선을 타는 즐거움은 접어야 할 것 같았다. 영란이와 약속한 날이 다가오고 있었다.

2

병원에서 날치기들의 칼에 찔려 봉합했던 상처의 실을 뽑는 날이었다. 영란이와 영란이 어머니가 병원을 찾아왔다. 치료비를 계산하기 위해 인범이가 오면 연락해 달라는 부탁을 영란이가 간호사에게 해 놓았기 때문이었다. 마지막 치료를 마치고 병원을 나섰을 때 영란은 억지로 인범이를 차에 태웠다. 아주머니도 딸의 차를 타고 가라고 강하게 권했다. 영란은 차 안에서 여름방학 때 지리산에 가는데 안내를 해 달라고 졸랐다. 이미 인범 씨를 믿고 친구에게 안내해 줄 사람이 있다고 큰소리쳤다고 꼭 같이 가야 한다는 것이었다. 인범은 영란의 억지에 같이 가겠다고 했는지 애교에 가겠다고 했는지, 결국 같이 가겠다는 약속을 하고 말았다. 아! 내가 여자에 약한 어쩔 수 없는 속물이었던가. 어쩌면 자신은 겉으로는 영란에게 무관심한 체했지만 노출이 심한 관능적인 영란이의 풍만한 육체와 도전적인 유혹의 말에 끌려 자신의 의지와는 달리 안내를 하겠다는 약속을 한 것인지도 몰랐다.

인범은 어젯밤 물목을 적어둔 것과 대조하며 늦게까지 챙겨둔 등산용구

하나하나를 배낭에 순서대로 넣었다. 언제든지 꼼꼼하게 챙기지 않으면 산에 가서 빠진 것이 있어 여간 불편한 것이 아니었다. 그래서 인범은 평소에 가져갈 물목을 적어 하나하나 점검을 하며 배낭에 넣는 것이 습관이 되어 있었다. 그러지 않으면 꼭 한두 가지 빠트려 불편을 겪은 적이 있기 때문이었다. 그래서 장소와 체류기간에 맞추어 준비를 하는 것이다. 이번엔 1박 2일이고 등산에 경험이 없는 세 사람을 대동해야 하므로 조그마한 것까지 세심하게 준비를 하고 예비 배낭 하나를 넣었다.

시외 고속버스 터미널에 도착하니 영란이가 대합실 밖에서 인범을 기다리고 있었다. 영란은 인범을 발견하고 얼굴에 미소를 가득 담고 소녀처럼 두 손을 X 자로 흔들고 있었다. 인범은 넓은 챙의 모자에 짙은 빛깔의 커다란 선글라스를 낀 영란을 보는 순간 멍하니 바라보았다. 자신을 보고 손을 흔들지 않았다면 너무 크고 짙은 선글라스를 낀 영란을 몰라보았을 것이다. 영란은 넋을 잃고 자신을 보는 인범이를 이상한 듯 마주 보았다.

"미스터 고, 왜 그렇게 보세요? 내 얼굴에 뭐가 묻었나요?"

"등산가는 거 아니에요?"

"그래요. 우리 지리산 등산 가잖아요. 왜요?"

영란은 인범이가 이상한 듯 반문했다. 인범은 다시 한 번 영란의 옷을 찬찬히 훑어보았다. 홈이 움푹 파인 빨간 티셔츠에 반바지를 입었지만, 반바지라고 할 수 없었다. 팬티에 가까웠다. 인범은 핫팬츠라고 하는 것이 이런 것이구나, 비로소 알았다. 터질 듯 부푼 우윳빛같이 흰 유방이 티셔츠 단추를 두 개나 끄른 부분에 비죽이 나올 듯 아슬아슬했다. 그제야 영란은 무슨 문제가 있음을 알았는지 자신의 옷을 훑어보며 의아한 얼굴을 하고 있는 인범에게 말했다.

"미스터 고, 왜 그래요? 뭐가 잘못됐어요?"

"……?"

인범은 영란이와 같이 온 친구를 보았다. 영란이와 약속이나 한 듯 비슷한 옷차림이었다. 바라보기가 민망했다. 키도 영란이와 비슷했다. 그러나 긴 생머리에 화장기는 없었다.

"미스터 고, 왜 그러세요? 말해봐요."

"다른 옷은 없습니까?"

"다른 옷이 필요해요? 여기 배낭 안에 잠옷과 갈아입을 옷이 들어있어요. 왜요?"

"……."

영란은 자신의 등에 멘 배낭을 가느다란 손가락으로 가리켰다. 영란의 옷차림은 지리산 등반의 옷차림이 아니었다. 배낭 안에 등산에 필요한 어떤 옷이 들어있는지는 몰라도 입고 있는 차림은 지리산 등산을 가는 준비가 아닌 것이었다. 그리고 작은 배낭은 다른 준비물이 들어있을 것 같지 않았다. 지리산 어느 지점까지 올라갈지 몰라도 영란이가 짊어진 배낭은 가까운 동네의 산에 가는 정도의 옷차림이고 배낭이었다.

인범은 할 말을 잃었다. 지금 와서 뭐라고 준비를 하라고 할 수가 없었다.

아침이지만 여름의 더운 열기가 이마에 땀을 배게 했다. 영란이 옆에 키가 큰 미인형의 처녀가 인범에게 목례를 했다.

"미스터 고, 친구 오소희예요. 얘 소희야, 내가 말하던 미련 곰……, 아니 미스터 고야. 나와 종씨야."

인범은 영란이가 소개하는 처녀를 바라보았다. 오소희는 성격이 좋은지 생글생글 웃으며 인범의 얼굴을 빤히 바라보았다. 그 미소는 영란이에게서 인범이에 대해 많은 말을 들은 것 같았다.

"저 오소희라고 해요."

"고인범입니다."

"어? 미스터 권이 어디 갔어?"

"그래, 안 보이네. 조금 전에 여기 있었는데."

영란과 소희는 주위를 둘러보며 찾고 있는데, 배낭을 짊어진 청년이 다 잠그지 않은 앞섶의 지퍼를 급히 끌어올리며 다가오고 있었다.

"어디 갔었어?"

"응, 잠깐 화장실에."

"미스터 권, 이분이 고인범 씨야. 서로 인사해."

"처음 뵙겠습니다. 권수일입니다. 말씀 많이 들었습니다.

"고인범입니다."

"미스터 고, 권수일 씨는 나와 이웃에 살아. 초등학교 때부터 친구이고 오소희의 애인이에요."

"……."

인범이와 권수일은 악수를 했다. 두 사람의 선이 극명하게 차이가 났다. 야성적인 인범이에 비해 수일은 귀공자같이 몸이 약했다. 그냥 키만 컸다. 그리고 여상(女相)이었다.

수일이도 배낭을 짊어지고 있었다. 인범이의 배낭에 비해 월등하게 작았다. 배낭을 가득 채운 인범의 배낭은 전문 산악인의 배낭이라 일반 등산인의 배낭과는 비교가 되지 않을 정도로 엄청나게 컸다.

대합실에 들어가는 사람들이 노출이 심한 옷을 입은 늘씬한 영란이와 소희를 힐끔힐끔 보며 들어가고 있었다.

"몇 시에 출발합니까?"

"9시입니다. 자, 들어가요."

영란은 차표를 배낭 주머니에서 끄집어내 앞장을 섰다.

토요일이라 그런지 사람들이 붐볐다. 큰 가방을 들고 고향에 가는 사람, 인범이처럼 등산복 차림을 한 사람 등 갖가지 차림들이었다.

"미스터 고, 이리로 오세요."

먼저 버스를 탄 영란은 중간쯤 자리의 안쪽에 앉으면서 인범을 불렀다. 인범은 영란이 옆에 앉기가 쑥스러웠다. 영란이와 같이 온 수일이라는 대학생과 같이 앉아 가고 싶었다.

"저 수일 씨와 같은 좌석에 앉아 갔으면 합니다."

인범은 자리에 앉지 않고 뒤에 올라오는 수일 씨를 기다리고 있었다.

"미스터 고, 연인끼리 다정하게 앉아 가려는 것을 왜 그래요."

인범이보다 늦게 버스에 올라온 수일과 소희는 빈자리에 앉고 있었다.

"저 봐요, 연인끼리 다정하게 가는 걸 방해하면 어떻게 해요. 이리 오세요."

인범은 처음 영란이의 차를 타고 집으로 갈 때 지나치게 노출된 관능적인 미끈한 허벅지가 생각나 영란이 옆에 앉기가 싫었지만 어쩔 수 없었다.

인범은 배낭을 바닥에 눕혔다.

"선반에 얹지 왜 바닥에 놓아요?"

"부피가 커서 선반에 올라가지 않습니다."

인범은 자리에 앉자마자 호주머니에서 검은 눈 덮개를 귀에 걸었다. 리비아에서 돌아올 때 비행기에서 끼던 덮개였다. 인범이가 눈 덮개를 낀 것은 의식적으로 영란이와 이야기 나누는 것이 귀찮기 때문이었다. 영란은 인범이가 자리에 앉자마자 눈 덮개를 하는 것을 핼끔 보더니 불만의 표정을 지으며 입술을 삐쭉 내밀었다. 버스가 도심을 벗어나자 고속도로를 시원하게 달렸다. 차창엔 질펀한 산야가 싱그럽게 펼쳐지고 있었다.

인범은 등산을 가기 위해 버스를 타면 언제나 잠을 잤다. 그보다 지리산을 가는 코스는 자주 가는 곳이라 주변의 경치가 눈에 익어 있었다. 수면은 몸의 에너지를 저장케 했다. 영란은 인범이와 이야기를 나누며 가고 싶었지만 잠을 자는 인범을 어쩔 수 없어 차창을 통해 펼쳐지는 전경을 구경하느라고 눈은 계속 차창으로 향했다. 수일과 소희는 연인이라 그런지 끊

임없이 대화를 나누고 있었다. 영란은 다시 한 번 인범이가 눈 덮개를 끼고 자는 것을 입을 삐죽이며 흘겨보았다. 이야기를 나누지 않고 잠을 자는 인범이가 못마땅했던 것이다.

구례군 마산면 화정리 정류소에 도착했다. 조그만 소도시였다. 구름 한 점 없는 파란 하늘에 눈이 시리도록 따가운 햇살이 무수한 바늘 끝이 되어 내리꽂히고 있었다. 한여름 뜨겁게 달구어진 길을 인범은 성큼성큼 걸었다. 수일과 영란, 소희가 인범을 따랐다. 지리산 등반 리더는 인범이었다. 소희와 영란은 이마의 땀을 훔치며 얼굴을 찡그렸다. 많은 등산객들이 지리산 쪽으로 발걸음을 옮기고 있었다.

일행은 음식점에 앉아 주문한 음식을 기다리고 있었다. 영란은 낯선 시골의 소도시를 구경하느라고 눈을 계속 창밖으로 던지고 있었다. 밖은 뜨거운 태양이 내리쏟고 있었다.

인범은 영란이가 자기는 아무것도 모르니 알아서 하라고 했지만 그래도 수일에게는 의논을 해야겠다고 생각했다. 수일은 담배 연기를 길게 내뱉으며 무언가 생각을 하고 있는 것 같았다.

"권 형, 어느 코스로 올라가면 좋겠습니까?"

"저는 모릅니다. 고 형이 결정하십시오."

"권 형, 지리산 등반은 여러 코스가 있습니다."

수일은 인범이가 등반 이야기를 하자 피우던 담배를 끄고 인범이 쪽으로 몸을 돌렸다.

"어느 코스를 선택할 것인가에 따라 여기서 또 버스를 타고 가야 합니다."

"어느 어느 코스가 있습니까?"

"지리산 천왕봉까지 가려면 법계사 코스, 하동바위 코스, 칠선계곡 코스, 대원사계곡 코스, 뱀사골 코스 등 여러 코스가 있습니다."

"여기서 제일 가까운 곳은 어디입니까?"

"여기서 화엄사가 제일 가깝습니다. 화엄사 옆에 천은사도 있습니다. 화엄사에서 노고단으로 가면 됩니다만 길이 조금 가파르고 계단이 많습니다."

"우리 화엄사로 가요. 화엄사도 구경하고 계단이 있으면 더 좋지요."

영란이가 끼어들었다.

인범은 멀거니 영란이의 얼굴을 보았다. 그러면서 등반을 해 보지 않은 영란이가 계단이 있어 좋다는 말에 웃음이 나왔다.

"인범 씨, 왜 웃어요. 그 웃음 꼭 비웃는 것 같아 기분이 안 좋네."

"그래요. 그럼 화엄사계곡 코스로 하지요. 계단이 길면 다리에 무리가 올 수 있습니다."

6·25와 파르티잔

1

인범이가 한 발 앞서 화엄사 일주문에 먼저 들어섰다. 빛바랜 일주문의 행서체의 오래된 현판은 유서 깊은 사찰임을 알 수 있게 했다.

한자에 관심이 많은 인범은 사찰에 가면 언제나 기둥에 새겨진 한자와 뜻을 알려고 했다. 인범은 한자 공부를 열심히 했다. 한자는 사회생활을 하는 데 필수적이라고 생각하고 있었기 때문이었다. 한자를 알아야 신문에 난 기사를 정확히 읽을 수 있었다. 무엇보다도 인범은 신문배달을 하면서 한자를 익혔다. 이백 집이 넘는 집의 문패는 거의가 한문이었다. 그때 어린 인범은 한문을 알기 위해 배달할 집의 한자로 쓰인 이름을 보급소장에게 일일이 물어 익혔던 것이다. 그때부터 한자에 관심에 많은 인범은 한 자 한 자라도 더 알려고 했다.

인범은 친구가 없었다. 아니, 친구를 사귀지 않았다. 사귀지 않은 것이 아니라 그럴 환경이 아니었다. 특히 술을 잘 마시지 않아 공사장 인부들과도 잘 어울리지 못했다. 술을 마시면 이성을 잃어 자신의 인격을 스스로 무너지게 하기 때문이었다. 그보다 적을 많이 가진 인범은 언제 어디서 적의 공격을 당할지 모르기 때문에 되도록 술자리를 피했고 술을 많이 마시지 않았다. 그러기에 집에 일찍이 돌아와 텃밭을 가꾸고 밤이면 언제나 한자와 영어 공부를 했다. 그것이 인범이의 일상이었다. 특히 리비아에서 에리샤에게 배운 영어를 잊지 않기 위해 영어신문과 영자로 된 동화, 재미있는 영어만화를 즐겨 읽었고, 한밤중엔 미국 라디오 방송을 청취했다. 그리고 글씨를 잘 쓰기 위해 영어와 한글, 그리고 한자 쓰기를 게을리 하지 않았다. 무엇보다도 서예를 열심히 했다.

대부분의 사람들은 글씨로 그 사람의 학력을 평가하기 때문에…… 아니, 웬만하면 잘 쓰고 싶었다. 도시의 간판도 하루가 다르게 영자 간판이 부착되고 자동차의 이름도 거의가 영어로 된 것이고 신문에도 뜻도 모르는 영어가 쓰이고 있었다. 한자는 너무 어려웠다. 모르는 한자와 뜻은 사전을 찾아 읽고 뜻을 알려고 했다. 인범은 비록 학벌은 없지만 지식인들과 사회생활을 할 때 그들에게 뒤지지 않으려면 영어와 한자 공부를 열심히 해야 한다고 생각했다.

사찰의 지장전 양 기둥에 행서체로 쓰인 한자는 어려웠고 뜻도 알 수 없었다. 인범은 절을 찾을 때마다 절에 쓰인 한자를 그리듯 적어 집에 와 옥편을 찾아 한자와 뜻을 알려고 했다. 그러나 너무 어려웠다.

어느 날 명부전(冥府殿) 기둥에 적힌 한자를 그림을 그리듯 적고 있는데 스님이 뒤에서 보고 있었다. 민망한 인범은 스님에게 물었다.

"스님, 저 기둥에 쓰인 한자가 무슨 한자이며 무슨 뜻입니까?"

"아, 저 주련(柱聯)에 쓰인 한자 말이지요?"

스님은 기둥이라 하지 않고 주련이라 부르면서 인범의 얼굴을 자세히 보더니 설명을 했다.

德不孤必有隣 덕불고필유린

덕이 있는 자 외롭지 않고 반드시 이웃이 있다.

그리고 다음과 같은 글귀도 있었다.

諸行無常 是生滅法 제행무상 시생멸법
세상 모든 것이 무상이구나, 이것이 생멸의 법칙이로다.
生滅滅已 寂滅爲樂 생멸멸이 적멸위락
태어남과 죽음이 다하고 나면 고요마저 사라진 즐거움의 나라.

이런 뜻이라고 주지스님이 알려 주었다.

열반경(涅槃經) 게송(偈頌) 16자를 8자씩 나누어 쓴 것이라며, 열반경의 게송은 죽은 자를 위한 염불의 한 구절이라고 상세히 설명해 주었다. 설명을 한 주지스님은 인범의 얼굴과 옷차림을 살펴보았다.

"처사는 아직 젊으신데 어찌 불경에 관심이 많으십니까?"

"예, 이렇게 기둥에 쓰인 불경이라면 좋은 글이고, 살아가는 데 도움이 되는 뜻일 것 같아 알고 싶어서 그럽니다."

스님은 고개를 끄덕이면서 혼잣말처럼 했다. '이 젊은이는 여느 젊은이와 다르구먼.'

"젊은이, 소승이 차 한잔 대접하고 싶으니 제 처소로 가시지요."

주지스님은 인범의 답변도 듣지 않고 앞장을 서서 걷고 있었다.

그때 스님에게서 불교에 대한 좋은 말을 많이 들었다. 그 후부터 인범은 종종 큰스님에게 사찰에 쓰인 한문을 묻기도 하고 스님 방에 초대되어 차를 대접받곤 했다.

인범이가 화엄사 법당 명부전(冥府殿) 기둥 앞에 서서 주지스님이 가르쳐 준 한자의 어려운 뜻을 음미하며 유심히 보고 있는데, 옆에 오십 대 초반의 남자들 중 한 사람이 인범이가 보고 있는 한자를 보면서 소리내어 읽더니, 한자의 뜻을 해설까지 하고 있었다. 인범은 자신이 알고 있는 한자와는 달리 그 아저씨가 읽는 글자 몇 자가 다르고 뜻도 맞지 않아 한자와 아저씨의 얼굴을 의아한 표정으로 번갈아 보았다. 중년의 사나이가 인범이가 자기의 얼굴을 의미심장한 눈으로 보는 것이 못마땅한지 인범이를 마주 바라보았다. 그 눈은 왜 내가 읽은 한자와 뜻이 맞지 않느냐고 묻는 반문의 시선이었다. 아니, 어찌 그런 눈으로 보느냐고 따지는 시선 같았다. 그 남자는 이십 대의 젊은 인범이가 어려운 한자를 어떻게 알겠느냐고 무시하는 시선이었다. 중년의 일행들이 인범이와 자기 친구와의 사이에 오고가는 묘한 시선에서 의문을 느꼈는지 한 남자가 말을 했다.

"어이, 오 사장. 저 한문, 정확하게 모두 알고 읽고 해석하는 거야? 아니면 적당히 가늠하는 거야?"

"어림짐작 아니야. 알고 있어……."

그는 친구의 자신 없는 표정을 보면서 또다시 인범이의 얼굴을 보며 말했다.

"보소 젊은이, 젊은이는 이 한문을 알고 있는 것 같은데 다시 한 번 우리 친구 읽는 한문이 맞는지 들어 보소? 오 사장, 다시 한 번 읽어봐."

투박한 경상도 사투리였다.

오 사장이라는 중년이 조금 전엔 자신 있게 읽던 소리가 한풀 꺾인 더듬거리는 소리로 읽었다. 인범은 읽는 것을 듣고 아무 말도 하지 않았다. 인범이가 부정도 시인도 하지 않으니 일행들이 인범의 얼굴을 쳐다보며 궁금함이 솟구친다는 표정을 지었다. 그리고 결과를 알고 싶어 하는 표정들이었다.

"보소, 젊은이. 맞으면 맞다 아니면 아니라고 딱 부러지게 말하소. 저 친구가 평소 뻥이 좀 세거든요. 그리고 무엇이든지 아는 치를 잘하여 우리가 치 서방이란 별명을 붙인 안다이 똥파리란 말이요."

인범은 난처했다. 아저씨의 처지를 곤란하게 하고 싶지 않았다. 분명히 틀린 것이다. 그러나 친구들이 말하는 뻥을 치는 것은 아니었다. 한자 세 글자가 비슷하여 한자 공부를 정확하게 한 사람이 아니면 구별하기 어려운 한자이기 때문이었다. 인범은 입장이 곤란했다. 인범이가 답을 하지 않으면 인범이가 곤란하게 되었다. 옆에 서서 절을 구경하던 다른 일행들도 관심을 갖고 인범의 얼굴을 보며 결과를 기다렸다. 어서 말을 하라는 표정의 눈빛이었다.

"아저씨, 이 글자는 혼동하기 쉬운 글자입니다. 이 세 글자가 거의 비슷합니다. 자세히 보지 않으면 다르게 읽기 쉽습니다. 그러나 앞 글자에 유의하여 보면 구별하는 것은 그렇게 어렵지 않습니다. 저도 주지스님에게서 배웠습니다."

"비슷하다고요? 어떻게 비슷합니까?"

"예, 비슷합니다."

아저씨들과 다른 일행들도 관심을 갖고 듣고 있었다. 인범은 어쩔 수 없어 쉽게 열 수 있는 배낭 부분을 열었다. 작은 노트와 영어신문이 나왔다. 인범은 영자 신문을 도로 집어넣었다. 아저씨들이 영어신문을 보고 말했다.

"어, 영어신문 아이가? 와, 이 청년 영어도 잘하는가 보네. 폼으로 가지고 다니는 것은 아닌 것 같은데, 한문을 잘 아는 것 보니 공부 많이 한 대학생 같네. 그런데 보기는 꼭 운동선수 같단 말이야. 그리고 노…… 같단 말이야."

아저씨들이 서로의 얼굴을 보며 믿지 못하겠다는 표정들이었다.

"자, 보십시오."

인범은 볼펜으로 노트에 한자를 적으면서 설명을 했다.

"己 부분이 떨어져 있으면 몸 기 자입니다. 그리고 巳 부분이 붙어 있으면 뱀 사 자입니다. 그리고 이 기둥에 쓰인 已 글자는 이미 이 자입니다. 자 보십시오. 이 己, 已, 巳, 세 자가 비슷하여 앞의 글의 뜻을 연결하지 않고 또 자세히 보지 않으면 구별하기 어렵습니다."

인범은 세 글자를 볼펜으로 짚으며 자세히 설명을 했다.

"그러네. 정말 비슷하네."

"그러나 정확하게 알지 못하면 뜻이 안 맞고 달라집니다."

아저씨들이 멍하니 인범이의 얼굴을 바라보다 물었다.

"그라모 이 기둥에 있는 한문 뜻이 뭐요?"

인범은 아저씨들을 바라보았다. 자신의 얼굴을 바라보는 시선이 진지했다. 인범은 침을 삼키고 스님에게 듣고 외운 대로 설명을 했다.

"예, '제행무상(諸行無常), 모든 세상이 무상이구나. 시생멸법(是生滅法), 이것이 생멸의 법칙이구나. 생멸멸이(生滅滅已), 태어남과 죽음이 다하고 나면 적멸위락(寂滅爲樂), 고요마저 사라진 평화의 나라.' 라는 뜻이라고 합니다. 저도 그 이상은 모릅니다."

"그라모 저쪽 기둥의 글자와 뜻을 말해보소."

한 아저씨가 다른 쪽 기둥을 가리키며 물었다. 아마 인범이를 시험하기 위해 물은 것 같았다.

"예, '덕불고필유린(德不孤必有隣)' 이라고 덕이 있는 자는 외롭지 않고 반드시 사람이 모인다는 뜻이라고 합니다."

"보소, 당신은 대학생이요? 어찌 젊은이가 한문을 그리 잘 알고 있소?"

"……."

인범은 자신과는 너무나 거리가 먼 대학생이란 말에 아무 말도 못 했다. 인범이가 말을 하지 못하고 있으니 아저씨들은 더욱 궁금한지 다시 물었다.

"보소, 대학생이 아이면 아이다, 맞으면 맞다 카모 되지, 와 말을 못 하요. 우리는 그기 궁금하다 아인기요? 그라고 아까 보니 영어신문을 가지고 있던데, 영어도 잘 압니까?"

인범은 말을 하지 않을 수 없었다. 우연히 스님에게서 명부전 기둥에 쓰인 한문을 들은 것 때문에 자신의 직업까지 말하려니 쑥스럽지만, 궁금해하는 아저씨들에게 사실대로 말을 하지 않을 수 없었다.

"저는 노동일을 합니다."

"뭐, 노동일!"

"네, 노동일을 합니다."

"노동자가 어찌 그리 한문을 잘 아요?"

"절에 있는 한자, 특히 지장전 기둥에 쓰인 한자는 좋은 뜻일 것 같아 한자와 뜻을 주지스님에게 물어 배웠습니다."

"그라모 아까 배낭에서 영어신문을 끄집어내는 것을 봤는데 영어도 잘 아요?"

"……."

"와 말을 못 하요?"

"……."

"아무래도 좀 수상한 젊은이구마는……."

"……."

땀을 흘리며 힘겹게 뒤따라 대웅전 마당으로 들어선 영란이, 소희, 그리고 수일이 사찰 지붕의 그늘에서 땀을 닦으며 잠시 쉬며 대웅전을 바라보고 있었다.

"영란아 저 단청 봐. 단청이 너무 아름다워."

"응, 그러네. 단장을 새로 했나 봐."

영란이 말대로 단장을 새로 한 지 얼마 안 되었는지 단청의 색깔이 선명하고 섬세했다.

"단청을 저렇게 예쁘고 섬세하게 단장하려면 돈과 시일이 많이 들 것 같아."

"그래, 단청은 처마에 있기 때문에 고개를 쳐들고 여러 가지 색상으로 칠을 하려면 엄청 힘들고 어려울 것 같아."

수일이가 말했다.

웅장한 화엄사 대웅전을 구경하던 소희가 인범이가 중년 사나이들에게 에워싸여 있는 것을 보았다.

"영란아, 저기 봐. 어른들이 기둥에 쓰인 한자를 가리키며 미스터 고에게 묻고 있는 것 같네."

"어, 그러네!"

영란은 인범이가 중년 사내들에게 둘러싸여 한자를 보며 설명을 하고 있는 것을 고개를 갸웃거리며 보고 있었다.

"저치는 노동판에서 막일을 하는 학벌이 없는 무식쟁이인데……, 왜 저러지? 미스터 고가 묻는 것이 아니고 설명을 하고 있네. 거 이상하네."

영란은 고개를 갸웃거리며 자세히 보고 있었다.

"노동판에서 막일을 해? 그러면 한자를 모를 것인데."

"그래 말이야. 그런데 그런 것 같지는 않은데 저 봐, 아저씨들이 인범 씨의 말에 고개를 끄덕이고 있잖아, 참 이상하네."

"……."

한참을 이야기하던 중년들이 인범이와 헤어져 큰소리로 이야기를 나누며 계단을 내려와 대웅전 마당을 지나 영란이 일행이 있는 가까이 걸어오고 있었다.

"김 사장, 앞으로 정확히 모르면 아는 치 말라고. 가만히 있으면 본전이라도 찾는다고 하잖아. 그런데 젊은 사람이 박식하네. 주지스님에게서 배웠다고 하지만 한문을 많이 알고 있는 것 같아. 그리고 아까 배낭에서 노트를 끄집어내면서 딸려 나오는 영어신문 봤제? 폼으로 가지고 다니는 것 같지는 않은데, 우리가 보니 얼른 집어넣잖아. 그래서 영어도 잘 아느냐고 물으니 말을 못 하잖아. 아무래도 수상한 젊은이야."

"혹시 간첩 아이가?"

"에끼, 이 사람."

"그런데 말이야, 체격을 보니 꼭 운동선수 같고 노가다 같은데 보기와는 다르네."

"너거 그 청년 주먹 봤나? 주먹 크기가 웬만한 사람 두 배는 되는 것 같아. 그리고 주먹에 불끈 솟아난 정권 봤제? 얼마나 주먹을 단련했으면 뼈가 불쑥 돋아났을까? 보통사람이 아닌 것 같아."

그들은 이야기를 나누며 오다 영란과 소희, 수일이 서서 자기들을 쳐다보고 있는 것을 보고, 하던 말을 멈추고 영란이와 소희의 화려한 옷 색깔과 노출된 풍만한 젖가슴과 쭉 뻗은 하체를 끈적끈적한 눈길로 더듬으며 지나갔다.

영란이도 소희도 수일도 그들 중년 사나이들을 바라보았다.

"저 처녀들이 왜 우리를 자세히 보지? 혹시 우리들 중에 쟤들이 아는 사람이 있나?"

영란은 조금 전 중년 아저씨들이 인범이가 한자를 잘 아는 것 같다는 말과 영어신문을 배낭에 가지고 다닌다는 말이 이해가 되지 않았다. 그래서 아저씨들을 자세히 보았던 것이다. 영란은 지금도 인범이를 무식쟁이로 알고 있었다. 아니, 그것이 사실이었다. 무엇에 홀린 것 같았다. 영란은 인범이가 학벌이 없고 노동판에서 일을 한다고 경멸하는 생각을 갖고 있는 것이다.

영란과 소희, 수일이 인범이 옆으로 가도 인범은 현판의 글에서 시선을 떼지 않고 있었다.

"미스터 고, 뭘 해요?"

"아, 아닙니다. 기다리고 있습니다."

"인범 씨, 사찰에 쓰인 한자는 모두 어렵던데요. 이 한자 알고 있는 것 같은데, 이 한자 무슨 자죠? 알고 있으면 알려줘요, 네?"

"모릅니다. 그냥 한번 보고 있었습니다. 대웅전을 구경합시다."

"아까 아저씨들에게 설명을 하던데 무슨 설명 했어요?"

"……."

셋은 서로 얼굴을 보며 의아한 시선을 나누었다. 조금 전 아저씨들이 자기들 앞을 지나가면서, 저 청년이 젊은 나이에 그 어려운 한문과 뜻까지 잘 알고 있다며 경탄을 한 소리가 생생한데 모른다고 하니 인범이의 속내를 알 수 없었다. 그보다 영어신문을 가지고 다닌다니 더더구나 이해가 되지 않았다. 영란과 소희, 수일은 대학생이지만 쉬운 한자 외에는 알지 못했다. 대학에서 한문 수강을 신청하지 않으면 배울 수 없었다. 대학생들은 어려운 한자를 배우는 것을 싫어하기 때문이었다.

2

대웅전을 구경하고 있는데 화엄사 주지스님이 인범이 옆으로 다가오고 있었다.

"아, 고인범 처사님, 또 지리산 등산 왔군요. 이 여름에……? 일행도 있는 것 같은데 마침 좋은 차를 얻어 왔습니다. 제 처소로 가시지요."

주지의 처소는 큰 방이었다. 스님은 이 더운 여름에 어디 멀리 갔다 오는지 장삼을 입고 있었다. 주지스님은 장삼을 벗어 벽에 걸었다. 영란이, 소희, 그리고 수일이 주지스님의 방에 앉았다. 넓은 방, 벽에 스님의 법의 한 벌이 걸려있었다. 그리고 바랑도 걸려있었다.

"인사드립니다. 화엄사 주지로 있는 법철이라는 중입니다."

"스님, 처음 뵙겠습니다. 권수일입니다. 아직 학생입니다."

"고영란이라고 합니다."

"오소희라고 합니다."

차례로 인사를 했다.

"잘 오셨습니다. 우선 차 한잔 하십시다. 저하고 가까이 지내는 쌍계사 주지스님인 해월 스님이 중국에 갔다 오면서 가져온 귀한 차라고 주어서 얻어 왔습니다."

스님은 바랑에서 한지로 여러 겹 싼 차를 끄집어내어 주전자에 넣고 물을 부어 차를 끓이고 있었다. 인범이, 영란이, 소희, 수일도 말없이 스님의 손을 보고 있었다. 주지스님도 일을 하는지 차를 끓이는 손이 거칠었다. 영란은 시선을 밖으로 옮겼다. 바깥은 짙은 녹음이 산을 덮고 있었다. 바람이 없는지 나뭇잎의 흔들림이 없었다. 스님은 차가 끓는 동안 아무 말도 하지 않고 주전자만 보고 있었다. 잠시 침묵이 흘렀다. 하얀 김이 피어 천장으로 올라가고 있었다.

"스님, 여기 주지스님이시면 이 절에서는 제일 높은 스님이시겠네요?"

무거운 분위기를 걷어내듯 영란이가 물었다.

"글쎄요. 높다기보다 이 절의 책임자이지요."

"스님, 절에도 계급이 있습니까?"

"꼭 계급이라기보다 책임의 한계라고 할까요. 주지스님 위에 조실스님, 그 위에 상징적인 방장스님이 있답니다."

"스님, 지리산은 우리나라에서 제일 넓다지요?"

"그렇습니다. 지리산은 남한에서 제주도에 있는 한라산 다음으로 가장 높은 산입니다. 넓이는 한라산보다 훨씬 넓지요. 그리고 아름다운 산입니다. 사계절마다 아름다운 자연을 지니고 있습니다. 넓고 깊은 지리산은 일제시대와 6·25 사변의 사연을 간직한 민족의 애환이 서려 있는 영산입니다. 지리산은 경남, 전남, 전북의 3개 도와 5개의 군과 15개의 면으로 이루어져 있습니다. 지리산은 우리나라 국립공원 제1호로 공원 면적 485km^{2}이고 둘레가 320km로 800여 리에 이르는 광활한 지역에 걸쳐 있습니다. 높이가 1,915m입니다. 이 깊고 넓은 지리산 산자락에 자리한 화엄사는 문화재가 많은 큰 사찰이라 사시사철 사람들의 발걸음이 끊이지 않습니다. 우리나라 10대 사찰, 31 본산의 하나인 이 사찰은 신라 진흥왕 5년(544년) 연기조사가 세웠으며, 선덕여왕 12년(623년) 지장율사에 의해 증축되었습니다."

주지스님은 화엄사의 창건에 대해 설명을 하고는 눈을 힐긋 차가 끓고 있는 주전자 쪽으로 보냈다.

"차가 끓고 있군요. 차를 마시며 이야기를 나눕시다."

스님은 찻잔을 사람 수대로 놓고 차를 따랐다. 영란과 소희, 그리고 수일은 처음 보는 스님의 방을 휘둘러보고 있었다.

스님이 유달리 축 처진 소매 쪽의 옷을 한 손으로 잡고 조심스럽게 차를 따랐다. 향긋한 냄새가 코에 스며들었다.

"인범 씨, 불교 신자이세요?"

영란은 인범이가 불교 신자인지 물었다.

"아닙니다."

인범은 아니라고 말했다. 영란은 이번엔 스님에게 물었다.

"스님, 어떻게 인범 씨를 아세요?"

영란은 인범이가 나이도 젊고 아무것도 내어놓을 것 없는 막노동꾼인데, 어떻게 주지스님이 먼저 인범이에게 접근하여 차를 마시자고 하고 또 주지스님의 방에까지 초대하는지 궁금했던 것이다.

주지스님은 영란이가 묻는 질문의 의도가 무엇인지 몰라 멀거니, 그리고 깊은 눈길로 영란을 바라보더니 말을 했다. 주지스님은 인범이와는 어울리지 않을 것 같은 노출이 심한 옷을 입은 영란과 소희를 번갈아 보며 오히려 어떤 사이인지 눈으로 묻고 있는 것 같았다. 스님은 인범 처사와 노출이 과다한 영란이와 소희라는 아가씨와 어울릴 것 같지 않았는데 같이 등산을 올 정도로 가깝다는 것이 이해가 되지 않았다. 그래서 인범이와 어떻게 아는 사이인지 궁금해 했다.

"저 청년은 다른 사람과 무언가 다릅니다. 말과 행동이 진실합니다."

"어떻게 다르고 어떻게 진실해요?"

영란은 주지스님을 맞바라보며 무릎걸음으로 스님 가까이 다가앉았다. 미스터 고가 진실하다는 말이 묘하게 들리고 궁금했다. 영란은 처음 인범이를 보았을 때 미련곰탱이 같았고 키만 큰 멍청한 청년으로만 보였는데, 스님은 자기와 전혀 다르게 보았다는 것이 이상했던 것이다.

"얼른 보면 눈빛이 선하게 보이지만 자세히 보면 깊은 눈은 예리하고 사물을 관찰하는 눈이 진실이 고여 있어요. 그리고 한자를 묻는데 꼭 알고 싶다는 의욕의 눈빛입니다. 거절하기도 적당히 말하지도 못할 무언가 모를 기품이 보였습니다."

"기품…… 요……."

"네, 기품입니다. 소승이 처음 이 고인범 처사를 봤을 때, 이 처사는 주련(柱聯)에 쓰인 사찰의 한자를 죄다 알려고 하는 것 같았습니다. 절에 오는 어느 누구도 사찰 기둥에 새겨진 한문에 별로 관심이 없어 주마간산 식인데 고인범 처사는 달랐습니다. 설명을 하고 돌아서서 보면 청년은 수첩에다 한자를 적고 한참이나 한자를 보고 있습디다. 그래서 이 청년이 절에 오면 소승은 이 처사를 알려고 차를 마시며 이야기를 시켜 봤지요. 그러나 이 처사의 이름만 묻지 다른 것은 묻지 않습니다. 저는 사람의 품성이 중요하지 어떤 부류에서 무엇을 하는 사람인지 신분을 알려고 하지 않고 관심도 갖지 않습니다. 그 사람의 현재와 과거의 신분을 알면 소승이 그 사람을 대하기와 존칭이 부자연스럽습니다. 그래서 일절 묻지를 않습니다. 그러나 여기 오시는 불교 신자나 사람들은 애써 자신의 과거 신분과 현재의 신분을 밝히려고 명함을 줍니다."

주지스님은 이렇게 말을 하고 인범이를 힐긋 보았다. 주지스님은 많은 사람들을 만났다. 그러나 사람다운 사람을 만나기가 어려웠다. 대부분의 사람들이나 신도들은 자신을 내세우려고 하고 대접받기를 원했다. 그러나 고 처사는 전혀 그런 부류의 사람들이나 신도들과는 달랐다. 오로지 한자를 더 알려고 했고 무엇이든지 배우려고 했다. 스님은 고 처사에게서 인간다운 면을 보았고 그렇게 느꼈다.

그렇구나! 스님은 그 사람의 내면의 생각과 그 사람의 품성을 알려고 하는구나. 인범은 몇 번이나 스님에게 차를 얻어 마시면서 묻는 말에만 대답하고 절에 대해 궁금한 것을 물었을 따름이었는데, 지금까지 무엇을 어떻게 묻고 어떻게 대답을 했는지 기억이 나지 않았다.

인범은 스님에게서 한자와 뜻을 배울 땐 온몸이 귀가 되어 받아들였고 스님의 학문을 자신의 머리에 박음질했다. 그리고 그 담은 한자와 뜻은 집에 와서 밤늦게까지 쓰고 외우며 머리에 새겼다.

"차가 식습니다. 얼른 마십시다."

"스님, 아까 고인범 씨에게 처사라고 부르시던데, 왜 처사라고 부르시며 처사는 무엇인지요?"

"예, 처사라는 것은 원칙적으로는 세상밖에 나가지 않고 조용히 묻혀 사는 선비를 말하는데, 그냥 편하게 남자 불교신도를 처사라고 부르지요. 그리고 절에 자주 오고 오래된 신도 분을 한 격을 높여 거사라고도 부르지요. 정확하게 말하면 출가하지 않고 부처님의 제자가 된 남자를 우바새, 거사, 신사, 또는 청신남이라 부르지요. 그리고 여자 신도를 보살님이라 부르는데, 정확하게 부르려면 우바이라고 불러야 하지요."

스님은 차를 권하고 자신도 차를 마시려고 찻잔을 들었다. 스님은 찻잔을 아주 조심스럽게 들었다. 네 사람도 스님을 따라 조심스럽게 찻잔을 들었다.

수일은 찻잔을 입에 대다 얼른 떼었다. 너무 뜨거웠다. 뜨거운 것을 싫어하는 수일은 찻잔을 얼른 놓았던 것이다. 영란과 소희는 후후 불면서 뜨거운 차를 마시고 있었다. 수일은 인범이를 힐긋 보았다. 인범은 그 뜨거운 차를 불지도 않고 홀짝홀짝 마시고 있었다. 수일은 인범이가 보기처럼 뜨거운 것에 신경이 둔하다고 생각하며 지리산에 대해 궁금한 것을 물었다.

"스님, 지리산에는 6·25사변 전후에 많은 좌익분자들이 숨어들었고, 6·25전쟁 때에 낙동강전선이 무너지면서 좌익사상을 가진 사람들과 북한 패잔병들이 지리산에 숨어들어 격렬한 저항을 하였다는데, 특별히 기억나는 가슴 아픈 비화가 있으면 듣고 싶습니다."

주지스님은 수일의 질문에 젊은 나이에 피지도 못하고 죽어간 수많은 영혼들을 생각하며 깊은 고뇌의 한숨을 길게 쉬었다. 법철 스님은 이데올로기가 얼마나 무서운지를 알았다. 사상이 무언지 수없는 젊은이들이 국방군의 총탄에 죽고 살을 에는 늠렬(凜烈)한 대기에 얼어 죽고 굶어 죽어간 빨치산들의 죽음을 회상하며 눈을 지그시 감고 한참을 있다 무겁게 입을 떼었다.

3

"이 지리산은 깊고 험한 골짜기가 많아 지리산 일대에 살았던 젊은이들이 일제 강점기와 2차 대전 때 징용에 끌려가지 않으려고 은신했고, 6·25 전쟁 전후 많은 좌익분자들의 은신처였지요. 참으로 많은 젊은이가 죽어갔습니다."

주지스님은 다시 한 번 고뇌의 표정을 짓더니 두 손을 모아 '나무관세음보살' 이라고 암송을 하고는 합장을 했다. 주지스님은 그때 죽은 수많은 영령을 위해 합장을 한 것이다.

"1948년부터 1955년까지 지리산은 빨치산 투쟁의 근거지였지요. 지식층의 빨치산들은 스스로 자기들을 파르티잔(partizan)이라고 불렀지요. 그러나 대부분의 사람들은 그들을 빨갱이라 불렀답니다. 빨치산과 군경 토벌대와 혈전으로 피아간 2만 명 이상의 아까운 젊은 생명이 희생되었고, 수천 명의 양민이 학살되거나 모진 고초를 겪었으며, 값진 문화재를 포함한 수많은 집과 임야가 잿더미가 되었습니다. 이데올로기 즉, 사상의 이념은 무서운 결과를 가져왔습니다."

스님은 말을 잠시 중단하고 차를 마시며 다시 회상에 잠겼다. 괴로운 표정이 역력했다.

"저는 그때 어려서 잘 모릅니다. 6·25를 겪은 어린 시절 어른들에게 들었던 기억이 납니다. 또 최화수 기자가 쓴 대하(大河)르포에 6·25 실록에 지리산 빨치산의 서막과 비참한 사연이 이렇게 기록되어 있습니다. 그리고 빨갱이 가족을 두었기에 군경을 피해 지리산에 입산한 가족들이 비참하게 죽어간 가슴 아픈 기록이 있습니다.

1948년 10월 19일 저녁 8시, 여수에 주둔하고 있던 국군 14연대는 제주도 폭동진압 출동을 거부한다는 명분을 내세워 반란을 일으켰습니다. 인사계 지창수 상사에 의해 주도된 14연대의 반란은 순식간에 여수와 순천을 점령했고, 지방 남로당원의 동조 궐기로 꼼뮌(commune)식 도시 폭동화로 되었습니다. 그 반란사건은 남로당의 지속적인 군부대 침투공작과 2·7 구국투쟁, 5·10단선반대 투쟁, 그 이후의 인공(人共)수립 투쟁의 역사적 맥락에서 발생했습니다. 반란군 3개 대대는 인근 학구와 광양, 벌교, 곡성까지 한때 점령했으나 송호성 장군 휘하 7개 대대와 정부군에 밀려 장악 지역을 하루도 견디지 못하는 난전상태에 빠져 버렸습니다. 약 3,000명의 반란군은 302명의 전사자와 2,298명의 투항자를 내고 궤멸 상태에 놓였습니다.”

스님은 차를 한 잔 마시고 말을 이었다.

“이런 혼란 속에 10월 22일 저녁 무렵 순천 역두에 홀연히 나타난 인물이 저 유명한 남부군 사령관 이현상(李鉉相)이었습니다. 이현상은 뒤에 남아 최대한으로 패잔병을 수습해서 뒤쫓아 오도록 지시하고, 우선 장악할 수 있는 400여 병력을 홍순석, 김지희에게 지휘하게 하고는 섬진강을 건너 지리산 문수골로 들어갔습니다. 이현상 부대가 우선 문수골에 정착한 것은 아직 산 생활에 익숙하지 못한 이들에게 보급 수단이 편하고 선(線) 떨어진 낙오병들이 찾아들기 쉬운 가까운 곳을 선택해야만 했기 때문이었습니다.”

스님은 다시 한 번 긴 한숨을 토하고 말을 이었다. 인범이도 영란이도 소희도 수일도 한숨을 쉬고는 지리산 빨치산의 비참한 역사를 듣기 위해 주지스님의 입에 시선을 집중했다.

“10월 25일 지리산 문수리 계곡에 여순 반란군 패잔병들이 모여들면서 지리산 7년 투쟁의 서막이 시작되었습니다. ‘이현상 부대’는 문수골에서 정부군과 소규모 충돌을 한 끝에 구례읍을 공략하여 제압했습니다. 이들은 금융조합 쌀 창고를 털고 필요한 생필품도 확보한 뒤 광양 백운산으로 들어가 지창수의 부대가 도착하기를 기다렸습니다. 11월 중순 지창수가 200여 명의 잔여병력을 수습해 오자 이현상은 모두 600여 명의 병력을 이끌고 다시 섬진강을 건너 문수리 계곡으로 들어갔습니다. 그들은 이 골짜기에서 약 보름 동안 묵으며 간헐적으로 보급 투쟁을 벌였습니다. 이 기간에 반란군을 빨치산 부대로 태세를 갖추게 한 이현상은 다시 월동을 위해 피아골로 이동을 했습니다. 피아골에는 박종하의 구례군당 유격대가 있었고, 이곳에서 2·7투쟁 등으로 지하에 잠적했던 남로당 구례군당, 면당 요원들도 합류하게 됩니다. 여기까지 지리산의 빨치산부대가 처음으로 본거지를 마련했던 도입부 단계의 개요입니다."

스님은 이야기를 잠시 멈추고 고인범 일행들의 얼굴을 한 사람 한 사람 천천히 바라보더니 다시금 차를 한 잔 따라 마셨다. 일행들은 숨소리마저 죽이고 스님을 바라보고 있었다.

스님은 차를 마시고 긴 소맷자락으로 입가를 훔치고 이야기를 이었다.

"1950년 6·25 새벽 사변이 터졌습니다. 북한군이 물밀듯이 내려와 낙동강을 중심으로 치열한 전투가 벌어졌습니다. 북한군이 남한의 90%를 점령하였습니다. 낙동강을 넘어 부산만 함락하면 제주도를 뺀 남한 전체를 점령할 수가 있었습니다. 그러나 미국의 트루먼 대통령이 한국전쟁에 개입했습니다. 유엔군이 우리나라에 군대를 파견하여 전세는 불확실했습니다. 물밀듯이 내려온 북한군이 미국의 개입으로 낙동강을 중심으로 밀고 밀리는 전투가 벌어졌습니다. 물자가 풍부한 유엔군의 대반격이 시작된 것입니다. 맥아더 장군의 인천상륙작전이 성공하여 보급이 차단되자 낙동강 전선이 무너져 북한군 패잔병들이 지리산으로 피신해 들어갔습니다.

지리산을 찾아 숨어든 사람들 모두가 빨갱이는 아닙니다. 가족이 좌익사상을 가져 좌익활동을 하다 붙들렸든지 발각됨으로써 그 가족들이 군경의 고초에 견디다 못해 끝내는 지리산으로 숨어든 사람이 많았습니다."

스님은 잠깐 긴 한숨을 토하고 말을 이었다.

"지리산에 들어간 가족 중에는 이런 가족도 있었답니다. 피아골 질매재에서 새해 첫날을 맞는 날이었습니다. 쌀이 떨어져 콩 한 줌씩 아침 식사로 배식을 받으려고 한 아낙이 줄을 서 있는데, 시아버지가 저만치에서 지나가는 모습이 언뜻 보였습니다. 아낙이 배식을 받으려다 말고 아버님이라고 부르며 허겁지겁 달려갔습니다. 그녀가 부르는 소리를 들었는지, 큰 시동생이 형수를 발견하고 형수님이라고 부르며 그녀에게 뛰어왔습니다. 그녀는 이옥자라는 여인이었답니다. 이옥자 여인의 남편은 남로당원으로 지하운동을 하다 입산했고 큰 시동생도 빨갱이라고 서북 청년단원들에게 쫓겨났습니다. 가족들이 군과 경찰에 시달리다 못해 시아버지도 어린 막내 시동생까지 빨치산으로 입산하고 말았습니다. 그들 가족은 이데올로기가 무엇인지 확실히 몰랐습니다. 다만 분명한 사실은 아버지와 농사를 지으며 평화롭게 살아가던 가족 중 큰아들과 작은아들이 좌익사상에 물들어 입산함에 가족 전체가 입산을 하여 빨치산 투쟁의 물결에 휩쓸려 엄청난 고초와 참상을 겪으며 비극적인 죽음에 처하게 된 것입니다."

스님은 또다시 한숨을 토하며 얘기를 멈추었다가 한참 후에 말을 이었다.

"이런 사건도 있었습니다. 여순반란사건으로 한 빨치산이 지리산에 입산하니 외딴집에 할머니 한 분이 살고 있었답니다. 아들은 빨치산을 따라다니다 죽고 혼자 살고 있는데, 빨치산들이 지나다 들르면 노란 동동주를 담갔다가 내어주고 또 밥을 해 주고 해서 빨치산들이 보급 투쟁에서 돌아오는 길에 쌀을 몇 말씩 주곤 하여 그들과 퍽 정이 들었던 할머니였습니다.

1949년 추운 겨울 어느 날 덕유산에서 군경에 쫓긴 유격대원들이 뿔뿔이 흩어지고 김지희 부대 유격대원 간부 10여 명만이 새벽녘에 할머니 산막에 들렀습니다. 할머니는 평상시와 다름없이 반갑게 맞이해 주면서 따뜻한 동동주를 내어주며 밥을 빨리 지을 테니 쉬라고 하고는 쌀을 퍼 가지고 나갔습니다. 보초들은 술이 몸에 돌자 총을 끌어안고 앉은잠이 들었습니다. 할머니는 살며시 빠져나가 미리 잠복해 있던 토벌대에게 김지희 일당이 자기 집에 지금 잠들어 있다고 알려주었습니다. 김지희 일당은 토벌대의 기습으로 저항도 못 하고 전멸했습니다. 그 뒤 이 사실을 안 유격대원들이 할머니를 감나무에 매달아 총창으로 찔러 죽이고 집을 불살라 버렸습니다. 할머니가 빨치산이 미워 토벌대에 밀고했을까요? 아닐 것입니다. 토벌대가 순박한 할머니를 회유하고 협박한 것이 아닐까요. 빨갱이에게 동조하면 군경에 맞아 죽고 군경에 동조하면 빨갱이에게 참혹하게 죽어야 하는 양민이었습니다."

숨을 돌리느라 얘기는 잠깐 끊어졌다 이어졌다.

"이런 사건도 있었답니다. 12월 말 새벽 미명에 맞은편 능선으로 토벌대가 누렇게 올라오고 있었습니다. 빨치산들은 그때 막 새벽밥을 먹으려던 참이었습니다. 다된 밥을 먹지도 못하고 짐도 챙기지 못한 채 황급히 자리를 뜬 그들은 토벌대에 밀려 200m 가량 더 내려가 굵은 다래넝쿨 아래에 몸을 숨겼습니다. 입산한 아이 어머니도 함께 은신해 있었습니다. 토벌대가 그 옆으로 지나가고 있었습니다. 그때 갓난아이가 칭얼대려고 했습니다. 만약 갓난아이의 울음소리에 발각된다면 모두가 토벌대의 총에 몰살당할 것은 자명했습니다. 아이 엄마는 아이의 입을 틀어막았습니다. 모두의 눈이 아이 엄마의 손에 집중되었습니다. 숨이 막힌 아이가 꿈틀거렸지만 아이 엄마는 무서운 힘으로 계속 아이의 입을 틀어막고 있었습니다. 토벌대의 행렬이 지나가고 갓난아이의 입에서 손을 떼었습니다. 그러나 아이는 이미 질식사하였습니다. 어린아이가 피어나지도 못하고 짧은 삶을 마감했습니다. 아이를 자기 손으로 죽인 아이 엄마의 심정은 어떠했겠습니까?"

주지스님은 이야기를 하다 한숨을 토했다. 인범이도 수일이도 영란이도 소희도 자신도 모르게 긴 한숨을 토했다.

"동족상잔의 사상이 빚은 참으로 비참한 비극이었습니다. 더 이상 말을 못 하겠군요. 가슴이 아픕니다. 사람의 운명은 자신이 만드는 것 같아요. 그때 부모가 좌익에 빠지지 않았다면 어린이는 그렇게 비참한 최후를 맞지는 않았을 것입니다. 인생은 허무하지요. 이념과 사상을 달리하는 것을 영어로 이데올로기라고 한다지요? 그리고 인도주의 즉, 인간다운 따뜻한 정을 휴머니즘이라고 한다지요? 이데올로기 사상을 가진 사람은 휴머니즘이라고는 손톱만큼이라도 없는 자기들과 사상이 다른 사람을 잔인하게 죽이는 무서운 것입니다. 참으로 많은 젊은 생명이 이 지리산에서 죽었습니다. 나무관세음보살."

긴 이야기를 마친 스님은 합장을 하고 고뇌의 얼굴로 시선을 짙은 녹음으로 우거진 천년고찰 화엄사를 에워싸고 있는 산을 초점 없는 눈으로 바라보고 있었다.

"스님, 인생을 어떻게 생각하세요?"

영란의 질문에 주지스님은 눈을 지그시 감고 무언가 깊이 생각하더니 독백처럼 말했다.

"인생은 인생이지요. 태어나고 죽는 것이 인생이 아닌가요? 그러나 비극적으로 죽는다는 것은 참으로 슬픈 운명입니다."

잠시 방 안엔 무거운 침묵이 깔렸다. 열려진 방문을 통해 스피커에서 법문을 읽는 구성진 독경소리가 들리고 있었다.

'인간은 백 년도 못 살면서 천 년을 사는 준비를 하지요. 살아생전 그렇게 움켜쥔 재물도 명예도 다 버리고 떠나지요. 생전에 지은 선과 악은 아무도 대신해 주지 못하고, 선을 행해 받을 복도 악을 행해 받을 죄도 오직 죽은 자만이 받을 것입니다. 화장을 하면 한 줌의 재가 되고 매장을 하면 한 줌의 흙이 되지요. 인생은 무상하고 덧없습니다. 살아생전 그렇게 갈구했던 애욕도 탐욕도 허망한 것입니다. 잠시 머물다가 가는 인생을 천 년을 사는 준비를 하는 우매한 인간의 욕망입니다.'

법문이 계속 들리고 있었다. 인범은 시계를 보았다. 밝은 시간에 야영장에 도착하려면 지금 출발해야 했다.

"스님, 그만 일어나야겠습니다."

인범이가 먼저 침묵을 깨트렸다.

인범은 스님에게 깊은 합장을 하고 일어섰다. 인범을 따라 수일도 영란이도 소희도 스님에게 공손히 합장을 하고 방을 나와 대웅전 계단을 내려올 때까지 주지스님이 말한 빨치산들의 비참한 최후의 죽음과 아기의 입을 막아 죽인 처절한 죽음을 생각하니 너무나 가슴이 아팠다. 그리고 인범이를 보고 이 청년은 다른 사람들과는 다르다는 말, 한자를 그냥 보고 지나치지 않고 그 좋은 뜻을 새겨 삶의 좌우명으로 삼으려는 의지가 돋보인다는 말을 떠올렸다. 영란은 인범이를 노동판의 막노동자로만 알고 있었다. 그리고 지금도 미련곰탱이라 부르며 무시하고 있었다.

영란이에겐 인범의 매력은 야성적인 남성상이 전부였다. 그러나 주지스님의 관점은 인성 즉, 인간적인 면을 본 것이라고 했다. 스님과 영란은 인범이를 보는 관점에 판이한 차이점을 갖고 있었다. 영란에게 인범은 지금도 한 마리의 수컷 이상은 아니었다. 영란은 그 수컷을 정복하려는 전초전으로 등산을 제의한 것이다. 그런데 껍질을 벗길수록 묘한 아니, 값진 진주가 보이기 시작했다. 막노동꾼인 이 수컷이 대학생인 자신보다 한자에 아니, 학문에 더 많은 관심을 갖고 있고 더 많이 알고 있는 것을 알았다. 그리고 영어신문까지 가지고 있다는 말이 도저히 이해가 되지 않았고 믿기지 않았다. 영란은 인범이가 학교에서 배우지 못한 학문 대신 사회생활에서 갖추어야 할 덕목과 지식을 스스로 열심히 공부하고 있는 것을 알지 못하고 있는 것이다.

영란이 인범을 싸움에 끌어들이다

1

사찰을 빠져나온 인범은 본격적인 산행을 하기 위해 일주문 앞에서 신발 끈을 단단히 조여 매고 배낭을 추슬렀다. 저만치 앞에 영란이와 소희가 작열하는 햇볕 아래 이야기를 나누며 걷고 있었다. 영란이의 등산화는 끈을 조여 매지 않아 헐거운 상태였다. 인범은 영란이를 보면서 영란이와 그 일행이 과연 저 모습으로 지리산 등반을 할 수 있을까, 안쓰러운 생각을 하였다. 화엄사계곡 코스는 거찰 화엄사를 경유하여 계곡을 따라 노고단까지 10km나 이어진 대표적인 등산로였다. 지리산 종주 산행을 할 때 반드시 포함되는 코스이며, 많은 짐을 메고 이 길을 먼저 오르기 때문에 산악인들에게는 힘든 산행코스로 기억되는 곳이다. 요즈음은 천은사에서 달궁의 도로 개설로 차량편으로 곧장 성삼재까지 가는 등산객이 많았다. 인범은 영란이 일행을 차량편으로 보낼까 생각을 하다 접었다. '그래, 지리산을 쉽게 생각하는데 한번 겪어 보아라.' 그리고 등산의 걸어서 가는 참맛을 느끼도록 해야겠다고 생각했다.

노고단으로 오르는 등산로는 화엄사 경내를 빠져나와 돌담을 끼고 얼마간 계곡을 따라가다 쇠다리를 건너는 것으로 시작되었다. 이 길을 따라 30분가량 걸어 오르면 '서나무 야영장'이라고 불리는 곳에 닿는다. 키가 유별나게 큰 나무 아래로 제2, 3 야영장이 조성돼 있어 언제나 많은 캠핑족들이 들끓는 곳이다. 시원한 계류 소리를 듣고 걸으면 자연 속의 낭만을 마음껏 즐길 수 있는 장소이기도 했다.

여기까지는 영란과 그 일행은 잘 걸었다. 이따금 나무그늘에서 땀을 닦으며 잠시 쉬기도 했다. 이제 여기서부터 끝없는 돌계단의 연속이었다. 벌써 영란과 소희가 지치기 시작했다.

앞서가던 영란이 소희, 그리고 같이 가던 수일이마저 더위에 지쳐 뒤에서 오던 인범이가 앞서가게 되었다. 인범은 똑같은 속도와 보폭으로 계단을 올라가고 있었다. 등에는 유난히 큰 배낭을 짊어지고 힘든 것도 더운 것도 개의치 않고 꾸역꾸역 계단을 올라가고 있었다. 계단이 더 걷기 쉽다던 영란이는 계단을 연속적으로 올라가자 한 계단 한 계단 오르기가 너무 힘들었다. 영란은 자기가 계단이 걷기 쉽다고 화엄사 쪽으로 가자고 했을 때, 인범이가 묘한 미소를 지어 그 웃음이 꼭 비웃는 것 같다고 생각했는데, 비로소 인범이의 미소가 비웃는 미소라는 것을 알 수 있었다. 참으로 속이 깊은 사람이라는 생각이 들었다. 남의 의사를 반박하지 않고 인정해주는 인범이의 성격을 어떻게 판단해야 하는지 가늠하지 못했다. 자기 같으면 계단이 더 힘들다고 말을 할 것인데, 아무 말을 하지 않는 그 성격…….

영란은 쉬면서 앞서가는 인범을 보았다. 일반 등산객보다 엄청나게 큰 배낭을 짊어지고 뚜벅뚜벅 계단을 올라가는 인범이를 멀거니 바라보았다. 하산하는 등산객들이나 올라가는 등산객들은 노출이 심한 영란이와 소희를 유심히 보며 지나갔다.

"소희야, 저 미련곰탱이 이 더운 여름에 저렇게 엄청나게 큰 배낭을 짊어지고 가는 것 봐. 꼭 소 같아."

"얘는 사람을 소라니 너무 심하잖아."

"소가 아니고 뭐야. 힘든 줄도 모르나 봐."

“고 형은 성격도 좋은 것 같고 체격이 저렇게 좋으니 힘이 센 것은 당연한 것 아니니?”

수일이 말했다.

인범은 영란이와 소희, 수일이 따라오는지를 보려고 멈추어 서서 한 번씩 돌아보았다. 셋은 힘이 부치는지 자주 쉬고 있었다. 인범은 배낭을 내려놓고 그들 셋을 멀거니 바라보더니 계단을 내려갔다. 인범은 지쳐있는 영란이와 소희 가까이 다가갔다.

“배낭 제게 주십시오.”

인범은 영란의 등에 짊어진 배낭을 벗겼다. 그리고 소희의 배낭도 벗겼다.

“미스터 고는 힘들지 않아요? 괜히 여름에 가자고 했군요. 미스터 고의 배낭도 큰데, 우리 배낭 두 개까지 가져갈 수 있겠어요.”

“아닙니다. 저는 여름에 지리산에 오는 것을 좋아합니다.”

“그래요, 특이하군요.”

“권 형도 힘 드는 것 같은데요. 권 형 배낭 안에 무거운 것 있으면 꺼내주십시오.”

“아닙니다. 저는 괜찮습니다.”

“그래요. 천천히 올라오십시오.”

인범은 영란의 배낭과 소희의 배낭을 가지고 계단을 올라갔다.

셋은 인범이가 자신들의 배낭을 양손에 들고 무거운 줄도 더운 줄도 모르는 듯 묵묵히 걸어 올라가는 모습을 멀거니 바라보고 있었다.

“저러니 미련곰탱이란 소리를 듣는 거야.”

“얘는 우리가 힘들어하니까 일부러 내려와 우리 배낭을 가져가는 거야. 미스터 고가 자신도 힘들 것인데 남을 배려하는 것을 보니 사람이 참 좋은가 봐.”

인범은 끈으로 영란의 배낭과 소희의 배낭을 자신의 배낭 양쪽에 묶고는 계단을 올라가기 시작했다. 지나가는 등산객들이 일반 배낭이 아닌 유난히 큰 배낭에 두 개의 작은 배낭을 옆구리에 매달고 올라가는 인범을 의아한 눈으로 바라보았다. 특히 하산하는 등산객들이 그냥 지나치지 않고 유심히 보며 지나갔다. 올라가는 등산객들은 그렇게 큰 배낭을 짊어지고도 자기들보다 앞서가는 인범이를 보고 자기들끼리 숙덕거리고 있었다. 그들은 일반 평범한 배낭이 아닌 전문 산악인의 엄청나게 큰 배낭을 보지 않았기 때문이었다.

인범은 혼자 등산을 한다면 꾸준하게 걸어가겠지만 일행이 있어 자주 쉬어가야 했다. 영란과 소희는 배낭을 인범이에게 주고 나니 한결 몸이 가벼워졌다. 계단을 오르기가 쉬웠다. 옛날 사람들의 한여름 높은 고개를 넘으려면 눈썹도 무거워 빼고 싶다는 말이 실감이 났다. 돌계단 주변은 단풍나무를 비롯한 활엽수들이 짙은 나무그늘을 드리우고 있었다. 영란과 소희는 땀을 뻘뻘 흘리며 수없이 계속된 계단을 걷다 짙은 나무그늘에서 땀을 식히며 서서 인범이를 찾았다. 인범이가 뒤쳐져가는 자기들과 거리를 맞추며 올라가기 때문이었다.

앞서가던 인범이가 외국인과 이야기를 하고 있는 것을 소희가 보았다.

"어? 영란아 저 봐. 미스터 고가 외국인과 이야기를 하고 있잖아."

인범이가 외국인과 이야기를 나누는 것을 먼저 본 소희가 손가락질을 하며 말했다. 소희는 인범이가 막노동꾼이고 학벌이 전혀 없다는 말을 들었고 대단한 싸움꾼이라고 들었기 때문이었다. 조금 전 화엄사 대웅전 앞에서 중년 아저씨들에게 기둥에 쓰인 한자를 보고 말을 하고 있었고, 또 아저씨들이 지나가면서 한자도 잘 알고 영자 신문도 가지고 다니더라는 말을 듣고 의아하게 생각했는데, 인범이가 외국인과 이야기를 나누며 손가락으로 아래쪽을 가리키며 길을 알려주는 것 같아 자세히 보고 있었다. 서양인이면 대부분 미국인이고, 미국인이 아니더라도 외국인 대부분이 영어를 사용하고 있어 학벌이 없는 미스터 고가 외국인과 대화를 한다는 것이 이해가 되지 않았기 때문이었다.

"미스터 고가 영어로 말하는지 한국말로 말하는지 모르겠네. 요즈음은 한국어를 하는 외국인도 많지 않아."

"글쎄."

영란과 소희는 고개를 갸웃거리며 인범이가 미국인과 이야기를 하는 것을 지켜보고 있었다.

"영란아, 요즈음 외국으로 취업 나간 노동자들이 외국어를 조금은 배워 올 수 있어. 뭘 그리 이상하게 생각해."

"그래, 그래도 저치는 무식한 싸움꾼이야."

"그럼, 저 외국인이 하산하는 것 같은데 내가 물어볼게."

"그래 물어봐. 정말 궁금하단 말이야."

"영란아, 절에서 아저씨들이 미스터 고가 영자 신문을 가지고 있더라고 하는 말이 사실인 것 같아."

수일이 말했다.

"저 사내 참 수수께끼 같은 사내야. 큰스님이 미스터 고를 칭찬하는 것 들었지? 난 도저히 이해가 안 돼. 그리고 우리 어머니가, 미스터 고가 날치기들과 싸워 핸드백을 찾아 주었다고 하지만 나는 믿어지지 않아. 내가 미스터 고를 데려다주기 위해 차에 태워 가다 차가 갑자기 끼어들어 내가 급정거를 해 뒤차와 추돌할 뻔했어. 그래서 뒤차의 건달 두 명이 시비를 걸어 싸우게 되었어. 그런데 미스터 고가 건달들에게 겁을 먹고 사과하잖아, 겁쟁이야. 미스터 고가 언젠가 꼭 싸우는 것을 내 눈으로 보아야 믿을 수 있어."

영란과 소희, 수일이 인범이가 영어를 알 것이다 모를 것이다를 말하면서 계단을 올라가고 있었다.

두 미국인이 내려오고 있었다. 수일이 미국인이 가까이 다가오자 물었다.

"헬로, 실례합니다. 조금 전 이야기를 나누었던 저 키 큰 분 영어를 잘 합디까?"

수일은 짧은 영어 실력으로 더듬거리며 물었다. 미국인은 몇 번을 반문하더니 나중에야 알아듣고 답을 했다.

"아 예, 아주 잘해요."

외국인은 두 손바닥을 하늘을 향해 올리며 동시에 어깨를 으쓱 치켜세우면서 말하고는 내려갔다.

"잘하더라고 말하네."

영란과 소희, 수일은 고개를 갸웃거렸다.

그늘 밑 계단에서 배낭을 내려놓고 쉬고 있던 인범은 땀을 뻘뻘 흘리며 힘들게 올라오는 영란과 소희를 멀거니 보고 있었다. 숨을 몰아쉬던 영란이가 궁금한지 물었다.

"인범 씨, 조금 전 외국인과 이야기를 나누던데, 무슨 이야기를 나누었어요?"

"……."

인범은 영란의 얼굴에서 무엇을 알아내려는 듯 아무 말도 않고 멀거니 바라보았다.

"인범 씨, 저 말 안 들려요? 조금 전 외국인과 무슨 말 나누었느냐고 묻고 있잖아요."

"아무 말 나누지 않았습니다."

"우리 셋이 인범 씨가 외국인과 말을 나누는 것을 봤는데, 아무 말 안 나누었다니요?"

"그게 무엇이 궁금해요?"

"……."

세 사람이 오히려 말을 못 했다. 인범의 말이 맞았다. 영란이가 지나가는 말로 물었다면 몰라도 잘못을 따지듯, 시비하듯 물었기 때문이었다.

"아 예, 우린 인범 씨가 외국어를 아는 것이 궁금했거든요."

수일이 미소를 머금고 말을 했다.

"아 예, 영어 몰라요. 무언가 물어서 모른다고 했어요."

인범은 자신은 영어를 잘 모른다고 말했다.

"……."

영란과 셋은 서로 얼굴을 보며 아무 말도 못했다. 외국인이 인범이가 영어를 잘하더라고 말을 하는데 왜 모른다고 하느냐고 따질 수도 없었다. 영란은 인범이가 외국에 가서 영어를 조금 배워 왔지만 영어를 잘하지 못해 그렇게 말을 하는 것이라고 생각했다. 그러나 외국인의 잘하더란 말이 이상했다.

인범이가 영란이, 소희 그리고 수일이 땀을 뻘뻘 흘리는 것을 보고 배낭을 끌러 물통을 끄집어내었다. 새벽 검단산에서 받아온 생수를 냉동실에서 꽁꽁 얼리어 온 것이다. 영란은 물 준비도 하지 않았다. 모든 것은 등산 전문가인 인범이가 알아서 가져올 것이라고 생각한 것이다. 플라스틱 물병 맨 위쪽은 얼었던 물이 녹아 있었다. 영란은 인범이가 병마개를 열자 냉큼 받아 마시려고 하자 인범이가 얼른 빼앗았다.

"왜 그래요? 인범 씨, 지금 목이 마르단 말예요."

인범은 배낭 옆에 매달린 앙증스럽게 생긴 아주 작은 예쁜 두 개의 표주박 잔 중 하나를 영란이에게 내밀며 플라스틱 병의 물을 따라 주었다. 영란은 인범이가 내미는 표주박 잔을 받아 물을 마셨다. 물이 너무나 시원했다. 인범이가 물을 얼리어 오지 않았다면 텁텁한 물을 마셔야 했을 것이다. 얼리어 온 물은 한꺼번에 녹지 않고 서서히 녹아 오랫동안 찬물을 마실 수 있어 좋았다. 소희와 수일은 차례로 물을 마셨다.

“아, 물이 차다.”

셋은 입맛을 다시며 차고 시원한 물에 감탄을 했다. ‘아! 등산 전문가는 등산만 잘 하는 것이 아니라 등산에 필요한 준비도 잘하는구나.’

인범은 또 하나의 표주박 잔으로 물을 마셨다. 물을 마신 인범은 배낭에서 작은 물병을 끄집어내어 표주박 잔과 같이 수일에게 내밀었다.

“권 형, 이 물병 배낭에 넣어 세 분이 마십시오. 조금 빨리 갑시다. 밝을 때 텐트를 쳐야 합니다.”

인범이가 먼저 일어나며 말했다.

“영란아, 우리 조금 걸음을 빨리하자. 미스터 고의 말이 맞아, 텐트는 밝을 때 쳐야 해.”

“응, 알았어.”

네 사람은 부지런히 계단을 올라갔다. 인범도 보조를 같이했다.

참샘, 돌거지, 국수등, 중재, 그리고 눈썹바위를 지나 해가 질 무렵 드디어 노고산장에 도착했다. 영란이와 소희는 완전히 지쳐 있었다. 수일도 힘이 드는지 피곤한 기색이었다.

노고단에는 벽돌로 지은 마치 호텔처럼 보이는 3층 호화 산장이 위풍당당하게 자리잡고 있었다. 이 건물은 기존 40평 규모의 낡은 슬래브 건물이던 노고단산장을 폐쇄하고 지난 87년에 새로 지은 것이다. 그 바로 옆에 본관 115평의 건평 외에도 취사장, 화장실 등의 부속 시설물을 갖춘 새 노고산장을 지었다. 그 주위에 5,000여 평의 방대한 야영장을 만들었다. 본관에는 ‘반야봉’, ‘노고단’, ‘종석대’ 라고 이름을 붙인 200여 명을 수용할 수 있는 대형 객실 3개와 샤워실, 매점, 직원용, 식당 관리사무실이 있었다.

해가 서산에 뉘엿뉘엿 지고 있었다. 서북능선의 멧부리에 아름다운 석양이 장관을 이루고 있었다.

“야, 소희야 석양이 너무 아름답다.”

영란이가 감탄을 하며 서북능선 멧부리에 한 여름의 현란한 낙조가 선연한 황금빛 석양으로 붉게 물들이는 정경을 바라보고 있었다. 소희도 수일도 인범도 장엄한 석양을 하염없이 바라보았다. 한낮의 태양은 이글거려 눈이 부셔 마주볼 수 없었는데, 쇠잔한 석양의 태양은 전혀 눈이 부시지 않았다. 석양의 노을이 주위의 능선을 붉게 물들이는 황홀함에 그저 감탄할 따름이었다. 네 사람은 위대한 자연의 아름다움에 넋을 잃고 한참이나 관망하고 있었다. 해가 서서히 서북능선 너머로 빠지고 붉게 물든 색감도 서서히 묽은 어둠으로 변하고 있었다.

"아, 아름다운 석양, 정말 감명 깊게 봤다."

네 사람은 낙조에 머문 시선을 거두었다. 대자연의 현란함을 감동으로 보았다. 힘들게 올라온 등산의 피로를 석양의 황홀한 노을이 싹 씻어 주었다. 지리산의 황혼은 찬란했다.

"권 형, 저쪽으로 갑시다. 이곳은 복잡합니다."

인범은 이곳에 여러 번 왔기 때문에 지리를 잘 알고 있었다. 세 사람은 인범이가 이끄는 곳으로 따라갔다. 텐트를 치기 좋은 조금은 평평한 자리였다. 가까운 곳에 계곡이 있는지 물소리가 들리고 산 아래가 내려다보이는 곳이었다. 저만치 아래에 많은 등산객들이 텐트를 치고 있었다. 울긋불긋한 수많은 텐트가 화려하게 내려다보였다.

"권 형, 이곳이 어떻습니까? 저는 저쪽 계곡 쪽에 치겠습니다."

조금 으슥한 곳이었다.

"아, 이곳이 조용해서 훨씬 좋아요. 인범 씬 지리산에 자주 오니 위치를 잘 알고 있네요. 그럼 중간 지점인 이곳에 저희들의 텐트를 쳐 주세요."

영란이가 호들갑을 떨면서 말했다. 소희도 고개를 끄덕이었다.

"예, 이곳이 좋습니다."

수일이도 말했다.

"그럼 이곳에 영란 씨와 수희 씨의 텐트를 먼저 칩시다."

인범의 텐트는 판초이니 치기가 쉽기 때문이었다. 수일은 자신의 배낭을 열었다. 두 개의 텐트를 끄집어내었다. 두 개 중 빨간색 텐트를 인범에게 내밀며 말했다.

"고 형, 이건 영란이와 수희가 마련한 텐트입니다. 며칠 전에 우리 셋이 가서 구입했습니다. 영란과 수희는 텐트 치는 것을 잘 모를 것입니다. 저의 것은 제가 치겠습니다. 영란이의 텐트를 쳐 주십시오. 그리고 고 형은 저와 함께 자면 안 됩니까?"

"저는 코를 고는 습관이 있습니다. 혼자 편하게 주무십시오."

"그래요. 그럼 고 형도 편하게 주무십시오."

인범은 영란이의 텐트를 펴서 치기 시작했다.

"미스터 고, 빨간 색깔 참 예쁘죠? 쳐 놓으면 더 예쁠 거예요."

인범은 영란이의 텐트를 치기 시작했다. 텐트를 쳐 본 경험이 많은 인범은 빠른 솜씨로 텐트를 금세 쳤다. 그리고 자리까지 깔았다. 옆에서 구경을 하고 있던 영란이와 소희가 텐트 안에 쏙 들어가 아이처럼 뒹굴며 좋아했다. 텐트는 묘했다. 화사한 빛이 투영되는 텐트 안은 아늑했다.

저쪽에서 텐트를 치는 수일은 이제 겨우 폴대를 끼워 놓고 있었다. 미란이의 텐트를 다 친 인범은 수일에게 다가가 치고 있는 폴대를 받아 시원스럽게 텐트를 완성했다.

그 중 인범의 텐트는 다른 텐트와 달랐다. 인범은 짐이 많아 텐트를 가지고 다니지 않았다. 그 대신 미국 군인들이 사용하는 판초라는 우비를 개조하여 텐트 대신 사용했다. 치기도 걷기도 아주 간편했다. 다만 중앙에 스틱이 있고 높이가 낮아 안에서 활동하기가 불편하지만 잠자는 데는 그렇게 불편하지 않았다. 수일과 영란이와 소희는 인범의 텐트 아닌 판초를 구경하고 있었다.

"인범 씨 판초라는 텐트는 치기가 너무 간단하네요. 그러나 덩치 큰 인범 씨가 자기엔 너무 작은 것 같아요."

"판초는 미국 군인이 사용하는 우비입니다."

텐트를 다 친 인범은 코펠을 끄집어내어 계곡에 내려가 쌀을 씻어와 밥을 짓기 시작했다. 커다란 배낭 안에는 온갖 것이 준비돼 있었다. 다용도 칼에서부터 취사도구, 가스, 랜턴 등이었다. 그들은 비로소 인범의 배낭이 다른 사람의 배낭에 비해 월등이 큰 것이 이해가 되었다. 네 사람 몫의 식량을 혼자 준비한 것 같았다. 돼지고기도 생선도 채소도 들어 있었다. 물이 든 팩을 냉동실에서 얼려 비닐에 고기와 채소를 상하지 않게 하기 위해 넣어온 것이다. 그들은 인범이 혼자 식사 준비를 하는 것을 물끄러미 보고 있었다. 수일은 가스버너와 통조림, 그리고 단무지를 조금 준비했을 뿐인데…….

수일이 물었다.

"인범 씨, 뭘 이렇게 준비를 많이 했습니까?"

"……."

언제나 말이 없는 인범은 묻는 말에 대답은 않고 힐긋 수일의 얼굴을 보며 빙긋이 미소를 지었다.

"미스터 권, 인범 씬 가정주부와 같아. 청소도 밥도 빨래도 음식도 혼자서 다 해결해."

영란이가 말했다.

"그래. 고 형, 영란이 말이 맞아요?"

"……."

인범은 역시 말없이 영란의 얼굴을 물끄러미 바라보았다. 그 얼굴은 네가 뭘 알아서 그런 말을 하는가라는 표정이었다.

"권 형, 버너 가져왔으면 주십시오. 밥을 하게요."

인범은 수일이 주는 버너를 놓고 쌀을 씻어 넣어둔 코펠을 얹고 불을 켰다. 그리고 자신의 버너를 켜고 프라이팬 위에 돼지고기를 얹었다. 지지직 소리를 내며 맛좋은 냄새를 풍기며 익고 있었다. 영란과 수일은 인범이가 하는 것을 보며 자리에 둘러앉았다.

주위는 어느새 서서히 어둠이 깔리기 시작했다. 인범은 어둠이 깔리는 주위를 바라보다 일어나 배낭에서 가스등과 쇠막대기를 끄집어내었다. 인범은 쇠막대기를 자리 가까이에 세우고 나무망치로 박아 넣었다. 그리고 흔들어 보았다. 인범은 단단히 박힌 것을 확인하고 가스등을 걸고 불을 켰다. 솨 하는 소리가 나면서 강한 가스 불이 주위를 환하게 비쳤다.

"와, 불이 밝다."

가스불은 너무 밝아 주위가 대낮 같았다.

영란은 덩치와는 달리 세심하게 모든 것을 준비해 온 인범이가 새삼스럽게 보였다. 어떻게 남자가 이렇게도 용의주도하고 섬세할까? 인범의 새로운 이면을 발견한 것 같았다. 인범은 난생 처음으로 혼자가 아닌 여러 명이 함께 등산을 온 것이다. 그러면서 준비를 해 온 것은 평소 등산 준비를 하면서 몸에 밴 때문이었다. 필요한 것을 빠트리고 오면 불편한 것이 말이 아니었다. 다 준비를 하였지만 가스 하나라도 빠트리면 큰 낭패였다. 굶어야 했기 때문이었다. 어쩔 수 없이 3일을 계획하고 왔지만 당일치기로 하산해야 했다. 그리고 세심하게 준비한 것은 여러 명이 함께 온 등산객들이 프라이팬으로 돼지고기도 된장찌개도 만들어 먹는 것을 보았기 때문이었다. 그리고 영란이가 등산을 거의 하지 않았고 같이 올 일행도 등산 경험이 별로 없다는 말을 들었기 때문에 세심하게 준비를 해 온 것이다.

수일이 술을 좋아하는지 소주가 담긴 팩 몇 개를 가져왔다. 돼지고기를 상추에 싸서 먹는 맛은 꿀맛이었다. 평소 술을 잘 못 마시는 인범이지만 자리가 자리인 만큼 수일이 권하는 술잔을 받지 않을 수 없었다. 영란도 소희도 모두 소주를 잘 마셨다. 술이 약한 것은 인범이었다.

어두워지니 그렇게도 무덥던 날이 산바람과 계곡에서 묻어오는 찬 기운에 오히려 추위를 느끼게 했다. 술을 먹은 영란과 소희는 춥지 않은지 얇은 옷을 입은 그대로 술을 마시고 있었다. 지금까지 인범은 친구도 없이 살아왔다. 오늘 처음으로 자신과 비슷한 나이의 두 아가씨와 한 대학생과 함께 지리산의 대자연 속에서 술을 마시니 새로운 등산의 참 의미를 발견한 것 같았다.

2

영란은 잠이 오지 않았다. 밝은 달빛이 텐트 속으로 투영되어 눈물처럼 은은한 빛을 띠고 있었다.

소주를 많이 마셨는지 아직도 술기운이 남아 있었다. '오늘이 기회야. 인범이를 꼬드겨 지리산에 온 것은 인범이를 꺾기 위한 첫 단계의 목적이 아니었던가.'

영란의 계획은 이번 네 명이 등산을 온 다음 단 둘이 등산을 와서 인범이를 유혹하려고 했었지만, 지금이 기회일 것 같았다. 영란이가 처음 인범이를 보았을 때 우직하게 보이는 보잘것없는 청년이 자신을 무시하고 관심을 갖지 않는 것에 오기가 났다. 그 보복으로 꺾어버리려고 한 것이 이젠 인범이가 욕정의 대상이 되었다. 그래, 이 기회에 야성적인 아니, 수컷 준마 같은 미스터 고와 욕정을 불태우고 싶었다. 야수와 같이 넘쳐나는 욕정의 덩어리 같은 고인범이 커다랗게 시야에 다가왔다.

날치기의 칼에 찔린 상처를 치료하기 위해 벗은 상체는 보통 남자의 상체가 아니었다. 한 마리의 멧돼지였고 수컷이었다. 떡 벌어진 어깨, 꿈틀거리는 근육, 쭉 뻗은 하체, 영란은 변강쇠와 옹녀가 떠올랐다. 자신은 옹녀이고 인범은 변강쇠로 착각이 되었다. 영란은 갑자기 몸이 뜨거워졌다. 머리맡의 시계를 보니 아직 12시가 되지 않았다. 영란은 잠든 소희를 자세히 내려다보았다. 잠이 들었는지 숨소리가 규칙적으로 들렸다. 영란은 손으로 소희의 눈 가까이 흔들었다. 아무 반응이 없었다. 영란은 살그머니 텐트의 지퍼를 열고 빠져나왔다.

달은 대낮처럼 밝았다. 만월의 달빛에 비친 지리산은 너무나 아름다웠다. 하늘엔 무수한 별들이 반짝이고 있었다. 수일의 텐트가 환한 보름달 달빛 아래 있는 것이 보였다.

영란은 인범이가 자고 있는 판초라고 하는 이상한 텐트 가까이 갔다. 국방색의 판초가 납작하게 엎디어 있었다. 주위를 둘러보았다. 아래쪽에 펼쳐져 있는 야영장에 달빛에 물든 형형색색의 수많은 텐트들이 웅크리고 깊이 잠들어 있었다. 아직도 잠들지 않은 몇 개의 텐트 밖에서 등산객들이 술판을 벌이고 있는 것이 보였다.

영란은 몸을 낮게 낮추어 판초에 귀를 기울였다. 가벼운 숨소리와 코 고는 소리도 들렸다. 규칙적인 숨소리와 코 고는 소리로 보아 인범은 깊이 잠든 것 같았다. 영란은 교교한 달빛이 쏟아지는 산을 바라보다 살그머니 손으로 판초 끝을 올리고, 꼭 도둑고양이처럼 숨소리와 몸 소리를 죽이고 몸을 최대로 낮추고 판초 안으로 몸을 디밀어 넣었다. 영란은 몸 소리는 죽일 수 있었지만 심장에서 숫처녀처럼 터질 듯 콩닥거리는 소리는 억제할 수 없었다. 판초라 그런지 천장이 너무 낮고 좁았다. 영란은 인범이 자는 옆에 살그머니 앉았다. 환한 보름달빛에 비친 잠자는 인범의 얼굴을 내려다보았다. 억세게 보이던 얼굴이 천진한 아기처럼 고요했다. 짙은 눈썹이 더욱 짙게 보였다. 영란은 잠자는 수컷 준마 같은 고인범을 보니 몸이 뜨거워지며 욕정이 활화산처럼 타올랐다.

텐트와는 달리 판초 안은 두 사람이 겨우 누울 수 있었다. 중앙에 판초를 지탱해 주는 스틱이 있어 나란히 눕기가 불편했다. 영란은 살그머니 인범이 옆으로 가 누워 자신의 옷을 벗었다. 알몸의 영란은 반바지를 입고 등걸잠을 자는 인범의 앞섶 지퍼를 살그머니 내렸다. 심장의 고동이 더욱 콩닥거렸다. 지퍼를 내리는 손가락이 가볍게 떨리고 있었다. 그러나 눈은 묘한 열기를 띠고 있었다. 영란은 기대했다. 인범이가 자극을 받아 자신을 뜨겁게 태워줄 것을…….

인범은 꿈속에서 누구인지 모를 한 여인과 정사를 하고 있었다. 여자가 자신의 하의를 벗기고 있었다. 비몽사몽간에 인범의 젊은 육체를 황홀감으로 전율케 했다. 꿈이 아닌 것 같았다. 일어나야 한다고 생각하면서도 황홀감이 더 연장되었으면 했다. 꿈이라면 깨고 싶지 않았다. 그러나 꿈이 아닌 것 같았다. 옆에 누가 누워있는 것 같았다. 그리고 누가 자신의 몸을 만지고 있는 촉감을 느꼈다. 판초 안은 자신만이 아니었다. 순간 인범은 무서운 악력으로 상대의 손을 잡고 비틀었다.

"아얏!"

"누, 누, 누구요?"

"아파요. 이 손 놓아주세요. 저 영란이에요."

여자의 소리였다. 순간 인범은 손을 놓고 벌떡 일어나 앉았다. 자신의 옆에 알몸의 영란이가 나란히 누워있었다. 투영된 달빛에 영란이의 알몸이 보였다.

"영란 씨, 왜 이래요? 나가주십시오."

"인범 씨 우린 젊잖아요. 이렇게 호젓한 산속에 젊은 남녀가 함께 있으면서 그냥 지난다는 것은 억울하잖아요. 절 받아주세요."

영란은 실오라기 같은 목소리로 애원했다.

"전 그런 거 모릅니다. 나가주십시오."

영란의 굴곡진 풍만한 여체가 출렁이며 인범이의 젊은 욕정에 불질을 하고 있었다. 인범의 시선에 터질 듯 부푼 젖가슴과 쭉 빠진 흰 살결의 허벅지, 그리고 시커먼 음모가 보였다. 영란의 알몸과 무성한 음모를 본 인범은 숨이 막힐 것 같았다. 영란의 살 냄새가 물씬 풍겨왔다. 인범은 마음과는 달리 하복부가 무섭게 팽창했다. 인내하지 못할 본능에 어찌할 줄 몰랐다. 자신과는 달리 정신이 혼미해지며 호흡이 거칠어졌다.

솜털같이 부드러운 영란의 손이 인범의 손을 잡아당겼다. 그리고 인범의 본능에 불을 붙이려고 자신의 커다란 유방 위에 인범의 손을 얹었다. 열에 들뜬 영란은 인범의 몸에 밀착하며 몸부림치고 있었다. 인범은 영란의 알몸에서 에리샤에게서 의식하지 못했던 영란의 살 냄새인지 밀살 냄새인지 묘한 여자의 냄새가 강하게 코에 물씬 스며들었다.

'안 된다. 나는 영란의 유혹의 덫에 빠져서는 안 된다. 그건 적과의 싸움에서 패배하는 것이다. 나에겐 패배란 있을 수 없다.' 영란은 쉽게 판초 밖으로 나갈 것 같지 않았다. 더 이상 영란의 열기에 머물렀다간 이성을 잃고 본능에 몸부림칠 것 같았다. 인범은 펄떡 일어나 판초를 뛰쳐나왔다. 맨발로 달아나듯 계곡 쪽으로 뛰었다. 시원한 바람이 열에 들뜬 인범의 얼굴을 식혔다. 인범은 어느 강한 적보다 강한 젊은 남자의 본능이 헤어날 수 없는 욕정을 떨쳐버리기 위해 은빛 같은 달빛에 누워있는 마주보이는 억센 산줄기를 눈을 부릅뜨고 노려보았다. 그리고 천천히 고개를 젖혀 만월의 밤하늘을 쳐다보았다. 하늘엔 수많은 별들이 은하수에 빠져 있었다. 인범은 가슴을 펴고 맑은 공기를 폐 깊숙이 빨아들였다.

뒤따라 나온 알몸의 영란의 눈에 저만치에서 달빛 아래 장승처럼 서 있는 인범이가 보였다. 인범의 모습을 한참 바라보던 영란은 판초로 돌아와 옷을 입고 나오며 구시렁거렸다. '지독한 놈, 지독한 놈, 바보 같은 놈, 사내는 욕정을 억제 못해 살인까지 저지른다는데, 스스로 제공하는 성을 거부하는 저 바보, 아니 지독한 놈, 난 언젠가 너의 욕정을 내 질 속에 흥건히 쏟아낼 때까지 너를 유혹하여 반드시 꺾어 오늘의 치욕적 수모를 갚을 거야.' 영란은 어금니를 악물고 다짐했다.

은빛 같은 달빛이 무릎을 깍지하고 고개를 푹 숙이고 앉아있는 인범의 등을 적시고 있었다. 왠지 모를 아쉬운 미련 같은 후회가 자신을 자극했다. 인범은 고개를 강하게 흔들었다. '잘한 것이다. 나는 이긴 것이다. 패배는 죽음이다.'

천천히 일어나 판초로 돌아왔다. 영란은 가고 없었다. 또다시 아쉬운 미련의 갈등이 자신을 나약하게 했다. 이미 잠은 달아났다. 베개에 두 팔을 깍지하고 판초에 투영된 낭만적 색깔의 달빛을 바라보며 상념에 젖었다. 이번 영란이라는 잘 알지도 못하는 아가씨와 이렇게 1박 2일로 지리산 산행을 온 것이 잘한 것인지 잘못한 것인지 얼른 판단이 서지 않았다. 영란이 말대로 왕창 젊은이의 만남의 시작이 특별히 있는 것이 아니라는 말의 의미를 의식해 보았다. 본능, 본능은 어떤 강한 적보다 강했다. 나는 더 강하다. 또다시 본능과 싸운다 해도 나는 이긴다. 아니, 이겨야 한다. 인범은 눈을 부릅뜨고 입을 앙다물며 두 주먹을 불끈 쥐었다.

조금 전까지 아래에 있는 수십 개, 아니 수백 개의 텐트에서 간혹 술 취한 사람의 걸쭉한 목소리가 간헐적으로 들리더니, 이젠 그 소리마저 멈추고 산의 침묵과 밤의 정적에 묻힌 눈물 같은 달빛에 젖은 노고단은 주검처럼 고요한 적막만이 흐르고 밤은 깊어만 가고 있었다.

3

여명이 어둠을 밀어내며 판초 안에 묽은 빛이 스며들고 있었다. 눈을 뜬 인범은 활짝 기지개를 크게 켜고 텐트 밖으로 나왔다. 동트기 직전 서쪽 하늘 저편에 큰 별빛 하나가 유난히 빛나고 있었다. 언젠가 누가 저 별이 지구와 가까운 금성이라고 했다.

새벽의 상쾌한 공기가 코에 물씬 스며들었다. 두 팔을 크게 벌려 가슴을 활짝 펴고 공기를 흠뻑 폐 깊숙이 빨아들였다. 시계를 보았다. 일출을 보려면 아직 시간이 있었다. 수일, 영란, 소희를 데리고 천왕봉까지 갈 수 없을 것이다. 그러면 노고단에서 일출을 보아야 한다. 인범은 약간 아래쪽 수일의 텐트로 내려갔다. 수일은 아직 잠이 깨지 않았는지 조용했다.

"권 형!"

"……."

인범은 조용히 불렀다. 대답이 없었다.

"권 형, 권 형, 아직 안 일어났어요?"

인범은 조금 큰소리로 깨웠다.

"아 예, 일어납니다."

텐트 안에서 잠에 묻은 수일의 목소리가 들렸다. 조금 있으니 반바지를 입은 수일이 눈을 비비며 나왔다. 오른쪽 눈가에 제법 큰 알갱이가 지워지지 않고 묻어 있었다. 수일은 찝찝한지 손으로 다시 비비고 있었다. 알갱이가 없어졌다.

"권 형, 노고단에 가서 일출을 구경합시다. 일출은 천왕봉에서 보는 것이 좋지만, 천왕봉은 갈 수 없으니 노고단에서라도 보아야 될 것 같아요."

"아, 그럽시다. 영란이 텐트로 가서 깨웁시다."

수일이 앞장을 섰다.

영란이와 소희도 눈을 비비며 텐트에서 나왔다. 영란은 인범이를 보자 어젯밤 자신을 거부한 인범이가 미웠다. 눈을 흘기며 노려보았다. 참을 수 없는 수모였다. 수없는 남자들이 자신을 갖지 못해 안달을 하는데, 이 사내만은 아니었다. '그래, 언제까지 나를 거부하는지 두고 보자.' 영란은 입술을 지그시 깨물며 복수를 다짐했다.

인범이와 수일, 소희, 영란이 넷이 노고단으로 올라갔다. 야영장에서 노고단까진 거리가 멀지 않았다. 앞에서도 뒤에서도 등산객들이 노고단으로 올라가고 있었다. 영란과 소희는 맑고 상쾌한 새벽 공기를 흠뻑 가슴 깊이 들이마셨다. 시간이 갈수록 노고단 정상에는 등산객들이 꾸역꾸역 올라오고 있었다. 능선에 올라서니 희부연 동해바다가 바라보였다. 사람들이 시계를 보며 일출 시간이 다섯 시 몇 분이라고 하면서 많은 등산객들이 바다 쪽을 응시하고 있었다. 시간이 지나면서 아직 해는 뜨지 않았지만 바다 끝이 현란한 황금빛으로 물들기 시작했다. 조금 후 수평선 한 부분이 붉은색으로 채색되더니 드디어 대장간의 풀무 속에서 막 끄집어낸 붉게 달궈진 색깔의 장엄한 일출이 서서히 솟아오르고 있었다. 사람들의 함성이 터지고 있었다.

"와! 일출이다."

여기저기 사람들의 입에서 환호성과 감탄사가 터져 나오고 있었다. 영란이도 소희도 환호성을 토하더니 어느새 두 손을 모으고 소원을 빌고 있었다. 여자들 대부분이 두 손을 모으고 허리를 굽실거리고 있었다. 남자들도 두 손을 모으고 기도를 드리는 사람도 있었다. 그 표정들은 하나같이 진지했다. 인범은 기도를 하지 않았다. 붉고 큰 태양이 서서히 떠오르기 시작했다. 처음에는 붉은 덩어리가 띠를 달고 오르더니, 조금 후 붉고 진한 띠를 자르고 붉은 태양만 올라오고 있었다. 붉은 태양이 서서히 사위어지자 사람들은 자리를 뜨기 시작했다.

일출을 구경하고 텐트로 돌아온 그들은 인범이를 따라 계곡으로 내려가 세수를 했다. 아침이라 그런지 계곡물이 더 차가웠다.

어제 저녁처럼 인범은 아침 준비를 했다.

"권 형, 아침은 간단하게 준비하겠습니다."

"아, 네, 그렇게 하십시요."

"아침은 영란이와 제가 할게요."

소매를 걷어붙이며 소희가 말했다.

"아닙니다. 제가 하겠습니다."

인범이가 말렸다.

"얘, 소희야. 인범 씨에게 맡겨. 우리보다 훨씬 잘해."

"얘는 어찌 여자가 둘이 있으면서 앉아서 받아먹어."

"아니야. 밖에 나오면 남자가 하는 거야."

영란이 말했다.

인범은 그들의 말을 듣고 빙긋이 웃으며 비닐봉지에서 쌀을 끄집어내어 코펠에 넣고 계곡으로 내려갔다. 그사이 수일과 영란은 텐트 안에 있던 자리를 밖으로 가지고 나와 땅바닥에 깔았다. 쌀을 씻어 온 인범은 큰 코펠에 넣고 가스 불을 켰다. 그리고 작은 코펠에 된장을 몇 숟가락 넣고 간을 하고 수일의 가스에 불을 피웠다. 양파를 썰고 풋고추도 썰어 넣었다. 된장이 끓자 양파와 풋고추를 넣었다.

"고 형, 제가 소시지를 가져왔습니다."

"그래요? 주십시오."

인범은 소시지를 받아 뭉텅뭉텅 썰어 넣었다. 그리고 마지막으로 비닐봉지에 넣어온, 된장찌개에는 꼭 넣어야 맛이 나는, 인범이가 텃밭에서 기른 방아를 넣었다. 방아를 넣으니 향긋한 냄새가 물씬 코에 스며들며 구미를 당기었다.

음식은 인범이가 도맡아 했다. 수일과 영란, 소희는 이 모든 것을 지켜보았다. 여자인 영란이와 소희가 있었지만 영란이 말처럼 인범은 등산을 하면서 남자들이 밖에 나오면 부인들에게 맡기지 않고 자기들이 하는 것을 보았기 때문이었다. 그보다 밥하고 음식 장만하는 것은 이골이 나 있었다.

옅고 찬란한 아침 빛줄기가 쏟아져 내리고 있었다. 아침이라 그런지 햇살은 따갑지 않았다. 그들은 아침을 먹기 위해 옅은 햇살이 모인 자리에 둘러앉았다. 산 아래에서도 많은 등산객들이 텐트 밖에서 밥 준비를 하는지 밥을 먹는지 앉아있는 정겨운 모습들이 보였다.

뜸을 들인 인범은 코펠 뚜껑을 열었다. 하얀 김이 확 쏟아져 나왔다. 김이 사라지고 흰 쌀밥이 먹음직스럽게 익어 있었다. 주걱으로 작은 그릇에 밥을 펐다. 맛 좋은 밥 냄새가 물씬 코에 스며들었다.

"인범 씨, 남자가 어떻게 그렇게 밥을 잘해요?"

소희가 말했다.

"인범 씬 주부와 똑같아. 혼자 사는 홀아비잖아."

영란이가 비아냥거렸다. 어젯밤 불만의 찌꺼기가 아직도 영란에게 남아 있었다.

"얘 영란아, 앉아서 밥을 얻어먹으면서 무슨 불만이 많아."

"사실이 그렇잖아. 홀아비잖아."

"무슨 홀아비야, 총각이지. 넌 처녀 아니고 과부야?"

"……."

영란은 말끝마다 비아냥거렸고 소희는 두둔했다. 그러나 인범은 누가 자신을 비난하고 힐난해도 개의하지 않았다. 그것이 인범의 특징이고 성격이었다.

"인범 씨, 무슨 밥을 그렇게 많이 했습니까?"

네 그릇을 담고도 많은 밥이 남아있는 것을 보고 수일이 말했다.

"예, 점심밥까지 했습니다. 권 형, 점심은 주먹밥을 먹도록 합시다."

"김밥이 아니고 주먹밥을요?"

세 사람은 주먹밥이란 말에 인범이의 손을 자세히 보고 있었다. 주먹밥이란 말은 옛날 어릴 때 부모님에게서 들었지만 아직 보지도 먹지도 못했다.

인범은 배낭에서 신문지에 싼 김과 조그만 병 몇 개를 끄집어내었다. 앙증스런 병 안에는 양념인지 무엇인지 들어 있었다. 먼저 김 한 장을 펴서 신문지 위에 놓았다. 그리고 밥을 몇 숟갈 퍼서 김 중앙에 놓고 숟가락으로 밥을 둥그렇게 펼쳤다. 김밥 싸기와는 달랐다. 그리고 조그만 병뚜껑을 열고 밥 위에 뿌렸다. 깨를 볶아 맛소금에 섞은 것이다. 양념을 넣은 인범은 김으로 밥을 둘둘 싸서 두 손으로 꼭꼭 눌렀다. 김밥이 아닌 둥근 주먹밥이 되었다.

"아! 이게 주먹밥인가요?"

"예, 김밥보다 휴대하기도 먹기도 편하고, 그런대로 맛도 좋습니다. 무엇보다도 반찬이 필요 없으니까 준비하기가 간단합니다. 그리고 행동식엔 주먹밥이 꼭 필요합니다."

"행동식이라니요?"

"예, 전문 등산객들이 시간을 아끼기 위해 가면서 식사를 하는 것을 말합니다."

"그렇겠네요."

인범은 마지막으로 검붉은 빛이 나는 액체가 든 병을 접시에 조금 쏟아 붓고 붓 같은 것으로 액체를 묻혀 주먹밥에 바르기 시작했다. 주먹밥에 윤기가 반짝반짝 나고 고소한 냄새가 났다.

"이건 무엇이에요?"

눈을 박고 보던 소희가 물었다.

"참기름입니다."

"참기름, 아 그래서 고소한 냄새가 나는구나."

"인범 씨, 전 주먹밥 먹을래요. 너무 맛있게 보여요."

영란이가 말했다.

"저도 주먹밥 먹을래요."

소희도 주먹밥을 먹겠다고 했다. 인범은 영란이와 소희를 물끄러미 보더니 김 몇 장을 더 끄집어내면서 수일의 얼굴을 보고 말했다.

"권 형은 어떡하겠어요?"

"고 형, 맛있게는 보이지만 이왕 반찬을 만들어 놓았으니 우린 밥을 먹읍시다. 어차피 점심때 먹을 것 아닙니까? 그때 먹겠습니다. 그 주먹밥 반찬도 간단하고 싸기도 간단하네요. 오늘 고 형에게 하나 배웠습니다."

인범은 영란이와 소희의 밥그릇의 밥을 김에 넣고 주먹밥을 만들었다.

그들은 아침밥을 맛있게 먹었다.

"아, 맛있어! 이 맛으로 산에 오는지 몰라."

인범은 혼자 생활하여 그런지 음식을 잘했다. 아침을 먹고 산에 올라갈 준비를 했다.

"인범 씨, 천왕봉까지 올라갈 거예요?"

"전 올라갈 것입니다."

"소희와 전 여기까지 오는데도 너무 힘이 들었어요. 그러나 오늘 일출은 정말 감동 깊게 봤어요. 이번 지리산 등반은 석양과 일출을 본 것으로 만족할래요. 그래도 가는 데까지는 올라갈래요. 자, 가요."

영란은 산을 오르기도 전에 지친 얼굴로 인범이를 쳐다보며 말했다.

"권 형은 어떻게 하겠어요?"

수일은 잠시 무엇을 생각하더니 말했다.

"고 형, 전 아직 등산에 자신이 없습니다. 여름에 산을 오르려니 너무 힘이 듭니다. 저도 가는데 까지는 가겠습니다."

"그래요. 그렇게 해요. 소희 씨도 그렇게 하십시오."

일행은 묵묵히 한 시간 정도 산을 올랐다. 영란과 오소희가 지쳤는지 가다 말고, 서서 어깨로 날숨을 쉬며 수건으로 흐르는 땀을 닦았다. 그리고 지친 표정으로 말했다.

"소희야, 난 이제 더는 못 가겠어."

영란은 말은 소희에게 하면서 얼굴은 인범이를 보았다. 인범은 숨을 헐떡이며 땀을 닦는 영란이를 물끄러미 보며 미소를 머금고 말했다.

"그럼, 이 근처 적당한 곳에 자리를 깔고 쉬십시오."

인범은 주위를 둘러보았다. 조금 위쪽에 커다란 소나무가 보였다.

"조금 기다려 주십시오. 저기 소나무 보이네요. 잠깐 올라갔다 오겠습니다."

"아, 거기가 좋을 것 같습니다. 그리로 올라가십시다."

"아닙니다. 제가 보고 오겠습니다. 막상 가면 자리가 안 좋을 수도 있습니다."

이렇게 말하고 인범은 내리쬐는 햇빛 속을 성큼성큼 올라갔다. 수일은 그 흔한 모자도 쓰지 않고 걸어가는 인범을 멀거니 바라보고 있었다. 참으로 자상한 사람, 무더운 줄도 모르고 혼자서 힘든 일을 도맡아 하는 인범이가 새삼스럽게 보였다. 어제 텐트 치는 것도 밥하는 것도 혼자서 도맡아 했다. 자신들을 일을 못하는 나약한 사람으로 알고 있는 것 같았다. 하긴 약질인 자신이나 영란이 소희를 인범이가 볼 적에 그렇게 생각할 것이고 또 사실이었다. 그들은 지금까지 부모의 보호를 받으며 나약하게 살아가고 있는 것이다.

영란이가 미스터 고가 도심에서 외떨어진 산자락에 산막 같은 조그만 판잣집에서 가난하게 살며 노동일로 생계를 유지하고 있다고 했다. 그래서 자신은 고인범이란 청년을 다소 무시한 것은 사실이었다. 그러나 겨우 이틀을 지켜보았는데 모든 일을 자신이 도맡아 했다. 꼭 필요한 말과 묻는 말, 그리고 꼭 물어야 할 말 이외에는 거의 하지 않는 조금은 특이한 점이 있었다. 자신에 관한 말은 거의 하지 않았다. 다만 조용한 눈은 무엇을 생각하는 것 같았다. 무식쟁이인 줄 알았는데…… 아니었다. 법철 스님은 고인범을 매우 훌륭한 청년이라고 했다. 대학생인 자신들보다 한자도 더 아는 것 같았고, 또 잘 하는지 몰라도 영어회화도 하는 것 같았다. 외국인과 영어로 말하는 것을 자신들의 눈으로 보지 않았나?

"소희야, 인범 씨가 참으로 훌륭한 청년인 것 같아."

수일은 인범의 뒷모습을 바라보며 말했다.

"응, 나도 미스터 고가 좋은 청년일 것 같아. 얘 영란아, 너 미스터 고 잘 지켜봐. 학벌은 없어도 아는 것이 많은 것 같잖아. 한자도 영어도 잘하는 걸 보면 우리 대학생보다 더 실력을 갖춘 것 같다. 너, 인범 씨 잘 붙잡아. 저런 분과 결혼하면 행복할 거야."

소희의 말에 영란은 눈심지를 바짝 세우고 소희를 째려보며 말했다.

"소희, 너 나를 어떻게 취급하는 거야? 나를 저런 무식쟁이고 가난뱅이에게 시집가라고, 나를 무시하는 거야? 너나 가."

"영란아, 인범 씬 우리보다 한자도 영어도 잘하잖아. 그리고 결혼 상대는 돈보다 인격이고 성품이야. 수일 씨에게 미안하지만 난 우리 수일 씨만 없다면 인범 씨에게 시집가겠어. 수일 씨, 미안……."

"소희가 남자보는 눈이 정확해. 그래, 소희 말이 맞아. 나도 인범 씨가 마음에 들어. 내가 여자라면 인범 씨 같은 남자에게 시집가겠다."

영란은 잠시 수일을 보더니 한풀 꺾인 말로 말했다.

"너희들 이제 인범 씨를 만난 지 겨우 이틀인데 너무 속단하는 거 아니야? 그래도 미스터 고는 막노동자야. 나는 그렇게 안 봐. 한 마리 수컷 이상으론 안 봐."

"뭐, 수컷?"

수컷이란 영란이의 말에 수일과 소희는 멀거니 영란이를 바라보았다.

"두고 봐. 난 미스터 고의 진가를 꼭 밝혀낼 거야."

"무슨 진가? 그리고 뭘 밝혀?"

"그런 것이 있어."

"……?"

자리를 확인하고 돌아온 인범이가 말했다.

"자리가 참 좋습니다. 자리가 경사도 지지 않고 펑퍼짐합니다. 그리고 그늘도 짙습니다. 자, 저쪽으로 옮깁시다."

인범은 자신의 큰 배낭을 짊어지고 두 손엔 영란과 소희의 짐을 들고 올라갔다. 그늘에서 벗어나니 열기가 후끈 몸에 달려들었다. 조금 올라가니 인범의 말대로 평지이고 짙은 나무그늘이라 좋았다.

인범은 커다란 배낭에서 작은 배낭을 끄집어내어 얼음물이 담긴 플라스틱 물병과 주먹밥과 초콜릿을 작은 배낭에 넣었다. 그러고는 육포도 넣으려다 말고 잠깐 생각하더니 육포 조각을 수일에게 내밀었다.

"권 형, 이것 육포라고 합니다. 처음 볼 것입니다. 저도 올 봄에 북악산에서 어느 등산객에게 얻어먹어 봤더니 너무 맛이 좋고 또 등산객들에게 비상식량으로 최고라고 하여 사 왔습니다. 캐나다산 쇠고기 말린 것이라고 해요. 세 분이 나누어 먹어 보십시오."

"육포라고요. 처음 듣는 음식입니다."

인범은 육포 조각을 수일에게 주고 배낭을 짊어졌다. 언제나 무겁고 커다란 배낭만 짊어지다 가볍고 작은 배낭을 짊어지니 천왕봉까지 단숨에 달려갔다 올 수 있을 것 같았다.

"그럼, 앉아 쉬십시오. 되도록 빨리 다녀오겠습니다."

수일은 이 더운데 인범이가 천왕봉까지 올라간다니 체력이 대단하다고 생각했다. 인범이뿐만 아니었다. 뙤약볕에 햇살을 덮어 쓴 젊은 등산객들이 땀을 뻘뻘 흘리며 부지런히 올라가고 있었다. 산을 좋아하는 사람들의 정상을 정복하겠다는 집념은 육체적 고역을 초월한다는 것을 알 수 있었다.

수일은 인범이가 주는 육포를 세 조각으로 찢어 나누었다. 고소한 맛이 났다. 씹을수록 고소했다. 영란이가 말했다.

“어? 이거 맛이 좋네.”

“이 맛있는 비상식량이라는 것을 정상까지 가는 인범 씨가 선뜻 주고 가네.”

소희가 말하며 고마움인지 안타까움인지 묘한 표정을 지었다.

수일은 큰 소나무 밑에 자리를 깔고 소나무 둥치에 등을 기대어 앉으면서 자기의 비상식량을 선뜻 내어놓고 가는 인범이란 사내에게 친근감 이상의 정감을 느꼈다. 단 이틀이지만 인범의 사람 됨됨을 알 수 있었다. 법철 스님의 훌륭한 청년이란 말이 떠올랐다.

수일은 책을 보면서 육포를 씹었다. 영란이 말대로 마른 육포 씹는 맛이 너무 좋았다. 영란과 소희는 그늘 밑에 누워 육포를 씹어 먹었다. 정말 멋진 피서지이고 피서였다.

4

인범은 얼굴과 온몸이 땀투성이가 되어 내려왔다. 얼굴은 더운 열기로 붉어져 있었고 머리와 이마엔 온통 땀투성이었다. 보통 등산인은 상상도 못할 빠른 시간이었다. 그것은 부피가 크고 무거운 큰 배낭이 아니고 가볍고 작은 배낭이라 뛰어가듯 올라갔다 내려올 수 있었고 수일이 일행이 기다리고 있어 더 빨리 올 수 있었는지 몰랐다. 또 산딸기도 따야 했기 때문이었다.

큰 소나무 짙은 그늘 밑에 영란이와 소희가 누워있고 조금 떨어진 그늘 밑에 수일이 나무둥치에 기대어 책을 보고 있었다. 너무나 평화스러운 고원의 피서였다. 굵은 소나무 둥치에 비스듬히 기대어 책을 보던 수일이 다가오는 인범이를 발견하고 보던 책을 놓고 나무둥치에서 등을 떼고 일어났다. 수일이 시계를 보더니 놀라는 기색이었다.

"벌써 천왕봉까지 갔다 오는 거예요? 앉으세요."

땀을 줄줄 흘리며 서 있는 인범에게 자리를 내주며 말했다.

"네."

이해가 안 된다는 얼굴 표정이었다. 등도 완전 땀이 젖어있었다. 수일은 인범이가 얼마나 빠른 걸음으로 왔는지 짐작이 갔다.

인범은 수일이 비켜주는 자리에 앉으며 수건으로 얼굴을 닦았다. 수일이 조금 아래쪽에 누워있던 영란이와 소희가 인범이의 소리를 듣고 일어나 가까이 왔다.

"벌써 천왕봉까지 갔다 왔어요?"

영란이도 소희도 의아한 듯 물었다. 수일의 말엔 아직도 두 시간 정도는 걸릴 것 같다고 했는데…….

"……."

인범은 대답 대신 미소를 지었다. 그들 셋은 온통 땀으로 범벅이고 붉게 상기된 인범의 얼굴을 멍하니 바라보았다.

인범이 가지고 간 수건은 이미 땀으로 흥건히 젖어있었다.

"인범 씨, 다른 수건 없어요?"

"아, 있습니다. 제가 가져올게요. 제 배낭 옆에……."

"그냥 앉아 계세요. 제가 가져다 드릴게요."

소희가 일어나려는 인범이를 손짓으로 앉히고는 얼른 인범의 큰 배낭 옆에 걸어둔 수건을 가져왔다.

"얘, 소희야, 너 비서 역할 잘하네."

영란이가 칭찬인지 비아냥거림인지 말했다.

"그럼, 우리 대장인데."

"우리 대장?"

"그래, 대장."

"어찌 미스터 고가 대장이야? 가이드이고 포트이고 식순이지."

"포트, 식순이?"

"그래, 우리 짐 들어주지, 밥해주지."

"영란이 너, 너무했다."

인범은 영란과 소희가 티격태격하는 것을 미소를 지으며 보고 있었다. 수일이 말했다.

"영란아, 고 형은 존경하는 우리의 대장이야."

"그래, 나도 우리 대장 존경해."

"야야, 너희들 아부가 심해."

"아부가 아니야. 진짜 존경해. 미스터 권도 진짜 우리 대장 존경하지?"

"그럼, 존경하지."

세 사람이 말장난을 하며 티격태격하는 것을 보며 미소를 머금고 있던 인범이가 일어났다.

"더 쉬다 내려가요. 아직 시간이 많지 않습니까?"

수일이 말했다.

"산딸기 따러 갑시다. 그래서 일찍 내려왔습니다."

"옛? 복분자 딸기라는 그 산딸기요?"

영란과 소희가 동시에 반문했다.

"네, 복분자 맞습니다. 여기서 10분 정도 올라가면 관목 군락지가 있습니다. 나무들이 키가 작아 탁 트인 곳에 햇빛에 잘 익은 산딸기가 있습니다. 지금이 꼭 산딸기의 절기입니다. 저는 이 절기에 맞추어 지리산에 오면 꼭 그곳을 찾아 해마다 따 먹습니다. 관목이 많고 길이 없어 다른 등산객들은 모릅니다."

"그래요. 산딸기가 먹고 싶어요. 10분정도 가면 돼요?"

"저도 먹고 싶어요. 그야말로 고원의 지리산에서 자생하는 산딸기 먹어 보겠네요."

영란이가 산딸기란 말을 듣고 먼저 자리에서 일어났다. 빨간 탐스러운 산딸기가 상상되니 군침부터 났다. 인범은 영란이와 소희가 앉았던 자리를 걷어 배낭에 넣었다. 벌써 저만치 영란이와 소희가 앞장을 서 걷고 있었다. 오래 쉬어서 그런지 잘 걸었다. 아니, 산딸기를 따 먹을 생각을 하니 힘이 솟았다.

인범은 산딸기가 자생하는 길을 찾기 위해 주위를 살피며 올라갔다. 1,424m 고지에 올라서니 능선 길이 나타났다. 관목 숲이 시야 아득히 펼쳐진 광활한 고원의 풍경은 참으로 아름다웠다. 식물들도 같은 종류의 군락지에 다른 종류의 식물이 자라지 못하게 한다더니 관목 군락지 주위엔 다른 키가 큰 나무들이 없었다.

"와! 탁 트인 곳이다. 아름답다. 정말 전망이 좋아요."

일행은 영란이가 가리키는 질펀한 평전을 바라보았다. 관목 숲이 시야 가득히 펼쳐진 광활한 고원의 풍경은 참으로 장관이었다.

"이곳은 돼지평전이란 곳입니다. 그리고 이곳에서 조금 떨어진 저 동쪽에 진달래꽃 군락지가 있습니다. 봄에 진달래꽃이 필 때 오면 온 평전이 진달래꽃으로 장관을 이룬답니다."

"오, 그래요! 봄에 오고 싶어요. 그리고 이곳에 왜 돼지평전이란 이름이 붙었어요?"

소희가 희고 가느다란 왼손을 펴 햇빛 가리개를 하고 질펀하게 펼쳐진 평전을 바라보며 물었다.

"돼지평전이란 색다른 이름은 마늘 모양의 원추리 뿌리를 멧돼지들이 파먹던 것에서 유래되었답니다."

"원추리, 처음 듣는 나무 이름입니다. 원추리 뿌리를 돼지가 좋아해요?"

"백합과의 다년초입니다. 산에 절로 자랍니다. 관상용으로 많이 심기도 합니다. 잎은 뿌리에서 무더기로 나며, 여름에 등황색 꽃이 종 모양으로 피고 어린잎과 꽃은 먹을 수 있습니다. 뿌리는 한방에서 약재로 쓰이는 망우초라고도 한답니다."

"인범 씬 어떻게 나무 이름을 그렇게 잘 알아요?"

"예, 저도 원추리 나무가 좋아서 나이 많은 분에게 물었더니 알려주더군요."

"산딸기가 어디 있어요? 어서 먹고 싶어요."

"예, 조금만 더 가면 됩니다."

인범이 몇 년 전, 산행을 하다 대변이 급해 숲을 헤치고 들어가니 시야에 빨갛게 익은 산딸기 군락지가 들어왔었다. 참으로 탐스럽게 익은 산딸기였다. 대변 후 산딸기를 두고 그냥 갈 수가 없었다. 배낭에서 비닐봉지를 끄집어내어 숲을 헤치고 들어갔다. 한 곳에 마치 들어부어 놓은 것 같이 태양의 열기에 산딸기가 소복이 익어가고 있었다. 가시 때문에 따기가 어려웠지만 찔려가면서 땄다. 잠시 동안에 딴 산딸기가 비닐에 가득했다. 그때 인범은 입안 가득히 넣어 씹어 먹었다. 산딸기 씨앗이 아작아작 씹히는 맛이 참 좋았다. 태양의 열기에 따스했다. 문득 계곡의 물소리가 들렸다. '그래, 시원한 물에 씻어 먹자.' 인범은 계곡에 내려가 차가운 계곡물에 씻어 먹었다. 그 아삭아삭 씹히는 달콤한 맛은 기막히게 좋아 배가 부르도록 먹었다.

인범은 그 후부터 해마다 그때를 맞추어 와서 실컷 따 먹고 비닐봉지에 넣어갔다. 산딸기를 개 아저씨와 순희 아버지에게 드렸더니 술을 유달리 좋아하는 개 아저씨와 순희 아버지는 산에서 자생하는 귀한 복분자 딸기라며 술을 담가 드셨다. 그 후 인범은 산딸기를 많이 따서 집으로 가져갔다. 비닐에 넣어 가져가면 두 아저씨가 나누어 술을 담갔다. 그야말로 자연산 복분자술이었다. 그 술을 겨우내 조금씩 드셨다.

산딸기가 있는 곳은 관목의 숲이 짙어 아직은 등산객들이 모르는지, 인범이가 갈 때마다 산딸기는 고스란히 기다리고 있었다. 눈썰미가 있는 인범은 주위를 자세히 보아 두었던 것이다. 인범은 영란이가 지리산에 가자고 할 때 이곳에 와서 산딸기 맛을 보여 주어야겠다고 생각했던 것이다. 조금만 더 올라가면 계곡 물소리가 들리는 곳이 있었다. 인범은 커다란 바위를 찾았다. 둔덕을 넘어서면 바윗돌이 있는 곳이다. 저만치에 바위가 보였다. 인범은 관목이 펼쳐진 곳에서 걸음을 멈추었다. 그리고 배낭을 내려놓고 배낭 안에서 비닐봉지 몇 개와 자루를 끄집어내었다.

"권 형만 같이 가고 영란 씨와 소희 씨는 여기서 조금만 가면 나무가 있습니다. 그늘 밑에서 기다리십시오."

"어디 가세요? 혹시 산딸기 따러 가는 것 아니에요? 같이 가요."

"길이 없어 가시에 찔릴 수도 있습니다."

인범은 영란과 소희가 핫팬츠만 입은 노출된 다리를 걱정스러운 얼굴로 멀거니 바라보았다.

"찔려도 괜찮아요. 같이 가요, 네? 인범 씨."

"저도 같이 따고 싶어요."

"반바지 입고는 종아리가 가시에 찔릴 거에요."

"그래도 산딸기 따고 싶어요."

인범은 산딸기를 따고 싶다는 영란이와 소희를 멀거니 바라보더니 배낭에서 길쭉한 물건을 끄집어내었다. 길이가 70cm 정도 되었다. 인범은 가죽 케이스를 끌렀다. 날이 시퍼런 칼이었다. 칼을 땅에 놓고 배낭에서 비닐봉지 몇 개를 끄집어내었다.

"고 형 왜 칼을 가지고 다녀요?"

"어머, 무서워요."

영란과 소희가 한 발 물러서며 얼굴을 찡그렸다.

수일은 인범의 배낭에 별것이 다 들어있다고 생각했다. 아, 그래서 배낭이 저렇게 크구나.

"저는 혼자 백두대간을 탑니다. 그곳은 사람의 인적이 드문 곳이라 야생동물이 많습니다. 특히 새끼를 데리고 있는 멧돼지는 사람을 보면 혹시 자기 새끼를 해칠까 봐 무섭게 덤비는 멧돼지도 있습니다. 저도 한 번 만났습니다. 등산을 오래 한 어른들이 멧돼지를 만나면 눈을 맞추지 말고 모른 척 눈길을 다른 곳으로 피하라는 말을 듣고 그렇게 했습니다. 그래도 눈길을 완전 멧돼지에서 떼지는 않았습니다. 그래서 무기가 필요합니다. 그리고 뱀이 많습니다. 처음엔 단단한 나무 막대기에 날카로운 쇠를 박아 지팡이 삼아 가지고 다녔는데, 젊은 놈이 지팡이를 가지고 다니려니 거북하고 거추장스러워 칼을 준비했습니다."

"뱀도 사람에게 덤벼요?"

"아닙니다. 뱀을 잡아 먹습니다."

"옛! 뱀을 잡아먹다니요."

"뱀은 고기 아닙니까?"

인범은 아무렇지도 않게 말했다.

"……."

"야만인."

영란이가 말했다.

"얘는 누굴 야만인이래."

"야만인이 아니고 뭐야, 뱀을 잡아 먹다니 아이 징그러워."

영란은 얼굴을 찡그리며 인상을 썼다.

"날것으로 먹어요?"

"아닙니다. 구워 먹습니다."

"그럼 석쇠도 양념도 준비돼 있겠네요."

"이번엔 가지고 오지 않았습니다."

"그럼 칼은 왜 가져가요? 이곳에 산돼지와 뱀이 있어요?"

"아닙니다. 길을 만들어야죠. 다리에 상처가 생기면 흉터가 생깁니다. 여기 배낭을 놓고 갑시다. 이곳은 사람들이 전혀 오지 않는 곳입니다. 그리고 등산객들은 남의 등산용품에 손을 대지 않는다는 불문율이 있습니다. 그럼 갑시다."

인범은 비닐봉지와 배낭에 든 몇 가지를 자신의 작은 가방에 넣고 긴 다리로 성큼성큼 걸었다. 수일도 영란이도 소희도 따랐다. 바윗돌이 있는 옆으로 관목과 진달래가 뒤엉켜 있었다.

인범은 칼로 엉켜 있는 관목을 내리쳤다. 칼이 잘 들고 힘이 좋아 그런지 관목의 잔가지들이 듬뿍듬뿍 잘려 나갔다. 셋은 인범이가 틔워 주는 길을 가시를 피해 조심스럽게 따랐다. 바위를 돌아가니 빨간 산딸기가 참으로 탐스럽게 수북이 햇살에 익어 있었다. 산딸기 군락지였다.

"와, 산딸기다! 너무 탐스럽게 익었어요."

"너무너무 아름다워! 꼭 그림 같다."

처음 인범이가 산딸기를 발견했을 때도 그 탐스러움과 아름다움에 감탄했다. 그때 혼자이었지만 자신도 모르게 환호성을 질렀던 것이 생각났다.

세 사람은 동시에 환호성을 질렀다. 참으로 탐스럽고 아름다웠다. 그들은 가시를 피해 산딸기를 따기 시작했다. 영란과 소희는 가시에 찔리면서 산딸기를 땄다. 이따금 손에 피가 나기도 했지만 열심히 땄다. 그러나 영란은 비닐에 넣는 것보다 먹는 것이 더 많았다.

"영란 씨, 텁텁한 것 먹지 마십시오. 계곡물에 담가 두었다가 씻어 찬 것을 설탕에 섞어 먹으면 맛이 더 좋습니다."

"그래요."

인범은 언제부터인지 자신도 '씨' 자를 붙이고 있었다.

금세 비닐에 산딸기가 수북했다. 인범은 크고 두터운 비닐봉지에 산딸기를 따서 넣었다.

"인범 씨, 그 많은 산딸기를 우리가 다 먹을 수 있겠어요?"

"아닙니다. 이것은 술을 담그려고 합니다."

"인범 씨, 술 좋아하세요?"

"아닙니다. 개 아저씨와 순희 아버지께 드리려고 합니다."

"개 아저씨요? 듣는 개 아저씨가 기분 나쁘겠는데요."

"저 혼자만 그렇게 불러요."

그 소리를 듣고 영란과 소희, 수일도 쿡쿡 웃었다.

"인범 씨, 순희 아버지면 장차 장인이 될 분 아니세요. 장인 되실 분에게 잘하시네요."

"넷! 장인요?"

"그래요. 그때 그 순희란 아가씨가 애인 아니세요? 그 아가씬 인범 씨를 사랑하고 있었어요. 저에게 인범 씨와 언제부터 아느냐고 묻는데 그 목소리가 떨리고 있었어요. 그 아가씨 인범 씨를 매우 사랑하고 있어요. 여잔 여자를 알아요."

인범은 영란의 말을 듣고 가슴이 아팠다. 순희가 자신을 사랑하고 있다는 것을 진작부터 알고 있었다. 그러나 인범은 아니었다. 자신은 자신의 미래를 예측할 수 없었다. 아버지의 원수를 갚으려다 자신이 죽을 수도 있기 때문이었다. 아니면 싸우다 불구자가 될지도 모른다고 생각했다. 인범은 순희를 떠올리면 반드시 중첩되는 얼굴이 있었다. 미란이었다.

얼마 전에 사채업자에게 시달리는 것을 해결해 주었을 때 눈물을 흘리며 자기를 받아 달라고 하지 않았나. 자신이 나에게 맞추어 가겠다고, 그 보다 자신을 그렇게도 싫어하던 미란이 아버지까지도 허락을 할 테니 미란이와 사귀라고 하지 않았나. 그때 자신은 미란이를 친구 이상으로는 생각지 않는다고 분명히 말하지 않았던가. 인범은 그 생각을 하면서 순희를 떠올렸던 것이다. 이상하게 미란이를 생각하면 순희가 떠오르고 순희를 생각하면 미란이가 떠오름은…….

"인범 씨, 왜 얼굴이 굳어져요? 순희 아가씨 말을 하니……."

"……."

영란은 인범이가 굳은 표정을 지으니 아무 말 없이 산딸기를 땄다. 영란과 소희는 가시에 찔리면서도 열심히 산딸기를 따서 인범이가 준 큰 비닐봉지에 넣었다.

"자, 이젠 그만 땁시다."

"더 따요. 술을 담근다면서요."

"이 정도면 충분합니다."

그들은 인범이를 따라 계곡으로 내려갔다. 계곡으로 내려가는 곳이 조금은 경사였다. 영란이가 내려가려다 멈칫 섰다. 그리고 내려가는 인범이를 불러 세웠다.

"인범 씨, 손 좀 잡아 줘요. 겁이 나요."

인범은 손을 잡아달라고 내미는 영란의 손을 얼른 잡지 못하고 망설이고 있었다. 꼭 잡아주지 않아도 내려갈 수 있을 것 같았다.

"뭐 해요? 얼른 잡아 달라니깐요."

"나무를 잡고 내려오십시오."

"고 형, 잡아주십시오. 남자는 여자를 보호해야 합니다. 소희야 잠깐 있어. 같이 내려가."

수일이 인범에게 영란의 손을 잡아주라는 말을 하고 소희에게 다가갔다.

인범은 수일의 말에 영란의 손을 잡아주지 않을 수 없었다. 인범은 산딸기를 내려놓고 영란이의 손을 잡았다. 영란의 손은 너무나 부드러웠다. 어두운 저녁, 인범이가 이따금 소나무 밑에 있는 걸상에 앉아있으면 순희가 살며시 다가와 인범의 손을 잡을 때도 있었다. 그럴 땐 인범은 슬며시 순희의 손을 빼며 일어나곤 했었다. 어둠 속에서의 순희는 언제나 인범이에게 적극적이었고 인범은 피하는 쪽이었다.

순희의 손도 부드러웠지만 영란이와는 비교도 되지 않았다. 순희는 공장에서 일을 해서 영란이보다 거칠까? 여자의 손이 이렇게 부드럽단 말인가?

영란은 인범이에게 손을 맡기고 조심스럽게 내려오다 다 내려올 무렵에 스르르 미끄러지더니 영란의 몸 전체가 인범의 가슴에 무너져 안겨왔다. 순간적으로 인범은 몸의 중심을 잡으며 영란의 몸을 안고 버티었다. 풍만한 영란이의 젖가슴이 인범의 가슴에 가득 안겨왔다. 참으로 부드러운 여자의 몸 아니, 영란의 굴곡진 허리이고 풍만한 젖가슴이었다. 인범은 정신이 아득했다. 이십 대의 젊은 인범의 육체가 순간적으로 자신도 모르게 어제처럼 몸이 뜨겁게 팽창했다. 인범은 뜨겁게 팽창하는 부분의 접촉을 피하기 위해 영란이의 몸을 왈칵 밀어내었다. 만약 영란이가 자신의 몸의 감촉의 변화를 안다면 얼마나 자신의 위선을 비웃을까 겁이 났다.

인범의 눈은 수일을 찾았다. 수일은 저만치에서 소희의 손을 잡고 조심스럽게 내려오고 있었다. 영란은 인범이가 자신의 몸을 밀어내자 떨어지지 않으려고 인범의 어깨를 잡아당기며 하체를 밀착해왔다. 인범은 영란을 힘껏 밀어내었다. 그제야 영란은 인범의 힘에 의해 떨어지면서 인범이를 흘겨보았다. 순간 인범은 영란이가 일부러 넘어지면서 의도적으로 안겨왔음을 알았다. 인범은 영란의 유혹이 무서웠다. 이 여자는 왜 이럴까. 영란은 본능에 약한 남자의 육체를 아는지 나를 자극하며 굴복시키려고 했다. 경사도 그렇게 심하지 않았는데 잡아달라고 했다. 무너진 것도 안겨 온 것도 의도적인 것 같았다. 나를 함락하려는 무서운 집념의 영란이가 두려웠다. 인범이가 대적한 어느 적보다 본능을 무기로 공격하는 영란이가 두려웠다. 실체가 없는 본능, 억제가 통제되지 않는 인간의 고향인 본능은 망각할 수도 억제도 할 수 없단 말인가.

'어젯밤 알몸으로 공격해 온 영란이를 밀치고 판초를 뛰쳐나온 내가 영란이를 이긴 것일까? 본능은 영란이의 육체를 받아들여 무섭게 팽창했고 이성은 영란이를 거부했다. 위선일까? 영란은 왜, 왜, 왜 나를 집요하게 자극할까? 그래, 이길 수 없는 적은 피해야 한다.' 적의 주위에서 배회하다 간 본능의 포로가 되어 사살될지 모른다는 두려운 생각이 설핏 들었다. 그러면 안 된다. 그것은 패배이고 굴복이다. 인범은 영란의 언저리에서 벗어나야 한다고 입술을 깨물며 각오를 다졌다.

수일과 소희가 내려왔다. 옥같이 맑고 차가운 계곡물을 보더니 영란과 소희는 신발을 벗고 계곡물에 뛰어들었다. 수일도 뛰어들었다. 인범은 영란의 모습을 멀거니 보다 차가운 계곡물에 얼굴을 씻으며 생각했다. 참으로 묘한 여자, 순간적으로 불타고 순간적으로 냉각되는 카멜레온의 습성을 지닌 여자.

채 일 분도 안 되어 제일 먼저 영란이가 물을 첨벙거리며 뛰어나왔다.

"아이, 차가워! 한더위에 무슨 물이 이렇게 차가워? 꼭 얼음물 같네."

수일도 소희도 후닥닥 나왔다.

"맞아. 너무 차가워."

그들은 세수를 했다. 물이 너무 차갑고 깨끗했다. 수일도 영란이도 소희도 손바가지를 하여 흐르는 물을 받아 마셨다. 인범은 산딸기가 든 비닐에 물을 넣고 비닐 양쪽 끝을 양손으로 잡고 차례로 올렸다 내렸다 반복하며 씻었다. 그리고 산딸기가 든 비닐을 물속에 넣고 돌로 눌러놓았다.

"여기 돌 위에 앉아 계십시오. 잠깐 갔다 오겠습니다."

인범은 비닐에 든 산딸기를 자루에 넣어 가지고 올라갔다.

셋은 적당한 돌을 찾아 앉았다. 그렇게 무덥던 여름인데도 짙은 나무그늘이 차단되어 그런지 오히려 오스스 추웠다. 새소리와 매미 소리, 물소리뿐 계곡은 적막했다.

인범이가 그릇 4개와 스푼 4개, 그리고 노란 설탕이 든 병을 가져왔다. 인범은 계곡물 속에 담가둔 산딸기를 각자의 그릇에 조금씩 넣고 설탕을 섞었다. 덩치 큰 인범이가 보기와는 달리 너무나 세심하게 준비하여 가져온 것을 보고 영란은 인범이를 다시 생각했다. 가까이 대할수록 흥미로운 사내였다. 소희의 말대로 인범이에게 시집가면 행복할까? 남을 배려하려고 하는지 자신이 모든 것을 도맡아 하는 인범을 영란은 멀거니 바라보며 산딸기를 한 숟갈 입속으로 넣었다. 처음 햇빛에 달구어진 텁텁하던 산딸기가 차가운 계곡물에 담가두었더니 더운 열기는 없어지고 얼음처럼 차가웠다. 설탕을 넣은 산딸기가 입속에 들어가니 사르르 녹는 맛이 너무나 좋았다.

"아, 맛있다!"

소희가 먼저 감탄을 했다. 산딸기가 사르르 녹더니 씹으니까 아작아작 소리가 났다. 소희는 산딸기를 먹으면서 말했다.

"인범 씨, 지리산에 올 때부터 이 산딸기 저희들에게 맛을 보여주려고 했죠? 인범 씨가 그릇 4개와 스푼 4개를 가져온 것을 보고 알았어요."

"……."

"이렇게 신선한 야생 산딸기 맛 평생 잊지 못할 거예요. 고마워요. 인범 씨."

산딸기로 배를 채운 그들은 계곡에서 올라왔다. 인범은 계곡을 내려올 때처럼 영란이가 손을 잡아달라고 할까 봐 얼른 올라왔다. 내려올 때보다 올라갈 땐 나무를 잡고 올라가면 위험하지 않기 때문이었다.

인범은 어제 텐트를 친 자리에 왔을 때, 땀으로 젖은 몸을 계곡에 내려가 씻고 싶었다.

“권 형, 내려가 노고단산장에서 조금 기다려 주십시오. 저는 땀을 너무 흘려 몸이 칙칙합니다. 계곡에 내려가 목욕을 하고 가겠습니다.”

“아, 그렇게 하십시오. 먼저 내려가 있을게요.”

인범은 배낭에서 비누와 비닐에 싼 젖은 수건을 가지고 계곡으로 내려갔다.

5

노고단산장은 천왕봉을 올라가기 위해 숙박하는 등산객들이나 야영을 하려는 등산객들, 그리고 지리산을 구경 온 사람들이 머무는 곳이라 사철 사람들로 붐볐다.

영란과 수일, 그리고 소희는 노고단산장 앞에서 인범이를 기다리며 한참을 서 있었다. 대부분의 젊은 사람들은 한여름인데도 등산을 목적으로 왔지만 등산이 목적이 아닌 지리산을 구경 온 사람들도 많았다. 그들은 산장 앞 걸상에 삼삼오오로 앉아 커피를 마시는 사람들, 담배를 피우는 사람들, 간식을 사 먹으며 담소를 하는 사람들 등 다양한 모습들이었다.

예약한 등산객은 산장에서 잠을 잘 수 있지만, 예약을 못한 등산객들은 5,000여 평의 야영장에 텐트를 설치하고 있었다. 야영장에는 울긋불긋한 텐트들이 수없이 쳐지고 있었다. 영란은 계속 빈자리를 찾아 두리번거리고 있는데, 나이가 든 부부가 앉아있는 맞은편에 두 등산객이 일어서고 있었다.

"소희야, 저쪽에 빈자리가 생겼다. 빨리 가서 앉자."

"다 앉을 수가 없잖아."

"우선 우리 둘이 먼저 앉자."

영란은 재빠르게 빈자리를 찾아 걸상 사이로 걸어갔다. 소희가 영란이를 따랐다. 수일이 영란이와 소희를 멀거니 보고 있었다. 많은 젊은 등산객들이 핫팬츠를 입은 노출이 심한 늘씬한 영란이와 소희에게 시선을 집중하고 있었다. 커다란 유방이 금방 티셔츠를 밀치고 터져 나올 것 같았다. 미끈한 다리는 관능적이고 매력적이었다.

"사모님, 여기 빈자리에 앉아도 될까요?"

영란이 미소를 머금고 애교스럽게 말을 했다.

"아, 그래요. 앉아요."

영란은 자리에 앉아 주위를 둘러보다 조금 떨어진 곳에서 자신들을 쳐다보고 있는 조금은 건달들로 보이는 7, 8명의 이십 대 등산객들과 눈이 마주쳤다. 순간 영란은 자신이 계획한 것을 실천할 기회라고 생각했다. 인범이가 정말 싸움을 잘하는지 알고 싶었다. 어머니가 싸움을 잘한다고 했지만 그 말을 전적으로 받아들일 수 없었다. 그때 인범이를 태워 가던 도로에서 인범이가 깡패 풍의 두 명에게 겁을 먹고 싸움을 피하는 것을 자기 눈으로 똑똑히 보았기 때문이었다. 그래서 어머니의 말이 믿어지지 않았다. 싸움을 잘하지 않더라도 그 큰 키와 그만한 덩치의 인범이가 아닌가. 그리고 흉기를 든 날치기들과 싸운 인범이가 그까짓 깡패 두 명에게 겁을 먹고 자신이 그놈들에게 계집애라는 소리를 들으며 모욕적인 수모를 당하는 것을 보고도 도와주지 않은 것이 그렇게 못마땅할 수 없었다. 남자가 기사도 정신을 발휘하여 약한 여자를 보호해야 하는데도 오히려 비겁하게 미소를 지으며 두 깡패에게 사과를 하지 않았던가. 그리고 어젯밤 자신이

제공하는 몸을 받아들이지 않고 판초를 뒤쳐나가지 않았나.

영란은 악심이 발동했다. 그래, 오늘 싸움을 한번 붙여 보자. 이 많은 등산객들 앞에서 지난번처럼 내가 모욕과 수모를 당해도 모른 척 외면하고 피하는지 보고 싶었다. 영란은 인범이가 내려올 시간이 되어 위쪽을 바라보고 있었다. 인범이가 목에 수건을 걸치고 커다란 배낭을 짊어지고 내려와 수일을 발견하고 가까이 다가가는 것이 보였다.

영란은 젊은이들을 빤히 바라보다 그들을 자극하고 반라의 몸을 과시하기 위해 일어서서 가볍게 스트레칭을 했다. 영란은 그들이 아까부터 자신과 소희에게 끈적끈적한 시선을 보내고 있는 것을 의식하고 있었던 것이다. 영란은 그들 쪽을 바라보며 탄력지고 굴곡진 관능적인 싱싱한 몸을 노출시키며 눈웃음을 사르르 흘렸다. 영란의 시선을 받은 젊은이들이 즉시 반응을 보였다.

"쟤들 술집 계집애들 아니야?"

"아닌 것 같은데, 화장기가 전혀 없잖아."

"요즘 술집 애들은 오히려 화장을 하지 않아."

"하긴 그래."

젊은 청년들이 수군거리고 있었다.

영란은 끈적끈적하고 비릿한 눈길이 자신의 몸에 눌어붙고 있는 것을 느끼면서 눈웃음을 사르르 쳤다. 그리고 7, 8명의 젊은 등산객들에게 미소를 머금고 요염한 눈으로 바라보았다. 젊은이들의 시선이 계속 영란이와 소희에게 머물고 있었다. 그들은 주먹깨나 쓰는 건달 같았다.

다른 등산객들 대부분도 한가하게 앉아서 싱싱하고 늘씬한 영란이와 소희에게 눈길을 보내며 즐기고 있었다. 미인이고 너무 노출된 옷을 입고 있기 때문이었다. 풍만한 젖가슴은 곧 옷을 밀치고 터져 나올 것 같았다.

"엇! 저 계집애 우릴 빤히 쳐다보잖아."

"엇! 미소까지 흘리고 있네. 재들 술집 애들 맞아. 대담한데, 누가 한번 건드려 봐."

"내가 한번 가 볼게."

그들 중 신체가 건장하고 구레나룻이 무성한 강덕배가 자리에서 일어나 영란에게 다가갔다.

뛰어난 미모와 요염한 얼굴, 늘씬한 키에 탄력 있는 몸매의 영란은 남자들의 끈적끈적한 눈길이 자신의 몸을 더듬고 탐미하고 있는 것을 의식하면서, 대담하게 사내의 눈길을 즐기며 자신에게 다가오는 사내를 빤히 바라보고 있었다.

"아가씨, 대단한 미인인데 어디서 왔어요? 우린 여수에서 왔습니다. 서로 이름이나 알고 지냅시다. 저는 별명으로 산도적이라고 합니다."

그는 얼굴이 수염투성이고 어깨가 쩍 벌어지고 팔뚝도 운동으로 연마했는지 우람했다. 강덕배는 비릿한 눈길로 진한 남자 냄새를 풍기며 영란에게 서로 이름이나 알자며 웃음을 흘리고 있었다. 사내의 끈적끈적한 시선은 영란의 날씬하고 탄력 있는 몸을 더듬어 내리고 있었다.

"산도적, 그 참 재미있는 별명이네요. 꼭 산도적 같네요. 별명을 제대로 붙여졌네요. 전 서울서 왔어요. 전 고 양이라고 해요. 이름은 다음에……."

영란은 통성명하자고 비릿한 미소를 담고 있는 사내의 말에 교태를 흘리며 사내의 몸피를 훑어보았다. 사내도 영란의 몸을 탐미하며 즐기고 있었다. 사내의 일행들은 덕배가 술집 계집을 다루는 솜씨를 미소를 담고 즐기며 하회를 지켜보고 있었다. 다른 등반객들도 지나치게 노출된 옷을 입은 영란과 소희를 보며 사내와 시시닥거리는 구경거리를 놓치지 않으려고 시선을 집중시키고 있었다.

덕배는 옆에 있는 오소희의 몸과 얼굴을 비릿한 눈길로 즐기며 물었다.

"친구입니까?"

"네, 저의 친구 오 양이에요."

"오, 오 양! 잘 빠졌네."

덕배는 소희의 몸을 끈적끈적한 눈길을 더듬어 내리며 말했다.

"영란아, 너 왜 그래? 가자."

영란의 의도를 모르는 소희는 구레나룻이 무성한 그야말로 산도적 같은 사내의 음흉한 시선에 겁을 먹고 자리에서 일어나 가려고 했다.

"넌 가만있어."

"영란은 일어나려는 소희를 어깨를 눌러 도로 앉혔다.

"아가씨들, 저쪽에 우리 친구들이 있습니다. 안으로 들어가서 우리 친구들과 같이 시원한 맥주 한잔 합시다. 우리 친구들 다들 화끈하고 통도 큽니다. 팁도 넉넉히 나온단 말이야."

산도적이라는 사내는 친구들 쪽을 가리키며 손으로 V 자를 만들어 보이더니, 이번엔 손가락으로 동그라미를 그려 보였다. 일행들도 V 자와 동그라미를 보내면서 히죽거리며 웃고 있었다.

수일은 영란이가 사내들과 어울리는 것을 걱정스러운 얼굴로 바라보다 힐긋 인범을 보았다. 인범은 아무 표정없이 멀거니 영란이가 하는 짓거리를 보고 있었다.

영란은 사내의 눈길을 받아들이며 요염한 자태와 미소를 머금고 사내를 빤히 마주 쳐다보았다. 산도적이란 사내는 영란이와 소희를 술집 아가씨로 단정한 것이다.

"그래요."

영란은 사내의 그런 눈길이 싫지 않은 듯 즐기며 계속 요염한 미소를 사내들에게 보내고 있었다. 영란은 사내에게 사르르 눈웃음을 치며 관능적인 육체를 출렁거렸다. 사내는 영란의 엉덩이를 슬슬 만지며 자기들 일행들이 있는 곳으로 가자고 했다. 영란은 사내가 자신의 엉덩이를 몇 번 만지는 것을 허용하더니 갑자기 사내의 손을 매섭게 때리며 정색을 했다.

"이봐, 어딜 만져. 누굴 술집 아가씨로 알아?"

"뭘 그래, 가자니까."

사내는 영란의 팔을 끌었다. 영란은 팔을 잡고 당기는 사내의 팔을 손으로 또다시 딱 소리가 나도록 힘껏 때렸다. 사내는 돌변한 영란의 태도에 놀란 듯 멀거니 보더니 얼굴에 노기를 띠며 우악스럽게 영란의 팔을 확 잡아당겼다. 그 힘에 영란이가 앞으로 고꾸라졌다. 영란은 벌떡 일어나 이번엔 사내의 뺨을 세차게 때렸다. 많은 등산객들이 아연 놀랐다. 무엇보다도 산도적 일행이 지금까지 느긋하게 즐기던 구경거리가 묘하게 어긋나는 것에 의아해했다. 누가 보아도 아가씨의 돌변이 이해가 되지 않았기 때문이었다. 다른 등산객들도 영란이를 술집 아가씨로 오인한 것이다. 그것은 영란이가 남자를 의식적으로 유혹하더니 돌변하는 태도가 이해가 되지 않았기 때문이었다.

"이 계집이 나를 때려."

뺨을 호되게 맞은 산도적이 험상궂은 얼굴로 영란의 티셔츠를 확 잡아당겼다. 티셔츠가 푹 찢어지면서 영란이의 우윳빛 같은 희고 탐스러운 커다란 유방이 쏟아져 나왔다. 많은 등산객들이 일시에 쏟아진 영란의 희고 탐스러운 유방에 시선이 집중되었다.

"어마마!"

영란이가 얼른 두 팔로 가슴을 감싸 쥐며 주저앉았다. 소희가 얼른 일어나 사내에게 덤벼들었다.

"옷을 왜 찢어요?"

"이 계집애도 똑같은 술집 계집이군. 이것들이 어디서 사람을 망신시키는 거야? 남자를 유혹해 놓고 갑자기 왜 태도를 바꿔? 의도가 뭐야?"

분노한 사내는 소희의 긴 머리를 잡아당겼다. 머리를 잡힌 소희가 꼼짝을 못 하고 머리를 잡은 사내의 팔을 잡았다. 그러나 우악하게 잡힌 사내의 손아귀에서 벗어나지 못하고 머리를 잡힌 채 꼼짝 못하고 있었다.

수일은 영란이가 사내들과 싸우는 것을 보고 안절부절못하고 엉거주춤 서서 또다시 인범의 얼굴을 보았다. 인범은 팔짱을 낀 채, 무엇을 생각하고 있는지 입을 굳게 다물고 영란과 소희가 사내들에게 당하고 있는 광경을 지켜보고 있었다. 수일이 인범이가 영란이와 소희가 사내에게 당하는 것을 보고도 모른 척하는 것을 보고 자신의 등산복을 들고 벌떡 일어나 빠르게 사람들 사이를 비집고 들어갔다. 수일은 가슴을 움켜쥐고 앉아있는 영란에게 자신의 등산옷을 던져주고 소희의 머리를 잡고 분을 못 참고 씩씩거리는 사내의 팔을 떼면서 말했다.

"이 손 놓으십시오. 약한 여자에게 이렇게 하면 안 됩니다."

그제야 사내는 소희의 머리채를 놓고 험악한 얼굴로 수일을 노려보았다.

"이봐, 술집 계집애를 데리고 왔으면 간수 잘 해야 할 것 아니야. 아무리 술집 계집이지만 사내를 달고 왔으면 행동을 조심하라구. 어디다 함부로 아무에게나 추파를 던지고 있어? 그리고 옷도 좀 바로 입혀, 이거 벗은 거야 입은 거야?"

"이 아가씬 술집 아가씨가 아닙니다. 여대생입니다."

수일은 애인인 소희마저 도매금으로 술집 계집애로 취급받는 것이 더욱 화가 나, 술집 여자가 아니라고 힘주어 말했다.

"뭐, 여대생? 여대생 좋아하네. 야, 인마 걸레 같은 계집애 달고 다니려면 이렇게 남자들 많이 있는 곳에 데리고 오지 마! 이 계집애가 남자를 달고 왔으면서도 다른 남자들을 유혹하고 있잖아."

수일의 등산복을 받아 입은 영란이 악다구니를 하고 사내에게 덤벼들었다.

"뭐 걸레? 이 새끼야, 그리고 술집 계집애?"

"그래, 이 계집애야. 너 옷 입은 것이나 하는 행동은 영락없는 술집 계집이고 걸레 같은 행동이야. 등산객 여러분, 이 계집애, 술집 계집이 아니라고 할 분 있습니까?"

사내가 등산객들이 흥미롭게 지켜보고 있는 쪽으로 얼굴을 돌리고 자신의 말에 동의를 구하고 있었다.

"네놈 눈엔 술집 계집애로밖에 안 보여?"

옷을 찢긴 다혈질인 영란은 이제 인범이를 싸움에 끌어들이는 연극이 아니었다. 자신을 술집 계집애라고 하고 걸레라는 모욕적인 말에 분노가 치밀었다.

"그래, 이 계집애야. 네가 술집 계집애 아니고 뭐야?"

영란이가 사내의 뺨을 또다시 호되게 때렸다. 뺨을 맞은 덕배가 이번엔 영란의 긴 머리채를 우악스럽게 움켜잡아 당겼다.

권수일이 사내의 목덜미를 잡아당기니 사내의 티셔츠가 찢어지며 단추 두 개가 떨어졌다. 자신의 옷이 찢어져 화가 난 덕배가 영란이의 머리채를 놓고 수일의 얼굴에 주먹을 날렸다. 사내의 주먹을 맞은 수일이 얼굴을 감싸 쥐고 주저앉았다. 주먹 사이로 코피가 터져 흘렀다. 영란에게 뺨을 맞은 분풀이로 수일에게 주먹을 날린 덕배가 수일이 너무 약한 것을 알고는 더는 때리지 않고 수일의 멱살을 잡아 일으키며 무섭게 흔들었다.

"야, 이 새끼야! 술집 계집애들을 끌고 다니려면 점잖은 곳에 데리고 오지 마, 이 새끼야."

키만 크지 몸이 약한 수일은 사내가 흔드는 대로 이리저리 약한 나무처럼 흔들리고 있었다. 소희가 멱살을 잡은 사내의 팔을 힘껏 물었다.

"아얏! 이 계집이 어디 물어?"

사내는 수일의 멱살을 놓고 소희의 머리채를 잡고 확 당겨 저만치 던져 버렸다. 소희가 넘어졌다.

구경꾼인 등산객들은 아무도 말리지 않았다. 그들은 영란이가 잘못한 것이라고 생각하고 있었다. 그리고 여대생이라고는 아무도 믿지 않은 것 같았다. 영란이의 행동이 여대생의 언행이 아니었기 때문이었다.

인범은 영란이의 의도를 잘 알고 있었다. 영란이의 돌출행동이 미웠다. 자신을 싸움에 끌어들이기 위한 의도적인 각본이라는 것을 인범은 처음부터 알았다. 영란이 어머니의 가방을 날치기하려는 날치기들에게 칼을 맞고 병원에서 봉합을 하던 날이었다. 영란이가 집으로 데려다 주기 위해 차를 타고 가면서 두 건달들에게 당할 때, 자신의 편을 들어주지 않고 건달들에게 좋은 말을 하여 무마하는 것을 보고 불평하던 것을 알고 있었다. 그때 영란은 자신을 겁쟁이로 단정했다. 그러면서 정말 날치기들에게서 자기 어머니의 가방을 찾아준 것이 맞느냐고 물었었다.

인범은 수일이 사내들에게 당하고 있는 것을 차마 외면할 수 없어 일어났다. 수일은 착한 청년이었다. 영란이의 각본에 소희와 수일은 영란이의 계획된 의도를 모른 채 억지 조연을 하고 있었다.

이제 인범은 더 이상 관망만 할 수 없어 일어나 성큼성큼 걸어 싸움판으로 갔다.

"이봐요. 이젠 그만하시죠. 이 아가씨, 술집 아가씨가 아니라고 하지 않습니까?"

인범은 조용하면서도 서릿발 같은 소리로 말했다. 덕배는 수일의 멱살을 놓지 않고 눈에 흰자위를 가득 담고 고개를 돌리고 인범을 노려보았다. 덕배는 키가 우뚝하고 날렵하게 보이는 군살하나 없는 인범을 째려보며 말했다.

"당신은 뭐야? 당신도 저 술집 계집애를 데리고 함께 온 멍청이야?"

그러나 사내는 인범이의 당당하고 억센 몸과 큰 키에 압도당한 듯 조금 전의 흰자위가 어느덧 풀리고 두려운 시선으로 변했다. 그러면서 자기들

일행이 있는 쪽으로 응원의 시선을 보냈다. 인범은 수일의 멱살을 잡은 사내의 오른손목을 우악스럽게 잡아 당겼다. 덕배는 인범이의 힘에 끌려 수일의 멱살을 잡은 자신의 팔과 머리가 인범의 왼쪽 겨드랑이에 끼였다. 인범은 또 왼손으로 사내의 팔꿈치의 관절을 강하게 눌렀다. 덕배의 머리는 인범의 겨드랑이에 끼였고 관절은 강하게 꺾여 꼼짝을 못했다. 작은 개가 큰 개에게 짓눌려 아니, 작은 새가 매에게 채여 꼼짝 못 하는 모양새가 되었다.

말괄량이 계집과 그 남자가 자기 동료에게 당하는 것을 느긋이 즐기던 강덕배 일행은 준마같이 날렵하고 큰 키에 당당한 체격의 이십 대 초반의 젊은 사내가 등산객들의 틈에서 나와 일행인 덕배를 병아리 채듯 하는 것을 보고 일시에 일어나 벌떼처럼 인범이에게 몰려갔다. 우르르 몰려간 그들은 인범이 앞에서 멈추어 섰다. 그러나 그들은 자기 일행인 덕배를 옆구리에 끼고 자신들을 예리하고 무서운 눈으로 노려보면서 여차하면 자신들을 공격할 태세를 하고 있는 인범의 억센 몸과 큰 키에 선뜻 공격을 못 하고 서로에게 공격을 미루고 있었다. 그들 중 힘깨나 쓰는 사내가 앞으로 나서 인범이의 어깨에 손을 얹고 툭툭 두드리며 말했다.

"이 친구, 제법 주먹깨나 쓰는군. 나 태권도 3단이야. 그 손 당장 놔, 빨리!"

사내는 엄포를 놓으면서도 인범의 호랑이 같은 팔과 곰 발바닥같이 살이 두터운 수도와 엄청나게 큰 주먹과 불쑥 솟은 정권의 뼈를 보고 공포를 느꼈다. 평범한 주먹이 아니었다.

인범은 자신의 겨드랑이에 낀 산도적의 팔의 관절을 힘껏 눌렀다.

"아악!"

산도적은 비명을 질렀다. 인범은 산도적의 팔을 놓아 주었다. 산도적은 얼마나 아픈지 팔을 움켜쥐고 주저앉았다.

"이 어깨에서 손 떼!"

인범은 자신의 어깨에 손을 얹은 놈의 손등을 가볍게 두드리며 조용히 말했다.

"야 이 새끼야, 내가 태권도가 3단이라고 했잖아."

사내는 그래도 엄포를 놓았다. 그러나 공격할 생각은 전혀 못 하고 있었다. 놈의 무쇠 같은 팔뚝과 주먹으로 한 대 맞을 것을 상상만 해도 겁이 났기 때문이었다.

"그래서?"

"잘못했다고 빌어. 얼굴 왕창 부서지기 전에. 깔치를 데리고 다니면 좀 간수 잘 하라고 내 친구가 말했잖아."

인범은 한 치도 빈틈없는 자세로 태권도 3단이라고 하는 사내의 눈을 후벼 팔 듯 무섭게 노려보며, 오른손의 엄지와 셋째 손가락을 꼭 가재의 집게 모양으로 만들더니 자기의 어깨에 손을 얹은 사내의 겨드랑이 밑 가슴살을 꽉 잡아 무서운 악력으로 으스러지도록 쥐었다. 사내는 얼마나 아픈지 얼굴이 하얗게 변하더니 입을 짝 벌리며 비명을 토했다.

"아악!"

많은 등산객들이 한 청년과 7, 8명의 무리들과의 싸움을 지켜보고 있었다. 단 한 명의 청년이 조금도 굴하지 않고 7, 8명의 무리를 꼭 초등학생 다루듯 하는 것을 보고 아연 놀라고 있었다. 무엇보다도 무리 중에 덩치깨나 있는 한 명이 자신이 태권도 3단이라고 청년에게 빌라고 하는데도 조금의 동요도 없이 상대를 아이 다루듯 하는 것을 보고 더욱 놀랐다. 인범은 집게손가락을 만들어 가슴살과 겨드랑이를 잡았던 손을 놓아 주었다. 사내는 인범의 당당한 몸과 힘에 압도되어 공격을 전혀 하지 못했다. 자신의 눈을 후벼 팔 듯 노려보며 자신의 동작을 읽고 있는 인범이에게 섣부른 공격을 할 수 없었다. 자신은 태권도 3단은커녕 태권도를 한번 배워 보지도 않은 것을 자신이 너무 잘 알고 있었다. 놈은 자신이 태권도 3단이라고 하여도 조금도 개의치 않고 자신의 겨드랑이 옆의 가슴살을 집게손가락을 한 강한 악력으로 움켜쥐는 공격에 고스란히 당하지 않을 수 없었다. 인범은 공포에 질려 가만히 있는 놈의 가슴살을 놓고 왼손등을 잡았다. 그리고 두 손을 모아 잡은 사내의 손바닥을 하늘을 향하게 하더니 두 손으로 90도로 힘껏 꺾었다.

"아악!"

사내는 다시 비명을 질렀다. 손바닥의 뼈가 부서지는 것 같았다. 겨드랑이를 눌렀을 때보다 더 고통스러웠다.

"아무 곳에서나 태권도 3단이니 하는 소리 말아. 그리고 여기 두 아가씨는 틀림없는 여대생이야. 그리고 이분도 대학생이고 난 노가다야."

이때다. 아까부터 인범이를 무섭게 노려보며 공격할까 말까를 망설이던 한 청년이 으랏차 기압을 토하며 덤벼들었다. 인범은 직감적으로 이 청년이 공격해 올 것 같은 예감을 하고 있었기에 계속 신경을 쓰고 있었던 것이다. 인범은 제자리에서 앞발로 덤벼오는 놈의 턱을 앞차기로 찍었다. 놈은 울컥하는 객기로 맹목적인 공격을 하다 턱을 차이고 두 손으로 아귀를 움켜쥐고 조용히 주저앉았다. 이빨이 부러졌는지 피가 섞여 나왔다. 많은 등산객들이 깜짝 놀랐다.

찢어진 옷에 수일의 등산복을 덮쳐 입은 영란은 어색한 얼굴로 멀거니 서 있었다. 영란은 인범이가 얼마나 대단한 싸움꾼인지를 비로소 알았다. 7, 8명은 서로 눈치를 보더니 강덕배가 어깨를 늘어뜨리고 말없이 돌아서 가는 것을 보고 하나둘 사라졌다.

놈들은 인범에게 힘 한번 못 쓰고 물러갔다. 아예 인범의 적수가 못 되었다. 인범은 무리의 숫자에도 조금의 굴함이 없었다. 상대를 아이 다루듯 했다.

인범과 수일, 소희는 영란이의 돌출행동으로 빚어진 싸움으로 발걸음이 무거웠다. 그들은 개운치 않은 감정의 찌꺼기를 가슴에 담고 말없이 노고단 계단을 묵묵히 내려오고 있었다. 수일은 산도적에게 맞은 왼쪽 턱이 부어 있었다.

언제나 자기감정을 내색하지 않는 인범은 영란이가 자신을 싸움으로 끌어넣으려고 벌린 경솔한 행동에 억누를 수 없는 만큼 반감이 끓어올랐다. 그 결과 그 많은 사람들 앞에서 벌린 추태, 결국 소희가 머리끄덩이를 잡히는 수모를 당해야 했고 착한 수일이마저 청년에게 폭행을 당했다. 왜 꼭 그렇게까지 연극을 하면서 나를 싸움판에 끌어들여 내 싸움 실력을 보아야 했을까? 인범은 고개를 돌려 힐끗 수일의 얼굴을 보았다. 턱이 완연히 부어 있었다. 진작 나서지 않은 것이 미안했고 후회가 되었다.

영란도 인범이를 믿지 않은 것을 뉘우쳤고 굳이 싸움에 끌어들인 것을 후회했다. 그보다 자기들을 구하기 위해 수일이가 청년들에게 맞은 것이 미안했다. 그리고 인범이가 그렇게 대단한 싸움꾼임을 비로소 알았다. 인범이가 자신의 의도를 알고 있었던 것도 알았다. 아마 소희와 수일이가 싸움에 개입하지 않았다면 인범은 나서지 않았을 것이라고 생각하니 가슴이 서늘했다. 아, 정말 무서운 사람이구나! 법철 스님의 말이 떠올랐다. 사람의 내면인 인성을 알려고 하지 현재의 신분과 과거를 알려고 하지 않는다는 말이…….

무거운 분위기를 깬 것은 소희였다. 소희는 영란이가 괘씸했다. 영란이가 미스터 고를 싸움에 끌어들이려고 꾸민 각본이란 것을 뒤늦게 알았다. 그로 인해 애인인 착한 수일이 청년의 주먹을 맞은 것이 가슴 아팠다.

"영란아, 너 미스터 고를 싸움에 끌어들이려고 일부러 연극을 꾸몄지? 교통사고가 날 뻔할 때 미스터 고가 너 편을 들어주지 않았다고 미스터 고가 싸움을 잘하는지 못하는지 밝혀내려고 그랬지?"

"……."

영란은 아무 말을 하지 않고 말없이 앞서가는 인범의 뒷모습을 바라보았다. 그의 빳빳하게 세워진 목덜미에서 아직도 자신에게 풀리지 않은 화가 목덜미에 뭉쳐있는 것을 의식하였다. 저 미련한 곰탱이가 단단히 화가 난 것에 영란은 다시 한 번 후회를 했다.

법철 스님

1

해가 서산에 뉘엿뉘엿 넘어갈 무렵, 인범 일행이 산을 내려와 마을에 도착했다. 짙은 산 그림자가 구례읍을 서서히 덮고 있었다.

갈증을 견디지 못한 영란의 눈에 얼마 떨어지지 않은 곳에 팥빙수란 조그만 한 간판이 보였다.

"소희야, 미안해. 내가 잘못했어. 저기 팥빙수가 있네. 우리 시원한 팥빙수 먹자."

소희도 영란이가 미안하다고 하니 마음이 풀렸다.

"그래, 팥빙수 좋아."

"인범 씨, 우리 팥빙수 먹어요."

영란은 어색한 미소를 머금고 인범이를 돌아보면서 소희와 팥빙수 가게로 걸어갔다. 팥빙수 가게 문을 열고 한 처녀가 나오다 영란이와 정면에서 마주쳤다.

"엇, 누구야? 미란이 언니 아니에요?"

"엇, 넌 영란이……."

갑자기 마주친 영란과 미란은 얼굴을 쳐다보며 서로 의아해했다.

"언니를 어떻게 여기서……."

소희도 깜짝 놀랐다.

“선배님, 저 오소희에요.”

“응, 그래 오 후배, 어쩜 여기서…….”

“그러게 말이에요. 언닌 어떻게 이 더운데 여기까지 왔어요?”

미란과 영란이와 소희는 서로 손을 잡고 반가워하고 있었다.

“넌 어떻게?”

“등산 왔어요. 언닌……?”

“이 무더운 여름에 등산을……. 너희 둘만 왔어?”

“아니, 남자친구와 왔어요. 소희도 애인과 왔어요.”

“너도 남자친구라면 애인이니?”

“네…… 애인이에요.”

“그래. 어디 있니?”

“미스터 권, 저 대학 선배에요. 인사하세요.”

그제야 미란은 주위에 시선을 보내다 얼마 떨어지지 않은 곳에서 자신을 뚫어지게 보고 있는 인범이의 눈과 마주쳤다. 미란은 전기에 감전된 듯 넋을 잃고 인범의 얼굴을 멍하니 바라보았다. 전혀 생각지도 않은 곳에서, 그리고 전혀 관계가 없을 것 같은 자기 후배들과 인범이가 일행임을 알고 너무나 놀라 벌린 입을 다물지 못하고 계속 멍한 눈으로 인범이를 바라보고 있었다. 인범이가 뚜벅뚜벅 미란이에게 걸어왔다.

“미란이구나! 오래간만이야.”

“…….”

언제나 사람을 자세히 보는 습관이 밴 인범이가 먼저 미란이를 발견하고 유심히 보고 있었다. 인범이도 미란이가 여기까지 어떻게 왔는지 궁금했고, 영란이와 미란이가 서로 아는 사이라는 것을 보고 인범도 놀랐다. 영란이가 미란이를 언니라고 하고 소희는 선배라고 부르는 것을 듣고, 미란이가 영란이와 소희의 학교 선배라는 것을 알았다. 그러나 영란이가 자신을 애인이라고 하는 말에 당황했다.

영란이도 놀랐다. 그리고 소희도 놀랐다. 무식쟁이 노동자 곰탱이라고 무시했던 인범이와 부잣집 딸이고 공부 잘하고 대학에서 메이퀸까지 한 우아하고 미인인 미란이와 말을 놓을 정도로 친하다는 것을 알고 기절초풍할 정도였다.

미란이의 얼굴은 강렬한 여름의 햇볕에 익어 사과처럼 반들반들하고 붉게 물들어 있었다. 그것은 뼛속까지 사랑하는 인범이를 서울에서 천 리나 먼 이곳 전라도에서 우연히 만났으니, 그 반가움에 미란이의 얼굴은 복사꽃같이 아름답게 물든 것이다. 한참 후 정신을 차린 미란이가 물었다.

"영란아, 인범이가 너의 애인이니?"

인범이가 남자관계가 복잡한 영란이와 같이 왔다는 것이 무엇보다도 불안했던 것이다.

"……."

그 말을 묻는 미란이의 목소리가 떨리고 있었다. 영란은 미란이 선배가 너무나 굳어 있고 심각하게 물어 얼른 답을 못했다. 자신은 미란이 선배가 인범 씨를 알고 있다는 것을 모르고 그냥 아무렇게나 말을 한 것인데, 미란이 선배가 그렇게 심각하게 물어 영란은 어리둥절했다. 영란은 언젠가 인범이의 집을 억지로 따라갔을 때, 순희라는 처녀가 언제부터 오빠를 알고 지내느냐고 떨리는 목소리로 묻던 생각이 불현듯 떠올랐다. 영란은 미란이 선배가 이상했다. 왜 이럴까.

미란은 영란이가 얼른 대답을 하지 않으니 고개를 돌려 이번엔 인범에게 물었다.

"인범아, 영란이가 너 애인이니? 그래서 등산을 같이 왔니?"

"……."

미란은 사실을 확인하고 싶었다. 아니, 꼭 확인을 해야 했다. 인범이 집 아래에 사는 순희 처녀라면 몰라도 영란이라니 도저히 믿기지 않았던 것이다.

인범은 대답을 하지 않았다. 영란이의 애인이라니 말도 되지 않는 질문이었다. 미란이가 영란이의 일방적인 말만 믿고 애인 사이라고 믿는 것이 섭섭했다. 영란이가 말한 것을 그대로 믿는 것 같았다. 그러면서 어젯밤을 생각했다. 만약 어젯밤 자신이 영란이의 유혹에 실수를 했다면 내가 어떻게 미란의 얼굴을 마주볼 수 있단 말인가.

영란은 도대체 미란이와 인범이가 알고 있다는 것을 상상도 할 수 없었다. 막노동꾼에 찢어지게 가난한 싸움꾼인 인범이가 미란이 선배를 알고 있다는 것은 도저히 믿어지지 않았고 더구나 이해가 되지 않았다.

"언니, 언니는 어떻게 인범 씨를 알고 있어요?"

이번엔 영란이가 물었다.

"응, 초등학교 동기야. 어릴 때부터 친했어."

"그래요?"

영란은 초등학교 동기라니 이해가 되었지만, 미란이 선배가 인범이가 자신과 알고 있다는 것에 아니, 애인이라는 말을 너무나 충격적으로 받아들이는 것이 의문이었다. 그냥 초등학교 동기가 아닌 것이 틀림이 없다고 생각했다. 초등학교 동기는 가까이에서 종종 만나지 않으면 성인이 되면 서로 얼굴을 잘 모를 것인데…….

"영란아, 넌 인범 씨를 어떻게 알아? 그리고 언제부터 알고 지내니?"

"언니 다음에 이야기할게. 길에서 이야기하기가……. 그리고 인범 씨가 듣는데 이야기하기가 곤란해."

"그래. 팥빙수 먹을 거야? 들어가. 난 우리 운전수 아저씨가 안 와서 나와 봤어. 아 저기 오네. 아저씨 어디 가셨어요? 인범아, 아버지, 어머니가 안에 계셔. 인사해."

영란은 미란이가 인범이에게 자기 아버지, 어머니가 안에 있다고 데리고 들어가는 것을 보고 더욱 놀랐다. 어떻게 인범이가 미란 선배의 부모님까지 알고 있을까? 궁금증이 영란의 머리를 혼란하게 했다.

"아버지, 어머니. 여기서 인범이를 만났어요."

미란이를 따라간 인범은 팥빙수를 먹고 있는 미란이 아버지에게 다가갔다.

"뭐? 인범이를……."

"사장님, 저 고인범입니다. 멀리 오셨군요. 미란이 어머니 안녕하셨어요?"

팥빙수를 먹던 미란이 어머니가 인범이를 보고 깜짝 놀랐다.

"너 인범이 아니냐! 어떻게 여기서 만나? 여긴 어떻게 왔어?"

"네, 등산 왔습니다. 그런데 어떻게 이곳까지 오셨어요?"

"응, 화엄사 큰스님을 뵈러 왔어. 미란이 아버지가 잘 알아."

"……."

"영란아, 우리 아버지, 어머니야. 인사해."

옆자리에 앉은 영란이가 미란이 어머니에게 인사를 하기 위해 일어났다.

"어머니, 아버지, 저의 대학 후배예요."

"안녕하세요, 미란이 선배님. 어머니, 아버님 되세요? 전 미란이 선배님 대학 후배 되는 고영란이라고 합니다. 인범 씨와 같이 등산 왔어요. 법철 스님을 잘 아세요? 저희들은 어제 법철 스님에게서 차를 얻어 마셨습니다."

"뭐? 법철 스님을 어떻게 너희들이 알아?"

미란이 아버지가 궁금한지 물었다.

"제가 아는 것이 아니고요. 인범 씨가 알아요. 아니, 법철 스님이 인범

씨를 잘 알고 있던데요."

"그래, 법철 스님이 고 군을 잘 안다고……."

"네, 어제 법철 스님이 인범 씨를 스님 방으로 가자고 하여 차를 얻어 마셨어요."

"음, 법철 스님이 고 군을 잘 알아? 큰스님이 고 군을 처소로 데리고 갔다고……."

"그 이상하군. 큰스님이 고 군을 안다고……, 그 이상한데……."

미란이 아버지는 고개를 갸웃거리며 신음을 뱉었다. 그러면서 김 사장은 서울에서 먼 지리산까지 고 군이 아가씨와 같이 온 것이 의아했다. 자신이 미란이와 교제를 하라고 하여도 고 군은 미란이를 친구 이상으로는 생각하고 있지 않다고 하지 않았던가. 그런데 어떻게 미란이가 아닌 다른 아가씨와 등산을 같이 왔단 말인가. 그러면 이 아가씨가 고 군의 연인이란 말인가. 김 사장은 영란이와 소희를 자세히 보았다. 얼굴은 미인인데 옷을 입은 매무새를 보니 너무 노출된 옷을 입은 것이 마음에 들지 않았다. 인범이가 노출형의 여자를 좋아하나 하는 의문이 들었다.

"고 군, 같이 온 아가씨가 애인인가?"

김상준은 묻지 않을 수 없었다. 인범이가 그 정도라면 미란이와 엮이지 않은 것이 섭섭지 않다고 생각하면서…….

"……."

인범은 긍정도 부정도 하지 않았다. 아니라고 굳이 변명을 하고 싶지 않았다.

미란이 어머니가 더 신경을 쓰고 있었다. 그렇게도 미란이와 짝을 맺어주려고 했지만 인범이가 미란이를 좋아하지 않는다는 말을 듣고 안타까웠는데, 그럼 저 아가씨가 인범이 애인이란 말인가. 미란이와 비교를 해 보아도 미란이보다 나은 것 같지 않았다. 그러면서 대학생인 미란이 후배와 인범이가 애인 사이라니 이해가 되지 않았다.

수일은 미란이 아버지와 어머니, 그리고 영란이 선배 미란이가 영란이와 인범이와의 관계에 관심을 갖고 알려고 하는 것 같아 말을 하지 않을 수 없었다. 아무 관계가 아닌 두 사람 사이를 그냥 두면 오해가 생길 것 같았기 때문이었다.

"고 형과 영란 씨는 애인 사이가 아닙니다. 영란이가 지리산에 오고 싶다고 고 형에게 안내를 부탁하여 고 형이 안내를 맡은 것입니다. 영란이와 고 형과는 서로 안 지도 얼마 되지 않은 것으로 알고 있습니다."

이 말을 들은 미란의 얼굴이 금세 밝아졌다. 아니, 미란이 아버지도 어머니도 얼굴이 밝아졌다.

'그러면 그렇지…….'

"고 군, 이분들과 같이 가지 않으면 안 돼? 법철 스님을 안다니 우리하고 같이 스님이 마련해 준 산사에서 자고 내일 같이 서울로 가자."

"인범아, 그렇게 하자. 영란아 그래도 되지?"

미란은 영란이에게 동의를 구했다.

"언니, 우린 어떻게 어디서 버스를 타야 할지도 몰라요."

"그건 걱정 말아요. 우리 운전수 아저씨가 버스 정류장까지 데려다 주도록 할게. 아저씨, 그래 줄 수 있으시죠?"

미란이 어머니가 말했다. 미란이 어머니도 인범이와 같이 하룻밤을 지내고 내일 같이 가고 싶었다.

"그럼요."

운전수가 말했다.

"사장님, 사모님, 저는 이분들과 같이 가야 합니다. 미란아, 난 이분들에게 지리산 안내를 맡았어."

미란이 아버지와 어머니는 자신과 미란이와의 관계에 연관을 두는 것 같았다. 인범은 미란이의 가족과 더 이상의 친밀을 갖고 싶지 않았다. 그리고 무엇보다도 산딸기를 빨리 가지고 가야 했다. 하룻밤 지나면 술을 담그는 데 지장이 될 것 같았다.

2

그날 저녁, 김 사장은 화엄사 법철 스님과 함께 공양을 마치고 차를 마시면서 스님에게 고인범이를 아느냐고 물었다. 차를 마시던 스님은 김 사장이 고인범 처사를 안다고 하니 찻잔에서 입을 떼고 의외란 표정을 지으며 오히려 반문을 했다.

"김 거사님께서 어떻게 젊은 고인범 처사를 아십니까?"

"예, 저의 딸 미란이와 초등학교 동기생입니다."

"딸과 초등학교 동기생인데, 어떻게 이름까지 알고 관심을 가지고 계시는지요?"

"……."

김 사장은 당황한 표정을 지으며 답변을 못 했다. 법철 스님은 김 거사의 얼굴에서 당황하는 표정을 보고 고인범과 김 거사와의 관계에서 어떤 말 못 할 사연이 있음을 느끼며 말했다.

"보기 드문 청년입니다."

"어떻게 보기 드문 청년입니까?"

"예, 절에 불심으로 오는 신도들은 많지만 사찰에 새겨진 한자와 그 뜻을 알려고 하지 않는데 그 청년은 달랐습니다."

미란이는 법철 스님의 입에서 인범이에 대한 어떠한 말이 나올까 한 마디도 빠뜨리지 않고 들으려고 침을 꼴깍 삼킨 후 자신도 모르게 귀를 집중시키고 무릎걸음으로 한 발 다가앉았다.

미란이뿐만 아니었다. 김 사장도 미란이 어머니도 일반인과 다른 불심으로만 살아가는 큰스님이 인범이의 사람 됨됨을 어떻게 알고 있는지 궁금했던 것이다. 수도자, 특히 큰스님들은 사람을 두고 평가하는 것은 극히 드문 예라는 것을 잘 알기 때문이었다. 수도자도 사람이니까 많은 신도들을 대하지만 어떤 사람을 신도들 앞에서 평가하지는 않는 것이다. 다만 혼자만의 생각으로 짐작을 하는 것이라고 생각했다. 그런데 아직도 젊은 고인범을 보기 드문 청년이라고 하면서 인범이를 본 스님의 생각을 말하려고 하는 것을 귀담아 듣지 않을 수 없었다. 특히 미란의 아버지는 인범이가 어릴 때 고아이고 가난하다는 이유로 얼마나 미워했던가. 그리고 미란이와 친해지는 것을 싫어했던 것이다. 그런데 큰스님이 청년이 된 인범이를 평가하려고 하는 것이다. 미란이 어머니도 귀를 쫑긋 세우고 큰스님의 입에 시선을 집중했다.

“소승이 처음 고인범 처사를 봤을 때, 이 청년은 사찰의 한자를 죄다 알려고 하는 것 같았습니다. 절에 오는 어느 누구도 절에 새겨진 한자에 관심을 갖는 신도도 관광객도 없습니다. 모두가 주마간산 식인데 고인범 처사는 달랐습니다. 그 어려운 한자를 자세히 보고 수첩에 적었습니다. 소승이 지나가다 이상하여 청년의 어깨너머로 무엇을 하는지 봤습니다. 사찰에 적힌 한문은 대부분 어려운 글귀들입니다. 그리고 깊은 뜻이 담겨 있습니다. 그 어려운 한자를 아직도 젊은 청년이 그림을 그리듯 적고 있었습니다. 청년은 나의 기척을 듣고 돌아보며 도둑질하다 들킨 것처럼 어색한 미소를 지으며 정중히 합장으로 예를 갖추고 한문의 뜻을 물었습니다. 소승이 설명을 하고 돌아서면 청년은 오랫동안 서서 적고 머리에 새기고 있었습니다. 그 후부터 청년은 소승을 만나면 사찰에 적힌 한자를 물었습니다. 마침 소승이 그 한자와 뜻을 알고 있었기에 알려줄 수 있었지만 몰랐다면 어떻게 되었겠습니까. 저는 덜렁 겁이 났습니다. 스님들도 사찰에 적힌 한문의 뜻을 모두는 모릅니다. 소승은 그날부터 사찰에 있는 모든 한문의 뜻을 공부했습니다. 의외로 모르는 한문이 많았습니다. 뜻은 말할 것도 없었습니다.

사찰의 모든 스님들에게 고인범 청년의 말을 하고는 그리고 이번 기회를 계기로 사찰에 적힌 모든 한자와 뜻을 알게 하기 위해 한자에 유능한 스님을 초빙하여 모든 스님들에게 공부를 시켰습니다. 그 덕분에 저도 이제 모르는 것이 거의 없습니다. 그 후 저는 그 청년이 나타나기를 기다렸습니다. 물론 그 청년은 나만 보면 묻곤 했지요. 소승이 고인범 처사의 이야기를 하여 사찰의 모든 스님들이 고인범 청년을 알고 있습니다. 소승이 고 처사에게 한자를 가르쳐 주면 스님들이 고인범 처사가 왔다고 서로 알려 일부러 주위까지 가서 고 처사의 얼굴을 외웠으니까요. 그 후 소승은 청년이 오면 꼭 저의 방에 데리고 와서 차를 대접하면서 대화를 하였지요. 청년은 자신의 말은 거의 하지 않았습니다. 대단히 입이 무거운 편이었습니다. 묻는 것 이외는 말을 하지 않는 청년이었습니다. 소승은 사람의 내면의 품성을 중요시합니다. 그래서 그 사람의 이름만 묻지 어떤 부류에서 무엇을 하는 사람인지 신분을 알려고 하지 않습니다. 그 사람의 신분을 알면 소승이 그 사람의 존칭과 대하기가 부자연스럽습니다. 그래서 일절 묻지를 않습니다. 그러나 여기 오시는 불교신도나 사람들은 애써 자신의 과거의 신분과 현재의 신분을 밝히려고 명함을 줍니다."

김 사장은 그 말을 듣고 자신도 스님에게 명함을 건넨 것을 부끄럽게 생각을 하면서, 법철 스님이 인범이를 훌륭한 청년으로 생각하고 있는 것을 알고 자신은 그렇게도 인범이를 싫어했던 것을 후회했다. 자신의 인격이 부족했기 때문이라고 자인하면서 자괴감을 느끼며 씁쓸한 미소를 지었다.

김 사장은 얼마 전까지만 해도 인범이가 영어를 잘하고 한문도 잘 알아 미란이와 맺어주어도 괜찮을 것이라고 타산적인 생각을 한 것이다.
큰스님은 인범이에 대한 말을 하고 물었다.
"거사님은 따님의 초등학교 동기생이라는 것만으로 고 처사를 알고 있지만은 않은 것 같습니다."
큰스님은 인범이에 관심을 갖고 있는 것 같았다.
"스님, 제가 고 군에게 많은 상처를 주었습니다. 그런데도 고 군은 저의 사업이 완전 도산되는 것을 막아준 은인입니다."
법철 스님은 고 처사가 김 거사의 회사가 도산되는 것을 막아준 은인이란 말이 궁금했다. 청년이 재력이 있는 것도 권력이 있는 것도 아닌데, 김 거사의 사업을 도와주었다는 말이 쉽게 이해가 되지 않아 묻지 않을 수 없었다.
"어떻게 고 처사가 김 거사님의 사업을 도와주었습니까?"
"……."
김 사장은 큰스님의 질문에 대답할 마땅한 말을 찾지 못해 망설였다. 사채 이야기를 할 수도 없었고 인범이가 사채업자와 싸운 이야기를 하기도 곤란했다.
"소승이 곤란한 질문을 했군요."
"…… 다음에 말씀 드리겠습니다."
"그렇게 하시지요. 그런데 어떻게 소승이 고 처사를 알고 있다는 것을 아시는지요?"
법철 스님은 고 처사가 자신을 안다고 말할 청년이 아니라는 것을 알기 때문이었다.
"제가 화엄사 오는 길에 고 군을 만났습니다. 큰스님 만나 뵙기 위해 왔다고 하니, 어제 여기서 스님에게 차를 얻어 마셨다고 고 군과 같이 온 처녀가 말을 하더군요."

"예, 고 처사와 함께 온 일행에게 차를 대접했습니다. 그분들도 고 처사를 잘 알지 못하는 것 같았습니다. 오히려 소승에게 어떻게 고 처사를 알고 있느냐고 물었습니다."

"아, 그랬습니까?"

미란은 영란이와 인범이가 어떻게 알았으며 어떻게 지리산 등반 안내를 맡았는지 내내 궁금했다. 인범이와 영란이는 전혀 어울리지 않는 위치에 있기 때문이었다.

그런데 인범이가 지리산 안내를 맡았다니 아무리 생각해도 이해가 되지 않았다. 무엇보다도 남자에게 대담하고 적극적인 성격의 영란이이고 관능적이고 뇌쇄적인 몸매를 가진 영란이라 남자들과 염문이 있다는 입소문이 있는 영란의 유혹에 혹시 인범이가 실수를 하지 않았을까 하는 걱정이 되어 내내 두려웠다. 서울에 돌아온 다음 날 바로 미란은 영란에게 전화를 했다.

3

미란과 영란이 커피숍에 앉았다. 미란과 영란은 2년 차이로 대학 선후배 사이였다. 영란이가 능동적이고 적극적인 성격이라 미란이가 메이퀸이 되었을 때 미란이를 찾아와 자신도 메이퀸에 도전하려고 자문하러 온 것이 계기가 되어 알게 되었던 것이다.

직설적인 성격의 영란은 숨김없이 인범이와 알게 된 사연을 말했다. 그런데 영란은 언니가 초등학교 동기인 인범이를 어떻게 깊이 알고 있고 부모님까지 인범이를 알고 있는지 궁금하다고 했다. 미란은 영란에게 자신이 인범을 좋아하고 있다는 말을 할 수 없었다. 아니, 짝사랑하고 있다고 말을 할 수 없었다. 자신의 부모도 인범이와 자신과 맺어주려고 한다는 사실을 더욱 말할 수 없었다.

영란은 미란이가 인범이를 어떻게 아느냐고 물으니 말을 못하고 머뭇거리는 것을 보고, 미란이 선배가 인범이를 초등학교 동기생이 아닌 한 남자로서 인범이를 좋아하고 있다는 것을 알았다. 그날 인범이를 어떻게 아느냐고 물으며 그 목소리가 떨리고 있었다는 것을 알았기 때문이고, 자신을 만나자고 한 것도 자신이 인범이와 어떤 사이인지 알고 싶어 만나자는 것임을 알았기 때문이었다. 자신이 인범의 집을 찾아갔을 때 순희라는 처녀도 자신과 인범이가 언제부터 알고 지내느냐고 떨리는 목소리로 묻던 것이 기억이 났다. 영란은 모든 것을 갖춘 미란이 선배가 학벌이 없는 노동자이고 가난한 인범이를 왜 좋아하고 부모까지 관심을 갖고 있는지 도저히 이해가 되지 않았다. 영란은 자기가 모르는 무엇을 인범이가 갖추고 있다는 것을 알 수 있었지만, 궁금했다. 영란은 대답을 회피하는 미란에게 더 묻지 못하고 미란이 얼굴에서 무엇을 찾아내려고 얼굴 표정을 자세히 살피고 있었다.

미란은 영란에게 인범이와 관계를 말하지 않을 수 없었다.

"영란아, 나 인범이를 사랑하고 있어."

"넷? 사랑한다고요!"

"응, 사랑해. 초등학교 때부터. 그런데 나 혼자 인범이를 사랑해. 짝사랑이야, 인범인 나를 사랑하지 않아. 난 인범이를 바라보기만 하는 해바라기 꽃이야."

"……?"

말을 한 미란은 쓸쓸한 표정으로 미소를 지었다. 그 억지로 짓는 미소는 퍽 쓸쓸한 미소였다.

이 말을 들은 영란은 자기 귀를 의심했다. '뭐? 인범 씨가 선배를 좋아하고 있는 것이 아니고 선배가 인범 씨를 좋아한다고, 아니 사랑한다고?' 미란이 하는 말이 도저히 믿기지가 않았다.

"영란아, 인범이는 나를 사랑하는 것이 아니고 초등학교 동기생 이상으론 생각하지 않는다고 해."

영란은 멀거니 미란이의 얼굴을 바라보며 말했다.

"언니가 무엇이 부족해서 노동자이고 가난한 아니, 싸움꾼인 인범 씨를 사랑해요? 그것도 짝사랑을……?"

"영란아, 인범이가 싸움꾼이 되고 가난한 것은 말 못할 사정이 있어."

"……."

영란은 지리산에서 소희가 자신에게 한 말이 불현듯 떠올랐다.

인범 씨 참 좋은 남자인 것 같다며 '인범 씨, 잘 붙잡아. 인범 씨와 결혼하면 행복할 것 같다.' 고 한 말이 불쑥 떠올랐다. 그때 자기는 무식쟁이고 가난한 인범을 붙잡으라는 말을 듣고 자신을 무시한다고 화를 내지 않았던가? 남자인 수일도 소희와 같은 생각을 한 것을……. 소희와 수일은 단 이틀 동안만 인범이를 겪고 그렇게 본 것인데, 오랫동안 보아 온 미란이 선배가 더 인범 이를 알고 있었던 것 같았다. 영란은 비로소 고개를 끄덕이었다.

"미란아, 인범인 학벌은 없어도 대학을 나온 우리보다 한자와 영어를 더 잘 알아. 글씨도 참 잘 써."

영란은 화엄사에서 중년 남자들에게 한자를 말하던 것과 등산을 하면서 미군과 영어로 말하던 것이 사실임을 알았다. 그러면서 인범은 한자를 모른다고 했고 영어도 모른다고 했다. 영란은 인범이가 참으로 속이 깊고 겸손한 남자임을 알았다. 자기 같으면 자랑을 할 것인데…….

미란은 인범이가 가난하게 사는 것과 싸움꾼이 된 사연도, 어릴 때 토굴과 동굴에서 산 것과 자기 아버지에게 호되게 맞은 것, 회사가 사채업자에게 빼앗길 뻔한 것을 막아준 것, 영어를 잘해 수출을 할 수 있도록 해준 것 등 인범이에 대해 모든 것을 말했다. 영란은 인범이가 살아온 긴 사연을 듣고 인범이가 불쌍하여 가슴이 저미었다. 그리고 미란이 아버지와 어머니가 고명딸인 미란이와 엮어주려고 해도 인범이가 거부한다는 말을 듣고 인범이를 다시 보아야겠다고 생각했다.

영란은 결론을 내려야 했다. 자신이 인범의 야성적인 매력과, 무시당하고 외면당한 것이 억울하여 인범이를 꺾으려고 한 것을 포기하지 않을 수 없었다. 지리산에서 인범이의 판초를 파고 들어가 인범이를 유혹하려고 하다 인범이에게 고통을 준 것이 미안했다. 쉽게 범접하지 못할 인범이라는 알았다. 그리고 인범이가 영어를 잘한다는 것이 사실임을 확실히 알았다. 인범이가 새삼스럽게 보였다. 인범은 한자도 영어도 모른다고 했고 자기 앞에서 싸움을 하지 않으려고 했다. 영란은 인범이가 보통 속 깊은 남자가 아니라고 생각했다.

영란은 인범이가 고아이고 토굴과 동굴에서 살면서 신문배달을 하며 추위와 배고픔으로 굴곡진 어린 시절을 보냈다는 것을 듣고 가슴이 아팠다. 그리고 한없이 불쌍했다. 영란은 학벌이 없고 가난하고 싸움꾼인 인범이를 언니가 무엇이 부족하여 좋아하느냐고 물었을 때, 미란은 한 여자가 한 남자를 사랑하여 결혼하는데 행복의 조건이 결코 돈과 학벌이 아니지 않느냐고 말하는 미란이 선배가 지혜롭고 존경스러워 보였다. 그리고 인범이가 날치기들에게 아버지, 어머니를 잃은 복수를 하기 위해 싸움을 배웠다는 것을 알고 고개를 끄덕였다. '아! 인범 씨가 오직 부모의 원수를 갚기 위해 사랑도 출세도 포기하고 살아가고 있구나!' 그늘진 얼굴과 꽉 다문 입이 증명하고 있다고 생각했다.

보은(報恩)

1

인범은 노는 날이나 시간이 있으면 언제나처럼 울프와 센을 데리고 개 아저씨 집으로 갔다. 미영이가 어느새 자라 중학교 일 학년이 되어 있었다. 미영은 인범이를 보면 언제나 오빠 오빠 하며 살갑게 따랐다.

아저씨는 10년 전에 비해 생활이 많이 안정돼 있었다. 그때는 외국산 개들을 훈련시키는 수입에 많이 의존했는데, 오래전부터 식용견을 사육하여 보신탕집에 납품하는 것이 수입이 훨씬 많았다. 그것은 도심에서 많이 떨어지고 산자락이라 땅이 넓어 막사를 많이 지을 수 있는 조건이기 때문이었다. 특히 2년 전에 개막사를 많이 지어 식용견이 많을 땐 수백 마리가 되었다.

간첩신고로 받은 돈으로 인범이의 판잣집을 지을 땐 개 아저씨와 순희 아버지가 지어주셨는데, 개막사는 목수일을 하는 인범이가 도맡아 지었다. 개막사를 지을 때 아저씨가 옆에서 도우면서 얼마나 흐뭇해 하셨는지…….

얼마 전부터 아저씨는 덩치가 큰 도사견이 아닌 토종견을 사육하여 본격적으로 보신탕 식당에 납품을 하고 있었다. 도사견은 종자가 대형이라 토종견과 같이 기르면 일 년 만에 토종견의 세 배나 자랐다. 그래서 다른 사육업자들은 도사견을 기르지만 아저씨는 토종견 사육을 고집하고 있었다. 신용을 지키는 단골손님을 많이 확보한 식당은 기름기가 많고 맛이 없는 도사견 고기보다 토종개 고기를 좋아하므로, 아저씨의 개를 납품받는 식당이 차츰 많아지고 있었다. 그것은 인범이가 간첩을 신고한 보상금에서 집을 짓고 남은 돈을 아저씨에게 중고 픽업을 사 주어 개밥도 한꺼번에 많이 운반할 수 있어 더 많은 토종견을 사육할 수 있기 때문이었다.

다른 사육업자들은 도심에서 가까워 관의 제재를 받았고 아저씨처럼 땅이 넓지 않아 대량으로 개를 사육하지 못하기 때문에 경쟁이 되지 않았다. 보신탕 식당주인들이 도사견 납품을 받지 않고 김상우의 토종개 고기를 선호하자 도사견 사육업자들이 깡패들을 동원하여 김상우의 토종개를 납품 못 하도록 했다. 개 아저씨가 납품을 못 하게 하는 깡패들과 싸우기도 했지만, 젊고 집단을 이룬 깡패들에게 이길 수가 없었다. 그래도 보신탕 식당에서 깡패들 몰래 늦은 밤이나 새벽에 자기들의 차로 잡은 개를 가지고 가곤 했다. 그걸 도사견 사육업자들이 알고 깡패들에게 알려 보신탕 식당주인을 괴롭혀 납품을 전혀 못 받게 했다. 상우와 순실은 앞으로 살아갈 것이 막막하여 일이 손에 잡히지 않아 탄식을 하고 있었다.

어느 날, 인범이가 아저씨 집에 갔더니 아저씨의 집 분위기가 전과는 달리 칙칙하고 무거웠다. 아저씨는 마루에 앉아 담배를 피우며 수심에 잠겨 먼 산을 바라보고 있었고, 아주머니는 시름에 젖은 얼굴로 마루에 걸터앉아 산 아래를 내려다보고 있었다. 두 분의 표정이 어두웠다. 인범은 의아한 얼굴로 아저씨에게 인사를 했다.

"아저씨, 오늘은 시장에 가시지 않았습니까?"

"응, 인범이냐?"

건성으로 대답하는 아저씨의 얼굴은 다른 때와는 달리 밝지 않았다.

"아저씨, 무슨 걱정이 있으세요? 얼굴이 안 좋습니다."

"그렇게 보이니?"

"네."

아주머니도 마루에 내렸던 한 발을 올려 세우고는 무릎 위에 턱을 고이고 시름에 젖은 얼굴로 먼 곳을 보고 있었다. 초점이 없는 그 눈은 공허했다. 무언가 이상했다. 아저씨 역시 수심이 담긴 고뇌의 얼굴이었다. 인범은 평소와는 다른 두 분의 얼굴에서 불길한 예감을 느꼈다. 인범은 아주머니가 앉아있는 마루에 걸터앉으며 아주머니의 손을 살며시 잡으며 물었다.

"아주머니, 아주머니도 아저씨도 무슨 걱정이 있는 것 같아요. 저는 아저씨, 아주머니를 부모님 같이 생각합니다. 걱정이 있으면 저에게도 말씀을 해 주셔야죠. 전 이제 어린애가 아닙니다, 성인이에요. 네? 아주머니!"

"그래, 네가 우리 아들이지. 그러고 보니 이제 너도 어른이구나. 인범아, 우린 이제 어떻게 살아야 하니? 그놈의 도사 사육업자들이 깡패들을 시켜 너의 아저씨가 토종개를 보신탕 식당에 납품을 못 하게 하잖아. 이젠 우린 뭘 해 먹고 살지? 그리고 이 많은 개들을 어떻게 해야 할지 걱정이 태산 같구나."

"옛? 깡패들이……요?"

인범은 자신이 어릴 때부터 친자식같이 거두어 준 부모 같은 아저씨가 깡패들 때문에 개를 팔지 못하고 있다는 말을 듣고 피가 역류하고 분노가 일시에 치솟아 살이 부들부들 떨렸다. 아저씨가 10여 년 이상을 이 자리에서 토종견을 사육하여 각 보신탕 식당에 납품하여 자리를 잡아 생활이 안정되어 있는데, 사육견을 납품 못 한다면 당장 살아갈 길이 암담할 것이다. 죽일 놈들, 깡패를 사서 정당하게 살아가는 아저씨의 생계를 가로막는 도사견 사육업자와 그 하수인들을 도저히 그냥 둘 수 없었다. 어릴 때 저항능력이 없어 아버지가 날치기들에게 처참하게 돌아가실 때 속절없이 아버지의 죽음을 지켜볼 수밖에 없었던 그때를 생각하니 피가 거꾸로 솟았다. 자신이 안 이상 양아버지인 개 아저씨를 짓밟은 놈들을 용납할 수 없었다.

개 사육은 아저씨의 천직이고 삶의 전부였다. 인범은 지금까지 이렇게 분노한 적이 없었다.

"아저씨, 진작 저에게 말씀을 하시지 않고 혼자 걱정을 하고 있었어요?"

"이야기한다고 그놈의 업자와 깡패를 네가 어떻게 하겠니? 걱정만 주지."

"아저씨, 당장 가요. 그놈들을 그냥 둘 수 없습니다."

가만히 앉아 있던 아주머니가 분노에 찬 인범이의 얼굴을 쳐다보며 말을 했다.

"네가 무슨 수로 그놈들을 당하겠느냐? 아서라, 너만 다쳐. 그래도 네가 걱정을 해 주고 분해하는 것 보니 위안이 되는구나."

"아저씨, 차근차근 이야기해 주세요, 네."

상우는 인범에게 사육업자들이 개 아저씨의 토종개 때문에 자신들의 도사견이 안 팔리자, 깡패들을 동원하여 강제로 개 아저씨의 토종견을 못 팔게 한다고 했다.

인범은 지금 당장 놈들에게 가자고 했다. 깡패들의 습성을 너무나 잘 알고 있는 인범은 놈들과 물리적 충돌 이외에는 어떠한 방법도 없다는 것을 너무나 잘 알고 있기 때문이었다. 상우는 인범이가 건달들이나 조폭들과의 큰 싸움을 많이 한 싸움의 달인임을 전혀 모르고 있었다. 순희 아버지는 지난번 밤중에 조폭들이 기습하여 인범이가 싸워 이긴 것은 알지만, 순희 아버지가 개 아저씨에게 말을 하지 않은 것 같았다.

인범은 조용히 아저씨에게 말했다. 얼굴은 분노에 차 있었지만 냉정하고 차분하게 설명을 했다.

"아저씨, 깡패들은 돈으로 무마하든지 힘으로 이기지 않으면 결코 해결할 수 없습니다."

"그럼 네가 깡패들과 싸우겠다는 것인가?"

"……."

"아서라. 다친다. 그놈 깡패들은 당할 수도 없거니와 너를 싸움판에 밀어 넣을 수는 없어. 너만 다쳐."

"아저씨 전 지지 않습니다. 반드시 이깁니다."

상우는 인범이의 말을 들으려고 하지 않았다. 인범은 답답했다. 가족과 같은 개 아저씨의 생업을 방해하는 깡패들의 행패를 묵과할 수 없다는 싸움으로 잔뼈가 굵은 인범이와는 달리, 인범이를 다치게 할 수 없다는 아저씨의 고집을 꺾을 수는 없었다. 그보다 아저씨는 인범이가 깡패들을 이길 수 없다고 단정하고 있었다.

"그럼 좋습니다. 아저씨가 갈 수 없다면 저 혼자 가겠습니다. 가까운 보신탕 식당을 찾아 아저씨 이름을 말하면 알 수 있겠지요? 근처의 보신탕 식당을 다 뒤져서라도 놈들을 찾아내겠습니다."

인범은 혼자 내려가려고 아저씨의 집을 몇 걸음 나서다 돌아서서 개 아저씨와 아주머니를 쳐다보았다. 아저씨와 아주머니가 멀거니 인범이를 맞바라보고 있었다. 인범은 돌아서서 안타까운 얼굴로 아주머니에게 다가가 애원을 하듯 말했다.

"아주머니는 아시죠? 보신탕 식당이 어디이고 어느 보신탕입니까?"

"인범아, 가지 마. 지난번 그놈들이 떼로 몰려와 행패를 부리고 갔단다. 한 번만 더 개를 팔면 네가 만든 개막사를 모조리 부수어 버리겠다고 엄포를 놓고 갔어. 만약 그놈들이 개막사를 부숴 버리면 이 개들을 어떻게 하겠어? 생각만 해도 몸서리가 친다."

"아주머니, 깡패들이 그런다고 가만히 있으면 안 돼요. 놈들은 절대로

막사를 부수지 못합니다. 제가 반드시 못하게 할 것입니다. 아주머니도 가르쳐 주지 않는다면 저 혼자 전 서울 보신탕 식당을 다 뒤질 것입니다."

그래도 아저씨, 아주머니는 묵묵부답이었다. 인범은 더 이상 아저씨와 아주머니를 설득할 수 없어 울프와 센을 데리고 아저씨 집을 나섰다. 인범이가 빠른 걸음으로 내려오고 있는데 뒤에서 클랙슨 소리가 요란하게 들렸다. 뒤를 돌아보았다. 아저씨의 차가 빠르게 내려와 인범이 앞에 섰다.

"인범아, 같이 가자."

아저씨가 결심을 한듯 말했다. 아저씨의 얼굴은 경직돼 있었다.

인범은 차를 타고 가다 자신의 집 가까이에서 차를 세웠다.

"아저씨, 조금만 기다려주십시오. 잠깐 집에 다녀오겠습니다."

인범은 급히 차에서 내려 집으로 가 활동하기 편한 청바지와 표창을 꽂아둔 혁대를 차고 나왔다.

"자, 아저씨 가요. 제가 반드시 해결할 테니 아저씨 걱정 마세요. 그리고 아저씨, 제가 싸울 때 절대로 싸움에 개입하지 마세요. 제가 싸우는데 아저씨가 함께 싸우면 아저씨가 걱정이 돼 제가 제대로 싸우지 못합니다. 꼭 약속해 주십시오. 그리고 그들에게 저를 아저씨 아들이라고 말하십시오."

"인범아, 너 싸움을 많이 해 봤구나. 그러나 놈들은 한두 명이 아닌데 어쩌려고 해."

"아저씨, 걱정 마세요. 전 지지 않습니다, 절대로요."

인범은 눈을 부릅뜨고 지지 않는다고 힘주어 말했다.

상우는 인범이를 열두 살부터 곁에서 지켜보며 살아왔다. 오늘 이렇게 분노하는 것은 처음 보았다. '아! 인범인 남이 아니구나.' 꼭 친아들 같았다. 설치는 것이 예사롭지 않았다. 어리다고만 생각한 인범이가 당당한 청년으로 성장해 있다는 것을 이제야 새삼스럽게 깨달았다.

상우는 운전을 하면서 분노에 찬 잔뜩 굳은 얼굴로 앞만 보고 있는 인범이를 힐끔힐끔 보았다. 팔뚝도 호랑이 아니, 곰 앞발같이 굵고 튼튼했다. 무릎 위에 놓여 있는 커다란 주먹도 힐끔 보았다. 유달리 큰 주먹, 정권의 뼈가 불쑥 돋아 있었다. 상우는 당수를 하는 젊은이들이 격파를 하기 위해 두꺼운 판자에 새끼줄을 감아놓고 주먹을 단련하는 것을 보았다. 아! 인범이가 당수를 배웠구나. 상우는 인범이가 두꺼운 판자에 새끼를 감은 것이 아닌 바로 굵은 나무둥치에 새끼를 감아놓고 주먹을 단련시켜 온 사실을 모르고 있었다. 내가 옆에 살면서 성장하는 인범이를 너무 몰랐구나.

아! 그래 인범이는 보통 아이와는 달랐지. 그때 겨우 열네 살의 인범이가 멧돼지와 싸우면서 정 목수에게 위험하다고 오히려 정 목수를 가까이에 오지 말라고 주의를 주더라는 말이 언뜻 떠올랐다. 그래, 인범은 그때부터 다른 아이들과는 달랐지. 상우는 인범이가 그냥 분노한 것이 아님을 알았다. 어쩌면 자신감을 가지고 깡패들과 싸우려고 하는구나. 상우는 반신반의하면서도 깡패들은 한두 명이 아닌 무리를 이루고 있는데…… 은근히 걱정이 되었다. 인범이가 내가 개입하면 마음껏 싸울 수 없다는 말의 뜻을 알 것 같았다. 내가 인범이가 혼자 싸우는 것을 볼 수 없어 개입한다면 나는 깡패들에게 당할 것이다. 그러면 인범이가 나를 구출해야 하니 오히려 내가 인범이의 싸움에 걸림돌이 된다는 것을 인범은 미리 알고 있는 것이다. 아! 인범은 그것까지 계산하고 있는 걸 보면 싸움을 많이 해 보았구나.

상우는 개 사육을 포기하면 앞으로 살아갈 길이 암담했는데, 어쩌면 인범이가 해결해 줄 것 같은 기대가 은근히 되었다. 그러나 만약 인범이가 이번 깡패들과의 싸움에서 심하게 다친다면……. 괜한 짓을 하는 것 같아 걱정으로 가슴이 졸였다.

상우는 보신탕 주인 중 자신과 제일 친한 차 사장 식당으로 핸들을 꺾었다. 식당 앞에 차를 세우고 식당 문을 밀치고 들어갔다. 아직도 더운 열기가 남아있는 늦여름이라 보신탕을 찾는 손님들이 식당 안에 많이 있었다. 종업원을 도와 음식을 나르던 차 사장이 상우를 보고 깜짝 놀라더니 겁먹은 얼굴을 하고 따라오라고 손짓을 하며 뒷문을 열고 나갔다. 상우와 인범이가 따라 나갔다. 조그만 방에 들어갔다.

"김 사장, 어쩐 일이야?"

"차 사장, 내 아들이야. 아들이 차 사장에게 할 말이 있다고 하네."

"그래? 이렇게 큰 아들이 있었나? 나에게 할 말이 있다고……?"

차 사장은 인범의 얼굴을 보며 눈으로 묻고 있었다.

"사장님, 저의 아버지의 고기를 납품받지 말라고 하는 깡패 두목에게 연락하십시오. 그 아들이 시비를 하러 왔다고 하십시오. 그래야 그들에게 원망을 듣지 않습니다."

"나는 깡패들은 모른다네. 깡패를 동원한 사람은 도사견 사육업자라네."

차 사장은 걱정스러운 얼굴로 군살 하나 없는 큰 키에 당당한 몸의 인범이의 아래위를 유심히 살펴보며 말을 했다.

"김 사장, 아들이 보통이 아닌 것 같군. 그러나 무지막지한 놈들이 한두 명이 아닌데 어쩌려고 그래?"

"……."

차 사장은 걱정의 얼굴을 하며 망설였다. 막상 상우도 인범이가 너무 설치기에 오긴 왔지만 불안은 떨쳐버릴 수가 없었다.

"사장님, 걱정 마십시오. 연락만 해 주십시오."

차 사장은 인범의 얼굴을 쳐다보며 걱정의 얼굴로 깡패들을 동원한 도사견 사육업자에게 다이얼을 돌렸다. 인범은 다이얼을 돌리는 것을 보고 나와 식당 앞에 있는 빈 걸상에 앉았다. 상우도 따라 나와 옆자리에 앉으며 여전히 불안한 얼굴로 인범이의 얼굴을 힐긋 보았다.

한 시간이 채 안 되어 새카만 지프차가 신경질적으로 들어와 찍 소리를 내며 급정거를 했다. 도사견 사육업자가 건장한 깡패 세 명과 차에서 내렸다. 그들은 서슬이 시퍼런 얼굴에 흰자위가 가득한 험상궂은 얼굴로 주위를 두리번거리며 노려보더니 식당으로 들어갔다. 그들은 하나같이 스포츠형의 짧은 머리에 깃 없는 검정색 라운드 티셔츠를 입고 있었다. 굵은 목과 굵은 팔뚝의 근육에 옷이 터질 듯 우람했다. 조금 후 차 사장이 그들과 함께 나와 상우와 인범이가 있는 곳으로 왔다.

"방 사장님, 이 사람이 아들을 데리고 와서 방 사장에게 연락을 하랍니다."

방 사장이 깡패들에게 눈으로 인범이를 가리켰다. 깡패 세 명 중 두목인 듯한 거친 인상에 감사납게 보이는 사십 대 초반의 사내가 험악한 얼굴로 인범이의 아래위를 훑어보며 다가왔다. 나머지 두 명은 인범이의 양 옆에 에워쌌다. 인범은 기습에 대비하여 에워싸는 두 깡패에게서 한 발 물러서며 날카롭고 예리한 눈으로 그들을 노려보았다.

사육업자와 깡패들이 의외로 날렵하고 당당한 몸매와 조금도 빈틈이 없는 인범을 노려보더니 먼저 말로 치기 시작했다.

"이 새끼가 겁도 없이 제 발로 찾아왔군. 네놈이 우리를 보자고 했나? 음, 맷집은 제법 있겠군."

놈이 히죽거리며 물러선 인범이 앞으로 한 발 다가왔다. 인범은 옆에 선 두 놈이 에워싸지 않자 더 물러서지는 않았다.

"네놈에게 묻겠다."

"뭐, 놈?"

"놈은 네놈이 먼저 했잖아?"

"……."

깡패 두목이 인범이가 놈이란 말을 하는 것을 듣고 발끈하여 눈에 흰자위를 가득 담고 무섭게 노려보았다.

차 사장과 사육업자 방 사장, 그리고 상우는 인범이가 억센 몸만큼 깡패들이 세 명인데도 조금도 겁 없이, 오히려 깡패들을 압도하는 도전적인 당당한 행동과 말을 하는 것을 보고 놀랐다.

놈은 말을 못 하고 멍하니 인범이를 노려보았다.

"다시 묻겠다. 네놈들이 이 양반의 사주를 받고 우리 아버지가 납품을 못 하게 한 하수인인가?"

인범은 깊은 호흡으로 숨을 가슴 깊이 빨아드리며 격한 감정을 억제했다. 그리고 조용하면서도 서릿발같이 차가운 목소리로 물으며 호주머니에서 새카만 가죽장갑을 끄집어내어 끼었다. 사육견 업자와 세 깡패가 인범이가 가죽장갑을 끼는 것을 보고 멈칫 놀랐다. 아니, 세 깡패만 놀란 것이 아니었다. 차 사장도 놀랐다. 그 중에 제일 놀란 것은 김상우였다. 인범이가 가죽장갑을 아예 소지하고 다니는 싸움꾼임을 몰랐던 것이다. 그러나 과연 깡패들을 이길 수 있을지…….

"뭐, 하수인?"

"뭘 꾸물거리고 있어. 빨리 말해."

"그거 재미있다. 그래 내가 하수인이다. 어쩔래? 이 개새끼야."

"네놈 좀 맞아야겠다."

"뭐, 맞아."

인범은 선제공격을 해야겠다고 생각했다. 이놈들에겐 말이 더 필요 없었다. 놈들에겐 물리적인 것만이 해결의 방법이라는 것을 인범은 너무나 잘 알고 있는 것이다.

식당에서 밥을 먹고 나오던 사람들과 길을 가던 사람들이 싸움 분위기를 보고 가던 걸음을 멈추고 구경을 하고 있었다.

자신을 얕보고 방어의 자세를 취하지 않고 있는, 싸움의 기본도 모르는 놈에게 인범은 분노가 담긴 필살의 발길질로 느닷없이 놈의 장딴지를 걷어찼다. 인범의 공격을 전혀 예상치 않은 놈의 두 다리가 번쩍 들리며 하체보다 상체가 먼저 땅에 툭 떨어졌다. 인범은 옆의 두 놈을 노려보았다. 두 놈은 깜짝 놀라 어느새 물러서 있었다. 인범은 재빠르게 떨어지는 놈의 목과 턱 사이에 신발을 끼우고 지그시 누르며 눈은 두 놈을 무섭게 노려보고 있었다. 놈은 목이 눌려 겨우 숨을 쉬며 금세 얼굴이 벌겋게 달아올랐다. 물러서 있던 두 놈 중 한 놈이 에잇 기합을 넣으며 인범이에게 돌진했다. 인범은 예견한 듯 재빠르게 놈의 목에서 발을 빼고 돌진하며 주먹을 날리는 놈의 팔을 가로막기로 걷었다. 주먹이 빗나간 놈은 몸의 중심을 잃고 잠시 어정쩡한 자세였다. 그 순간을 놓치지 않고 인범의 주먹이 놈의 얼굴을 강타했다. 놈은 어이쿠 비명을 지르며 비틀비틀하더니 엉덩방아를 찧고 넘어졌다. 얼굴엔 붉은 코피가 주르르 흘러내리고 있었다.

인범의 시선이 조금 전 자신의 발에 걷어차여 넘어졌던 놈을 노려보았다. 놈이 부스스 일어나고 있었다. 인범은 일어나는 놈의 엉덩이 중심의 항문을 걷어찼다. 갈비뼈를 차면 갈빗대가 부러지기 때문이었다. 항문의 급소를 맞은 놈은 억, 비명을 지르며 뻗었다. 인범은 또다시 놈의 목과 턱 사이에 발을 끼워 넣고 지그시 눌렀다. 그리고 나머지 한 놈을 무섭게 노려보았다. 놈은 두목과 동료가 순식간에 당하는 것을 보고 공포에 질린 눈으로 멀거니 바라보고만 있었다. 이 동작이 순간적으로 이루어졌다. 목이 눌린 두목의 얼굴이 또다시 벌겋게 달아올라 꽥꽥거리고 있고, 주먹을 맞은 놈은 두 손으로 얼굴을 감싸 쥐고 주저앉아 있었다. 인범은 두목의 목을 몇 번을 눌렀다 떼었다를 반복하며 말했다.

"숨통을 끊어놓기 전에 말해. 또다시 우리 아버지 납품을 방해할 거야 안 할 거야, 빨리 말해!"

놈은 얼마나 고통스러운지 벌건 얼굴로 고개를 끄덕거리며 비굴한 모습으로 항복의 시늉을 했다. 인범은 놈의 목에서 발을 떼고는 공포에 질린 도사견 사육업자 앞으로 다가갔다. 얼굴이 하얗게 질린 도사견업자는 멀거니 인범이를 바라보고 있었다. 인범은 느닷없이 오른손으로 사육사의 오른쪽 셔츠의 깃을 우악스럽게 움켜쥐고 잡아당기면서, 왼손 손바닥을 펴 칼을 만들어 사육사의 목 깊숙이 박아 넣었다. 인범의 멱살잡이는 다른 멱살잡이와 달리 X 자로 잡았다. 멱살을 잡은 오른손은 목의 옷깃을 잡아당기고 왼손은 칼을 만들어 목을 압박하니 도사견 사육업자 방 사장은 숨을 제대로 쉬지 못하고 얼굴이 금세 벌겋게 되면서 목에 굵은 힘줄이 불끈 튀어나왔다.

상우는 일방적으로 깡패들과 도사견 사육업자 방 사장을 무지막지하게 패는 것을 보고 인범이가 이렇게도 싸움을 잘하리라고는 상상도 못했다. 인범이가 키가 크고 몸이 날렵하여 어느 정도는 싸움을 잘할 것이라고는 생각했지만……. 싸움꾼들만 사용하는 가죽장갑을 아예 소지하고 다닌다는 것을 몰랐고 또 인범이가 조금도 두려움도 주저함도 없이 단번에 깡패 세 명을 해치우고 도사견 사육업자마저 공격하는 것을 보고 벌어진 입을 다물지 못했다. 상우는 비로소 인범이가 대단한 싸움꾼임을 알았다. 그러면서 인범이가 어떻게 이렇게 대단한 싸움꾼이 되었는지 알 수 없었다. 인범은 싸움질이나 하는 불량청년도 아니었다. 그런데 어떻게 저렇게 대단한 싸움꾼이 되었는지 아무리 생각해도 이해가 되지 않았다. 멍하니 바라볼 뿐이었다.

"당신 말이야, 정정당당하게 경쟁으로 사업을 하지 않고 또다시 깡패들을 동원하여 우리 아버지의 납품을 못 하게 할 거야, 안 할 거야, 말해?"

"예, 예, 다시는 안 하겠습니다. 잘못했습니다."

방 사장은 너무나 겁을 먹고 깡패 두목처럼 고개를 끄덕끄덕 주억거리며 항복하고 두 손으로 살살 빌었다. 인범은 항복을 받고 도사견 사육업자의 목을 놓아 주었다. 사육업자 방 사장은 긴 한숨을 내쉬며 공포에 질린 겁먹은 얼굴로 멍하니 인범을 바라보았다. 방 사장의 얼굴이 하얗게 질려 있었다. 김 사장의 아들이 이렇게 무지막지한 싸움꾼인 줄 상상도 못 했다. 방 사장은 상우를 잘못 건드렸다고 생각했다.

깡패와 도사견 사육업자를 혼을 낸 인범은 보신탕 식당 앞에서는 싸움을 해서는 안 된다고 생각하고 개 아저씨를 데리고 나오면서 말했다.

"아저씨 집으로 갑시다. 놈들이 곧 몰려올 것입니다. 여기서는 계속 싸울 수 없습니다. 제가 여기 없으면 아저씨 집으로 몰려올 것입니다."

"인범아, 이제 어떻게 해? 놈들이 가만있지 않을 것인데, 너 혼자서 당해낼 수 있겠니?"

"아저씨 걱정 마십시오. 전 지지 않습니다."

상우는 걱정이 되었다. 이번은 인범이가 통쾌하게 이겼지만 깡패들이 순순히 물러서지 않을 것이라고 생각했다. 깡패들은 떼거리들이 아닌가. 인범도 같은 생각이었다.

아저씨의 차가 복잡한 서울의 도로를 달리고 있었다. 인범은 아저씨의 차를 타고 가면서 이 싸움을 어떻게 마무리 지을까를 곰곰 생각했다. 이 싸움은 남의 싸움이 아닌 피할 수 없는 내 가족의 싸움이라, 어느 싸움보다도 놈들을 죽이고 싶도록 분노가 치밀어 올랐다. 그러나 심한 물리적 싸움은 피하고 싶었다.

놈들은 결코 순순히 물러가지 않을 것이다. 놈들은 반드시 자신에게 보복을 하기 위해 아저씨 집으로 몰려올 것이다. 싸움은 언제나 사소하게 시작되지만 자꾸만 확대되는 것이 싸움이 아닌가. 인범이가 도영이를 도우기 위해 시작한 싸움이 조폭이 참여하는 죽느냐 사느냐의 큰 싸움으로 확대되지 않았던가. 그 싸움으로 자신을 미행하여 밤중 기습으로까지 진행되지 않았는가.

그래, 놈들을 회유해 보자. 놈들은 나의 상대가 아니다. 동네건달의 떼거리에 지나지 않는다. 놈들에게 심한 상처를 주면 놈들도 악감정이 상승해 쉽게 물러서지 않을 것이다. 어떻게 하든 놈들을 회유하여 아저씨의 사육견 납품에 방해를 하지 않게 하는 것이 목적이 아닌가. 놈들은 나 혼자인 줄 알면 나를 이길 때까지 아니, 나를 제거할 때까지 추적할 것이다. 그래, 놈들이 나를 이길 수 없다는 것을 확실히 보여주자. 그것이 최선의 방법이다. 인범은 그렇게 계획을 세웠다. 그리고 놈들과 원한을 갖지 않아야 한다. 그래야 아저씨가 앞으로 부딪침이 없이 납품을 할 수 있을 것이다. 원한은 언제나 작은 것에서부터 시작되어 큰 원한의 결과를 가져온다. 인범은 어떻게 하든 놈들과 물리적 충돌을 피해야겠다고 생각했다.

2

도심을 벗어난 차가 좁은 산길을 심하게 흔들리며 달리고 있었다. 인범은 아저씨 집 앞 약간은 오르막인 고개에서 차를 멈추게 하고 내렸다.

"아저씨, 집으로 가셔서 식사를 하고 나오셔서 위에서 내려다보고 계십시오. 놈들이 몰려오면 훈련 개들을 데리고 내려오십시오."

"그래, 네가 시키는 대로 할게. 네가 다치지 않겠니? 나는 그냥 개 사육을 그만두고 다른 살길을 찾는 것이 좋을 것 같다, 인범아."

"아저씨, 안 됩니다. 제가 어떻게 하든 해결하겠습니다."

인범은 집으로 가 늦은 점심을 먹고 울프와 센을 데리고 올라와 웃옷을 벗고 커다란 돌을 주워 차가 아저씨 집 쪽으로 올라갈 수 없도록 길을 막았다. 만약 놈들이 아저씨 집에 올라가면 개막사부터 두들겨 부수어버릴 것이다. 그러면 개들이 뿔뿔이 흩어질 것이다. 아, 그러면 안 된다. 어떻게 하든 놈들을 올라가게 해서는 안 된다고 생각했다. 개들은 놈들을 위협할 수 있기 때문에 아저씨에게 개들을 데리고 오라고 한 것이다.

인범은 아저씨 집 쪽을 바라보았다. 아저씨와 아주머니가 인범이가 돌로 길을 막고 있는 것을 걱정스러운 얼굴로 내려다보고 있었다. 오후 네 시경이었다. 아래쪽에서 트럭 소리가 났다. 인범은 내려다보았다. 트럭 위에 약 30여 명의 깡패들이 타고 오면서 인범이를 발견하고 손가락질을 하면서 자기들끼리 뭐라고들 떠들고 있었다.

인범은 손을 들어 흔들었다. 아저씨가 여섯 마리의 훈련 개와 투견 훈련을 받은 도사 두 마리, 도합 여덟 마리의 개를 몰고 부리나케 내려왔다. 여섯 마리는 목줄을 하지 않았고 도사견 두 마리는 목줄을 한 채 끌고 내려왔다.

놈들을 태운 트럭이 인범이가 길을 막고 우뚝 서 있는 앞에서 멈추었다. 깡패들은 기세가 등등했다. 먼저 두목이 내렸다. 그리고 트럭 위에 있던 깡패들이 우르르 내려 두목 옆에 도열하듯 늘어섰다. 깡패들의 손에는 야구 방망이, 쇠파이프 등 모두 흉기를 하나씩 들고 있었다. 맨손으로 온 깡패는 한 명도 없었다. 철저한 대비를 하고 온 것 같았다. 두목이 잔뜩 폼을 잡고 인범이 앞으로 다가왔다. 도사견 사육업자 방 사장은 같이 오지 않았다.

인범은 먼저 두목을 회유해야겠다고 생각했다. 그래도 타협이 안 되면 한바탕 싸움을 각오해야 했다. 인범은 놈들의 숫자와 놈들이 어떤 형태의 깡패들인지 파악했다. 놈들은 오합지졸들이었다. 나의 주먹과 발길, 그리고 급소 공격에 견딜 만한 맷집이 있는 놈이 없을 것 같았다. 놈들은 숫자만 믿고 자신을 이기려고 한다는 것을 알 수 있었다.

인범은 이들 30여 명과 싸우면 몇 명 아니, 더 많은 수의 깡패를 무리에서 탈락시키기 위해서 치명적인 중상을 입혀야 했다. 그러면 조폭의 땅벌과 같은 불구자로 아니, 죽여야 될지도 몰랐다. 엄포를 놓아 놈들이 나에게 무모한 공격을 못 하도록 해야겠다고 생각했다.

이곳은 넓은 들판이라 인범이가 넓은 곳을 이용하여 많은 숫자와 싸우기엔 지리적 여건이 좋은 곳이다. 인범은 숫자는 많아도 놈들은 결코 자신의 적수가 못 됨을 알았다. 평범한 초등학생이나 중학생 열 명이 무술을 배운 청년 한 명에게 이길 수 없는 것과 같은 원리인 것이다.

"이봐, 비겁하지 않나? 그래도 주먹깨나 쓰는 놈이 한 번 항복했으면 남자답게 승복해야지. 이렇게 떼거리로 몰려와 다시 싸움을 거는 것은 건달이 아니지. 떼거리로 몰려왔다고 내가 너희 놈들에게서 물러설 줄 아느냐? 그렇다면 난 처음부터 네놈들에게 찾아가지 않았을 것이다. 네놈에게 묻겠다. 사나이답게 나와 일대일로 한번 맞짱을 뜰 생각은 없느냐?"

"개소리 마라. 오늘 네놈은 우리 손에 죽든지 병신이 될 각오를 해라. 처음은 네놈을 깔보고 잠깐 실수를 했다만 지금은 안 될 것이다. 자, 너희들 한꺼번에 놈을 박살내어라. 놈을 무시하여서는 안 된다. 놈은 싸움을 제법 하는 놈이란 걸 잊지 마라. 꼭 한꺼번에 덤벼들어 놈을 박살내어야 한다. 알았나?"

"옛."

놈들의 부하가 일제히 대답했다. 꼭 군대처럼 일사불란했다.

인범의 옆엔 울프와 센이 깡패들을 노려보고 있었다. 명령만 내리면 깡패들 속을 파고들어 물어 흔들 자세였다. 인범은 천천히 웃옷을 벗어 풀위에 던졌다. 넓은 혁대엔 표창이 10여 개 이상 꽂혀 있었다. 인범은 혁대에서 두 개의 표창을 빼어 손에 들고 말을 했다. 표창을 본 두목과 놈들이 멈칫 놀라는 표정을 짓더니 긴장을 하고 인범이를 바라보았다.

"그 자리에서 꼼짝 마라! 너희 놈들이 한 발자국이라도 움직이면 네놈의 눈깔부터 맞혀 버릴 것이다. 자, 보아라."

인범의 목소리는 크지는 않았지만 차고 매섭기가 칼날 같았다.

"……."

말을 한 인범은 전광석화 같은 동작으로 길가 버드나무를 향해 표창을 던졌다. 표창이 바람 소리를 내며 정확히 버드나무 정중앙에 꽂혀 끝이 바르르 떨렸다.

"자, 봤지? 그 자리에서 한 걸음만 앞으로 나서면 먼저 네놈의 눈깔부터 명중시켜 버릴 것이다."

인범과 두목과의 사이는 불과 5m의 간격이었다. 인범이가 버드나무에 던진 표창은 10m의 거리였다. 인범의 표창 던지는 솜씨가 보통이 아님을 두목은 자기 눈으로 보고 있지 않은가. 그리고 그들 앞에는 이빨을 까뒤집은 개들이 으르렁거리고 있었다.

두목은 날카로운 표창이 정확히 버드나무 중앙에 꽂히는 것을 보고 말문을 잃었다. 놈이 던진 표창은 자기가 선 거리보다 훨씬 멀었다. 그 먼 곳을 정확히 명중시키는데 자신과 놈의 거리는 그 반밖에 되지 않았다. 자신의 눈에 표창이 꽂히는 것을 상상하니 오싹 소름이 끼치고 진저리가 쳐졌다. 놈의 허리엔 표창이 10여 개 이상 꽂혀 있었다. 저 표창이 명중되면 최저 열 명은 살상될 것이다. 무엇보다도 자신이 먼저 당할 것이라고 생각하니 다시 한 번 오싹 소름이 끼치고 겁이 났다. 그리고 무엇보다 보통 개가 아닌 무시무시하게 보이는 열 마리의 개가 이빨을 드러내며 자신들을 노려보고 있는 것이 두려웠다.

주인이 명령만 내리면 한꺼번에 덤벼들 것이다. 그 중에 도사견 두 마리가 침을 질질 흘리며 자신들에게 덤벼들려고 하고 있었다. 두목은 어떻게 해야 할지 몰라 망설이고 있었다. 두목은 놈의 대단한 싸움 기술에 꼼짝없이 당했다. 그래서 30여 명의 많은 숫자를 동원한 것인데 전혀 예상하지 못한 개들과 표창을 가지고 자신을 위협하고 있어 어쩔 줄 몰랐다. 열 마리의 개들과 보통 싸움꾼이 아닌 놈이 표창까지 가지고 대적하고 있는 것이다. 쉽게 놈을 처치할 수 없었다. 표창이 자신의 눈에 꽂힐 것 같았다. 두려움이 앞섰다.

30여 명의 깡패들은 자기 두목이 명령을 내리지 못하고 있는 것을 보고 자신들도 겁이 났다. 놈의 표창도 두려웠지만 자신들에게 덤벼들려고 이빨을 까뒤집고 있는 개들이 더 무서웠다.

"너희들은 모두 흉기를 가지고 왔다. 그 흉기는 나를 해치려고 가지고 온 것이 아닌가? 내가 네놈들이 가진 흉기에 맞는다면 나는 죽든지 병신이 될 것이다. 나는 가만히 앉아 당할 수 없다. 법에는 정당방위라는 것이 있다. 상대방에게 당하지 않기 위해 맨주먹이나 무기로 대응하는 것을 말한다. 네놈들이 가진 무기에 내가 살상되듯이 네놈들도 내가 휴대한 표창에 맞으면 죽을 수도 중상을 당할 수도 있다. 자, 덤벼라. 이 개들도 훈련을 받은 맹견이다. 한 번 물면 쉽게 놓아주지 않을 것이다. 이왕 나를 죽이려고 왔으니 한바탕 죽기 살기로 싸워 보자!"

두목은 심각한 얼굴로 고심하더니 드디어 손을 들었다.

"모두들 퇴각한다."

두목이 군대용어로 말하며 먼저 차에 올랐다. 깡패들도 우르르 트럭에 올라 차를 돌리고 산을 내려가고 있었다.

상우는 깡패가 탄 트럭이 울퉁불퉁한 산길을 내려가는 것을 물끄러미 바라보고 있었다. 그동안 가슴에 덮여 있던 짙은 먹구름이 걷히고 환희의 탄성이 터져 나왔다.

"아! 이제 살았다."

상우는 자기가 지른 자신의 목소리에 멈칫 놀라 주위를 둘러보았다. 인범은 버드나무에 꽂힌 표창을 빼어 끝을 옷에 닦고 혁대에 꽂고 길을 막아 놓았던 큰 돌들을 치우다 상우의 소리를 듣고 힐긋 쳐다보았다. 인범은 상우에게 엷은 미소를 짓고는 말없이 돌을 치우고 있었다. 상우는 어색한 미소를 인범에게 보내고는 고개를 들어 하늘을 쳐다보았다. 하늘엔 하얀 솜털구름이 띄엄띄엄 이어져 있었다. 인범은 돌을 다 치우고 울프와 센을 데리고 내려갔다.

상우는 몇 날 몇 밤을 피를 말리며 잠을 이루지 못하고 지새웠다. 개 사육 외에는 배운 것이 없는 상우는 앞으로 어떻게 살아갈 것인가 암담한 앞길에 얼마나 가슴 태웠던가. 참으로 답답한 지옥과 같은 며칠이었는데, 생각지도 않은 인범이에 의해 시원하게 해결된 것이다. 10여 년 전 우연히 만난 지독히도 가난한 비쩍 마른 열두 살의 고아인 인범이로 인해 피를 말리는 고민이 해결되리라는 것은 상상도 못 했다. 그런데 인범이를 가까이 두고도 대단한 싸움꾼으로 자라 있는 것을 몰랐던 것이다.

궁금한 것은 인범이가 왜 싸움꾼이 되었고 표창까지 익혔을까? 처음 만났을 때부터 말이 없었던 아이였다. 인범은 단 한 번도 부모의 이야기도 자신이 어떻게 살아갈 것인가도 의논하지 않았다. 그냥 혼자 생각하고 혼자 주어진 일에 충실한 인범이었다. 그리고 어른인 나에게 도움을 청하지 않았다. 폭우가 쏟아져 토굴이 폭삭 내려앉았을 때 슬픈 얼굴로 나타나 리어카를 빌려갔다. 그리고 닭을 칠 때 몇 가지 묻는 것 외는 아무것도 말하지 않았다. 만약 인범이가 픽업차를 사 주지 않았고 막사를 더 많이 지어 주지 않았다면 개 사육을 대대적으로 하지 못했을 것이다.

불쌍한 인범이가 저렇게 대견하게 자라 나를 도와주는구나. 개들이 우리로 돌아가고 싶었던지 개 한 마리가 짖으니 나머지 개들도 한꺼번에 짖기 시작했다. 갑자기 들판이 왁자지껄했다. 상우는 개들을 향해 걸어가면서 위를 쳐다보았다. 아직도 아내 순실이가 이쪽을 내려다보고 있었다. 개들을 데리고 천천히 올라갔다.

"여보, 어떻게 되었어요? 인범이가 뭐라고 했는데 깡패들이 그냥 돌아가요? 나는 저놈들이 올라와 막사를 다 부수는 줄 알고 얼마나 가슴을 졸였는지 몰라요. 그런데 여보, 아까 당신이 인범이가 대단한 싸움꾼이라고 하셨는데 진짜 인범이가 그렇게 싸움을 잘해요?"

"그래, 대단한 싸움꾼이야. 그런데 언제 표창 던지기를 연습했는지, 표창 던지는 솜씨가 귀신이야, 대단해. 허 참, 내가 어릴 때부터 보아 온 인범이가 언제 저렇게 싸움을 익혔는지 참, 내가 인범이를 너무 몰랐어. 그리고 너무 영리해. 그놈들의 차가 올라가지 못하도록 큰 돌로 길을 막아놓고 거기서 놈들을 기다리고 있었던 거야. 참으로 영리한 인범이야. 여보, 걱정 끝났어. 다시는 놈들이 나에게 행패를 부리지 않을 거야. 인범이가 단단히 엄포를 놓아두었어. 방 사장은 인범이에게 겁을 먹고 아예 오지도 않았어. 인범이가 나를 자기 아버지라고 했어. 그러니 깡패들도 방 사장도 더 겁을 먹은 거야."

"인범이가 당신을 아버지라 했어요?"

"그렇게 했어. 내가 아버지 같잖아. 여보, 우리 오늘 정 목수 가족과 인범이를 불러요. 내 시장에 다녀올 테니 저녁상이나 걸쭉하게 차려요."

상우는 차를 타고 급히 내려갔다.

3

해가 서산에 뉘엿뉘엿 기울어지자 짙은 산 그림자가 산자락을 서서히 덮고 있었다. 순실은 불고기를 구울 준비를 하고 있었다. 돼지고기를 썰고 양념을 하고 숯불을 피우고 중학교 일 학년이 된 미영이도 초등학교 오 학년이 된 미숙이도 어머니가 시키는 일을 하며 한몫을 하고 있었다.

해가 기울자 산골짜기는 고요한 황혼을 이루며 어둠살이 드리워지더니 스산한 산골에 서서히 땅거미가 깔리고 있었다. 상우는 밀려드는 어둠을 보더니 집 안으로 들어가 긴 줄이 달린 전등불을 가져와 처마 끝에 달았다. 금세 마당이 밝아졌다. 그리고 장작을 가져와 마당에 세우고 그 안에 불쏘시개를 넣고 장작불을 피웠다. 바짝 마른 장작이라 불땀이 좋아 금세 불길이 활활 타올랐다. 상우는 불 옆에 자리를 깔았다.

"와, 캠프파이어다!"

일을 하다 말고 미영이가 손뼉을 치니 미숙이도 손뼉을 치며 좋아라 했다. 불꽃이 피니 전등불보다 장작 불꽃이 더 밝았다. 어둡던 마당이 훤히 밝아졌다.

"엄마, 오늘 제삿날이야? 그런데 왜 생선은 굽지 않고 돼지고기만 구워?"

미영이가 물었다.

"아니야. 오늘은 제삿날이 아니야."

미영이가 궁금한지 물었다.

"엄마, 요사이 집 분위기가 무거웠는데 오늘은 왜 이렇게 갑자기 아버지, 어머니의 얼굴이 밝아? 어쨌든 난 좋아. 집안 분위가 좋아지니."

"미영아, 이제 우리는 살아갈 걱정 하지 않아도 돼. 인범이 오빠가 우릴 도와주었어."

"인범이 오빠가 뭘 어떻게 도와주었어?"

"그런 것이 있어. 다음에 말해 줄게."

"엄마, 저기 순희 언니 식구들이 모두 올라오고 있네. 인범이 오빠도 오네."

울프와 센이 먼저 올라와 고기 냄새를 맡고 코를 벌름거리고 있었다.

"김 형, 어쩐 일이에요? 갑자기…… 웬 장작불은 피워요?"

"그런 일이 있어요. 장작으로 캠프파이어인가, 뭔가 기분 한번 내보려고요."

"무슨 좋은 일이 있습니까?"

"예, 있지요."

10여 년 전에는 몸이 약해 걸음도 겨우 걷던 순희 어머니는 멧돼지 쓸개를 먹고부터는 몸이 다 나아 오르막길도 혼자서 걸어 올라왔다.

상우와 정 목수, 그리고 인범이와 순희의 어머니는 장작불 주위에 앉았다. 순희도 음식을 나르고 있었다. 상우와 정 목수는 술잔을 주고받더니 술이 얼큰하게 취해 얼굴이 불콰해지고 있었다. 마당에 고기 굽는 냄새가 진동했다. 개들이 코를 벌름거리며 먹이를 달라고 막사 여기저기서 짖고 있었다.

"인범아, 너도 이리 와서 술 한잔 받아."

상우가 불렀다. 인범은 순희의 어머니 옆에서 고기를 먹다 입안에 가득 든 고기를 씹으면서 개 아저씨 가까이 와 옆자리에 앉았다. 순희는 고기를 먹어 가면서 순실이를 도와 일을 하고 있었다.

"인범아, 이 술 무슨 술인지 알아? 이 복분자 술은 네가 작년에 지리산에서 따 온 산딸기로 빚은 일 년 묵힌 술이야. 금년에 네가 따온 산딸기는 내년에 먹을 거야."

"그래, 나도 인범이가 갖다 준 산딸기로 술을 담가 두었어요. 그런데 어떻게 작년에 담가둔 복분자 술이 아직 남아 있어요? 난 벌써 다 마셨는데. 그런데 오늘 무슨 날인데 이렇게 걸쭉하게 차렸습니까?"

"예, 말하지요. 얼마 전에 도사견 사육업자가 제가 사육하는 토종 개고기 때문에 보신탕 식당에서 자기들이 기른 도사견 고기를 사 주지 않는다고 깡패들을 시켜 보신탕 주인을 협박하여 나의 토종개 고기를 납품 못 받게 했습니다. 그리고 깡패들을 보내어 만약 계속 고기를 납품하면 막사를 다 부수어 버리겠다고 하지 않습니까."

보신탕 주인들이 말을 잘 안 들으니 점심식사 시간이 되기 전에 깡패들이 떼거리로 식당에 몰려와 네 명이 앉는 자리를 한 사람이 차지하고, 아주 싼 보신탕 한 그릇을 시켜놓고는 저녁까지 앉아 담배를 피우며 가지 않고 있었다고 했다. 그러니 수육을 팔지 못하는 것은 물론, 자리가 없어 손님을 받지 못한 식당주인이 결국 손을 들고 말았다는 이야기를 해 주었다.

"인범이가 알고 혼자 깡패놈들과 도사견 사육업자를 단번에 작살을 내는 것을 보고 내가 너무 놀랐습니다. 정 형, 인범이가 그렇게 싸움을 잘하는지 몰랐습니다."

"김 형, 잊어버렸습니까? 인범이가 열네 살 때 밤중에 산돼지와 싸우면서 어른인 나를 위험하다고 가까이 오지 말라고 하고, 인범이와 울프가 멧돼지와 싸워 멧돼지를 잡지 않았습니까?"

"아, 듣긴 들어도 내 눈으로 보지 않아 몰랐습니다."

"그리고 얼마 전에 조폭들 여러 명이 야밤에 인범이를 해치우려고 기습했지만 인범이 혼자 놈들을 막아 내었습니다. 그 싸움에 울프와 센이 한몫했습니다."

"아, 그런 일이 있었습니까?"

순희 아버지의 말에 인범은 민망하여 듣기가 거북해 슬그머니 일어나 장작 몇 개를 가져와 사위어가는 장작불 위에 얹었다. 불꽃이 다시 피어났다.

"그리고 순희가 그러는데, 인범이가 싸움을 대단히 잘 한답니다."

"그런데 정 형, 저는 기분이 대단히 좋습니다. 오늘 인범이가 깡패들과 도사 사육업자에게 나를 아버지라 불렀습니다."

"그래요. 김 형은 인범이 아버지가 맞지요. 어릴 때부터 옆에서 자식같이 돌보아 주지 않았습니까."

"인범아, 이제 내가 너의 아버지가 되자. 넌 부모가 없고 난 아들이 없잖아."

"아암, 김 형이 아버지지. 당연히 아버지고 어머니지. 안 그래, 인범아?"

술이 취해 얼굴이 더욱 불콰해진 정 목수와 상우는 혀 꼬부라진 소리로 말했다. 이 말을 들은 인범은 목이 메었다. 그리고 눈물을 머금은 얼굴로 혼자 말했다. '아저씨, 아주머니, 저는 어릴 때부터 혼자서 두 분을 아버지 어머니로 생각하고 있었습니다. 고맙습니다, 고맙습니다.' 인범은 눈물이 났다.

"인범아, 우리 아들이 되는 거다. 싫니?"

"아닙니다. 아버지 어머니로 모시고 평생을 살겠습니다. 고맙습니다."

인범은 말을 하고 감격의 눈물을 울컥 쏟아냈다.

"김 형, 이제 인범은 김 형 아들입니다."

인범의 말을 들은 순실도 눈물을 울컥 쏟았다. 그리고 울먹이며 말했다.

"인범아, 내가 너에게 못할 짓을 했는데 어떻게 내가 너의 어머니가 되겠니? 미영이 아버지가 네가 갈 곳 없는 배고픈 고아라고 너를 거두어 주자고 할 때, 내가 안 된다고 하며 밤중에 싸웠지. 그 싸우는 소리를 듣고 갈 곳도 없는 너는 다음 날 스스로 아저씨를 따라 나갔지. 그리고 네가 언덕배기에 토굴을 파고 사는 것을 보고 얼마나 내 가슴이 찢어지도록 아팠는지 몰라. 난 처음은 네가 착한 아이라는 것을 몰랐기 때문이야. 그리고 폭우가 쏟아져 토굴이 무너졌을 때, 내가 아무리 같이 살자고 하여도 산속에 동굴이 있다며 리어카를 끌고 쓸쓸히 올라갈 때 난 가슴이 찢어지는 것 같이 아팠단다.

나는 너에게 못할 짓을 했는데도 넌 간첩신고로 받은 돈으로 우리에게 픽업차를 사 주어 오늘 우리가 이렇게 살 수 있게 되었어. 그리고 너는 우리가 깡패들 때문에 개 사육을 못하게 되었다는 말을 듣고 길길이 뛰는 것을 보고 얼마나 고마웠는지 몰라. 그리고 어릴 때 시계가 없는 어린 네가 밥때를 모르고 우리 집에 왔을 때, 우리가 밥을 먹고 있으면 넌 발길을 돌렸지. 밥을 먹고 가라고 해도 넌 밥을 먹고 왔다며 한사코 먹지 않고 갔었지. 우린 네가 밥을 먹지 않았다는 것을 잘 알고 있었는데……."

인범은 아주머니의 말을 듣고 잠잘 곳이 없어 지하철이나 빌딩의 시멘트 바닥에서 새우잠을 자고 배고픔에 무두질을 하던 그때의 처절한 괴로움을 회상하니 가슴 한구석을 송곳으로 찌르는 먹먹한 통증을 느꼈다.

"자, 이제 아주머니 울지 마십시오. 인범을 아들로 맞아주는 거예요. 인범아, 이리 와. 아버지, 어머니에게 큰절을 올려야지. 김 형, 그리고 아주머니, 이리 앉으세요. 인범이의 절을 받으셔야죠."

술이 취해 얼굴이 벌건 정 목수는 상우와 순실이를 억지로 자리에 앉히고 인범이에게 큰절을 시켰다. 정 목수가 손뼉을 치자 순희 어머니도 순희도 그리고 미영이도 미숙이도 손뼉을 따라 쳤다.

"그럼 이젠 인범이 오빠가 진짜 우리 오빠가 되는 거야? 아이 좋아라. 아이 좋아라."

미영이와 미숙이는 인범이가 자기 오빠가 된다니 뛸 듯이 좋아했다.

"자, 인범이가 새 부모를 만났어. 아니, 벌써 만났지만 오늘 정식으로 부모 자식 사이가 되는 의식을 치른 거야. 김 형은 정말 좋겠습니다. 이렇게 든든하게 장성한 아들을 맞아들였으니 말입니다."

정 목수는 샘이 나는 표정으로 말했다.

순희는 자신도 가난하지만 오빠가 토굴과 동굴에서 살았다는 말을 듣고 너무나 불쌍하여 가슴 밑에서부터 슬픔이 적셔왔다.

날치기들의 보복

1

1992년 4월이 되면서 어느덧 봄이 기지개를 켜기 시작했다. 인범이가 판잣집을 짓고 살 때 마당에 심은 어린 목련나무가 어느새 인범이 키보다 더 자라 하얀 꽃이 아침 햇살을 받아 탐스럽게 피어 있었다. 목련과 벚꽃은 잎보다 꽃이 먼저 피어나니 더욱 화사했다. '아, 봄이 오는구나!' 따사로운 아침 햇살이 한 무더기 괴여있는 마당 뜰에 새싹들이 부드러운 흙을 밀치고 파릇파릇 돋아나고 있었다.

인범은 팔짱을 끼고 말뚝처럼 서서 들판을 하염없이 내려다보며 깊은 생각에 젖어있었다. '그동안 너무 게으름을 피웠구나!' 이제 원수를 찾아 아버지의 복수를 해야 한다고 생각을 했다. 미란이 아버지 사채 사건, 영란이와 지리산 등반, 새아버지 사건 등으로 아버지의 원수를 찾는 일에 소홀히 한 것이다. '오늘은 토요일이구나.' 인범은 시계를 보고 방으로 들어가 옷을 갈아입고 훌쩍 집을 나섰다.

인범은 전철을 탔다. 토요일이라 그런지 전철 안은 사람들로 붐볐다. 인범은 조용하면서도 예리한 눈으로 많은 사람들 중 범죄형을 탐색했다. 턱이 뾰족하고 왼쪽 뺨에 흉터가 있는, 아버지를 참렬하게 죽인 뇌리에 깊이 각인된 날치기두목을 찾기 위해 고개를 천천히 움직여 한 사람 한 사람 서

치라이트처럼 훑었다.

'내 나이가 열두 살이었으니 십이 년이 흘렀구나.' 그때 아버지를 죽인 날치기두목의 나이를 가늠해 보았다. 그놈이 그때 삼십 대 중반이었으니 지금은 사십 대 중반이리라. 이제 놈은 일선에서는 날치기나 소매치기를 하지 않을 것이다. 그때 아버지가 날치기들에게 맞아 죽던 장면은 선명하게 뇌리에 새겨져 있었지만, 아버지를 죽인 그 부하 두 사람의 얼굴이 떠오르지 않았다.

인범은 그때 오직 두목만 머리에 깊이 각인한 것이다. 그러면 아버지의 원수를 어떻게 찾아야 할지 암담했다. 언뜻 박 과장과 김승배 사장이 떠올랐다. 언젠가 박 과장에게 물었더니 박 과장은 자신과 날치기의 관계를 예리하게 물었다. 아마 자신과의 원한관계를 추측하는 것 같았다. 그러면서 더 답변을 피했다. 아마 박 과장은 날치기두목의 소재를 알더라도 알려주지 않을 것이다. 그러나 조폭 두목 김승배 사장은 알려줄 것 같았다. 그래, 일단 스스로 찾아보아야겠다고 생각했다.

그때 영란이 어머니의 가방을 날치기한 놈들 중 한 놈이라도 심하게 다루어 그때 아버지를 죽인 날치기두목의 인상착의를 알리고 족쳤어야 했는데, 영란의 어머니의 가방을 찾아주고 날치기들을 박살을 내어 분풀이한 것으로 만족했던 것을 후회했다. 이제 날치기들의 범행현장을 발견하면 놈들을 족치어 아버지를 죽인 날치기두목의 근거지를 알아내야겠다고 생각했다.

비좁은 지하철 안은 사람의 열기로 짜증스러웠다. 열차가 정차할 때마다 승객들이 힘들게 내리고 탔다. 키가 큰 인범은 범죄형의 사람을 찾아 그들이 소매치기하는 현장을 목격하려고 신경을 곤두세우고 살피고 있었다. 그런데 얼마 떨어지지 않은 곳에서 키가 큰 두 여인이 언제부터인지 자신에게 시선을 집중시키고 있음을 알았다. 두 여인은 전철 안에서는 어울리지 않는 선글라스를 끼고 있어 눈동자를 볼 수 없었지만, 인범은 자신의 일거일동을 감시하고 있음을 확인했다. 여자지만 예감이 좋지 않았고 왠지 모를 적대감이 생겼다. 저 두 여인은 누굴까? 지하철 안에서는 어울리지 않는 선글라스를 끼고 있는 것은 나를 감시하기 위함일까? 비록 여자지만 범죄의 냄새가 났다.

'그래, 평범한 여자들이 아니다.' 인범은 의문에 의문의 꼬리가 이어지면서 무엇인가 짚이는 것이 있었다. '관찰해 보자. 무언가 나타날 것이다. 그리고 시험을 해 보자.' 두 여인이 자신과는 정면으로 얼굴을 대하고 있진 않았지만, 곁눈으로 자신의 일거일동을 감시하고 있음을 확인할 수 있었다. 자신이 그녀들을 쏘아보아도 그녀들은 얼굴을 돌리지 않았다. 그녀들이 선글라스를 끼고 있어 내가 그들의 눈동자를 보지 못한다는 것을 알고 있는 것 같았다. 웬만한 여인은 남자의 시선이 자신에게 집중되면 얼굴을 돌리는데 그녀들은 아니었다. 인범은 두 여인이 평범한 여인들이 아님을 간파했다. 그녀들이 자신을 계속 감시하고 있음도 알았다. 그리고 의도적으로 선글라스를 끼고 있음을 알았다. 이따금 젊은 남자들이 지하철 안에서 어울리지 않은 선글라스를 낀 그녀들을 힐끗힐끗 쳐다보고 있었다. 음! 인범은 신음을 삼키며 그녀들을 시험해 보기로 했다. 여자지만 범죄와 연결된 끄나풀임을 예감했다. '그래, 나를 감시하고 있는지 아닌지 시험해 보자.'

지하철 안내판에서 수유역에 도착됨을 알렸다. 인범은 내릴 준비를 하고 앞사람을 따라 입구로 나왔다. 역시 두 여인도 서로 밀담을 나누며 고개를 끄덕이고 내릴 준비를 하고 있었다. '음. 나를 감시하고 있는 것이 틀림없구나.' 차가 수유역에 정차했다. 인범은 내렸다. 두 여인도 내렸다. 인범은 자신의 예감이 적중한 것에 약간의 두려움을 느꼈다. 왜, 왜 저 여인들이 나를 감시하지? 의문이 꼬리에 꼬리를 물고 인범을 궁금하게 했다.

지하철을 내린 인범은 일부러 역을 잘못 내린 듯 당황한 시늉을 하며 고개를 들어 이정표를 찾는 행동을 했다. 그러나 두 여인에게는 전혀 시선을 두지 않았다. 자신이 감시를 하지 않아도 두 여인이 자신의 주위를 맴돌고 있을 것임을 확신했기 때문이었다.

두 여인은 인범이가 자신들에게 전혀 관심을 갖고 있지 않음에 안심하고 감시하고 있었다. 그 대신 인범은 유리쪽으로 걸어가 뒤쪽에 있는 두 여인을 감시했다. 한 젊은 남자가 두 여인 가까이 다가가더니 뭐라고 소곤거리고 지나가는 순간을 놓치지 않았다. 두 여인의 감시 목적에 무슨 음모가 있음을 확신했다.

인범은 적을 많이 만드는 자신을 생각했다. 그러나 여자까지 대동한 적과 부딪친 적은 없었다. 두 달 전 지하철에서 영란이 어머니의 가방을 날치기하는 놈들을 박살내었고, 그들이 경찰에 수갑이 채여 가던 것이 떠올랐다. '그래, 그놈들 패거리들인지 모른다.' 그러나 딱히 그놈들이라고 단정할 수는 없었다.

그렇다. 이 두 여인은 날치기 패거리들의 일원이었다. 2개월 전 그때, 인범이의 방해로 부인의 가방을 날치기도 못 하고 인범에게 무참하게 맞아 이빨이 왕창 부러지고 경찰에 잡혀 아직도 세 명 중 두 명은 구치소에서 판결을 기다리고 있었다. 그 중 한 명은 초범이라 친구가 날치기인 줄 모르고 같이 가다 봉변을 당했다고 우겨 풀려났다. 그 한 명이 인범의 얼굴을 알아 날치기두목의 지시를 받고 인범이에게 복수를 하기 위해 두 달 전부터 패거리인 두 여인을 대동하고 지하철을 누비며 인범을 찾고 있었던 것이다. 남자 한 명은 인범이를 발견하면 두 여인에게 확인시켜 주고 인범이의 집을 알기 위해 계속 추적을 시키고 있었던 것이다.

안내 방송이 나오고 있었다.

"수원행 열차가 들어오고 있습니다. 승객 여러분은 한 발짝 뒤로 물러서

주십시오.”

인범은 지하철을 다시 타려고 했다. 두 여인도 인범의 옆 칸에서 탈 준비를 하고 있었다.

인범은 두 여인이 계속 자신을 미행하여 집을 알려고 하는 것을 알았다. 인범은 고민했다. ‘내가 인가와 외떨어진 산길을 올라가면 두 여인은 더 따라올 수 없을 것이다. 그 대신 내가 드나드는 길목을 알게 된다. 그러면 날치기 놈들이 나를 살상하기 위해 어둠을 이용해 길목에 잠복하여 기습할 것이다.’

인범은 고민이 되었다.

‘기습은 막기가 어렵다. 곡각의 골목길에서 갑자기 공격하면 당할 수 있다. 어릴 때 곡각의 골목에서 몽둥이와 쇠파이프를 가지고 달수가 친구들을 대동하여 숨어있지 않았던가. 그때 길을 가던 어른들이 자기들끼리 말하는 것을 듣지 않았더라면 나는 그날 달수와 달수의 친구들의 흉기에 맞아 죽었던지 어딘가 심하게 다쳤을 것이다.’

인범은 그 기습이 두려웠다. 그래, 내가 다니는 길을 알게 해서는 안 된다. 두 여인이 왜 나를 미행하는지, 그들 패거리가 몇 명인지 모르지만 부딪쳐 보자. 어차피 내가 나선 것은 놈들과 부딪치기 위한 것이 아닌가. 만약 날치기들이고 숫자가 적으면 한두 놈을 족쳐서 날치기두목의 인상착의를 말하고 그들의 근거지를 알아내야겠다고 생각했다.

인범은 어느 역에서 내려야 할지 생각을 하다 동대문역 근처 금융단지를 신축하기 위해 넓은 공터가 있음이 기억났다. 그곳이 싸우기 좋은 장소라고 생각했다. 인범은 내릴 준비를 했다. 인범이가 움직이니 두 여인도 내릴 준비를 하고 있었다. 인범은 전철 출입구 위에 붙여놓은 역 표지판을 쳐다보며 힐끔 두 여인 쪽을 바라보았다. 두 여인이 고개를 끄덕이며 미소를 짓고 있었다. 인범은 몰랐다, 두 여인의 미소의 의미를. 그것은 바로 인범이가 내리는 곳이 바로 자신을 미행하고 있는 날치기들의 아지트가 있는 곳이기 때문이었다. 그래서 두 여인이 미소를 지은 것이다. 인범은 자신에게 복수하기 위해 전철을 뒤지며 자신을 찾으려고 혈안이 된 그들의 아지트 근처에 내리고 있는 것이다.

인범은 인파에 섞여 출구로 나오고 있었다. 미행하는 두 여인에게 신경을 쓰지 않았다. 그녀들이 자신을 미행하는 것을 알기 때문이었다. 그녀들은 내가 다방에 앉아있는 시간에 그들의 패거리들을 불러들일 것이다. 금융단지 신축 공터 옆에 있는 다방이 생각났다. 뒤도 돌아보지 않고 걸었다. 다만 그들의 기습에 대비하여 자신의 가까이에 접근하는 것에는 신경을 썼다.

인범은 평소에 커피를 좋아하지 않았고 다방에 드나들 일도 없기 때문에 다방 출입은 거의 하지 않았다. 그러나 미행자가 있어 길거리에 막연하게 서 있을 수도 무작정 걸을 수도 없어 다방으로 들어가 빈자리에 앉았다.

수입 원목으로 고풍스럽게 장식한 넓은 다방 안엔 클래식 음악의 선율이 잔잔하게 물결치고 있었다. 낮이라 그런지 다방 안은 손님들이 띄엄띄엄 앉아있었다. 다방에 익숙하지 않은 인범은 커피를 시켜놓고 닥쳐올 놈들의 공격을 기다리고 있었다. '놈들의 패거리가 몇 명이나 될까? 지금쯤 놈들은 그들의 패거리들을 모으고 있을 것이다. 놈들의 패거리들이 많이 모이기 전에 내가 먼저 일어나 나갈까?' 인범은 생각하다 생각을 바꾸었다. '그래, 너희들 패거리들을 얼마나 끌어모으는지 기다려주마.'

인범은 무리의 수에 두려움은 갖고 있지 않았다. 그것은 장애인이 백 명일지라도 건장한 정상인 한 명을 이길 수 없음과 같았다. 인범에겐 아무리 많은 무리의 숫자일지라도 자신과 상대하는 적은 몇 명인 것이다. 체력과 주력이 뛰어난 인범은 많은 숫자일수록 상대를 혼란에 빠뜨리고 싸우는 특징을 갖고 있었다. 인범은 곧 들이닥칠 놈들의 무리를 기다리며 그들과 싸울 계획을 세웠다. 놈들이 공격을 해 오면 금융단지 신축부지의 공터에 유인하여 한바탕 싸움을 벌인 다음 담을 넘어 달아날 계획을 세웠다. 담을 넘어 유치원으로 달아나면 큰 도로가 있어 인파 속으로 파묻히기 쉬운 곳이다. 인범은 그렇게 계획을 세우고 커피를 마시고 있었다.

두 여인은 인범이가 들어간 다방을 확인하고 망설이고 있는데 뒤따라온 뱁새 박기환이 다가와 빠르게 말을 했다.

"선글라스 벗고 얼른 옷 바꾸어 입고 다방에 들어가 놈을 감시해. 난 아지트에 간다."

빠르게 말을 뱉은 뱁새는 그들 아지트 쪽으로 재빠르게 사라졌다. 그녀들은 좁은 빌딩 사이에 들어가 차례로 가리어 주고 선글라스를 벗고 가방에서 다른 상의를 꺼내 바꾸어 입고 다방으로 들어갔다.

인범은 커피를 마시면서 출입구 쪽을 보고 있는데 눈에 익은 두 여인이 들어왔다. 머리를 갸웃거리며 기억을 더듬었다. 얼른 생각이 나지 않았다. 인범은 지하철에서 본 두 여인의 얼굴이 떠올랐다. 그러나 선글라스를 끼고 있지 않았고 상의 옷 색깔도 달랐다. 그러나 키와 모습이 비슷했다. 인범은 어디서 본 얼굴인데 확실하게 기억이 나지 않았다. 키와 모습이 비슷했다. 눈썰미가 있는 인범은 두 여인을 자세히 관찰했다. 한 여인은 긴 생머리였고 한 여인은 짧은 머리였다. 인범은 그녀들에게 선글라스를 씌워 보았다. 지하철 안에서의 두 여인과 비슷했다. 그리고 한 여인은 유난히 큰 은색 귀고리를 하고 있었던 것이 기억이 났다. 귀를 보았다. 은색의 귀고리를 하고 있었다. 지하철에서 자신을 감시하던 두 여인이 틀림없음을 확인했다. 그러나 언제 상의를 바꾸어 입었는지 몰랐다.

40분 정도 지났을 무렵 두 명의 날렵하게 보이는 청년이 들어와 두 여인에게 고개를 끄덕이고는 손님들을 훑어보더니 인범이에게 시선을 멈추고 째려보았다. 그리고 두 사람이 귓속말을 하고 화장실의 문을 열고 들어갔다. 화장실 뒤쪽에 인범이가 달아날 비상구가 있는지 확인하기 위함이었다.

인범은 놈들의 공격이 곧 시작될 것임을 예견했다. 두 청년이 나가고 얼마 있지 않아 다방 문이 왈칵 열리며 하나같이 눈에 쌍심지를 켠 날렵하게 생긴 세 놈이 들어와 살기 띤 무서운 눈으로 인범을 노려보며 고함을 질렀다.

"너 이 새끼, 네놈을 찾아 두 달 동안 서울을 뒤지고 다녔다. 드디어 오늘에야 만났구나! 오늘 우리에게 죽든지 병신이 될 각오를 해라. 당장 나와!"

세 놈 중 한 놈이 입에 거품을 물고 악을 피우며 나오라고 고함을 질렀다.

다방 레지들이 깜짝 놀라 어쩔 줄 몰라 했다. 그러나 두 여인은 회심의 미소를 짓고 있었다. 손님들도 갑자기 들이닥친 청년들의 고함에 어리둥절한 얼굴로 인범이와 청년들을 번갈아 쳐다보며 공포에 질려 있었다.

인범은 올 것이 왔구나! 하는 여유 있는 표정으로 놈들을 노려보며 미소를 머금고 천천히 일어났다. 그들은 지금까지 인범이가 상대한 우람한 근육질의 건달들이나 조폭들과는 달리 호리호리한 몸매가 전형적인 날치기들의 날렵한 모습들이었다.

"알았다. 나가마. 먼저 나가 있어."

놈들은 당장에 인범이를 요절낼 듯한 무서운 얼굴을 하고 나갔다. 인범은 지난번 날치기들의 보복임을 확신했다. 인범은 지금까지 범죄인들의 기습공격을 많이 겪었다. 야구방망이를 든 놈들의 무차별 기습공격을 예상했다. 인범은 보복에 눈이 뒤집힌 놈들의 무차별 공격에 대비해야 했다. 인범은 천천히 계산대 쪽으로 걸어갔다. 레지들이 싸움의 주인공인 인범을 안쓰러움과 두려운 얼굴로 바라보았다.

계산을 마친 인범은 허리끈을 졸라매고 언제나 소지하고 있는 가죽장갑을 꺼내어 끼면서 두 여인을 노려보았다. 미소를 머금고 있던 두 여인이 인범의 싸늘하고 날카로운 시선이 자신들에게 머물자 어느덧 미소가 사라지고 긴장한 표정으로 인범이를 바라보았다. 인범이가 자신들 앞으로 걸어오자 얼굴이 하얗게 변하더니 공포의 눈으로 바라보고 있었다. 인범은 두 여인 앞에 섰다. 두 여인은 하얗게 질린 얼굴로 멍하니 마주 바라보았다. 인범은 양손으로 두 여인의 목덜미를 병아리 채듯 우악스럽게 움켜쥐고 일으켜 세워 문 쪽으로 끌고 갔다. 깜짝 놀란 두 여인이 동시에 비명을 질렀다.

"에구머니! 왜 이러세요?"

"가만있어. 소매치기 패거리들아."

인범이가 자신들을 소매치기라고 하자 자기들의 신분이 밝혀진 것에 놀라 말문을 닫고 반항도 못한 채 끌려나갔다.

문 쪽으로 두 여인을 끌고 간 인범은 발로 문을 박차고 두 여인을 물건 던지듯 밖으로 던져버렸다. 날치기들이 인범이가 나오면 내리치려고 양쪽에서 2명씩 야구방망이와 쇠파이프를 치켜들고 기다리고 있었다. 문이 갑자기 열리면서 사람이 나오는 것을 보고 야구방망이와 쇠파이프를 내리치려다 여자인 것을 알자 야구방망이와 쇠파이프가 허공에 힘없이 멈추었다. 야구방망이와 쇠파이프가 멈추는 찰나 인범이가 뛰어나왔다. 야구방망이와 쇠파이프를 든 놈이 다시 무기를 치켜들려고 했지만 그 짧은 순간을 계산한 인범이가 완전 무방비의 찰나를 이용하여 왼쪽에 선 놈은 오른쪽 주먹으로, 오른쪽에 선 놈은 왼쪽 주먹으로 얼굴을 강타함과 동시에 팔꿈치로 오른쪽에 선 놈은 오른쪽 팔꿈치로, 왼쪽에 선 놈은 왼쪽 팔꿈치로 옆구리를 찍었다. 네 명은 비명을 지르며 쓰러졌다.

인범은 순식간에 네 명의 날치기들을 해치우고 어느새 저만치에 물러나 놈들을 흰 눈으로 무섭게 노려보고 있었다. 그 짧은 시간에 어느새 15, 16명의 패거리를 모은 것으로 보아 그들의 패거리가 의외로 많음을 알 수 있었다. 놈들은 인범이를 공격도 못 하고 일순간에 네 명이 쓰러져 일어나지 못하고 있었고, 물건 던지듯 던져버린 바람잡이 두 여인은 던지는 충격에 다쳤는지 일어나지 못하고 있었다.

그들은 인범을 단숨에 병신으로 만들든지 죽이려고 했는데 오히려 예상치 못한 인범의 기습작전에 일순간 네 명이 당하자 쉽게 공격을 못 하고 당황하고 있었다. 소매치기와 날치기를 전문으로 하는 놈들이 2개월 전, 지하철에서 인범에게 무참하게 당하고 두 명이 경찰에 잡힌 원한이 골수에 사무쳐 있었다. 놈들의 원한이 불꽃처럼 타올라 살기등등한 얼굴로 인범이를 에워쌌다. 그러나 지금 자신들을 상대로 혼자서 맞서고 있는 인범을 쉽게 공격할 수 없었다. 놈의 우뚝한 키와 튼튼한 골격이 두려웠고 상대를 압도하는 예리한 눈매와 바위같이 버티고 선 자세는 한 치의 허점도 없었다. 감히 선뜻 공격할 수가 없어 망설이고 있었다.

'저놈은 보통 놈이 아니다.' 두목 최부돌은 긴장으로 입에 고인 마른침을 꼴깍 삼켰다. 그들은 패거리들만 많다면 놈을 간단하게 처치할 수 있다고 생각한 것이 오산이었다. 놈의 전술과 빠른 공격에 속수무책으로 당하니 어안이 벙벙했다.

날치기들의 손에는 지난번과는 달리 야구방망이 쇠파이프가 들려 있었다. 소매치기들의 주 무기인 면도칼은 위협은 될지언정 상대를 제압하는 무기는 못 된다는 것을 알고 있었기 때문이었다. 인범은 뒤로 천천히 물러서서 미동도 하지 않은 채 놈들의 일거일동을 노려보며 어떻게 싸울 것인가 계산하고 있었다. 계산이 끝난 인범은 갑자기 돌아서 뛰었다. 그제야 놈들은 인범이가 달아나는 줄 알고 우르르 인범이를 뒤쫓았다. 인범이가 뒷길이 없는 금융단지 신축부지에 들어가는 것을 보고 두목 최부돌은 부하들에게 지시를 했다.

"놈이 빈터에 들어간다. 저곳엔 뒷길이 없다. 놈은 독안에 든 쥐다. 놈을 놓치지 마라! 그러나 놈은 보통 놈이 아니다. 얕보지 마라."

빈터에 뛰어간 인범은 소매치기들을 노려보며 대치하고 있었다. 두목 최부돌은 놈이 대로로 달아나지 않고 뒷골목이 없는 막다른 빈터에 뛰어든 것이 의아했다.

인범의 의도를 모르는 두목이 부하들에게 공격명령을 내리지 못하고 망설이고 있는 것은 인범의 눈빛이 무섭게 빛나고 있었기 때문이었다. 눈빛만이 아니었다. 놈의 전투적 자세가 조금의 허점도 없는 완벽했기 때문이었다. 놈에게서 마치 멧돼지 같은 강한 느낌이 들어 두려움마저 들었다. 두목이 부하들에게 손가락을 빙빙 돌렸다. 부하들이 이 신호로 한 발 한 발 다가서며 인범이를 에워쌌다.

인범은 에워싸는 날치기들을 노려보며 공격태세를 취했다. 지난번 싸웠던 건달들과 조폭들과는 달랐다. 모두가 하나같이 날렵하게 보였다. 인범은 주위를 둘러보았다. 공터는 천여 평에 가까운 넓이였다. 인범은 이 정도 넓이라면 놈들을 상대로 한바탕 싸울 수 있는 충분한 넓이라고 생각했다. 인범은 담을 등지고 서서 놈들을 노려보며 놈들의 수를 헤아려 보았다. 조금 전 인범이의 주먹과 팔꿈치에 맞은 놈들 외에 열두 명이었다.

그들은 건달들과 조폭들과는 달리 근육질이 아닌 날쌘돌이들이었다. 그들의 사업인 소매치기와 날치기는 스피드를 요하기 때문인지 모두가 날렵한 몸매들이었다.

인범은 이들을 제압하려면 더 빠른 주력과 빠른 주먹과 발길질이 필요하다고 계산했다. 자신에게 보복하기 위해 2개월 전부터 지하철을 누비며 찾아다녔다는 날치기들을 노려보는 인범은 온몸의 혈관이 팽팽히 부풀어 오르는 것을 의식했다. 그리고 온몸의 털구멍이 모두 피를 내뿜는 듯 뜨거워졌다. '그래, 놈들은 만만한 놈들이 아니다. 저 날렵한 몸들이 대변하고 있지 않은가. 그 대신 가벼운 체중의 놈들은 맷집이 약할 것이다. 그래, 강타를 해야겠다.' 인범은 가죽장갑을 당기고 주먹을 불끈 쥐었다.

"놈을 포위하고 압축하라! 그리고 한꺼번에 공격해라!"

두목 최부돌은 작전을 지시하고 있었다. 인범은 놈들의 공격을 계산하며 흰 눈으로 노려보고 있었다. 놈들이 시시각각 조여왔다. 인범은 선제공격으로 놈들의 전열을 흩트려 놓아야겠다고 생각했다. 인범은 공격태세를 취하고 쏜살같이 전면을 두고 측면을 공격했다. 측면에 있던 날치기들이 예기치 않은 공격에 놀라 몇 명이 우르르 물러섰다. 그러나 전면에 있는 날치기들이 쇠파이프 야구방망이를 휘두르며 인범이를 쫓아왔다. 인범이가 돌아섰다. 날치기들이 인범이를 에워싸며 조여왔다.

지금까지 싸워온 근육질의 건달들과 조폭들과는 달랐다. 날치기들은 개개인의 싸움기술은 없었다. 조직의 싸움이었다. 한 덩어리처럼 일사불란하게 움직였다. 흩어지지 않았다. 금방 흩어졌다가 금방 한 덩어리가 되었다. 분리시켜 싸울 수가 없었다. 인범은 생각했다. 분리시킬 수는 없지만 날치기들은 건달들과는 달리 파워가 없다는 것을 알았다. 놈들에겐 강한 파워를 이용해야겠다고 계획하고 행동에 돌입했다.

"얏!"

인범은 무시무시한 기합을 토하며 용수철처럼 땅을 박차고 놈들의 중심에 뛰어들었다. 순간 자신들의 머리 위를 뛰어오르는 인범이를 피하면서 야구방망이 쇠파이프가 어지럽게 허공에 난무했다. 그러나 그들은 인범이를 피하기에 바빠 조금 전과는 달리 전열이 흐트러져 공격의 자세가 되어 있지 않았다. 인범의 발길이 쇠파이프를 높이 들고 우왕좌왕하는 겁을 먹은 놈의 턱을 강타했다. 놈은 '어이쿠' 비명을 지르며 턱을 감싸고 넘어졌다. 인범은 재빠르게 놈이 떨어트린 쇠파이프를 주워 들고 놈들의 측면을 무섭게 후려쳤다.

그러나 7, 8명의 날치기들은 빨랐다. 두목 최부돌의 명령에 따라 날치기들이 단 혼자인 인범이를 상대로 야구방망이, 쇠파이프를 휘두르며 맞서고 있었다. 인범은 맨 앞에서 공격하는 날치기를 피해 측면의 겁먹은 날치기들을 공격했다. 인범이가 어떻게나 빠르고 강하게 쇠파이프를 휘두르는지 바람 소리가 휘익휘익 났다. 그 바람 소리에 놈들이 겁을 먹고 한 걸음 한 걸음 물러서기 시작했다.

"물러서지 마라! 공격하라!"

두목이 부하들을 독려했다. 그러나 인범이가 쇠파이프를 무섭게 휘두르며 맹렬한 공격을 하자 계속 물러서고 있었다. 이때를 놓치지 않고 인범은 더욱 무섭게 몰아붙였다. 인범이 뒤쪽에 있던 놈들이 인범이에게 빠르게 다가갔다. 물러서는 날치기들을 무섭게 몰아치던 인범이가 쇠파이프를 휘두르는 그 자세로 갑자기 돌아서서 뒤에서 다가오는 날치기들에 쇠파이프를 휘둘렀다. 뒤에서 다가오는 속도와 돌아서 공격하는 인범이의 쇠파이프가 무섭게 부딪쳤다. 키가 크고 힘이 좋은 인범이의 쇠파이프와 날치기의 쇠파이프가 부딪치면서 쨍그렁 소리가 나더니 한 날치기의 쇠파이프가 허공으로 날아갔다. 인범이의 쇠파이프가 쇠파이프를 놓치고 당황하는 놈의 목을 강타했다. 툭 하는 기분 나쁜 소리와 동시에 단말마의 소리가 허공에 메아리쳤다

"아악!"

"아악!"

대로변 옆이라 금세 모인 구경꾼들도 비명을 질렀다.

놈은 그대로 뻗었다. 인범은 그 여세를 몰아 돌진하면서 강하고 빠른 동작으로 놈들을 가격했다. 연달아 두 놈의 어깨와 머리를 강타했다. 두 놈도 비명을 토하며 쓰러졌다. 인범은 날치기 세 명이 쓰러지자 쇠파이프를

날치기들에게 던졌다. 놈들은 쇠파이프를 피해 일시에 흩어졌다. 인범은 뒤쪽 담벼락을 향해 질주했다. 인범은 풀쩍 뛰어 약 2m 50cm가 넘는 높이의 담 꼭대기를 잡고 철봉하는 것처럼 담에 배를 걸치더니 가볍게 뛰어넘어 사라졌다. 뒤따르던 날치기 몇 명이 넘으려고 했지만 꼭대기에 손이 닿지 않았다.

"아! 사람이 죽었다."

여기저기서 비명이 들렸다. 마침 지나가던 구경꾼 중 사진기자가 인범이가 휘두른 쇠파이프에 맞아 쓰러진 날치기와 높은 담을 넘어 달아나는 인범이의 뒷모습을 촬영했다. 담을 뛰어넘지 못하는 날치기들은 돌아서서 뛰어나가고 있었고, 일부 날치기들은 쓰러진 동료들에게 다가가고 있었다. 머리를 맞고 목을 맞은 날치기 세 명 모두가 죽었는지 기절했는지 일어나지 못했다.

다음 날, 아침 신문을 보던 박 과장이 사회면에 난 기사에 눈을 박았다. 백주에 무리와 한 사람의 싸움 기사를 읽으면서 깜짝 놀랐다. 신문엔 한 남자가 담을 넘어가는 뒷모습 사진과 함께 단 혼자와 15명이 서로 흉기를 들고 치열한 싸움을 벌여 그 한 명이 세 명에게 중상을 입히고 높은 담을 가볍게 뛰어넘고 유유히 도주했다는 기사가 실려있었다. 그러면서 10여 명이 넘는 무리들이 단 한 명을 이기지 못하고 중상을 입었다고 했으며, 혼자인 청년이 대단한 싸움꾼이라 쓰여 있었다. 아마 범죄인끼리의 지역싸움이나 보복싸움일 것이라고 하며, 경찰이 중상을 입은 청년들을 병원에 입원시키고 달아난 청년을 수배 중이라고 했다.

박 과장은 혼자인 청년이 인범이라고 단정했다. 인범이가 잡히면 중상을 입힌 죄를 벗어나기 어려울 것이라고 생각했다. 박 과장은 병원에 입원한 피해자의 신원과 상처를 알아보았다. 상처가 중상이었다. 그리고 피해

자들은 범죄단체인 것 같은데 자신들은 아니라고 한다고 했다. 박 과장은 편지를 써서 자신과 가까운 젊은 형사에게 약도를 그려주고 인범이에게 가져다주라고 했다. 만약 집에 없으면 앞집에 주라고 했다.

인범은 집에 있었다. 인편으로 온 편지를 읽었다. 편지엔 어제 동대문 지하철역 가까운 곳에서 싸운 자가 혹시 인범이 너라면 내일 아침 9시에 시외버스 터미널에서 기다릴 테니 오랫동안 머무를 준비를 하고 꼭 나오라는 내용이었다. 그리고 만약 아니면 나오지 말고 경찰서로 오라는 것이었다. 신문을 보지 않는 인범은 영문을 몰랐다. 그러나 박 과장이 아무 이유도 없이 사람을 보내어 시급하게 알리지는 않을 것이라고 생각했다. 인범은 자신이 싸운 것을 박 과장이 어떻게 알았을까? 의아해 하면서 어제 날치기들과의 싸움과 관계가 있을 것이라는 생각을 하고 모든 준비를 했다.

인범은 그날 저녁 순희를 만나 울프와 센을 부탁했다. 갑자기 멀리 떠난다는 인범의 말에 왜 떠나는지, 어디 가는지 물었지만 자신도 모른다는 말만 했다. 순희는 인범이 오빠가 또 사고를 쳤으리라고 생각을 하고 걱정스러운 얼굴로 인범이를 쳐다보았다. 그러면서 말없이 집으로 가 인범이가 혼자서 오래 머무는 데 필요한 간장, 된장 등 밑반찬과 혼자 밥을 해 먹을 수 있도록 양념을 준비하여 가져다주었다.

배내골

1

봄이 되자 고원의 배내골은 겨우내 얼었던 얼음이 밑에서부터 녹아 졸졸 흐르는 소리가 자장가처럼 들리고, 푸른 하늘엔 흰 구름이 아로새겨지고 있었다. 삭풍에 시달리고 차가운 잔설을 입고 추위에 떨던 앙상한 잿빛 졸가리에 물기가 오르고 각질이 푸른색으로 채색되면서 윤기가 자르르 흐르고 있었다. 가느다란 가지마다 망울망울 움이 터 파릇파릇 연초록 잎사귀들이 싱그럽게 돋아나더니, 겨우내 삭막한 잿빛으로 흐렸던 산야가 어느덧 싱그러운 초록으로 옷을 갈아입고 있었다.

매서운 추위에 잔뜩 몸을 움츠렸던 새들이 제철을 맞아 청아한 소리로 지저귀고 있었다. 이제 막 돋아나는 연초록 잎사귀 사이사이로 바쁘게 움직이며 봄의 찬미가를 부르면서 새 생명을 탄생시키기 위해 짝짓기를 서두르고 있는 것이다.

인범은 배내령 고개를 땀을 흘리며 유난히도 크고 무거운 배낭을 짊어지고 벌써 한 시간 이상 오르고 있었다. 신록의 봄을 장식하는 간월산, 신불산, 영취산 뒷산은 산 아래쪽부터 녹색의 새 옷을 입기 시작하더니 금세 온 산이 푸르름으로 장식되고 있었다.

봄을 서둘러 맞이하려는 관광객들이 탄 자가용이 이따금 포장이 안 된

길을 오르고 있었다. 차 두 대가 겨우 스칠 수 있는 돌멩이가 울퉁불퉁한 좁고 구불구불한 산굽이를 무겁게 올라가고 있었다. 관광객들이 차도 타지 않고 큰 배낭을 짊어지고 땀을 흘리며 혼자 걸어가는 인범을 유심히 바라보며 올라가고 있었다.

인범이 찾아가는 곳은 6·25사변 전후 빨치산의 은신처였고 고개 너머에 있다는 배내마을은 서울 경찰청 간부인 박정웅 과장의 고향이었다. 6·25때 비극의 참상을 간직한 산 역사의 현장인 오지 중의 오지인 배내마을은, 아직도 사람들의 발길이 뜸한 경치가 빼어나게 좋은 곳이라고 했다. 인범이가 이곳을 찾는 이유는 소매치기와의 사건이 해결될 때까지 서울을 잠시 떠나 있으라는 아니, 은신해 있으라는 박 과장의 닦달에 따른 것이다. 오늘 새벽, 고속 터미널에 먼저 나와 기다리고 있던 박 과장에게 등을 떠밀리다시피 하여 고속버스에 올랐던 것이다.

인범이가 도보로 산길을 올라가는 것은 체력단련 정신이 몸에 밴 때문이었다. 남쪽 원동에서 올라오는 차편이 간혹 있다지만, 인범은 석남사에서 내려 산 뒤쪽 고개를 넘는 길을 택한 것이다. 차가 지나갈 때마다 먼지가 뽀얗게 인범을 덮어 씌웠다. 어떤 차는 미안한지 인범이 곁에 와서는 서행으로 힘들게 올라가는 차도 있었다.

경사진 오르막길은 탄력을 받아 올라가야 하는데 인범이 때문에 오르막길에서 다시 가속을 하려니 차는 낑낑거리며 올라가지 않을 수 없었다. 그러니 먼지 대신 매연이 한꺼번에 뿜어져 나와 인범의 얼굴을 덮었다. 산모롱이를 돌아가니 다시 모롱이가 나타나는 첩첩산중이었다.

인범은 잠시 걸음을 멈추고 이마에 흐르는 땀을 닦은 다음 다시 무거운 발걸음을 옮겨 구불구불한 산길을 돌아 올라가고 있었다. 산골짜기는 길고 골이 깊었다. 벌써 두 시간 가량 걷고 있지만 아직도 고개를 넘지 못하고 있었다. 저 산 아래 골짜기엔 나무 사이로 이따금 까마득하게 계곡이 내려다보였다. 그 옛날 차가 없었을 땐 참으로 교통이 불편했으리라. 도로변에는 사람의 발길을 거부하듯 잡목들로 울창한 숲이 이루어져 있었다.

각종 차에서 뿜어내는 매연으로 오염된 혼탁한 서울의 잿빛 하늘과 숨이 막힐 듯 답답한 서울거리와 시골의 푸른 하늘, 맑은 공기는 너무나 대조적이었다. 질식할 것 같은 서울의 공기를 호흡하다 녹음에서 발산하는 싱그러운 산야의 풋풋한 냄새가 물씬 나는 공기를 마시니 상쾌했다. 새가 지저귀고 때론 퍼드덕하며 골짜기를 이동하는 움직임이 땀을 흘리며 걷는 인범의 발걸음을 잠시 멈추게 했다.

어느 차 한 대가 땀을 흘리며 걷는 인범이 가까이에 일부러 멈추었다.

"타십시오. 자리가 있습니다."

친절한 운전자도 있었다. 인범은 가볍게 인사하며 운동 삼아 걷겠다고 미소를 지으며 친절에 답하였다.

"젊음이 좋습니다."

라고 미소를 던지며 발진을 하고 무겁게 올라갔다. 어떤 곳이 있기에 이렇게 돌멩이들로 울퉁불퉁한 비포장 산길을 자가용차가 올라가는지…….

'아! 많이도 걸었구나! 이제 이 고개만 넘으면 박 과장의 고향이 보일 것이다.' 정년을 얼마 남겨두지 않은 박 과장의 고향이 가까워지고 있었다. 빨치산들의 처참한 마지막 현장을 보고 싶었다. 반동분자로 몰려 빨갱이의 대창에 참혹하게 찔려 죽었다는 박 과장님의 아버지를 생각해 보았다. 죄 없는 마을 사람들이 빨갱이들에게 반동분자로 몰려 죽창에 찔려 죽었다고 했다. 또 양민들이 빨갱이를 도와주었다고 군인들과 경찰관에게 많은 수난과 고초를 당했다 했다.

인범은 역사책에서 한국과 일본과의 관계 그리고 남북이 갈라지고 6 · 25사변의 발발을 알 수 있었다.

일본의 제국주의 근성의 나라였다. 야욕에 불타는 일본은 청국과 약소국인 조선을 서로 지배하기 위해 1894년 전쟁을 일으켜 승리했다. 그것이 청일전쟁이었다.

10년 후 1904년 일본과 러시아가 만주와 조선의 지배권을 놓고 다투다 전쟁을 일으켰다. 그것이 러일전쟁이었다.

그 당시 미국, 영국, 프랑스의 도움을 받던 일본이라 모든 나라가 러시아 제국의 승리를 예상했지만, 예상을 완전히 뒤엎고 일본제국이 승리했다. 그 승리로 일본은 한순간에 동아시아의 판도를 바꾸면서 본격적으로 세계무대에 등장했다.

고무와 석유를 확보하기 위해 일본이 동남아를 지배하려고 하자 미국은 사사건건 반대했다. 청일전쟁과 러일전쟁에 승승장구한 일본은 미국과 전쟁을 하기 위해 진주만을 기습하여 태평양전쟁을 일으켜 세계2차대전이 발발한다.

전쟁 초기엔 일본이 유리했지만 끝내는 미국에 항복을 하여 포츠담회담으로 소련과 미국이 한반도를 분할 통치하게 되어 38선을 기점으로 남북이 갈라졌다.

우리나라가 남북으로 갈라진 것은 일본이 대동아전쟁을 일으킴에 의해 남북으로 양분된 것이다. 일본은 우리나라가 남북으로 갈라지게 했다. 그리고 북한의 김일성이 민족상장의 전쟁을 일으켜 수많은 사람이 죽고 한반도가 잿더미로 폐허가 되었다.

침략을 자행한 일본은 우리 민족의 원수이고 김일성은 민족상잔을 일으킨 원흉이었다.

피로 물든 민족의 수난, 민족상잔의 비극 6·25때 죽어간 수많은 넋들의 호곡 소리가 골 깊은 계곡에 메아리치는 것 같았다. 그때의 참상을 회상하니 무량한 감회가 저 심층 깊은 곳에서 통곡 같은 아픔이 되어 가슴을 헤집었다. 민주주의 또는 공산주의를 외치던 사상가들이 빨갱이들에게 또는 군인들에게 처참하게 죽어간 넋이여! 그들은 산화했지만 아직도 이 땅은 남북을 가로막은 철조망이 그들의 넋에 응어리를 만들고 수십여 년이 지난 지금도 이념을 달리하며 분단상태로 대치하고 있다.

5천 년의 유구한 역사를 연연히 이어온 우리 민족이 외세에 의해 남과 북으로 갈라져 남과 북 사이에는 사상이 무언지 깊은 골이 형성되었다. 통일되기에는 너무나도 많은 장벽이 가로막혀 사상과 체제가 이질적인 민족으로 가깝고 먼 남북이 되었다. 작가들의 소설 속에 민족의 수난사를 이렇게 써 놓은 참상을 읽고 6·25를 모르는 인범은 가슴이 아팠던 것이다.

그때 70여 호 정도 살았던 부락민들이, 빨갱이들과 경찰들에게 받은 고초를 박 과장은 인범과 포장마차에서 술을 마시면서 상기하기조차 괴롭다면서 피맺힌 아픈 과거를 이야기했었다. 술이 취해 어린 시절의 고향을 그리며 눈물을 머금던 박 과장의 모습이 선명히 떠올랐다.

해가 중천을 지나고 있었고 지친 발걸음은 얼마 남지 않은 고개를 향해 걷고 있었다. 드디어 장대한 태백산맥의 줄기가 남으로 뻗어내린 지맥 가운데 펑퍼짐한 산마루에 올라섰다. 산 아래 분지에 자리 잡고 있는 배내마을은 논밭들로 둘러싸여 있는 전형적인 시골 마을이었다. 아래쪽 서쪽 산자락엔 고급스럽게 지어진, 관광객을 위한 아기자기한 색상의 방갈로 비슷한 크고 작은 건물들이 호사스러운 시설로 단장돼 있는 것이 보였다. '아! 자동차를 타고 오는 관광객들이 저곳으로 놀러가는구나!' 이 교통이 불편한 오지에 많은 돈을 투자하여 멋진 관광 건물을 지어 관광객을 유치하여 돈을 벌겠다는 도시인의 영악한 상술에 인범은 감탄하며, 다시 한 번 호화롭게 단장한 방갈로식 건물을 찬찬히 살펴보았다.

펑퍼짐한 산마루 고개를 막 넘으니 산수화를 연상하게 하는 산세가 기기묘묘한 바위산이 병풍처럼 마을을 둘러싸 있었다. 오지 중의 오지에 그림 같은 70여 호의 옛 민속 집들이 한낮의 태양 아래 평화로운 모습으로 시야 가득히 들어왔다. 내려다보이는 저 한 폭의 풍경화 같은 아름다운 두메산골 마을이 박 과장이 태어나 유년기와 소년기에 청운의 꿈을 키우며 자랐던 고향이며 6·25의 참상을 말없이 간직한 배내마을임을 알 수 있었다.

경사가 완만한 산길이 구불구불하게 뻗은 산, 아래로 내려다보이는 조그만 시골집들이 그림처럼 펼쳐져 있었다. 신불산과 간월산, 그리고 영취산 골짜기에서 발원되는 풍부한 수량이 논밭 사이로 뱀처럼 굽이쳐 면면히 흐르는 야천이 한 폭의 동양화였다. 처음 보는 산골 마을이지만 왠지 처음 같지 않게 자신의 고향 같은 정감이 들었다. 산길을 내려오는 언덕배기에 개나리꽃이 만개해 있었고, 봄의 생명력을 상징하는 파랗게 돋아나는 이름 모를 야초들이 파릇파릇 부드러운 땅을 밀치고 돋아나고 있었다. 숲 사이로 드문드문 보이기도 하고 또 들리는 계곡의 물소리가 마을 어귀에 도착하기까지 내내 재잘거리며 귀를 떠나지 않았다. 간간이 뻐꾹새 우는 소리도 들렸다.

마을 입구에 들어서니 왼쪽에 '배내산장' 이라는 간판이 있고, 산 위에서 내려다보이던 현대식 건물이 사치스럽게 지어져 있었다. 맞은편 대숲 뒤에 초가지붕과 억새지붕의 옛 집들이 띄엄띄엄 보였다. 인범은 배내산장을 지나 마을의 골목을 걸어가고 있었다. 툇마루에 앉아있던 촌민들과 남새밭에서 일을 하던 마을 사람들이 아직 관광 시즌도 아닌데 커다란 배낭을 짊어진 키가 유난히 큰 낯선 인범이를 물끄러미 보고 있었다.

이곳 배내마을은 경상도 전통 민속 가옥들이 퇴락하고 후락했지만 아직도 옛 산골의 풍취와 함께 옛 모습이 그런대로 간직되어 있었다. 그것은 교통이 불편하여 자동차 길이 없고 모든 것이 취약한 오지이기 때문일 것이다. 이곳의 운송 수단은 유일하게 리어카와 경운기가 전부인 것 같았다.

'그 옛날 농민들은 퇴비나 농작물을 달구지와 지게에 담아 운반했는데…… 이젠 저 리어카와 경운기가 대신하는구나.'

2

인범은 인가와 동떨어진 산자락 외진 곳을 찾아 텐트를 치기 위해 배낭을 내렸다. 지나가던 촌로가 가다 말고 텐트를 치고 있는 인범을 이상한 듯 물끄러미 바라보다 인범이와 눈이 마주쳤다.

"그어 텐타를 쳐서 잘라꼬 하는교? 이곳은 높은 지대라 아즉은 추울 낀데……."

막내아들보다 더 아래 나이인 인범이에게 존댓말을 하며 빙긋이 웃었다. 앞니는 다 빠지고 곧 빠질 것 같은 누렇게 길게 뻗은 송곳니를 드러내고 웃는 노인의 얼굴을 존경의 눈으로 바라보았다. 척박한 땅, 열악한 농지에서 오랜 세월 동안 가난을 숙명처럼 알고 살아온 노인의 얼굴에 세월의 땟국이 군데군데 묻어있는 검버섯이 훈장처럼 돋보였다. 그리고 얼굴은 세찬 바람과 햇빛에 검게 그을려 있었다. 그 깊게 파인 주름살이 지금까지의 풍상의 세월을 대변해 주는 듯 살아있는 상징으로 보였다.

"안녕하십니까. 이곳이 경치가 좋다고 해서 놀러 왔습니다."

"혼자 왔는가뵈. 이 먼 꼴짜기에 뭐 할라꼬 오는교……. 젊은 사람들의 생각은 모른다 카이……."

노인은 주름진 얼굴에 공허한 미소를 띠고 혼잣말인지 인범이에게 하는 말인지 중얼거리다 삽을 들고 가던 길을 걸어가고 있었다. 깡마른 노인의 뒷모습을 한참이나 바라보며 인범은 자신의 미래를 노인의 모습 위에 겹쳐 보았다. 그러나 나는 과연 저 노인만큼 오래 살 수 있을까? 흉악하고 잔학한 범죄인과 생명을 건 싸움에서 언제 이 생명이 부서져 버릴지……. 그리고 이 조용한 마을에서만은 폭력배들을 만나지 않기를 바랐다.

인범은 계곡 가까운 곳에 있는 노송 옆에 텐트를 치고 짐을 정리하였다. 인범은 땀을 식힐 겸 계곡으로 내려갔다. 사람의 발걸음이 별로 없는 외진 곳이라 옥같이 맑은 물이 흐르고 있었다. 수없이 많은 크고 작은 바위들이 태고의 풍치를 간직하고 있는 아름다운 마을이었다. 그러나 계곡 이곳저곳에 많지는 않지만 약간의 쓰레기들이 더럽고 흉하게 널브러져 맑은 계곡과 주위 풍취에 흠집을 내고 있었다.

인범은 맑은 물에 세수를 하고 텐트 주위의 쓰레기를 주웠다. 인범은 농촌 출신이라 그런지 누구보다도 자연을 사랑했다. 그 옛날 인범의 유년시절 뛰놀던 아름답고 맑고 깨끗한 고향엔 이런 산업 쓰레기들이 없었다. 이곳저곳에 깡통, 비닐, 휴지, 유리병들을 발견할 수 있었다. 얼른 보기엔 깨끗한 곳인 줄 알았는데 구석구석 쓰레기와 비닐봉지들로 오염되어 있어 안타까운 생각이 들었다. 이런 오지까지 어떻게 알고 관광객이 찾아왔을까?

인범은 쓰레기를 주워야겠다고 생각하고 언양시장에서 사온 자루를 들고 일어섰다. 인범은 오랫동안 머물 준비를 하라는 박 과장의 말을 듣고 열 장을 한 뭉치로 묶어놓은 자루를 사온 것이다.

봄이라지만 고원의 산골은 아직도 쌀쌀한 기운이 감돌았다. 이따금 농사일을 가던 산골 마을 촌민들이 쳐 놓은 텐트를 이상한 듯 바라보며 지나갔다. 이곳은 관광객이 많이 찾아오지 않았다. 아직 관광객이 오기엔 이른 계절이기 때문이었다. 인범은 조금 누웠다가 자리에서 일어나 마을 구경을 나갔다. 마을 입구에 들어서자 저만치에서 인범이를 노려보며 내려오는 한 청년이 있었다. 언제나 범죄형이나 건달들을 유심히 보는 인범이의 시선에 건들거리고 걷는 걸음걸이와 눈길이 예사롭지 않은 청년을 그냥 지나치지 않았다. 가까이 온 청년은 낯선 인범이를 날카롭게 노려보았다. 그리고 인범의 발끝에서부터 머리끝까지를 유심히 살펴보는 것이다.

이 청년은 이 동네 마을 사람들이 싫어하는 모주꾼이고 싸움질을 잘하는 말썽꾸러기 문호열이었다. 호열은 키가 크고 날렵하게 보이는 젊고 낯선 청년이 왠지 아니꼽게 보여 적대의식을 느낀 것이다. 그는 인범이의 얼굴과 아래위를 째려보듯 훑어보고 지나갔다. 인범은 첫눈에 이 마을청년임을 알았다. 그러면서 평범한 마을청년이 아님을 간파했다. 꼭 행티깨나 있는 청년이라고 생각했다. 인범은 자신을 노려보는 청년의 시선을 피하며 청년 곁을 지나갔다. 그는 자신의 곁을 지나가는 인범을 돌아서서 한참 동안 보다가 못마땅한 듯 묘한 인상을 쓰고 이빨 사이로 침을 칙 쏘고는 가던 길을 걸어갔다.

평화스러운 마을이었다. 이 마을 사람들은 이렇게 교통이 불편하고 농지가 좁은 척박한 오지에서 무엇으로 생계를 유지하고 살아갈까?

갑자기 왕왕 개 짖는 소리가 났다. 아무도 없는 툇마루 앞에 한가롭게 잠자던 개가 인범의 발소리에 놀라 짖고 있었다. 개는 낯선 인범을 경계하며 마당 입구 쪽으로 나오며 짖었다. 인범은 마을을 지나 산으로 향했다. 인범이를 경계하며 짖던 개가 인범이가 사라지자 인범이의 뒷모습을 멀거니 바라보다 집 안으로 어슬렁거리고 들어갔다. 마을을 벗어나 산길을 들어서니 마을 뒤쪽에 높은 산이 있고 골이 깊었다. 산속은 울창한 숲과 바위투성이이고 산세가 가팔랐다.

'아, 산이 높고 골이 깊어 바위와 돌투성이의 계곡 지역이라 농토가 적은 마을이구나!' 인범은 양쪽 절벽 사이로 흐르고 있는 계곡을 따라 올라갔다. 계곡 주위는 수목이 울창하고 바위틈 사이로 옥같이 맑은 계류가 흐르고, 계곡을 덮고 있는 나무엔 온갖 이름 모를 산새들이 인범의 기척에 놀라 날개를 퍼덕거리며 숲 속으로 날아가고 있었다. 계곡을 조금 더 거슬러 올라가니 기기묘묘한 바위들이 병풍처럼 둘러싸 있고 회색의 커다란 바위틈엔 성장이 억제된 굴곡진 작은 소나무들이 아슬아슬하게 바위에 뿌리를 내리고 있었다. 심산유곡으로 올라갈수록 사람의 발길이 닿지 않은 듯 태곳적부터 훼손되지 않은 큰 바위 사이사이로 풍부한 물이 시원스럽게 흐르고 있었다. 넓은 곳은 소를 이루어 푸르고 깊었다. 곳곳의 바위에서 떨어지는 작은 폭포는 초봄인데도 옷을 입은 채로 물속에 덤벙 뛰어들고 싶은 충동이 들었다.

오지 중의 오지인 배내마을이 갖고 있는 천혜의 비경을 잘 활용한다면 이 마을의 절경이 관광객을 매료시켜 관광 소득으로 부유한 마을을 만들 수 있을 텐데……, 마을을 구경하고 산과 계곡을 탐미하면서 인범은 문득 머리에 떠올린 생각과 계획이 굳어지기 시작했다. 인범은 산 그림자가 길어지자 조심조심 바위를 타고 계곡을 내려와 마을에 들어섰다.

나지막한 담 너머로 보이는 뜰에는 닭들이 보이고 염소도 보였다. 전형적인 시골집의 담과 뜰에는 집집마다 감나무와 대추나무들과 이름 모를 수목들이 많았다. 그 뻗은 가지마다에 연초록 잎사귀들이 왕성하게 돋아나면서 마을을 진 녹음으로 덮고 있었다. 이 마을은 유난히 유실수가 많은 마을이었다. 특히 감나무가 많았다.

유달리 키가 크고 운동으로 균형 잡힌 당당한 몸매의 인범이 마을을 탐색하듯 구경하는 것을 마을 사람들이 수상한지 유심히 쳐다보며 지나갔다.

내일부터 마을과 계곡의 쓰레기를 주워야겠다고 생각했다. 이 마을 사람들을 일깨우는 계기를 만들자. 나는 이 산골 마을을 활용하여 부촌으로, 그리고 옛 조상이 물려준 깨끗한 자연환경과 옛 가옥을 민속촌으로 보호받도록 마을 사람들에게 홍보하고 계몽하자. 그리하여 농민으로부터 외면받고 빈집으로 버려지고 있는 전통 민속가옥들이 도시 사람들에게 사랑받도록 하자. 농민들에게는 무시와 외면을 당하지만 옛 고향을 동경하는 도시인들에겐 향수를 달래는 귀중한 옛 마을이 될 것이다. 먼저 이 마을이 관광마을로 탈바꿈하려면 마을 사람들의 의지가 결집될 수 있어야 한다.

'가난을 숙명으로 생각하고 소박한 삶을 살아온 순박한 촌민들에게 어떻게 계획하고 설명하여야 공감대를 가질 수 있을까?'

어려움이 많을 것이고 마을 사람들의 노동력과 조성비가 들 것이다.

인범은 라면으로 간단히 저녁을 먹었다. 피곤한 몸을 일찍 침낭 속에 파묻었다. 할 일은 많고 시간은 없다. 외진 곳이라 산야는 적막 속에 밤이 무르익고 있었다. 봄이라지만 고원의 밤의 냉기가 텐트 속까지 스며들었다. 배내마을에서 첫 밤을 보냈다. 텐트 주위의 잔디에서 흙을 밀치고 올라온 풋풋한 풀냄새가 코에 물씬 스며들면서 인범의 피곤한 몸을 수면에 빠지게 했다.

인범은 어슴푸레한 잠 속에서 오늘 본 박 과장의 안태본 배내마을의 아름다운 전경이 그림처럼 망막에 머물렀다. 영취산, 간월산, 신불산을 넘어오는 여명이 희붐하게 밝아오더니 일출이 텐트를 비추며 배내마을의 새 아침을 장식하고 있었다.

"누가 벌써 텐타를 쳐 노았노? 참 성급하기도 하제."

새벽이슬을 밟으며 논밭으로 가던 산골 마을 촌부의 소리에 인범은 잠이 깨었다. 오리털 침낭은 너무나 따뜻했다. 텐트 안이 방 분위기와 다른 점은 원색의 반투명 천에 투영되는 빛이 낭만적인 분위기로 만들기 때문이었다. 그 상쾌한 색채가 가져다주는 아늑함과 자연 속에서 밤을 지새울 수 있기 때문에 젊은이들이 텐트에서 야영하는 것을 즐겨하는 것이다. 인범은 어린 시절부터 토굴과 동굴생활을 오래 했기 때문에 야영에 익숙해 있었다.

밖으로 나왔다. 콧속까지 스며드는 맑은 공기를 코를 벌름거리며 음미하다 힘껏 들이마셔 보았다. 서울의 자동차에서 뿜어나오는 배기가스와 변두리 공장지대에서 쏟아져 나오는 연기로 뒤덮인 서울의 잿빛 하늘과 오염된 공기를 매일 호흡하던 인범이에겐 이곳의 맑은 하늘과 공기가 상쾌하기만 했다.

꾸불꾸불한 논배미를 따라 길게 뻗은 농로가 정답게 보였다. 인범은 들길을 따라 가볍게 뛰기 시작했다. 옥같이 맑은 물이 흐르는 물소리가 그지

없이 유쾌하게 들리고 있었다.

인범은 애견 울프와 센이 생각났다. 서울에서 언제나 같이 산이나 들판으로 달리던 울프와 센이 보고 싶었다. 이곳에 데리고 와서 자연 속에 뛰놀게 했으면 좋으련만……. 순희가 울프와 센을 잘 돌보고 있으리라. 천천히 달리던 인범은 차츰 속력을 내기 시작했다. 땀으로 온몸이 적셔졌다. 텐트로 돌아가기 위해 돌아섰다. 그사이 얼마나 달렸는지 텐트가 있는 곳이 멀리 보였다.

마을청소

1

오늘도 인범은 아침을 먹고 계곡에 버려진 쓰레기를 줍기 시작했다. 쓰레기들이 의외로 많았다. 깨끗하고 아름다운 자연을 구경하기 위해 이곳을 찾아온 관광객들이 왜 자신들이 가져온 음식물과 쓰레기들을 버려 깨끗한 자연을 오염시키고 훼손시키는지? 오래전부터 자연보호를 범국민운동으로 하고 있지만 형식적인 구호에만 그치고 실천하지 않는 관광객이 많았다. 옛날엔 우리나라가 깨끗하고 아름다워 선조들이 금수강산이라고 불렀다고 했다. 그러던 것이 언제부터인지 금수강산은 쓰레기 강산으로 황폐화되고 있었다.

박정희 정권은 국가 재건의 전기를 이루었다. 가난을 벗어나기 위해 경제개발 5개년 사업과 새마을 사업을 병행하여 공업과 농업 정책을 장려하고 시행하여 눈부신 경제성장을 가져왔다. 그러나 공업의 발달과 경제부흥에 부수되는 공장 건설과 주택 건설의 촉진은 농지와 산야를 잠식하여 자연은 파괴되기 시작했고, 국민소득의 증가로 자연을 즐기려는 국민들로 인해 자연은 황폐화되기 시작했다. 국토는 어느 곳을 가든 인간이 스치고 간 생채기에 몸살을 앓고 중병으로 고사 직전에 있다.

이제 우리 국민은 더 이상 자연파괴를 방치할 수 없다. 우리 국민은 자연을 즐기는 것보다 자연을 가꾸는 즐거움을 가져야 할 것이다. 이보다 더 오염시킨다면 우리는 황폐된 자연에 의해 삶에 비극이 초래될 것이다. 자연을 파괴하는 것은 일순간이지만 복구하는 데는 수년 또는 수십 년이 소요될 것이다. 인간의 휴식처이고 생명의 젖줄인 자연보호를 위해 국가는 국시로 자연을 보호하고 가꾸어야 한다. 강력한 법을 제정하고 법을 집행하는 것이 자연보호의 지름길이 될 것이다. 우리나라는 대통령 중심제이다. 모든 행정이 대통령의 뜻에 따라 시행된다. 대통령이 자연보호에 의지를 갖는다면 언론은 여론을 조성할 것이고 행정은 자연보호에 중점적으로 정책을 펼 것이다.

땀을 흘리며 쓰레기를 줍는 인범을 보고 산골 마을 사람들은 이상한 듯 쳐다보며 물었다.

"여보시오, 쓰레기를 주워서 뭐 할라 캅니꺼?"

육십 대의 노인이 가다 말고 이상한 듯 물었다. 인범은 쓰레기를 줍다 말고 사람 좋게 보이는 햇볕에 그을린 육십 대의 노인을 쳐다보면서 빙그레 미소를 지었다. 노인은 묻는 말에 대답은 않고 미소만 짓는 인범에게 재차 물었다.

"여보시오 젊은이, 쓰레기를 주워서 뭐 할라고 그라요?"

"아 예, 쓰레기가 많아 보기 싫어 주워봅니다."

하며 쓰레기 줍기를 계속했다.

"거참 이상한 사람도 다 있네. 주워도 또 버릴 낀데. 주우모 뭐 하노? 가마이 나아 놓으면 비가 많이 오면 저절로 떠내려갈 낀데."

노인은 납득이 가지 않는다는 듯 쓰레기 줍기를 계속하는 인범을 한참 쳐다보며 혀를 끌끌 차더니 가던 길을 가고 있었다.

오늘로서 이제 계곡 주위의 쓰레기는 거의 치워졌다. 어느 곳을 보아도 쓰레기는 찾아볼 수 없었다. 쓰레기더미는 자꾸만 커져갔다. 모아둔 이 쓰레기를 치워야겠는데, 걱정이 되었다.

2

"이봐, 삼석아."

이인수는 아침 논일을 하러 가는, 어릴 때부터 이 마을에서 함께 자란 친구 박삼석이를 불렀다.

"이놈아, 한 번을 불러도 형님이라고 불러봐라."

퉁명스럽고 장난기 섞인 말이다.

"에끼 놈, 누가 할 소릴 니놈이 하노?"

육십이 넘은 친구인 듯한 두 노인이 아침부터 말씨름을 하고 있었다.

"이봐, 자네 논일하러 가면서 계곡과 야천이 깨끗이 청소된 것 봤나? 며칠 전부터 어떤 젊은이가 쓰레기란 쓰레기는 모두 자루에 담아치우는 걸 말이야?"

"그 참 이상한 젊은이네. 계곡이나 야천에 가보게. 아주 깨끗해. 살다 보니 별사람 다 보겠어."

"그래, 누가 그라겠노? 군에서 나온 군청직원이겠지."

"아일 끼다. 군청에서 나왔다면 완장을 차고 여러 사람이 할 것인데……. 일전에 쓰레기를 혼자서 땀을 흘리며 줍고 있기에 뭐 할라고 그러는가 물어도 미소만 지으며 그냥 주워본다고 하더라. 어찌 보면 좀 모자라는 청년이 아인가 몰라."

"그래, 그라고 자네는 올해 감자 심을 끼가?"

"글쎄, 심가봤자 별 소득이 있나. 농비도 안 나올 낀데……. 어짜겠노, 그래도 심가야제. 어째 귀한 땅을 놀리겠노."

"이봐, 삼석이. 저녁에 막걸리 한잔 안 할라나?"

"뭐, 좋은 일 있나? 니놈 귀빠진 날이가? 여하간 동상이 한턱낸다면 가야지."

"에끼 놈, 잔소리하지 말고 밥 먹지 말고 오게."

마을 사람들이 인범이 쓰레기 줍는 이야길 나누다 헤어졌다.

오늘로서 계곡 주위의 쓰레기 줍기가 거의 마무리되고 있었다. 만 5일간의 시일이었다. 힘이 좋고 일손이 빠른 인범이기에 5일 만에 수거되었지만 다른 사람이었다면 더 많은 시일이 소요되었으리라. '내일부터 마을 안 주위의 쓰레기를 주워야겠다.'

"와 이래, 여기 쓰레기가 자꾸 쌓이노? 참 이상하제."

아침 일찍 농부가 지나가며 인범이 모아둔 쓰레기더미를 쳐다보며 중얼거리고 있었다. 잠귀가 밝은 인범이 농부의 중얼거리는 소리에 잠을 깼다. 언제 날이 새었는지 텐트에 화사한 햇살이 비쳐왔다. 쓰레기 줍는 일이 고된 것인지 인범은 깊은 잠을 잤다. '오늘부터 마을 안쪽을 청소해야 한다.' 인범은 기지개를 켜고 텐트 밖으로 나왔다. 산과 들풀에서 싱그러운 봄의 향기가 물씬 코에 스며들었다. 봄이 무르익고 있었다. 산은 아래에서부터 녹음이 우거지고 이름 모를 들풀과 들꽃들이 온 들판을 녹색으로 물들이고 있었다.

척박한 땅, 농지가 적은 마을이지만 수려한 자연경관을 가진 이 마을을 관광마을로 조성하려면 먼저 오염이 없는 쾌적한 주위 환경을 만들어야 한다. 시작은 내가 하지만 마무리는 이 마을의 주인인 마을 사람들이 하지 않으면 안 된다. 마을 대표들을 만나 쓰레기 청소부터 의논을 하자. 이 마을 전체를 나 혼자서는 할 수 없다. 그리고 관광마을 조성 계획은 마을 전체의 역동적인 관계 안에서 대화가 이루어져야 한다. 마을 사람들이 나의 제의에 동의해 줄는지, 내가 실없는 짓을 하는 것이 아닌지……?

그러나 무슨 일이든 누군가가 시작하는 사람이 없으면 결과가 있을 수 없다.

아침밥을 먹은 인범은 작업복으로 갈아입고 자루 몇 개를 가지고 마을로 들어가 집 주위의 쓰레기를 줍기 시작했다. 이곳에도 비닐봉지, 깡통, 약병, 술병들이 뜻밖에 많았다. 왜 자기 집 주위를 깨끗하게 하지 못할까? 자기 집 주위를 자기들 스스로가 정리한다면 마을 전체가 깨끗한 주거환경이 될 것인데……. 담벼락에도 집 앞 개천과 하수구에도 쓰레기들이 버려져 있었다.

혼자서는 마을 전체를 청소하지 못할 것이고 지속적인 환경 개선은 불가능할 것이다. 무슨 일이든 선구자가 있어야 한다. 선각자가 없고 선구자가 없는 단체는 어떠한 사업도 추진하지 못할 것이다. 그렇다. 나는 이 마을과는 아무 연고도 없다. 다만 박 과장의 고향이라는 것뿐이다. 이 천혜의 자연풍광을 가진 입지적 조건이 좋은 박 과장의 고향 마을을 관광부촌을 만드는 선각자가 되고 선구자가 되자. 앞으로 어떠한 어려움이 있을지라도 이 사업은 성공시켜 보리라. 이건 결코 허황된 공상은 아니다. 가능할 것이다. 아니, 반드시 실현될 것이다. 인범은 두 주먹을 불끈 쥐고 흔들며 다짐했다.

인범은 가벼운 흥분이 가슴에 고루 퍼지고 있었다. 보잘 것 없는 한갓 미물과 같은 존재이지만 관철시키겠다는 불같은 의지와 각오로 최선의 노력을 한다면 좋은 결과가 있으리라.

인범은 집 주위의 온갖 잡동사니 쓰레기를 줍기 시작했다. 인범의 젊고 패기 있는 빠른 손놀림에 비닐봉지, 약병 등 모든 쓰레기가 순식간에 자루에 넣어졌다. 마을 사람들이 이렇게 하는 인범이가 이상한 듯 유심히 바라보며 지나갔다. 어떤 나이 많은 노인이 가다 말고 인범에게 물었다.

"여보시오, 군에서 나왔능교, 와 그라능교?"

이해가 되지 않는 모양이었다. 그럴 수밖에 없는 것이 누가 이 산골 마을까지 일부러 와서 청소를 해 주려고 할 것인가? 폐품을 수거하려고 한다면 도시 부근에 수없이 많을 것인데……. 누가 보아도 의아하게 생각하지 않을 수 없었다. 인범의 손길이 스치고 간 마을은 깨끗해지고 있었다.

마을 사람들이 모이면 인범의 이야기가 화제가 되었다. 어떤 사람은 아무래도 이상한 사람이다, 어떤 사람은 수상한 사람이다, 또 어떤 청년은 정신이상자라고도 말했다. 또 완전 미친 것은 아니고 미치고 있는 중이다, 미쳐도 곱게 미쳤다, 저런 미친놈이 자꾸 생기면 마을이 깨끗해지겠다는 등 마을 주민들의 화젯거리가 되었다. 그 중 나이가 든 이근태 어른은 다른 사람들과 달리 심각한 얼굴을 하고 말했다.

"아이다. 그 사람을 자세히 봐라. 그 사람은 미친 사람이 아이고 무슨 깊은 생각을 가진 사람일 끼다. 그야 자네들 말대로 정신이상자 아닌 정상적인 사람이라면 이런 시골에 와서 텐트를 쳐 놓고 생활하면서 그 넓은 계곡과 야천, 그라고 마을 주위를 청소하는 사람이 있겠노? 그러나 나는 자세히 봤네. 청년의 눈동자가 아주 맑아 꼭 어린아이같이 순수한 데가 있어. 그리고 굳게 다문 입술엔 무슨 각오가 담겨져 있는 것 같아. 청년은 모자라는 사람도 미친 사람도 아일 끼다. 나는 지켜볼 심산이다. 그 청년은 이 마을에서 무언가 할 일을 찾고 있는 것 같아."

평소에 말수가 적고 무슨 일에든 사려 깊은 이 마을의 지도자급의 이근태 어른의 말이었다. 그 자리에 모인 10여 명의 주민들이 한동안 말없이 서로의 얼굴을 쳐다보았다. 지금까지 떠들고 웃고 맞장구치던 사람들이 이젠 무거운 기운이 감돌아 뜨악한 생각들을 하면서 누가 먼저랄 것도 없이 한 사람 한 사람 발걸음을 집으로 옮기고 있었다.

인범이가 마을 구석구석 쓰레기를 줍기 시작한 지도 며칠째 접어들고 있었다. 땀을 흘리며 더러운 줄도 힘든 줄도 모르고 쓰레기를 줍는 모습을 보고 누구 한 사람 비아냥거린다든지 비웃는 사람은 이제 없었다. 다만 언제까지 저렇게 할 것인가 하는 의문을 갖고 인범을 지켜보고 있는 것이다.

마을은 눈에 띄게 깨끗해지고 있었다. 마을 주민들은 이제 쓰레기를 아무 곳에나 버리려고 하지 않았다. 전처럼 쓰레기를 함부로 버리려고 하면 아무 곳이나 버리지 말자고 서로가 타이르곤 했다.

마을 청년들과의 시비

1

한낮이 지난 시간, 인범은 마을에서 조금 떨어진 외진 집 주위를 청소하고 있었다. 인범이가 부지런히 쓰레기를 줍는 모습을 아기를 업은 양산댁이 한참이나 언덕 집에서 내려다보더니 방으로 들어가 잠자는 아기를 살그머니 눕혔다. 엄마 등에서 방바닥에 내려진 아기는 순간적으로 칭얼거렸다. 20대의 젊은 양산댁은 손으로 아기의 가슴을 토닥거리며 잠을 재웠다.

"우야우야, 엄마 여. 자장자장."

한참을 가볍게 토닥거리니 아기는 새근새근 깊은 잠 속으로 빠졌다.

이 마을에서 얼마 떨어지지 않은 양산 이곡면에서 시집온 스물다섯 살의 새댁을 양산댁이라 불렀다. 남편인 올해 스물아홉 살의 문호열은 농촌에 시집올 처녀가 없어 양산군에 있는 공장에 다니면서 장가가기 위해 무척 애를 썼다. 다행히 중매쟁이를 통해 얌전하고 차분한 지금의 아내 박영숙 아가씨를 만나 결혼을 했다. 그는 결혼을 하자 직장생활을 그만두고는 다시 배내마을로 와서 얼마 되지 않는 논밭뙈기로 농사를 지으며 살고 있었다. 말하자면 공장에 취직을 한 것은 장가를 가기 위한 수단으로 일시 양산에서 직장을 다닌 것이다.

그의 아내 양산댁은 조용하고 순진한 새댁이었다. 중매쟁이의 감언이설에 속은 양산댁은 부모의 권유로 시집온 것이다. 모주꾼인 남편 문호열은 천성이 게을러 일을 싫어하고 술을 먹고 마을의 온갖 시빗거리는 도맡아 싸움을 일삼는 마을에서도 소문난 술꾼이고 싸움쟁이였다. 그리고 술만 먹고 들어오면 아내에게 시비를 걸고 때리기도 했다. 그래서 그런지 양산댁은 항시 수심에 잠긴 얼굴을 하고 있었다.

양산댁은 깊이 잠든 아기의 모습을 한참이나 확인하고 조심스럽게 일어나 앞치마를 두르고 사립문을 밀치고 밖으로 나와 청년에게서 조금 떨어진 곳에서 흩어진 비닐조각, 빈 병들과 플라스틱을 주워 통에 집어넣고 있었다. 인범은 쓰레기를 줍다 일을 도와주는 아낙네와 시선이 마주쳤다. 인범이 미소를 지으며 목례를 하니 양산댁은 당혹한 표정으로 가볍게 고개를 숙이고 인사를 하면서 갑자기 얼굴이 홍당무가 되었다. 인범은 양산댁이 자기 집 주위지만 인범의 근처에서 쓰레기를 같이 줍고 있다는 것이 다소 찝찝했다. 인범이와 새댁 두 사람의 빠른 손놀림으로 주위의 텃밭까지 거의 쓰레기를 다 주워가고 있을 즈음이었다.

"이년이 미쳤나! 지금 뭐하고 있노?"

하는 고함이 쓰레기 줍는 바로 위에서 벼락 치듯 울렸다. 양산댁은 소가 불에 덴 듯 화들짝 놀라 일어나 죄를 짓다 들킨 듯 공포의 눈으로 남편을 쳐다보며 엉거주춤 서 있었다.

"이년이 지금 아기는 안 보고 뭐 하노? 퍼뜩 아기에게 안 가볼 끼가. 아기 자물시고 있다 말이다."

양산댁은 쓰레기통을 들고 후닥닥 집으로 뛰어 올라갔다. 아기는 까르르 숨이 넘어갈 듯 자지러지게 울고 있었다.

"우야우야, 우리 아가 엄마 왔다, 울지마라."

아기를 가슴에 안고 달래었다.

인범은 쓰레기 줍기를 멈추고 새댁의 남편에게 죄를 지은 듯 일하던 자세 그대로 앉아서 바라보고 있었다. 양산댁의 남편은 험악한 인상과 무서운 눈으로 노려보며 인범에게 다가섰다. 그리고 지난번처럼 인범의 발아래부터 머리끝까지 째려보았다.

"이봐라! 나 말이다. 요 윗집에 사는 문호열이다. 이 마을에서 문호열이라 카모 쪼매 알아준다 말이다. 그라고 당신 뭐 하는 사람이고? 무슨 할 짓이 없어 이 농촌 마을에 와서 말썽을 부리노? 당신 때문에 지금 이 마을은 좋은 분위기가 아이다 말이다."

인범이 천천히 일어났다. 우뚝한 키와 당당한 몸을 본 문호열은 위축감을 느꼈는지 잠시 인범을 쳐다보더니 대항하지 않는 인범을 보고는 턱밑에 얼굴을 바짝 대고 시비를 걸었다. 성질대로 하면 두들겨 패주고 싶지만 우뚝 솟은 인범의 키와 당당한 몸매에 압도되어 때리지는 못하고 위협만 주고 있었다. 그래도 인범은 아무 표정없이 새댁의 남편을 내려다보고 대꾸를 하지 않았다. 선생에게 야단맞는 초등학생 같았다. 혼자 성깔을 부리던 호열은 눈에 흰자위를 드러내고 인범을 무섭게 노려보았다.

"니, 어디 두고 보자. 별놈 다 있다. 와 이 마을에 와서 말썽 부리노?"

문호열은 인범을 때릴 듯 아래위를 노려보다 혼자서는 인범을 상대하기에 자신이 없는지 마을 쪽으로 횅하니 내려갔다. 인범은 착잡한 심정이었다. 이 마을을 관광마을로 만들겠다고 결심하여 일을 시작하면서 부딪친 첫 시련이었다. 앞으로 이보다 더 어려운 난관들에 부딪칠 것이다. 인범이 이미 예상한 것이지만 엉뚱하게도 착한 아낙이 남편과 부부싸움을 하지 않을까 걱정이 되었다.

인범은 하던 일을 멈추고 하늘을 망연히 쳐다보았다. 구름 한 점 없는 4월의 파아란 하늘에 솔개 한 마리가 먹이 사냥을 하기 위해 제자리에서 움직이지 않고 떠 있었다. 인범은 하늘을 바라보던 시선을 거두고 기기묘묘한 바위산을 바라보고 있는데 갑자기 새 한 마리가 절박한 울음소리를 내면서 인범의 옆을 비호같이 내리꽂히듯 스치고 지나갔다. 뒤이어 솔개 한 마리가 바람처럼 날아와 새를 덮쳤다. 새는 짹 하는 단말마의 비명을 끝으로 조용해졌다. 앨범은 어린 시절 매나 솔개가 다른 새를 잡아먹는 것을 수없이 보았다. 생존경쟁 약육강식의 먹이사슬에 한 생명이 사라졌다.

신록의 냄새를 실은 바람이 산들거리고 있었다. 인범은 새가 사라진 쪽을 보다 그림같이 아름다운 아랫마을을 바라보았다. 아스라이 내려다보이는 마을 아래쪽 아지랑이 피는 들판에는 파종을 앞두고 논밭갈이를 하는 들녘이 시야 가득히 들어왔다.

새댁의 남편이 무언가 시비를 할 것 같았다. 니, 어디 두고 보자며 인범이를 노려보고 마을 쪽으로 간 아낙의 남편 모습이 떠올랐다. 두렵지는 않았지만 불안했다. 인범은 쓰레기를 자루에 넣으면서 생각했다. 이 자리를 피해 버릴까. 아무리 좋은 일이라도 반대하는 사람이 있을 것이고 싫어하는 사람도 있을 것이다. 어차피 당하여야 할 시련이라면 극복해야 한다고 생각했다. 지금까지 부딪쳤던 생명을 건 결투보다 무술이 나약한 상대와의 대결에는 오히려 자신이 없었다. 지는 것은 쉬워도 져주는 것은 어렵다.

인범은 양산댁 남편의 시비에 어떻게 대처할까 생각을 하면서 쓰레기를 자루에 주워 넣고 있었다. 언제나 자신의 생명을 노리는 기습자들로부터 방어하기 위해 주위의 움직임에 신경이 예민한 인범은 자기를 보고 있는 시선을 의식했다. 아기를 업은 양산댁은 낮은 담에 붙어서서 남편이 저 젊은이에게 주먹다짐을 가하려고 친구들을 데리고 올라올 골목을 불안스럽게 내려다보고 있었다. 누구보다도 싸움질 잘하는 남편의 성격을 잘 아는 양산댁은 안쓰러운 얼굴로 청년을 바라보고 있었다.

인범은 아낙의 시선을 외면한 채 마을을 내려다보았다. 사방이 바위산으로 둘러싸인 천혜의 자연경관을 간직한, 풍광이 수려한 생동감 넘치는 마을은 한 폭의 동양화로 착각이 들었다. 이곳을 사람들이 영남의 알프스라고 한다고 고향을 자랑하던 박 과장의 이야기가 떠올랐다. 어제 계곡에 올라가 보니 그 자랑이 실제 풍광에 비하면 오히려 겸손하다고 생각했다. 형형각각의 기암절벽, 그 바위틈에 붙어 수분을 공급받기 위해 뿌리를 내리고 있는 소나무를 보았다. 모질게도 질긴 생명력을 잇고 강풍에 시달리면서 수분공급의 부족으로 성장이 억제당하여 분재와 같이 비정상으로 바위에 매달려 자라고 있는 묘한 수형의 소나무, 보는 이로 하여금 감동과 감탄사를 토해내게 하였다. 박 과장은 이곳을 스위스의 알프스라고 했다. 스위스의 알프스는 얼마나 경치가 좋을까, 한번 가보고 싶었다.

경탄의 시선으로 바라보며 이 마을을 관광마을로 만들겠다는 욕망이 인범의 가슴에 뜨겁게 달아올랐다.

저 멀리 아랫마을엔 쟁기질하는 것이 보이고, 볍씨를 파종하는 농부들과 아낙네들의 움직임이 평화스럽게 보였다. 인범은 고향의 농촌이 시야에 명멸했다. 내 고향 경기도 두메산골 인골리 사립마을과 아버지, 어머니, 두 동생들. 흙냄새, 퇴비냄새를 맡으며 가난했지만 행복하게 살았던 고향 산촌을 회상하며 상념의 나래 속에 잠시 머물러 있는데…….

"어, 저기 있는 절마가 글마 아이가? 자슥이 안 달라빼고 아즉도 있네."

큰소리치며 문호열이 두 청년과 올라오고 있었다. 예상했던 첫 충돌이 시작되고 있었다. 인범은 바보처럼 멍한 시선으로 올라오는 그들을 무표정한 얼굴로 바라보았다.

아기를 업은 양산댁은 자기로 인해 남편과 싸움을 하게 될 청년이 억울하게 당하고 있음을 알면서 속절없이 입을 굳게 다물고 침통한 표정으로 바라볼 따름이었다.

양산댁의 남편과 마을청년 둘이 인범에게 다가서고 있지만 인범은 아무 동요도 없이 그 자리에 서서 그들이 오는 것을 멀거니 바라보고 있었다. 그들은 빨리 오느라고 숨이 찬지 어깨로 숨을 몰아쉬고 있었다. 그 중 키가 크고 덩치가 큰, 싸움깨나 하게 보이는 감사나운 인상을 한 청년이 숨을 헐떡이며 바로 코앞에 바짝 다가서서 인범의 아래위를 매섭게 째려보며 시비를 걸기 시작했다.

"어이, 니 좀 보래이. 와 이 마을에 와서 눈꼴사나운 짓을 하노? 누가 니 보고 우리 마을 쓰레기를 주아 달라꼬 부탁하더나?"

놈은 눈알을 사납게 부라리며 당장이라도 멱살을 잡을 시늉을 하였다. 나머지 두 청년도 어깻짓을 하며 인범을 에워쌌다.

인범은 대꾸도 동요도 없이 물끄러미 실성한 사람처럼 세 청년을 바라만 보고 있었다. 인범은 이들에게서 공격에 대비하고 경계해야 할 싸움꾼이 갖추어야 할 그 무엇도 발견할 수 없었다. 그저 마을에서 싸움깨나 즐겨하는 그 이상도 이하도 아니라고 판단했다. 이들은 자기들이 세 사람이라 인범이가 자기들에게 겁을 먹고 있다고 생각했다. 그들은 먼저 위협을 하기 시작했다.

"이바라, 내 말 안 들리나? 마, 사람 말이 말 같잖나?"

"……."

"니 벙어리가?"

"……."

언성이 높아지고 말이 거칠어졌다. 그러면서 우뚝 솟은 인범의 키와 준마 같은 단단한 몸에 다소 위압을 느낀 듯 엄포만 놓았다. 아마 인범이의 몸이 왜소했더라면 벌써 멱살을 잡았고 주먹이 날아갔을 것이다.

"어이 호열아, 이 자슥, 이거 진짜 벙어리 아이가? 니 이 자슥 말하는 것 들어봤나?"

"그라고 보이 인마 이거 벙어리 아인가 모르겠다. 아직도 인마 이거 목소리 한번 못 들어봤네."

그래도 인범은 미동도 하지 않고 처음과 같이 그들이 하는 짓을 바라보고 있었다. 이들에게 잘잘못을 따진들 좋은 결과가 있을 것 같지 않았다. 몇 차례 이들에게 맞아주는 것이 가장 빠른 시간에 좋게 해결하는 방법이라고 생각했다. 수많은 주먹세계에서 맞는 것은 어릴 때부터 이골이 난 인범이었다.

이 모든 것을 양산댁은 언덕진 높은 마당에서 걱정스럽게 남편 친구들과 청년과의 싸움을 가슴 졸이며 내려다보고 있었다. 저 두 청년은 이 마을에서 싸움질 잘하는 평판이 안 좋은 청년들이었다. 성질 급한 남편이 쓰레기 자루를 발로 힘껏 찼다.

"퍽."

자루가 넘어지며 발로 찬 곳이 움푹 들어갔다. 그래도 인범은 죄지은 사람처럼 가만히 있었다. 표정없는 눈동자 같지만 그의 예민한 운동신경은 공격해 올 세 사람의 움직임을 계산하고 있었다. 인범은 언제나 공격과 수비에 대비하는 것이 몸에 배어 있었다. 상대의 공격에 급소를 피하여야 했다. 전문적인 주먹꾼이 아니더라도 무방비 상태에서의 공격은 치명상을 주는 위력의 일격일 수도 있다는 것을 알고 있기 때문이었다.

"이봐라, 너만 미친놈처럼 쓰레기를 줍지 왜 남의 마누라에게 쓰레기 주워라고 하노? 이 새끼야."

문호열은 인범의 얼굴에 주먹을 날렸다. 인범은 피하지도 반항도 않고 고스란히 주먹을 받았다. 피한다면 이들의 감정을 더 격화시킬 수도 있다고 생각했다. 몇 차례 맞아주는 것 외에는 달리 해결할 구멍수가 없다고 생각했다. 문호열의 주먹을 신호로 두 사람도 인범의 어깨를 잡고 흔들며 행패를 부렸다. 그러나 대항하지 않는 인범에게 더 심한 구타는 하지 않았다. 다만 양산댁의 남편은 자기 아내와 같이 쓰레기 줍는 것이 몹시 감정이 상하였는지 주먹질 발길질을 멈추지 않았다.

"야, 이 자슥아, 와 남의 마누라 일 시키노 말이다."

인범은 호열이의 주먹을 고스란히 맞으면서 안쓰러운 얼굴로 아기를 안고 언덕에 서서 내려다보고 있는 새댁을 쳐다보았다. 인범의 눈과 마주친 새댁은 연민과 죄스러운 눈으로 바라보다 조용히 고개를 떨어뜨렸다.

인범은 이들이 빨리 자기를 때릴 만큼 때리고 끝내주기를 바랐다. 이들의 주먹을 고스란히 맞아주는 것 외에는 달리 해결방법이 없다고 생각했다. 그렇다고 내가 시킨 것이 아니고 당신 마누라가 스스로 자기 집 주위를 청소한 것이라고 말한다면 틀림없이 새댁을 때릴 사람이라고 생각했다. 차라리 맷집 좋은 내가 맞는 것이 새댁을 도와주는 것이라고 판단했다.

인범은 코피가 터져 흘러내렸지만 닦을 생각을 하지 않았다. 양산댁은 청년의 얼굴에 코피가 흘러내리고 있는 것을 보고 얼굴을 찡그리며 하얗게 질린 얼굴로 바라보고 있었다. 두 청년은 인범의 얼굴에 코피가 흐르는 것을 보고서야 물러섰다. 그러나 양산댁의 남편은 계속했다.

"이 자슥이 사람 말이 말 같잖나, 와 우리 마누라 일 시키노 말이다."

호열은 인범의 멱살을 잡고 마구 흔들었다. 인범은 멱살을 잡힌 채 새댁의 남편이 흔드는 대로 몸을 맡기고 있었다. 호열은 인범의 코에서 흐르는 코피가 자기의 옷에 떨어지니 화가 나 몇 차례 더 인범의 얼굴에 주먹을 날렸다.

"호열아, 우리 마실 쓰레기 치아주는데 니 와 그 사람 때리노?"

"그래 말이다. 호열아, 니 그라모 안 된데이."

돌담 너머에서 눈살을 찌푸리고 싸움을 지켜보던 두 아낙이 호열이를 나무랐다.

호열은 두 아낙을 째려보다 주먹을 거두었다.

"에이, 이 자슥아, 피 좀 닦아라. 남의 옷 다 베린다."

새댁의 남편은 인범의 멱살을 슬며시 놓고 자기 옷에 묻은 피를 닦았다. '그 청년이 시킨 것이 아이라예. 저 청년이 우리 집 근처 쓰레기를 치워주는데 어째 그냥 보고만 있습니꺼. 미안스럽고 고마워서 내가 한 기라요. 그 청년이 시킨 것이 아니라예.' 양산댁은 목구멍까지 나오는 이 말을 가까스로 삼켰다. 양산댁이 나서서 그렇게 말하면 '니는 시키지도 않은 일을 와 하노?' 하며 남편 친구와 저 청년이 보는 앞에서 틀림없이 자기를 때릴 것이 뻔하기 때문이었다. 그리고 청년과 연관시켜 무슨 소리를 할지 몰랐다. 양산댁은 자신의 비겁함에 양심의 가책을 느꼈다.

이웃의 마을 아낙네들이 분을 못 참고 씩씩거리고 있었다.

"우매! 양산댁 남편이 와 저래, 저 청년을 때리노? 남의 마실에 와서 청소해 주는 기 얼마나 고마운 일인데……."

"그렇게 말입니더."

함안댁은 딱하다는 동정의 말이다.

"보래이, 덩치가 큰 저 청년은 경주댁 성님 큰아들 깡구라는 청년 아이가? 저 사람은 마을 싸움은 도맡아 하네. 아이구! 저 청년 보래이, 얼매나 맞았는지 온 얼굴에 피가 범벅이네. 얼굴이 말이 아이다. 아이구 불쌍해라."

싸움을 보고 있는 양산댁은 안절부절못했다.

'아이구 어짜노! 아이구 어짜노! 나 때문에…….'

마음만 동동거릴 뿐이었다. 그래도 청년은 조금의 반항도 하지 않고 때리는 대로 몸을 맡기고 있을 따름이었다. 담 너머 아낙네들도 양산댁도 청년이 와 때리느냐고, 내가 뭐 잘못했느냐고 대들고 이왕 맞을 바에야 같이 드잡이를 하고 싸웠으면 하는 생각이 간절했다. 그러나 청년은 바보같이 끝까지 맞고만 있었다. 그리고 안 맞으려고 몸을 피한다든지 움츠린다든지 얼굴을 손으로 가리는 동작은 일절 하지 않고 몸을 꼿꼿이 세우고 눈은 때리는 상대의 동작 하나하나를 놓치지 않고 보면서 맞고 있었다. 조금의 비굴함이 없었다. 맞기를 작정한 것 같았다. 옛날 일제강점기 독립투사들이 일본 순사들에게 모진 고문을 받으면서도 당당했다는데, 저 청년에게서 애국지사의 모습을 보는 것 같았다. 구타당하는 청년이 더 의연했다.

'그래, 때려보아라! 너희들보다 강하고 잔학한 전문 주먹쟁이들, 소매치기, 날치기들과 생명을 건 싸움을 얼마나 했던가. 이까짓 주먹이야 단련에 도움이 될 따름이다. 그리고 언젠가는 너희들이 나를 도와줄 것이다. 그때를 위해 오늘 너희들에게 맞는 것이 내일 이 마을을 위한 것이다. 여기에서 너희들을 이긴다면 나는 너희들에게 원한을 사서 협조는커녕 매사 나를 방해할 것이다.'

문득 법철 스님의 말씀이 떠올랐다.

"명분 없는 싸움은 지는 것이 이기는 것이니, 이기는 싸움을 하지 말고 지는 싸움을 하시오. 지는 싸움은 쉬워도 져주는 싸움은 어려운 것이요. 그러나 자기보다 약자에게 져주는 것이지, 불의가 정의를 짓밟는 직업 주먹쟁이나 사회악에서는 당신은 결코 물러서서는 안 된다는 것을 명심하시오. 그것은 굴복이고 굴욕이요."

청년들은 조금의 반항도 하지 않고 때리는 대로 맞는 인범에게 적의는 느끼지 못했다. 그러나 맞으면서 자기들의 주먹의 움직임 하나하나를 보면서 맞는 인범을 묘한 놈이라고 생각했다.

"이봐라, 호열아. 이만하고 가자. 머저리 같은 놈을 더 때리모 뭐 하노? 벙어리 같다."

호열이와는 달리 인범에게 감정이 없는 깡구는 호열이를 달래었다.

"야 인마, 이 마을에서 꺼지란 말이다. 알겠나?"

"……."

호열은 아무 말도 아무 저항도 하지 않고 자신의 얼굴을 멍하니 바라보고 서 있는 인범이를 고리눈으로 아래위를 노려보고는 더 때리지는 않았다. 호열은 쓰레기가 든 자루를 걷어차고는 두 손을 탁탁 털고 돌아서면서 다시 한 번 인범이의 얼굴을 째려보며 말했다.

"알겠나? 안 꺼지고 계속 이 마을에 있으면 그냥 안 둘 끼다 말이다."

하고 앞서 가는 친구를 따라 내려갔다.

마을청년들이 저만큼 내려가자 인범은 발길에 차여 쭈그러진 자루를 바로 세워 한곳에 모으고 자루에 기대어 앉았다. 조금 전 구타를 당한 것을 잊은 듯 하늘을 쳐다보았다.

신문배달을 하던 어릴 때 생각이 났다. 달수에게 신고식을 안 한다고 죽도록 맞은 것, 남의 구역을 침범했다고 자기 또래와 싸운 것, 자기 또래가 인범에게 맞고 왕초에게 일러 죽도록 맞은 기억도 났다.

그냥 잘못했다고 하고 다음부터 안 그러겠다고 하면 적게 맞을 수 있을 텐데, 왜 내가 집집마다 집 주위를 청소해주고 차 닦아주어 주인에게 신문배달을 허락받았는데 신문을 못 넣게 하느냐고 대들다 맞은 것, 그것도 왜 때리느냐고 악착같이 아랫도리를 잡고 '죽여요! 나는 굶어 죽으나 맞아 죽으나 마찬가지니까요.' 하며 끝까지 발을 안 놓고 버티다 더욱 맞은 생각이 났다.

나중에 때리던 왕초가 인범의 맷집에 겁을 내며 악착같이 잡고 놓아주지 않는 인범의 손에서 발을 빼면서 발 놓으라고 사정하던 것, 그래도 찰거머리처럼 사생결단으로 다리를 잡고 놔주지 않으니 한쪽 발과 주먹질로 힘껏 때리고 밟았더니 죽을 것 같아 더 때리지 못하고 오히려 '그래 인마, 신문 넣게 할 테니 손 놓아라.' 하여 사정하던 왕초, 참 많이도 맞았지. 맞은 몸과 얼굴이 퉁퉁 부어 며칠을 끙끙 앓으며 동굴에서 밥도 먹지 못하고 신문배달도 가지 못하고 병든 짐승처럼 앓고 있었던 그때가 떠올랐다. 그리고 신문 보급소장이 물어도 신문배달구역 때문에 맞았다고 안 하고 그냥 다쳤다고 했던 것, 그리고 고집대로 남의 지역에 배달을 하다 결국은 인범을 때린 보급소장의 배려로 그 지역에서 배달을 계속하여 더 많은 신문을 배달하던 그때가 생각이 났다. 참 그때 많이도 맞았고 많이도 싸우기도 했던 지난날들을 회상하며 기억하고 싶지 않은 암울한 기억이 떠오르는 것에 씁쓸한 미소를 지었다.

양산댁과 담 너머 아낙들이 이러한 인범의 모습을 연민 어린 동정의 시선으로 바라보고 있었다. 양산댁은 자기 때문에 남편과 남편 친구에게 맞고 코피를 닦을 생각도 하지 않고 쓰레기 자루에 기대 앉아 하늘을 쳐다보며 이따금 실성한 사람처럼 히죽히죽 웃고 있는 청년을 보면서 코끝이 찡하고 눈물이 나왔다. 참 못난 사람, 청춘이 구만리 같은 젊은 사람이 남의 시골 마을에 와서 청소를 하는 정신이 이상한 사람, 할 일 없는 사람, 새파란 젊은 청년이 장래 어떻게 살려고 교통이 불편한 이 시골까지 찾아와 쓰레기를 줍다가 아니, 청소를 하여 주다가 저렇게 촌 무지렁이에게 뭇매를 맞고 피를 흘리는지……. 잘못도 없으면서 매를 맞는 바보스런 청년을 향한 연민을 금할 수가 없었다. 한낮의 따사로운 해도 어느덧 서산에 빠지면서 긴 그림자를 만들고 있었다.

청년은 손으로 흐르는 코피를 스윽 훔치고 쓰레기 자루를 끈으로 묶고 일어섰다. 큰 부피이고 무거운 것 같은 커다란 짐을 어깨에 짊어지고 긴 그림자를 만들며 처연하게 골목을 내려가는 청년의 뒷모습을 양산댁은 속눈썹에 물기를 매달고 하염없이 시선을 딸려 보내고 있었다. 키가 커서 그런지 포대를 짊어지기 위해 고개를 푹 숙이고 걸어가는 어깨가 더욱 처져 있었다. 저 처진 어깨가 얼마나 시리고 무거울까. 내가 시킨 것이 아니고 당신 마누라가 스스로 한 것이라고 말을 하지 않고 남편의 주먹을 고스란히 맞는 못난 사람 아니, 바보 같은 사람. 양산댁은 자신을 배려해 그 말을 하지 않는 속 깊은 청년이 너무 고마워 눈물이 울컥 솟구쳤다. 참으로 속 깊은 남자. 양산댁은 가만히 되뇌었다.

이제 온 마을 사람들은 난데없이 나타나 마을의 쓰레기를 줍는 인범을 보고 듣지 않은 사람이 거의 없었다. 저 청년의 정체는 무언지? 정말 모자라는 사람인지? 인범이가 지나가면 유심히 보고 저희들끼리 쑥덕거리고 있었다. 길거리에서 쓰레기 부대를 들고가는 인범을 만나면 말을 붙이는 사람도 있었다.

"오늘도 쓰레기 주우로 갑니꺼?"

하며 아는 체하면 인범은 소년처럼 빙긋 미소만 지을 따름이었다.

"언양댁, 와 또 쓰레기 아무 데나 버리노? 우리 마을을 청소해주는 청년이 보모 욕하겠다."

"아이고, 내 정신 보래이. 그동안 아무 데나 버리던 습관이 되어서 안 그랬나."

하며 얼른 도로 집 마당 한구석에 모았다. 때론 어떤 사람은 서로 승강이를 하기도 했다. 며칠 동안 인범이가 주워온 온갖 잡동사니의 쓰레기들이 텐트 옆에 많이 쌓여 있었다. 인범은 쓰레기 처리 문제로 고심했다. 큰비가 오기 전에 치워야 할 텐데……. 앞으로 수거해야 할 쓰레기도 문제였다. 오늘은 마을 이장님을 찾아뵈어야겠다고 생각했다.

2

늦은 4월의 싱그러운 아침 햇살과 온갖 이름 모를 들풀들과 잡목들이 내뿜는 싱그러운 맑은 공기가 바람을 타고 인범의 코에 스며들어 상쾌했다. 그러나 바람의 방향에 따라 쓰레기더미에서 나는 냄새가 마을로 날아가지 않을까 걱정이 되었다. 이 마을의 쓰레기 처리는 어떻게 하고 있는지, 또 재생이 가능한 쓰레기 처리는 어떻게 하고 있는지 먼저 알아보아야겠다고 생각했다.

이장님을 찾아가 쓰레기 처리를 의논도 하고 이장님을 통해 주민들과 대화할 수 있는 기회를 만들어야겠다고 생각하고 집을 나섰다. 나 혼자 힘으로서는 시작에 불과할 따름이다. 이 관광마을 추진 사업은 전체 주민의 뜻이 결집되지 않으면 이룰 수 없다. 이 마을이 관광마을로 성공한다면 자연조건이 좋은 또 다른 곳에서도 관광마을 조성을 할 것이다. 그러면 인구 밀도가 조밀하고 국토가 좁은 우리나라 국민들이 많은 관광자원을 발굴·개발하여 온 국민이 사라져가는 민속 마을과 자연이 아우러진 효율적인 관광을 즐길 수 있을 것이다.

'이장님은 어떤 분이실까?'

배내마을은 맑고 푸른 하늘, 좁지만 푸른 들판과 산, 그리고 집집마다 감나무, 대추나무, 각종 유실수들이 마을을 녹색으로 덮고 있었다. 마을길, 들길, 농로는 도심과는 달리 아직 모두 흙길이었다. 요즈음 우리나라는 농촌이 아니면 흙길은 찾아볼 수가 없다. 모두가 시멘트 포장길이고 아스팔트길인데 이곳은 아직도 울퉁불퉁한 흙길이었다. 마을 사람들이 농기구를 리어카에 싣고 논밭으로 일하러 나가고 있었다.

이제 길에서 인범이를 만나면 소탈한 미소를 지으며 가벼운 인사를 하는 농민들이 많았다. 길을 가던 오십 대의 중년 아저씨가 인범에게 인사 겸 말했다.

"어이, 청년! 오늘은 쓰레기 안 줍소?"

"……."

"우리 마을이 젊은이 때문에 참으로 깨끗해졌제. 우리가 못 도와주어서 미안스럽구마."

인범은 마주 웃으면서 말했다.

"예, 다음에 많이 도와주십시오."

"하모, 그래야제."

"그런데, 아저씨 이장님 댁이 어디입니까? 그리고 성함은 무엇입니까?"

"아, 황 이장 말이제. 이장님 집은 저기 보이는 큰 느티나무 뒤에 있는데, 와 그라요? 이장님께 무신 부탁할 기 있는교? 참 좋은 분이지. 그분에게 부탁하면 잘 도와줄 끼구마. 그러잖아도 젊은 친구 이야기 한번 안 해봤나. 황 이장도 궁금하게 생각하고 있더라고, 그럼 가보시지. 아 참, 황 이장 이름이 황영수라고 하오."

"예, 감사합니다."

저만치 바라보이는 마을 중앙에 푸른 잎이 무성한 커다란 정자나무가 우뚝 서 있는 것이 보였다. 가까이 가니 마을의 온갖 애환을 간직한 채 연연히 이 마을을 지켜온 오백 년도 더 된 것 같은 우람한 수살나무 느티나무 한 그루가 장엄하게 버티어 있었다.

'아! 이곳에도 청소를 해야겠다.' 인범이 청소한 곳은 깨끗해졌지만, 인범의 손길이 아직 닿지 않은 이곳은 쓰레기들이 많이 널려 있었다. 문명의 발길이 뜸한 이곳에는 아직도 그 옛날 토속적인 집들이 고집스럽게 보존돼 있었다. 다가가니 마을 사람들이 아는 체를 했다.

"어이, 청년이 웬일이오? 여기까지 쓰레기 주우러 왔는기요?"

정자나무 아래 마을 노인들이 평상에 앉아 담배를 피우며 한가롭게 이야기를 나누다 인범이가 가까이 다가가니 인범을 유심히 쳐다보았다.

"어르신, 황 이장 댁이 어디십니까?"

"어…… 황 이장 말이오? 저기 보이는 기와집 뒷집이오. 근데 황 이장이 조금 전에 밭에 일하러 가던데……."

"예, 고맙습니다."

인범이는 황 이장이 없으면 집이라도 알아놓을 생각이었다. 이 마을에서 제일 부잣집 같은, 마당이 넓고 뜰에 화초들이 많이 심어져 있는 큰 기와집 뒤에 그렇게 크지 않은 초가집의 나무 문패에 '황영수' 라고 쓰여 있었다. 마당 여기저기에 농기구들이 널려있었다.

"계십니까?"

불렀지만 아무 인기척이 없었다.

"아무도 안 계십니까?"

다시 한 번 조금 큰 목소리로 불러보았지만 역시 인기척이 없었다. 마루는 옛날 집처럼 땟국이 낀 정다운 색깔이었다.

'아! 이 마루 색 얼마나 향수적인가.' 시골 아니면 구경할 수 없는 옛날 마루, 비바람이 몰아쳐도 그대로 방치하는 마루. 한지로 바른 지게문이 아니고 유리로 된 나무문이었다. 비바람을 막기 위해 개조한 것 같았다. 인범은 고향의 마을 같은 툇마루에 앉으니 어린 시절 시골의 고향 생각이 났다. 내 어릴 때 고향 마을도 이런 마루였었지. 아래채에는 마구간이 있었다. 쇠똥냄새가 물씬 코에 스며들었다. 그리고 농산물을 저장하는 곳간도 있었다.

갑자기 제비가 인범의 머리 위로 부딪칠 듯 날아들었다. 유난히 키가 큰 인범이라 낮은 지붕 밑에 지은 제비집에 닿을 것 같아 그런지 낯선 사람을 경계하여 그런지 두세 번 아주 가까이까지 다가오다 도로 날아가 빙빙 돌다가 다시 마루 천장에 앉았다.

'아! 제비가 집을 짓는구나!'

제비는 집을 짓기 위해 진흙에 마른 풀을 섞어 처마 밑에 붙이고 있었다. 날짐승이지만 종족 번식을 위해 집을 지으면서 진흙에 마른 풀을 섞는 지혜가 놀라웠다. 그러고 보니 하늘엔 제비들이 빠르게 날아다니고 있었다. 옛 시골 마을 아니면 볼 수 없는 나지막한 담 옆에 장독들이 놓여있었다. 인범은 슬그머니 마루에서 일어났다. 아무도 없는 남의 집에 오래 앉아있기가 거북스러웠다. 부엌을 들여다보았다. 입식 부엌이 아닌 재래식 부엌에 바닥은 시멘트이지만 시커먼 솥은 옛날 그대로였다. 나무가 풍부한 산골 마을이라 그런지 시커먼 옛날 큰솥을 사용하고 나무를 때는 온돌식 아궁이였다. 집 구조들이 어릴 때 시골 고향을 보는 느낌이었다.

밖으로 나왔다. 이장이 일하는 밭에 가볼 생각이었다. 정자 밑에는 노인들이 조금 전과 같이 한가롭게 환담들을 나누고 있었다.

"어르신, 이장님이 일하시는 논이 어디쯤입니까?"

"황 이장이 집에 없지요? 논이 아니고 밭에 내외간이 일하러 간기라. 황 이장 밭은 저 산 밑 큰 버드나무 보이지요? 거기 가면 보일 끼구마."

두 노인이 마주 앉아 장기 두는 것을 구경하던 한 노인이 친절하게 손가락으로 가리켜주며 멍이 든 인범이의 얼굴을 유심히 보았다. 노인의 얼굴은 온통 주름투성이고 이가 빠져 누런 송곳니 두 개가 유난스레 옹색해 보였다.

"고맙습니다."

인사를 하고 영감님이 가르쳐준 서쪽, 큰 버드나무 쪽으로 걸음을 옮겼다. 평화로운 마을이었다. 산악지대라 논은 얼마 되지 않았지만 산 아래 이곳저곳에 밭이 있었다. 길가에는 개들이 한가로이 그늘에 누워 지나가는 사람들을 보고 인사인지 꼬리를 흔들며 바라보고 있었다. 생활 오수가 별로 없는 곳이라 집 주위로 흐르는 도랑물이 깨끗했다. 인범은 어제 청년들에게 맞았던 집 앞으로 지나가야 했다. 저만치에서 싸움을 걸었던 그 남편의 아낙네가 아기를 업고 먼 산을 바라보고 있었다. 인범이 가까이 가니 아낙네는 인범을 쳐다보고는 집에도 들어가지 못하고 당황한 표정으로 어쩔 줄 모르고 있었다.

"안녕하세요?"

인범이 인사를 하며 밝게 웃었다.

"아! 어제는 지 때문에……."

양산댁은 발갛게 상기된 얼굴로 인사를 받았다. 인범은 어제 싸움은 잊어버린 듯 밝은 미소를 보이고 가벼운 걸음으로 산 쪽으로 올라갔다.

양산댁은 보았다. 청년은 남편과 마을청년에게 맞은 얼굴이 시퍼렇게 멍이 들었고 부어 있었다. 새댁은 가슴이 찡한 아픔을 느꼈다.

'저러고도 밝은 미소를 짓는 바보스럽고 참 착한 청년, 오늘은 자루를 가지지 않고 어디로 갈까?'

새댁은 측은한 눈길로 청년의 뒷모습을 한참이나 보고 있었다.

3

완만한 산자락이 아니었다. 버드나무들이 이 마을에 유난히 많고 이곳저곳에 밭이 있었다. 산비탈엔 다락밭도 보였다. 평지가 모자라 자드락에까지 밭을 일구어 놓았다. 들쥐, 다람쥐, 새들이 인적에 놀라 후다닥 달아났다. 풋풋한 들풀 냄새가 물씬 났다. 저쪽에 이장인지 버드나무 옆 밭에서 육십 대로 보이는 부부가 일을 하고 있었다. 따사로운 햇살 아래 열심히 일을 하는 노부부의 모습이 퍽 다정하고 평화스럽게 보였다. 간단한 청바지 차림의 인범이 밭이랑 사이로 걸어 이장 곁으로 갔다. 이장 부부는 사람이 오는 줄도 모르고 호미로 밭두렁에 골을 파고 있었다.

"처음 뵙겠습니다. 이장님이시지요?"

인범은 공손하게 인사를 했다. 황 이장은 하던 일을 멈추고 뜨악하게 인범을 쳐다보았다.

"누구신교?"

황 이장은 외지인인 인범을 맞았다.

"저는 이 마을에 놀러온 고인범이라고 합니다. 이장님께 의논드릴 말씀이 있어서요. 의논은 저녁에 이장님 댁에 찾아뵈옵고 말씀 드리겠습니다.

그냥 이장님께 인사도 드릴 겸 일하시는 걸 보려고 이렇게 여기까지 왔습니다. 이장님 하시던 일 하십시오."

"우리 집은 알고 계시나?"

"예, 여기 오기 전에 집에 들렀다 안 계셔서 마을 어른께 물어서 이리로 왔습니다."

"아, 그래! 저녁에 집으로 오시게. 청년이 우리 마을에 청소를 해주는 분이신가? 무신 깊은 사연이 있는지 모르지만…… 마을 사람들에게 이야기 많이 들었구마. 참말로 고맙네. 내 그러잖아도 한번 만나보고 싶었는데……."

황 이장이 말을 하며 온통 멍이 든 인범의 얼굴을 유심히 뜯어보았다. 황 이장은 듣기보다 젊고 훤칠한 키와 건장한 청년이라 더욱 인범을 자세히 보았다. 어떤 청년이 산골 마을에 찾아와 엉뚱하게 쓰레기를 줍는 게 바보 같다고 하던 듣던 말과는 달랐다. 모자라고 정신이상자 같다는 말은 잘못 본 것 같았다.

"이장님, 일하십시오. 제가 일을 방해하는군요."

"……?"

인범은 자기 때문에 하던 일을 멈추고 인범의 얼굴을 유심히 바라보는 이장을 마주보며 미소를 지으며 말을 건넸다.

"감자를 심고 계시군요?"

"……."

이장은 한참을 멀거니 인범을 쳐다보더니 하던 일을 계속하였다. 이장은 구덩이를 파고 아주머니는 파놓은 구덩이에 씨감자를 넣고 흙을 덮고 있었다. 구덩이와 구덩이 사이는 한 자 가량이었다. 이장은 아무 말 없이 일을 하고 있었고, 인범은 이장 내외분이 일하는 모습을 멀거니 바라보았다. 아주머니는 일을 하면서 인범을 힐끗힐끗 쳐다보다 인범이 눈과 마주

치자 슬그머니 고개를 돌리고 감자 씨를 구덩이에 넣었다. 이름 모를 작은 새들이 버드나무와 버드나무 사이를 날아다니며 청아한 소리를 울리고 있었다. 시원하고 부드러운 봄바람이 버드나무 가지를 가볍게 흔들었다.

"이장님, 제가 좀 도와드릴게요."

인범은 그렇게 말하고 빼앗듯 호미를 받아 쥐었다.

"이장님, 구덩이와 구덩이 사이는 요만큼만 간격을 두면 됩니까?"

인범은 두 구덩이를 파 보였다. 이장은 인범에게 호미를 빼앗기고 멀거니 인범이 하는 것을 보았다.

"아, 그래! 구덩이와 구덩이 사이와 구덩이 깊이가 그 정도면 되었네."

이장은 청년의 빠른 손놀림을 보고 일이 몸에 밴 것을 알았다.

"젊은이 농사일 해 봤나? 호미질이 처음은 아닌 것 같은데……."

"예, 농사일은 아니지만 일은 많이 합니다."

구덩이 파는 일이 이장보다 훨씬 빨랐다. 이장이 파고 아주머니가 감자 씨를 넣고 덮는 시간이 비슷했는데 인범이가 구덩이 파는 것은 이장보다 훨씬 빨랐다. 인범이 구덩이 파는 것을 지켜보던 이장은 아내에게 말했다.

"여보! 감자 씨를 나에게도 주구려. 우리 내외가 같이 씨앗을 넣어도 저 청년 구덩이 파는 것보다 빠르지는 않겠소."

이장과 아주머니는 열심히 씨앗을 구덩이에 넣고 흙을 덮었다. 인범은 요즈음 젊은이들과는 분명히 달랐다. 그는 공사판에서 노동일을 하고 있었다. 힘만이 필요한 노동은 기술노동보다 육체적으로 훨씬 고되었다. 부모의 도움으로 성장했던 요즈음 젊은 직장인들은 사무직이나 영업일 아닌 직종은 선택하지 않으려고 했다. 힘들고 더럽고 위험한 기술직을 기피하는 3D 현상이 유행어가 되었다. 인범이 기술직도 사무직도 아닌 남들이 싫어하는 노동직을 택한 것은 단순노동은 어느 공사장이나 일자리가 있기 때문이었다. 범죄인에 대항하여 약자를 구하려면 고정으로 고용된 직장에 다닐 수 없기 때문이었다. 그래서 인범은 목수직을 그만두고 단순노동직으로 바꾼 것이다.

인범에게는 호미로 구덩이 파는 일은 너무나 쉬운 일이다. 빠른 속도는 이장 부부가 같이 하여도 따라갈 수 없는 빠른 일솜씨였다.

'저 젊은이는 여느 청년과는 다르다. 노동자 같지 않으면서 일하는 솜씨는 몸에 배어 있다.' 황 이장은 열심히 감자 씨를 심으면서도 젊은이의 생각으로 꽉 차 있었다. 하는 일이나 얼굴 생김이 준수하고 말수가 적은 믿음직스러운 청년이라 호감이 갔다.

세 사람이 묵묵히 일하는 밭에는 한동안 바람 소리, 새소리 외에는 기척 없는 정밀이 감돌고 적막감이 이랑 사이에 면면히 흘렀다. 황 이장 내외와 인범의 손만이 열심히 움직이고 있었다. 한 시간 가량 일이 진행되었다.

"이봐 젊은이, 우리 참이나 먹고 하세. 고맙고 미안스럽네."

인범은 일을 하다 말고 이장을 쳐다보았다. 이장의 부인은 아침에 가져온, 집에서 담은 탁주와 삶은 달걀 몇 개를 신문지에 싼 것을 내어놓았다.

"여보게, 젊은이 이리 오게."

황 이장은 인범을 부르면서 다시금 자세히 보았다. 키가 크고 몸엔 군살 하나 없어 날렵하게 보이는 이십 대의 중반으로 보였다.

인범은 하던 일을 멈추고 호미를 들고 황 이장 곁으로 갔다.

"자, 이 자리에 앉게."

황 이장이 자기의 옆에 앉기를 권하고 사발에 탁주를 가득 부어 인범에게 주었다.

"아닙니다. 이장님이 먼저 드십시오. 저는 술을 잘 못 합니다."

"그렇지, 내가 먼저 마셔야지. 이 사람아, 일하는 사람은 탁주 한 잔은 먹어야 뱃심이 생겨 일을 할 수 있지."

황 이장은 단숨에 마시고 인범에게 잔을 내밀었다.

"자네 덕분에 내일 할 일까지 오늘 할 수 있게 됐어. 그런데 아까부터 보고 있는데 자네 누구와 싸웠나? 얼굴이 붓고 멍이 들어 있네 그려……."

"……."

인범은 아무런 대답도 못 했다. 이장은 이러한 인범이 이상한 듯 다시 한 번 물었다.

"이보게 젊은이, 얼굴이 와 그렇노?"

걱정이 되는지 얼굴을 자세히 쳐다보았다. 인범은 얼굴을 돌리며 말했다.

"아닙니다. 어디에 부딪혔습니다."

"큰일 날뻔했네. 조심하게. 눈 다치면 어짤라꼬……. 멍든 곳이 여러 곳인데……. 부딪힌 것이 아닌 거 같구마."

황 이장은 의미심장하게 다시 한 번 쳐다보았다. 아주머니도 유심히 보았다. 인범은 민망했다.

"얼굴이 와 그렇노? 싸웠는가 봐."

"……."

"참! 일도 잘 하제. 젊은이 어디서 왔소. 고향이 어데요? 그라고 하고많은 곳을 두고 와 이 마실에 왔소?"

부인이 물었다.

"서울서 왔습니다. 저의 고향은 경기도입니다. 여기 마을이 경치가 좋다고 어느 분이 가보라고 해서 왔습니다."

"경채는 무신 경채, 전답도 벨로 없는, 사람 살기가 힘든 곳인데……. 그라모, 젊은이는 구경은 안 하고 와 쓰레기나 줍고 그라요? 무신 이유가 있는교? 우리 마실 사람들이 모다 궁금하게 생각 안 하나?"

"예, 그것 때문에 이장님께 의논하려고 찾아뵙고자 한 것입니다."

"이야기가 길겠구마. 저녁에 우리 집에서 저녁밥 묵으면서 상세한 이야기하기로 하세."

“예……, 밥은 먹고 가겠습니다.”

“그라모 안 되제. 객지에서 온 손님 밥 한 끼 대접하는 기 농촌인심 아이가. 그라고 이렇게 일도 거들어 주는데……, 밥 먹지 않고 기다릴 것이니 오시게. 당신은 밥을 알아서 하소. 노영길 친구도 부를 테니 저 청년이 무신 깊은 이야기가 있는 것 같은데 같이 들어야제.”

아주머니는 말없이 고개를 끄덕이며 삶은 달걀 한 개를 인범에게 주었다. 부부가 먹으려고 두 개를 가지고 온 것 같아 안 받으려고 했으나 한사코 먹기를 권했다.

“보소 총각! 일하려면 먹어야 뱃심이 나는 기라, 내사 집에 가면 또 안 있나.”

인범은 부인의 호의를 무시하지 못해 받았다. 부드럽게 씹히는 달걀의 고소한 맛이 혀끝에 번졌다. 인범은 집 생각이 났다. 아직도 닭을 기르고 있었다. 순희가 울프에게도 센에게도 닭에게도 모이를 잘 주고 있을 것이다.

바람을 타고 산 밑 경사가 완만한 곳에서 사람 소리가 들렸다. 그곳은 다른 곳과는 달리 나무가 별로 없고 칡넝쿨이 유난히 많았다. 세 청년이 자기들끼리 이야기를 나누며 커다란 칡뿌리 여러 개를 새끼로 묶어서 각자 어깨에 메고 내려오고 있었다. 이쪽 밭에 사람이 있는 걸 모르는지 무엇이 유쾌한 듯 이야기꽃을 피우며 오고 있었다.

“어이, 오늘 칡은 쌀 칡이다. 값도 제대로 받겠다. 지금이 칡이 일 년 중 제일 제맛이 날 때 아이가. 오늘 술값은 톡톡히 되겠다.”

“요사이 과부 합천댁이 유달리 물이 올라, 사람을 녹일 듯 쳐다보는 눈이 사람 환장하겠더라고. 합천댁 고년이 봄바람 났다 말이다.”

“인마, 호열아! 헛물 케지 마라. 그년은 깡구가 눈독 들이고 있다 말이다.”

세 청년이 이야기를 나누며 내려오고 있었다. 그들의 이야기 소리는 바람을 따라 황 이장이 일하는 곳까지 설핏하게 들렸다. 황 이장도 아주머니도 인범도 그들을 바라보았다.

"보소, 맨 앞에 오는 저 사람이 말썽꾸러기 호열이 아닌기요? 그라고 그 옆은 수필이 영감 아들 깡구이고, 또 하나는 누군지 모르겠네."

"그래 맞소. 저놈들, 일은 안 하고 또 칡 캐로 갔구나."

내려오던 청년들도 이쪽을 보았다.

"어! 저기 일하는 사람 이장님 아이가? 옆에 있는 젊은 사람은 처음 보는 사람인데, 아, 어제 글마 아이가? 쓰레기 줍던 놈 말이다."

"그래. 글마 맞다. 저 자식이 이장님 밭에는 와 왔노?"

그들은 인범을 노려보며 가까이 다가가고 있었다.

"이장님, 안녕하십니꺼? 감자 심습니꺼?"

세 명이 머리를 숙여 어색하게 인사를 하며 눈은 인범을 째려보고 있었다.

"오냐, 칡 캐러 갔더나? 왔다, 큰 거 캐었네! 칡 캐고 구덩이 제대로 막았나? 구덩이 안 막고 그냥 두면 산사태 난데이……."

"예, 꼭 덮어 막아심더."

인범은 그들을 외면한 채, 아래에 보이는 마을을 내려다보고 있었다.

"야, 인마! 니 여어는 와 왔노? 이장님께 일러바치러 왔제. 니, 더 맞고 싶나? 이 자슥아."

깡구와 문호열은 눈을 희번덕거리면서 인범을 노려보고 여차하면 어제처럼 주먹질을 할 태세였다.

"야, 인마. 니 진짜 이장님께 이르러 왔제?"

"……."

호열은 눈을 부라리며 주먹을 쥐고 인범에게 다가갔다. 이장과 아주머니는 이들의 하는 짓을 보고 참견을 했다.

"너거 와 그라노? 이 청년이 뭐 잘못했다고 이라노? 참 우습네!"

아주머니는 인범의 편을 들고 행여 젊은이가 맞을까 막아섰다.

"여보게, 이 청년을 너거가 때려서 얼굴을 저 모양으로 맨들었나? 와 때렸노? 한번 물어보자."

평소에 이 청년들의 사람 됨됨이를 아는 황 이장 내외라 젊은이가 얼굴을 누구에게 맞았는지 짐작이 갔다.

"이장님, 마 참견 마이소. 이 자슥이 우리 마실에 와서 말썽만 안 부립니꺼."

"그래, 무신 말썽 부리더노, 이 청년이?"

"어제 말입니더, 우리 마누라 보고요, 쓰레기 주우라꼬 안 시키능교. 그래서 우리가 어제 손 좀 보아 주었다 말입니더."

인범은 아무 말 없이 세 사람을 멀거니 보고만 있었다. 옆에서 눈을 부라리고 있던 깡구가 나섰다.

"야, 인마! 니 진짜 고자질하러 왔제? 이장님께 일렀나? 말해바라, 이 자슥아."

깡구는 자기보다 키가 큰 인범의 멱살을 어제처럼 잡아 흔들었지만 인범은 멱살을 잡힌 채 어제처럼 아무런 반항도 하지 않고 허수아비처럼 흔들리고 있었다. 보다 못한 아주머니가 나섰다.

"야아들이 와 이라노. 멱살 놓고 이야기해라. 강구야, 니 이 멱살 좀 나아바아라."

아주머니는 인범이와 깡구 사이에 끼여 인범의 멱살을 단단히 잡고 악을 쓰고 있는 깡구의 손을 떼려고 안간힘을 썼다.

"봐라! 너거 할 말 있으모 말로 해라. 이 청년은 아직 나에게 아무 말 안 했다 말이다. 얼굴이 와 그런노 물으니 어디에 받혔다고 안 하나. 그러는데 이 청년이 뭐 일렀다고 그라노 말이다."

화가 난 이장의 목소리가 커지며 청년들을 호되게 나무랐다. 그제서야 깡구는 멱살을 놓으며 어눌하게 말했다.

"그라모 인마, 니 이장님 밭에까지 와 왔노?"

"……."

그래도 여전히 인범은 묵묵부답이었다.

"그래, 이 청년이 이 마실을 깨끗이 할라꼬 자네 집 앞에 쓰레기 줍다가 너거 마누라보고 청소 좀 같이 하자카모 어떤노? 그랬다고 사람을 이래 패서 얼굴이 퉁퉁 붓고 온 얼굴에 저렇게 멍이 들게 했나? 이 청년은 이 마실을 깨끗이 청소해 주는 고마운 분이고 또 손님이다 말이다. 그라고 이 청년은 무신 의논할 것이 있어서 왔다 카더라."

"이장님은 와 이 자슥 편만 드는기요?"

깡구가 이장에게 대들듯 하니 호열이가 깡구의 등을 밀며 말했다.

"어이 마 가자. 이장님이 몰라도 한참 모른다."

깡구는 이장에게 인사를 했다.

"이장님, 마, 이장님께는 미안합니더."

험악한 얼굴로 잔뜩 인상을 쓴 호열은 주먹으로 인범의 가슴을 툭툭 치며 말했다.

"야, 인마! 니 뜨거운 맛 한번 진짜 볼래?"

흰자위를 드러내고 눈방울을 굴리며 노려보았다. 인범은 놈이 하는 짓이 가소로워 자신도 모르게 빙그레 웃었다.

"어? 일마 바라, 비웃는다. 니 인마 내 말이 우습나? 같잖다 이거가? 이 자슥, 팍 죽이뿔라마."

호열이의 입에서 몇 번이나 죽어간 인범은 얼른 표정을 바꾸었다. 호열은 주먹을 불끈 쥐고 인범의 얼굴에 날리려던 주먹을 이장을 쳐다보다 거두고 말했다.

"이장님, 일마 이거 비웃는 것 봤지예? 니 인마, 오늘 이장님 덕 많이 보는 줄 알아라. 자슥아 우리 마실을 빨리 안 떠날 끼가? 야, 가자가자.”

호열이 칡뿌리를 짊어지고 앞장서서 내려갔다. 대강의 사태를 알게 된 이장 내외는 마을 쪽으로 칡뿌리를 메고 내려가는 마을청년들을 물끄러미 바라보았다. 그리고 인범을 보며 조용히 말했다.

“그 얼굴 저 청년들에게 맞았구먼.”

빤히 인범의 얼굴을 쳐다보았다.

“…….”

황 이장과 아주머니는 맞아서 얼굴이 붓고 멍이 들었으면서도 아무런 하소연도 하지 않는 청년이 바보스럽고 측은했다.

“여보게 젊은이! 저 청년들을 조심하게. 마을에서 싸움질만 일삼는 말썽꾸러기들이라네. 맞으면 자네만 억울하지 않나. 지금처럼 마 상대하지 마라. 특히 호열이라는 놈은 모주꾼이고 노라리라 마을 사람들이 싫어한단다. 그리고 김강일 아니, 깡구라는 청년은 이 마실에서 싸움깨나 하는 청년이라네. 그래서 별명이 깡다구라고 부르고 또 깡구라고도 안 부르나. 참고하시고 말썽을 만들지 말게.”

“모주꾼은 무슨 말이고 노라리란 또 무슨 말입니까?”

인범은 황 이장이 호열이를 모주꾼이며 노라리라고 하여 물었다.

“모주꾼은 술쟁이를 말하고 노라리는 일은 안 하고 빈둥빈둥 세월만 보낸다는 말 아이가.”

“아 예, 알겠습니다. 이장님 하던 일 하겠습니다.”

“아니, 젊은이 그냥 가게. 그만만 하여도 도움이 많이 되었네. 저 청년들 때문에 기분이 많이 상했제?”

“아닙니다.”

황 이장은 호열이, 깡구가 ‘이 자슥, 저 자슥, 인마, 절마’ 라는 모욕적인 소리와 때릴 듯 위협적인 작태를 하였는데도 아무렇지도 않은 듯한 청년을 보고 저 청년이 어느 마실 사람들 말처럼 좀 모자라지 않나 하고 생각했다.

인범은 호미를 들고 구덩이를 파기 시작했다. 황 이장은 인범을 잠시 바라보더니 인범이 파놓은 구덩이에 감자 씨를 넣고 흙을 덮기 시작했다. 멀리서 송아지가 어미를 잃었는지 음메에 길게 울고 있었다.

어느덧 해는 중천에 머물고 있었다. 이른 봄이지만 정오의 햇살은 따사로웠다. 인범의 손놀림이 놀랍도록 빨랐다. 보통사람의 체력으로서는 도저히 저렇게 빠른 속도로 장시간 일을 할 수 없는데 인범은 해내는 것이다. 인범은 노동일도 때론 체력훈련으로 생각하고 육체의 힘이 한계에 도달하도록 일을 하는 것이다. 그것은 실전에 대비한 극기훈련이라고 생각하기 때문이었다.

인범은 체력도 무술의 한 부분으로 생각하는 것이다. 적과 싸울 때 아무리 무술이 뛰어나더라도 체력이 약하면 가진 무술 실력을 발휘할 수 없기 때문이었다. 무술 실력이 약해 패배하는 것보다 체력이 약해 지는 것은 억울했다. 인범은 집단과 싸울 때가 많았다. 집단과 싸울 때 체력소모를 상대보다 더 많이 아니, 몇 배나 소모해야 하는 자신은 지구전에 대비하는 체력을 가져야 했다. 그것은 자신은 언제나 혼자이고 많은 적을 상대해야 하기 때문이었다. 생명을 건 냉혹한 주먹세계에서는 싸워서 이기는 것만이 생명을 보존하는 것이다.

황 이장 내외가 아무리 빨리 감자 씨를 묻어도 도저히 인범의 일을 따라갈 수 없었다. 인범이가 호흡이 거칠어지도록 일을 하기 때문이었다. 인범의 체력훈련은 일에서도 적용되는 것이다. 이러는 인범이를 잘 모르는 황이장은 인범이가 일을 잘하는 것으로만 생각하는 것이다.

"여보, 저 젊은이가 보통사람은 아닌 기라예. 저 소처럼 일하는 것 보이소. 당신은 그런 생각이 안 드는기요?"

"그래, 임자 말이 맞소. 나도 아까부터 하도 빨리 일을 해서 젊은 힘으로 잠깐 저러다 곧 지쳐 천천히 하겠지 생각했는데……. 하모 지치나 하모 지치나 했는데 저렇게 아직 지치지도 않고 일하는 걸 보고 무신 사람이 저렇게 소 같은 힘을 가지고 있고 미련스럽게 일을 하노 하고 나도 생각하고 있는 중에 당신이 먼저 말하네."

"여보, 저 청년이 새참을 먹고 일을 시작한 지 한 시간이 되었는데 지치지도 않고 일하는 것 보이까네 곰처럼 힘이 센데 왜 깡구와 호열이한테 두들겨 맞아 저렇게 온 얼굴이 멍투성인가예? 나는 거기 궁금한 기라요."

"글쎄 말이다. 일 잘하고 힘세다고 다 싸움 잘하는 것은 아일 끼다. 그라모 머슴은 힘이 세니까 다 싸움 잘해야 안 되겠나? 그래서 머슴들이 힘은 세도 건달들에게는 못 이기고 얻어맞는 것 아이가."

"그카이까네 그 말도 맞네요."

저만큼 떨어져 일을 하는 인범이에게 들리지 않는 이장 부부의 대화였다.

인범은 밭두둑 전부에 구덩이를 파고는 이장 가까이 와서 이장이 감자를 어떻게 묻고 있는가를 잠시 보더니 통에 감자 씨를 담고 이장 반대편에서 묻기 시작하면서 이장을 불렀다.

"이장님, 잠깐 봐주세요. 이렇게 하면 됩니까?"

인범은 이장 부부가 심는 그대로 감자 씨를 넣고 흙도 적당히 덮었다.

"아니, 벌써 구덩이를 다 팠나? 왔다 빠르네! 그래, 그렇게 하모 되네."

황 이장은 칭찬의 말을 했다. 인범은 빠르고 정확하게 씨앗과 함께 퇴비도 적당히 넣고 흙을 덮고 손으로 다독거렸다. 인범의 손놀림은 정확하고 빨랐다. 시간이 얼마 되지 않아 감자심기도 마무리되었다.

황 이장 부부는 순식간에 일이 끝난 것에 놀랐다. 어찌 이렇게 일을 빨리 할 수 있단 말인가?

"여보게. 자네 이름이 뭐라고 했던가?"

“예, 고인범이라고 합니다.”

“나이는 몇인고?”

“올해 스물네 살입니다.”

“군에는 갔다 왔는가?”

이 말에 인범은 갑자기 얼굴이 굳어지면서 고뇌의 빛이 서렸다.

“네…… 못 갔습니다.”

“아니, 건장한 몸인데 무신 사정이 있는가?”

“네…….”

인범의 말끝은 흐려지고 얼굴이 어두워졌다. 신체 건강한 대한민국 남자라면 누구나 마쳐야 하는 국방의무를 인범은 하지 못한 것이다. 부모 없는 고아이고 문교부에서 인정하지 않는 학력이기에 군에 가지 못한 것에 인범은 항시 열등감을 갖고 있었다. 인범은 조국에 대해 누구보다도 애국심을 갖고 있었다. 그래서 인범은 일찍이 군에 자원했지만 신체검사도 받기 전에 서류심사에서 입대를 거부당했다. 인범은 좌절감으로 방황하다 해외취업을 하였다. 열사의 나라 리비아에서 2년 반 동안 수로 만드는 일에 땀을 흘리며 근무했다.

황 이장은 인범의 괴로워하는 모습에서 무슨 사연이 있을 것이라고 짐작하고 더 묻지 않았다.

“이장님, 더 하실 일이 있습니까?”

“고 군, 오늘은 정말 고맙네. 이제 더 할 일은 없네. 우리 점심이나 먹지. 밭에서 먹는 농사 밥이 찬은 없어도 맛은 있네. 맑은 하늘 맑은 공기 마시며 먹어모 그기 반찬 아이가, 자 같이 먹음세.”

“아닙니다. 내려가서 먹겠습니다.”

“아니, 이 사람 고 군, 얼매나 힘들게 일했는데 점심도 안 먹고 갈라꼬 하노. 그라모 안 되제. 고 군 이리 오게.”

“이봐요 젊은이, 오이소. 장골이 심 썼으모 밥은 묵우야제. 밥이 심 아이가, 마 일로 오소.”

아주머니도 한사코 권했다. 인범은 벌써 저만큼 내려가고 있었다. ‘점심 준비는 이장 내외분 것만 준비했을 것인데……, 내가 먹으면 두 분의 점심이 모자란다.’ 황 이장 내외가 부르는 소리를 뒤로하고 도망치듯 내려왔다.

무엇이든 더 갖기 위해 살아가는 살벌한 도시인들의 삶과 소박한 삶을 엮어가는 순박한 촌민들의 삶이 비교가 되었다. 풍성한 인심, 대자연 속의 맑은 공기를 마시며 봄을 뿌리고 여름을 가꾸고 가을을 거두며 겨울에 행복을 누리는 가난하지만 농촌의 넉넉함이 평화스러웠다.

“여보, 저 청년 볼수록 믿음직스럽지요. 얌체도 있고 어짜모 일을 그래 잘하노. 참 희한한 청년이제. 와 이 깊은 산골 마실에 와서 마실 청소나 하고 있는지 모르겠네요. 여보, 저 청년, 저녁에 의논한다고 하는 의논이 무신 의논 같겠능기요?”

“글쎄, 저 사람이 마실 청소를 하이까네, 그어 대한 의논 아이겠나. 저녁에 들어보모 알겠지.”

일할 때 나던 땀도 시원한 바람에 어느덧 식어졌다. 황 이장은 일어서서 오래 앉아 뻐근해진 허리를 주먹으로 두들기며 하늘을 쳐다보았다. 구름 한 점 없는 하늘은 푸르고 높았다. 숲 속에서는 새들이 짝짓기를 청하는지 묘하게 짹짹이는 소리가 청랑했다.

관광마을 조성 의논

1

황 이장은 청년이 오겠다는 말을 듣고 같은 마을에서 태어나 함께 학교에 다닌 노영길을 불렀다. 노영길은 초등학교 때부터 공부를 잘해 중학교와 고등학교를 부산에서 졸업하고 대기업에서 부장으로 있었다. 노영길은 조기 퇴직을 하고 부산에서 편하게 노후를 보내도 되는데, 굳이 안태본 고향에 돌아와 황 이장과 함께 하루가 다르게 퇴락해 가는 배내마을을 지키고 있는 것이다.

청년이 마을을 청소하고 오늘 일부러 밭에까지 찾아와 일을 도와주며 의논을 하겠다니 마을에 관한 의논일 것 같아 무슨 일이든 신중하고 결단력 있는 노영길 친구를 불렀던 것이다.

조금 전까지 처마 밑에서 시끄럽게 지저귀던 제비들이 잠을 자는지 조용했다. 부엌에서 황 이장 부인이 저녁에 올 손님에게 대접할 음식을 준비하느라고 구수한 음식 냄새를 풍기고 있었다.

"여보게, 황 이장 계시나?"

황 이장과 동갑 나이인 노영길의 걸쭉한 목소리가 대문 쪽에서 들렸다.

"어서 오게. 기다리고 있네."

"오늘 무신 날인데 형님에게 저녁 대접을 한다 카노?"

"에끼 놈, 누가 누굴 보고 형이라 카노? 오뉴월 하루 볕도 얼마나 무서운데, 인자 자네도 철 좀 들었어모 형님이라고 부르게, 이놈아."

"허, 이놈 봐라. 인자 못하는 소리가 없네. 마, 가마이 있거라. 내사 지수씨 있는데 니놈 욕도 못하고……."

둘은 만나면 말씨름부터 하는 것이 이들의 우정이었다.

노영길은 어릴 때부터 공부를 잘해 도시의 회사에 취직을 하고 사무만 봐서 그런지 유달리 도수 높은 안경을 항시 쓰고 있었다. 조금 대머리라 동갑내기인 황영수 이장보다 겉늙어 보였다. 황 이장은 농사일을 한다지만 이마가 좁고 아직 흰머리가 그렇게 많이 없어 외관상으로 노영길보다 젊게 보였다.

"들어오게. 청년이 올 때가 되었는데……."

그리 밝지 않은 촉수의 전등불 밑에 둘은 마주 앉았다.

"여보게, 어느 청년 말이고?"

"자네도 듣고 있지 않나? 얼마 전부터 우리 마실에서 계곡과 마을 근처의 빈 병이나 깡통, 비닐, 종이, 더러운 쓰레기를 몽땅 주워 마을을 깨끗이 치우는 젊은이 말이다. 그 청년이 오늘 내가 밭일을 하는데 찾아와 일을 많이 도와주면서 의논할 게 있다 카면서 내 집에 오기로 했네. 의논할 것이란 것이 마실 이야기 아니겠나? 그래서 같이 들어보자고 내 자네를 불렀지. 저녁이나 묵으면서……."

"그래, 만나 보이까네 어떻더노?"

"말이 없고 체격이 건장한 청년이더군. 무신 깊은 사연이 있는 것 같아. 어떻게나 농사일을 잘하는지……."

황 이장은 연신 바깥쪽을 쳐다보았다.

"그 청년, 아직도 텐트에서 묵고 자는가?"

"그런가 봐, 얼마나 오래 있을지 몰라도 방을 하나 비워주어야 안 되겠나."

"좌우간 그 청년 이야기나 들어보세."

마구간의 소가 움직이는지 워낭소리가 들리고 마루 앞 처마 밑에는 누렁이 개가 한가롭게 누워있었다.

"여보, 술상 준비되었으면 퍼뜩 가져오소."

"예, 지금 가져갑니더."

황 이장과 노영길 어른은 마을 이야기와 농작물, 그리고 버섯값, 벌꿀값이 떨어진 이야기들을 나누었다.

"그래, 오늘 감자 심었다고?"

"응, 그 청년이 도와주어서 빨리 마쳤네. 자네는 벌통이 좀 늘었나?"

"웬걸, 작년에 가뭄으로 아카시아꽃이 시원찮아 재미를 못 봐 올해는 좀 줄였네."

"계십니까?"

"낮의 그 청년이 왔는갑다. 어서 오시게. 기다리고 있다네."

인범은 들어오다 말고 방에 손님이 있는 걸 보고 주저했다.

"들어오게. 이 마실 어른이네. 자네의 의논을 같이 들을 겸 해서 내가 오시라고 했네."

노영길은 인범의 옷차림과 얼굴을 유심히 살폈다. 인범은 조심스럽게 방으로 들어와 큰절로 인사를 하고 무릎을 가지런히 꿇어앉았다. 인범의 예의바름에 황 이장과 노영길이 흐뭇한 마음으로 인범을 바라보았다. 요즘 보기 드문 청년이라 황 이장과 노영길의 기분이 좋았다.

"여보게, 이야기가 길 것 같은데 편하게 앉게."

"예."

인범은 조심스럽게 편안한 자세로 바꾸어 앉았다. 부인이 술상을 들고 들어왔다.

"철호 아버지, 오신능기요."

"앗다, 인사 한번 빠르네."

황 이장이 핀잔을 주자 무안한 부인은 남편의 얼굴을 원망스럽게 쳐다보았다.

"부엌에서 저녁 한다고……."

"아닙니다. 지가 부엌에 먼저 들여다보아야 하는 긴데……."

"그만 되었네. 자 술이나 한잔 하세."

황 이장은 술상을 받아 그들 중앙에 당겨 놓았다.

"이놈, 노가야! 형님 잔에 한 잔 가득히 부어 보게."

"황 이장, 젊은 사람 있는데 말조심하게."

노영길은 황 이장에게 핀잔을 주고는 잔에 막걸리를 따랐다. 만나면 하던 농담이 무의식중에 황 이장의 입에서 나온 것이다. 황 이장은 잠시 쑥스러워하다 노영길의 잔에 술을 가득 따랐다.

"자, 드세."

둘은 잔을 들고 마시자는 시늉을 하고 한 잔씩 쭉 마시고 인범을 쳐다보며 말했다.

"참, 자네도 당겨 앉게. 시골서 직접 담은 막걸리 한잔 마셔 보게나."

"이장님, 저는 술을 잘 못합니다."

"막걸리가 어디 술이가, 자 한 잔 받게."

이장은 투박한 커다란 막걸리 잔을 인범이에게 내밀었다. 황 이장은 인범이가 받아쥔 잔에 막걸리를 따랐다.

"그래, 오늘 우리 일 거들어주고 많이 힘들제? 피곤할 걸세."

"아닙니다. 저가 뭐 별로 일한 것이 있습니까?"

인범은 돌아앉아 조금 마시고 술잔을 방바닥에 살며시 놓았다. 그리고 인범이 앞에 놓인 술병을 들어 노영길 어른의 잔에 부어드리며 말했다.

"어르신, 술 한 잔 받으십시오."

술을 공손히 따랐다. 노영길은 술잔을 받으며 말없이 인범의 사람 됨됨이를 관찰하려는 듯 얼굴을 다시 한 번 찬찬히 보았다. 얼굴이 부어있고 멍이 들어 좋은 인상은 아니었다. 이런 눈치를 챈 황 이장이 얼른 말했다.

"여보게 영길이, 이 청년이 우리 마실 청년에게 좀 맞은 모양일세."

"어느 청년 말이고?"

"술쟁이고 싸움꾼인 문호열이와 김수필이 아들 김강일인가 하는 그 깡구 말일세. 그라고 또 한 청년의 이름은 모르겠네."

"마을 사람들이 술쟁이라고 하지 못하고 모주꾼이라고 하는 그 문호열이 말이가? 그라고 싸움쟁이 깡구 말이제? 그래…… 왜 맞았는데? 왜? 아무 잘못도 없는데 때리던가?"

"글쎄 그놈들이 삐떡하면 싸움질하는 거 자네도 알지 않나? 가아들이 무신 특별한 이유가 있어 싸우나, 그냥 트집을 잡은 거지. 호열이 말이 청년이 자기 집 주위를 청소하면서 호열이 안사람보고 쓰레기를 같이 줍자고 했다고 호열이가 이 청년을 때렸다고 하더군."

노영길은 납득이 잘 안 된다는 듯 머리를 갸우뚱하였다. 인범은 노영길 어른이 자기를 너무 자세히 보므로 민망해하며 방바닥에 시선을 고정시키고 있었다.

"자네의 말은 많이 들었다네. 남의 마을에 와서 쓰레기를 주워주어 고맙네."

노영길은 아무 말 없이 인범을 물끄러미 쳐다보았다.

인범도 고개를 들고 노영길 어른의 얼굴을 조심스럽게 마주 바라보았다.

"자네는 왜 이 마을에 왔으며, 왜 쓰레기를 줍는 것인가? 우리 마실 사람들은 그것이 궁금한 기라. 자네의 정직한 대답과 목적에 따라 이 마을 사람들이 자네를 대하는 각도가 달라질 것일세."

예리하고 냉정한 질문이었다.

"그 의논드리려고 이장님을 찾아왔습니다."

"그래, 나도 그렇게 생각했지. 우선 부어놓은 술이나 마시고 이야기하세. 자네는 술을 많이 못 자신다고 하였지? 저녁이니 한 잔 정도는 마셔보게. 우리 집에서 빚은 술일세."

"예, 부어놓은 잔만 마시겠습니다."

황 이장과 노영길 어른은 술잔을 주고받으며 이런저런 이야기를 나누었다.

"황 이장, 이제 술은 그만하고 식사를 하세. 이 청년 이야기를 맑은 정신으로 들어야 안 되겠나."

"여보, 이제 밥 가져오소."

황 이장 부인은 감자 부침개, 김치, 상추, 쌈 된장 등을 정성들여 준비하여 들여왔다.

"여보게, 시골 반찬이 이렇다네. 자, 자시게."

인범은 언제나 찬은 간단했다. 혼자 해먹는 찬이 많을 리 없었다. 인범에겐 진수성찬이었다. 어릴 때 어머니가 차려주던 맛깔스러운 시골 맛이었다.

식사를 마치고 황 이장은 인범이와 마주 앉았다.

"자네 이야기 들어봄세. 무슨 이야기인가?"

"이장님, 이 마을에서는 쓰레기를 어떻게 처리합니까?"

"쓰레기, 쓰레기는 집집마다 모아 경운기에 실어 마을 입구 집합소에 갖다놓으면 군에서 청소차가 와서 가져가지."

"그러면 제가 그동안 쓰레기를 저 아랫마을 풀밭에 모아두었습니다. 냄새가 나고 보기 흉합니다. 경운기로 치워주셨으면 합니다."

"그래, 얼마나 되노?"

"제법 많습니다. 경운기 한 대로는 시간이 좀 걸릴 것입니다. 이장님 부탁합니다."

"그래, 마을 사람들과 의논해 봐야지. 얼마 안 되모 내 경운기로 치워도 되지만……. 그런데 고 군, 와 이 마을에 와서 쓰레기나 줍고 그라노? 그 점이 우리는 궁금한 기라."

인범은 여기 가라고 소개한 박 과장 이야기를 할까 말까 망설이다 다음에 하기로 하고 박 과장의 말을 하지 않기로 생각했다.

"이장님, 이 마을은 무엇으로 생계를 이어갑니까?"

황 이장은 인범이의 엉뚱한 질문에 잠시 답을 못 하고 멀거니 인범을 바라보다 사실대로 마을의 실정을 이야기했다.

"나이든 사람은 조상이 물려준 논과 밭뙈기나 일구고, 고향을 떠나지 못한 젊은 사람은 고랭지 채소와 약초와 버섯을 재배하고, 또 벌꿀과 염소치기를 하여 겨우겨우 살고 있지. 이곳은 산악지대라 논과 밭이 적어 농사지을 땅이 좁다네. 그리고 어쩌다 원동 쪽에 공장을 짓는다고 인부가 필요하다고 하면 뜬벌이를 하여 돈을 조금 버는 것이 전부라네."

"이장님, 이 마을 뒤쪽 울창한 푸른 산과 산세와 계곡, 그리고 이 마을이 매우 아름답다는 생각이 안 드십니까?"

"옛날부터 이 마실 경치야 알아주지. 그래서 요즈음 우리 마실로 놀러오는 사람들이 부쩍 늘고 있지. 자네가 주운 쓰레기도 대부분 구경온 사람들이 버린 것일세. 그런데 고 군, 이야기하다 말고 이 마을 경치 이야기를 왜 하는가?"

"이장님, 이렇게 수려한 자연풍광을 가진 수묵화 같은 이 마을을 관광마을로 만들어 보실 생각은 없으십니까? 이 마을 오는 길에 대규모 관광 산장원이 있는 걸 봤습니다. 그런데 이 마을은 아직도 옛 시골 마을 그대로 보존되어 있습니다. 조금만 손을 보고 가꾸어서 그곳에 오는 관광객을 이곳으로 유치하면 관광수입만으로도 충분히 생활할 수 있다고 생각됩니다.

아니, 부자마을로 만들 수 있다고 생각합니다."

"고 군, 그럼 자네가 이 마실에서 관광사업을 해 볼 끼가?"

"저는 이 마을 주민들이 단결만 한다면 관광부촌으로 만들고 싶습니다."

"그라모 자네가 이 마실에서 돈 벌라고 하는 기구나!"

이장과 노영길의 얼굴은 금세 실망과 경멸의 표정으로 변했다.

"아닙니다. 저는 이 마을 주민들이 합심하여 관광마을을 조성하려고 한다면 도와만 드리고 싶습니다. 이 마을이 관광지로 성공하면 저는 서울에 할 일이 있어 떠나야 합니다. 돈 때문에 그러는 것이 결코 아닙니다. 저는 돈이 필요하지 않습니다. 공사판에서 일하면 저 하나 사는 것은 충분합니다."

'그 이상하다. 돈 벌라고 안 한다 하면서 와 남의 마실에서 골치 아픈 어려운 일을 벌이려고 하는가…….'

황 이장은 중얼거리고 있었고, 노영길은 의미심장한 얼굴을 하고 인범의 속셈을 알려고 얼굴을 빤히 쳐다보았다.

"그럼 순전히 우리 마실을 위해서 관광마실로 만들자 하는 것인가?"

"예, 그렇습니다."

"와 그라는데? 이 마실과 무슨 인연이 있나? 그라고 관광마을이 진짜로 만들어지겠나? 돈도 제법 들 낀데……."

"저는 이 마을에 옛날 토속집들이 그대로 많이 보존되어 있는 것을 봤습니다. 그리고 자연풍광이 수려한 계곡을 따라 산속으로 들어가 봤습니다. 산세와 울창한 숲, 그리고 옥같이 맑은 계류가 흐르는 풍부한 수자원과 기기묘묘한 바위투성이의 계곡에 매료되었습니다. 과연 박 과……."

말을 하다 갑자기 손으로 입을 막고 하던 말을 삼키고 황 이장과 노영길 어른을 멍하니 바라보았다.

황 이장과 노영길 어른은 청년이 '박 과……' 라는 말을 하다 손으로 입을 막는 것을 보고 의아한 생각이 들어 의미심장한 눈으로 청년의 얼굴을 유심히 쳐다보았다.

인범은 두 어른을 번갈아 보다 말을 계속했다.

"아…… 아닙니다. 어느 분이 이 마을의 아름다움을 극구 칭찬하는 분이 있었습니다. 이장님, 저의 계획에 찬성하시면 일간 주민들과 의논해 보십시오. 저는 구체적인 계획서를 작성하겠습니다."

지금까지 가만히 듣고만 있던 노영길 어른이 인범의 말을 막고 질문을 했다.

"자네, 고 군이라 했지? 묻고 싶은 몇 가지 의문점이 있네. 그걸 먼저 명확히 대답해주게. 이건 우리 마을의 호기가 될 수 있지만 실패하면 여러 면으로 큰 문제가 될 걸세. 계획과 설계도 중요하지만 자네와 이 마을의 관계가 더 중요하다네. 자네는 우리 마을과 아무 관계가 없는 뜨내기일세. 우리 마을과 아무 관계가 없는 뜨내기인 자네에게, 그것도 사회경험이 없는 젊은 자네에게, 아무리 이 마을을 관광부촌으로 조성하겠다는 것이 가능성 있는 계획일지라도 자네와 마을과의 관계가 정립되지 않으면 마을 회의를 하는 그런 경솔한 짓은 할 수 없네. 자네가 어디 사는 누구이며 왜 이 마을을 위해 희생하고 봉사하며 도와주겠다는 건가? 그리고 아까 무의식적으로 말한, 박 과…… 뭐라고 사람을 말하던데 그 사람이 이 마을 출신인지, 우리 고향 출신 어느 분이 아마 자네를 소개한 것 같은데 그분이 누군지 밝혀주게. 그러지 않으면 자네의 계획은 들을 필요도 없고 마을 회의도 할 수 없네."

단호히 잘라 말하고 답변을 요구했다. 인범으로서는 마을과의 관계는 그리 중요하게 생각지 않다고 생각했는데 마을 어른의 생각은 달랐다. 서울서 소매치기 패들과의 싸움에서 놈들에게 중상을 입혀 박 과장의 배려로 사건이 조용해질 때까지 아름답고 조용한 배내마을에 가서 잠시 쉬며 피해 있으라는 권고에 이 마을을 찾게 된 것이다.

그러나 막상 이 마을이 천혜의 자연경관인 것을 본 후 자연풍광을 활용하여 관광으로 빈농의 마을을 부촌으로 이루는 것도 범죄인을 물리치는 이상으로 보람된 삶이라고 생각한 것이다. 그런데 노영길 어른의 요구와 질문은 너무나 당연했다. 역시 인범이 나이가 어리고 사회를 몰라 단순하고 순수한 생각에서 발상한 것이다. 박 과장을 노출시키고 싶지 않았다. 그것은 인범 자신이 이곳에 온 동기가 순수하지 않기 때문이었다. 이유야 어떠하든 싸움을 하고 법망을 피해 온 자신이 아닌가?

"예, 저는 이 마을을 누구의 소개를 받고 구경을 왔습니다. 산을 넘어오면서 아름다운 천혜의 자연조건을 갖춘 곳이라고 생각만 했습니다. 그러나 이 마을 산 중턱에 영리를 목적으로 한 산장원을 찾는 관광객을 보면서, 옛 마을 모습 그대로 잘 보존되어 있는 마을을 활용하면 산장원으로 가는 관광객을 이곳으로 유치할 수 있다고 생각했습니다. 이 마을의 계곡은 골이 깊고 물이 풍부하고 산세가 아름답습니다. 특히 물은 다른 곳에서 유입되지 않고 발원지가 이 산골이기 때문에 얼마든지 수원을 보호하여 토속 민물고기를 서식시켜 볼거리와 먹을거리를 관광객에게 제공하면 관광 수입원이 될 것이라고 확신합니다. 그리고 풍광이 아름다운 기암절벽은 참으로 절경입니다. 우리나라 명승지 어느 곳보다 좋은 자연 조건을 갖춘 곳입니다. 그러나 자연만으론 안 됩니다. 이 자연을 깨끗하게 가꾸어 관광객을 위한 편의시설을 만들어야 합니다."

평소에 말수가 적은 인범이 무언가 흥분되어 있어 평소와 달리 말수가 많았다. 그러나 그 말은 이론과 논리가 정연했다.

"그러려면 돈과 노력이 많이 들 것 아닌가?"

"돈은 그렇게 많이 들지 않을 것입니다. 옛날 집들을 약간만 보수하고 단장만 하면 훌륭한 관광거리가 된다고 생각합니다. 지금은 대부분 사라진 옛날 집들이 여기 배내마을엔 아직 잘 보존되어 있습니다. 관광객에게 각자 다양한 집들을 개방하여 방 구조, 그리고 옛날 우리 선인들이 사용했던 가구들과 농기구를 구하여 관광객에게 보일 수 있다면 나이 많은 사람들에겐 향수를 달래주고 젊은 사람들과 학생들에겐 옛 선조들이 사용했던 농기구들과 가구들을 보여줄 수 있어 유익한 교육이 될 것이고 관광객을 유치할 수 있는 자원이 될 것입니다."

황 이장과 노영길은 고개를 크게 끄덕이었다.

"그건 좋은 생각이네. 그러나 관광객에게 집을 개방한다면 사생활과 그리고 음…… 아무리 가난한 시골이지만 도난에 문제가 있지 않겠나?"

"예, 맞습니다. 각자 한 집에 방 하나는 개방하지 않아야 합니다. 개방하지 않는 방엔 문에 개방사절이라고 붙여두어야 합니다. 사람이 없을 땐 열쇠를 채워놓아야 합니다. 마을을 깨끗이 하고 마차가 다닐 수 있도록 길을 조금 넓히고 수익성이 별로 없는 마을 뒤쪽 입구의 밭을 대형주차장으로 만들어야 합니다. 그리고 자연을 가꾸어 관광객을 위한 자연을 이용한 편의시설과 놀이시설을 확대하여야 합니다. 그 비용은 군에 부탁하여 은행에서 저리로 융자를 받아 관광수입으로 이자를 줄 수 있고 원금도 상환할 수 있다고 생각합니다."

"고 군, 내가 말했지 않았나? 이 마을을 누가 소개했다고 했는데 누군지 말해줄 수 없겠나? 그래야 자네 설명을 계속 듣겠네. 우리는 그 사람이 누군지 먼저 듣고 싶네. 말해주게."

황 이장과 노영길 어른은 인범의 얼굴을 빤히 보며 대답을 재촉했다.

"예, 그분은 다음에 말씀 드리겠습니다."

인범이 박 과장의 이름을 밝힌다면 인범의 불우한 삶과 주먹세계와 관계된 것이 밝혀질 것이다. 그러면 두 분은 자신을 좋게 보지 않을 것이다.

인범은 그것이 두려웠다. 그러나 인격자인 박 과장님이 자신을 나쁘게는 말하지 않을 것이라고 생각하면서도 선뜻 박 과장의 이름을 밝히고 싶지 않았다.

"우린 뜨내기인 자네 말만 듣고 이 일을 검토할 필요도 없네. 그보다 자네는 아직 어려. 그렇지만 자네의 계획은 불가능한 것은 아니라고 생각해. 자네의 관광마을 조성구상을 듣고 눈이 번쩍 뜨이는 것은 사실이네. 그러나 자네가 자본을 투자하는 것도 아니고 젊은 혈기로 일순간일 수 있지 않을까 생각이 드네. 그리고 자네가 이 방면에 전문 지식인도 아니고, 또 일을 하다 말고 가 버린다면 이곳에서는 자네 일을 맡아서 대신 끝까지 추진할 인물이 없다네. 이곳은 아직은 관광객에게는 많이 알려지지 않은 오지야. 우리도 자손 대대로 내려오면서 참으로 아름다운 경치를 가진 고향이라고 생각하네. 그러나 경작지가 적어 가난을 면치 못하고 있는 것이 한이야."

노영길의 말을 듣고 황 이장이 무겁게 말을 했다.

"고 군, 자네를 이곳으로 소개한 사람을 밝혀주게. 관광마을을 만든다는 것에는 관심이 있다네. 그러니까 알아야 하겠네. 자네의 역량과 자네가 어떤 사람이라는 것을 알아야 우리가 믿고 시작하지 않겠나?"

황 이장과 노영길 어른은 진지했고, 인범은 박 과장을 밝히지 않을 수 없어 잠시 고뇌에 빠졌다. 박 과장은 시골에 가서 피하기를 권하면서 어려운 것이 있으면 나의 이름을 말하고 이장에게 도움을 청하라고 하지 않았던가. 나를 어떻게 평하든 그것은 박 과장의 몫이고 나 자신의 참모습을 검증받자. 인범은 담담하게 밝히기로 결심했다.

"예, 이곳에서 태어난 서울 시경 소속의 박정웅 과장님입니다."

인범의 입에서 박정웅의 이름 석 자가 무겁게 토해졌다.

"뭐? 박정웅!"

"박정웅!"

황 이장과 노영길의 입에서 동시에 박정웅의 이름 석 자가 신음처럼 입틈으로 새어나왔다. 두 분은 의외란 듯 놀라는 표정이 역력했다. 박정웅이라면 황 이장, 노영길과 초등학교 동기동창이고 그야말로 옛 불알친구였다. 죽마고우인 옛 친구의 이름을 들으니 먼저 그리움이 앞섰다. 그 친구는 그 옛날 어릴 때 아버지를 빨갱이 손에 잃고 홀어머니 손에서 자라면서 누구보다도 가난했고 배고픔을 많이 겪고 살았다. 박정웅은 초등학교 때부터 공부를 뛰어나게 잘하여 부산 동래에 있는 명문 T중학교에 합격하였다. 어려운 살림에도 어머니가 부산에서 자취를 시켜 T고등학교를 합격하여 졸업하고 이 마을에서 유일하게 서울 명문 S대학에도 거뜬히 합격하여 고학으로 대학을 졸업했다. 박정웅은 어른들의 자랑거리였고 자라는 마을 후배들의 희망이었고 선망의 대상이었다. 지금은 어엿한 서울 시경 경찰 간부이다. 연령적으로도 이 청년과 어울리지 않았다. 그러면 이 청년과 아는 사이라면 동료 아니면 어떤 사이일까?

"자네 혹시 경찰인가?"

"아닙니다. 그냥 좀 아는 사이입니다."

"그래? 그냥 아는 사이……."

황 이장과 노영길은 아무래도 납득이 가지 않았다. 이 청년에 대해서는 친구에게 알아보면 상세히 알 수 있을 것이다. 농토가 적은 산악지대인 이 마을을 관광마을로 조성하여 부촌을 만들 수 있다는 말이 얼마나 가슴 뛰는가? 자손 대대로 가난을 면치 못하고 조상이 물려준 이 땅을 떠나지 못하고 가난을 숙명으로 여기고 묵묵히 마을을 지키는 안태본인 마을 사람들에게 관광마을을 만들어 부자마을을 만들 수 있다는 젊은이의 착상에 흥분하지 않을 수 없었다. 사방이 험악한 바위투성이와 숲으로 둘러싸인 배내골, 그리고 풍부한 물이 흐르는 계곡과 악산이 돈이 될 수 있다는 젊은이의 발상에 무엇보다도 흥분한 것이다. 사실 그렇게만 된다면 이 마을은 관광마을, 부자마을로 거듭날 수 있을 것이다.

"그건 그렇고. 자네가 보기엔 이 마을의 경치가 관광마을로 분명 성공할 수 있다고 생각하는가?"

황 이장과 노영길은 확신을 받으려는 듯 진지한 표정으로 인범이의 얼굴을 똑바로 쳐다보며 물었다.

"예, 그렇게 생각합니다. 무엇보다도 풍부한 물의 발원지가 골이 깊은 마을 뒷산이기 때문에, 다른 곳에서 물이 유입되지 않아 이 마을에서만 오염시키지 않는다면 깨끗한 계곡으로 간직할 수 있는 것이 장점입니다. 도시인들은 화려한 현대식 건물과 현대시설의 음식점보다도 소박하고 향토적인 토속음식과 자연이 있는 민속 집을 더 선호합니다. 그러므로 옛날 집들을 개량하지 말고 재래식 그대로 유지해야 합니다. 그리고 개량된 집들도 차후 수입금으로 옛날 집으로 복원한다면, 그리고 어떠한 일이 있더라도 땅과 집을 팔 적에는 외지인에게는 절대로 팔지 말고 마을에서 매입하는 것을 원칙으로 하는 결의를 한다면 항구적으로 관광마을로 활용할 수 있고 발전시킬 수 있습니다.

외지인이나 도시인들이 개입하면 자신들의 이익만 챙길 것입니다. 그러면 단결이 되지 않고 와해될 것입니다. 이 마을 뒷산은 산세가 빼어나게 아름답고 기암절벽이 있는 그야말로 천혜의 자연경관을 갖추고 있는 곳입니다. 골 깊은 뒷산에서 내려오는 풍부한 물을 이용하여 사라진 재래 민물고기를 서식시켜 살아 숨 쉬는 계곡을 재생시키고 보존할 수 있습니다. 옥같이 맑은 물과 푸른 숲이 있어야 관광객이 와서 쉴 수 있는 자리가 될 것이고 또 이곳 마을에서 기른 재래종의 닭과 염소, 떡 등 재래식 향토 음식을 제공한다면 반드시 성공할 것으로 확신합니다."

긴 이야기를 끝낸 인범이의 얼굴이 상기돼 있었다.

"여보게, 이 산속 계곡 골짜기를 찾아가면 옛날 선녀들이 목욕하러 내려왔다는 파래소폭포와 깊은 소(沼)가 있다네. 자네 그곳을 가봤는가?"

"아! 그런 곳도 있습니까?"

"그래, 자네는 아직 안 가봤구만."

"가보지 못했습니다."

"그렇겠지. 깊이 올라가면 계곡이 둘로 갈라진다네. 왼쪽 작은 계곡 쪽으로 가야 볼 수 있다네."

"그렇습니까?"

노영길 어른과 황 이장은 흥분으로 상기된 얼굴과 들뜬 목소리였다.

"고 군, 쓰레기는 계속 주울 것인가?"

"예, 먼저 이 마을을 쓰레기 없는 깨끗한 마을로 만들어야 합니다."

"우리 마을을 청소해 주는데 우리도 함께 해야 안 되겠나?"

"……."

"여보게, 이만 가보게. 상세한 의논은 다음 또 하기로 하세."

"오늘 제가 말을 많이 한 것 같습니다. 혹시 실수한 것이 없는지 모르겠습니다."

"아니야, 없어. 꼭 할 말만 했어. 잘 가게. 이 친구와 자네의 계획을 검토해 보아야겠네."

노영길 어른의 목소리는 흥분돼 있었고 들떠 있었다.

"네, 그럼 가보겠습니다."

인범이 자리에서 일어났다.

"아, 가만있게. 자네 지금도 텐트에서 묵고 자고 하나?"

"예."

"그라모 안 되제. 우리 마실 일 하는데 한데 잠을 재워서야 되겠나?"

"저는 텐트 생활이 괜찮습니다."

"아닐세. 아무리 젊은 사람이라도 텐트에서 오래 자면 몸이 축이 나는 기라. 우리 둘이 관광마을 의논을 하고 결정되면 내일 당장 우리 집으로 옮기도록 하게. 방을 정리해 놓을게. 그럼 밤길 조심하고 잘 가게."

"……."

인범은 멀거니 황 이장의 얼굴을 바라보았다. 박 과장보다 늙어보였다. 황 이장은 나이가 오십 대 중반이지만 시골에서 농사일만 하여 그런지 실제 나이보다 늙어보였다. 노영길 어른은 더 고비늙어 보였다.

2

방에서 나와 사립문을 나서니 처마 밑에 누웠던 개가 꼬리를 흔들며 어슬렁거리며 따라 나오다 대문 밖에 나오니 더 이상 따라오지 않았다. 소가 있는지 워낭소리가 등 뒤에서 들렸다. 인범은 발걸음을 멈추고 워낭소리를 들었다. 어느 시집에서 읽었던 노스탤지어(nostalgia) 시 한 구절이 떠올랐다.

'달랑달랑 워낭소리는 어머니 소리다.'

4월의 배내고원의 밤이 깊어가고 있었다. 죽음 같은 적막이 흐르는 한밤중의 한적한 시골길엔 만월의 눈물 같은 달빛이 쏟아지고 있었다. 봄이라고 하지만 고산지대라 겨드랑이에 찬 기운이 스며들어 인범은 한기를 느끼며 옷깃을 올리고 어깨를 으쓱거렸다.

무수한 별이 반짝이는 밤하늘을 쳐다보았다. 끝없이 넓은 하늘에 수많은 별들이 은하수에 하얗게 흐르고 있었다. 저 별 하나가 수십억이 사는 지구보다 크다지? 저 수없이 많은 별들이 존재하는 우주는 얼마나 넓은 것인가. 아 신비로운 우주 천체여! 우주 속의 미립자 같은 나는 한 오지의 마을을 가난에서 벗어나게 하고 자연을 보호하려고 한다. 이루어질까?

돌담을 울리는 가벼운 인범의 발소리에 개 한 마리가 밤하늘을 가르며 짖고 있었다. 그 소리에 신호라도 하듯 여기저기서 개 짖는 소리가 하모니를 이루며 밤하늘에 시끄럽게 메아리쳤다. 은빛 같은 만월의 교교한 달빛이 스산하게 길을 비추고 인적이 없는 시골 마을은 밤의 나래를 펴고 깊어만 가고 있었다.

멀리서 밤의 고요를 깨뜨리는 술 취한 사람의 고함이 밤하늘을 가르며 멀리 퍼져오고 있었다. 인범은 한적한 시골 밤길을 깊은 상념에 젖어 무섭도록 시린 하이얀 달빛에 젖으며 천천히 걸었다. 오늘 황 이장과 노영길 어른께 관광마을을 조성하여 부촌을 만들 수 있다고 자신 있게 한 말이 무거운 책임감이 되어 가슴을 짓눌렀다. 과연 이루어질까? 남자가 한 번 뱉은 말은 책임을 져야 한다. 무엇부터 할 것인가. 성공할 수 있는 청사진을 도출시켜야 한다. 하나의 작품을 완성하려면 많은 정열과 시간이 소요될 것이다. 나는 이 마을에서 나의 위상을 높이고 공명심으로 일을 하려는 것은 아니다. 존경하는 박 과장님의 고향 마을에 정열을 바쳐 미래지향적인 결실의 시작을 하고 싶다. 결과는 나도 모른다.

이 마을이 소유하고 있는 자연경관과 토속집이 자꾸만 퇴락하는 민속마을을 보존·보호하도록 하자. 그리고 옛 선인들의 삶의 애환을 깊숙이 간직한 그때 그 시절의 풍성한 고향 인심을 삭막하고 살벌한 도시인에게 나누어주는 마을을 만들어야 한다. 자연과 옛것이 간직된 이 마을을 방치한다면 황폐화되는 것은 자명할 것이다.

인간과 동물 또는 생물에게 창조주가 주신 생명의 보고인 자연이 인간으로 인해 훼손되고 파괴되어가는 생생한 슬픔을 만물의 영장인 인간이 좌시해서는 안 된다. 인간은 바보일까. 생존의 시급함이 없는 우주를 탐험하고 우주의 신비를 알려고 인간의 두뇌를 몰두하여 첨단과학 기재를 동원하고 연구를 하면서도, 태곳적부터 공존하고 공유해 오던 생존권의 마지막 보루인 자연을 우리 스스로가 파괴하고 오염시키고 있다는 엄연한 사실을 묵과하고 있다. 이렇게 계속 자연이 훼손되고 오염된다면 멀지 않은 미래에 한 사발의 식수를 얻기 위해 한 사발의 피를 흘려야 하는 비극을 초래할 것이다.

희미하게 들리던 고함이 가까이 다가오고 있었다. 술에 만취한 소리였다. 이따금 여자의 애원하는 소리도 간간이 술이 취한 소리에 섞여 들려왔다.

"놓아라 말이다. 이놈의 세상 술이나 처먹고 잊아뿌리야지, 어디 살겠나? 개놈의 새끼들."

악을 바락바락 쓰며 고래고래 고함을 지르는 밤을 울리는 소리가 이제 가까이서 들렸다.

"여보! 조용히 좀 하이소. 온 동네 사람 다 깨우겠심더. 이 밤중에 마실 사람 잠도 못 자게."

아낙네가 달래고 있는 모습이 달빛 속에 드러났다.

"들으라지, 개새끼들."

달빛에 비치는 두 남녀는 인범이에게 시비하고 때리던 문호열이와 그 젊은 부인이었다. 인범은 길을 가다 외길이라 그들과 마주쳤다. 문호열은 술이 많이 취했는지 몸을 제대로 가누지 못하고 비틀거리고 있었다. 양산댁이 붙잡고 안간힘을 쓰지만 힘에 부쳐 허우적거리고 있었다. 양산댁이 잡은 호열이의 팔을 놓으면 넘어질 것 같았다. 양산댁은 안간힘을 써서 남편을 잡고 어쩔 줄 모르고 있었다.

인범은 가만히 길 한쪽 끝으로 비켜 나가려고 했다. 새댁은 돌아서서 남편을 잡고 있기 때문에 볼 수 없지만 문호열이가 정면으로 보고 있어 호열이 머리만 들면 마주치게 되어 있었다. 인범은 새댁이 안쓰러워 부축해주고 싶었지만 오히려 새댁을 더 힘들게 할 것 같아 발소리를 죽이고 막 호열이 옆을 살그머니 지나치려고 했다.

"야? 니 누고? 말도 안 하고 갈라쿠노? 이 마을에 살모 내가 누군고 모르겄나?"

호열은 양산댁을 뿌리치고 비틀거리며 인범을 막아섰다. 인범이를 본 양산댁은 어쩔 줄 몰라 했다. 인범이는 양산댁만 없다면 달아나 버리겠는데 양산댁이 보고 있어 달아날 수가 없었다. 인범은 이러지도 저러지도 못하고 어정쩡 서 있을 수밖에 없었다. 술이 취해 몸을 제대로 가누지 못하던 호열은 언제 취했냐는 듯 똑바로 서서 달빛에 드러난 인범의 얼굴을 빤히 쳐다보았다.

"일마 바라! 이 자슥, 이거 넝마주이 아이가, 니 잘 만났다."

키가 작은 호열이가 키가 월등히 큰 인범에게 매달리듯 멱살을 잡았다.

"여보, 와 이랍니꺼, 길가는 사람을? 마 놓이소. 이라모 안 됩니더."

양산댁이 인범과 남편 사이에 파고들어 말렸다.

"이 가시나야, 비끼라 말이다. 마 팍 죽이뿔라, 저리 안 비낄 끼가?"

문호열은 한 손으로 새댁의 티셔츠를 잡고 옆으로 힘껏 당겨버렸다. 새댁의 티셔츠와 얇은 내의가 푹 찢어지며 달빛에 하얀 젖가슴이 쏟아져 나왔다. 길과 논 사이의 도랑 쪽으로 새댁이 몸의 중심을 잃고 휘청 넘어져 처박힐 순간이었다. 이를 본 인범은 호열이에게 잡힌 손을 휙 뿌리치고 막 도랑물에 처박히려는 새댁의 몸을 뒤에서 얼른 안았다. 인범의 커다란 손에 옷이 찢어져 노출된 희고 부드러운 젖가슴이 뭉클하게 잡혔다. 호열은 인범이가 뿌리치는 힘에 길바닥에 넘어지는 동시에 이루어진 일이었다. 인범의 넓은 가슴에 새댁이 등이 안겨져 있고 새댁의 노출된 커다란 젖가슴이 인범의 손 가득히 잡혀 있었다.

그러나 한순간에 안고 안긴 동작이라 둘은 어디를 어떻게 안았고 무엇이 만져졌는지 몰랐다. 그러기에 서로가 촉감도 느끼지 못했다. 무의식적으로 안은 인범이도 안긴 새댁도 한순간 어정쩡한 자세로 어색하게 안고 안기고 있었다. 새댁은 청년의 가슴에 등이 안겨 있고 노출된 젖가슴이 청년의 큰 손안에 들어있는 것을 의식하고 깜짝 놀랐다. 부끄러움으로 한동안 새댁은 어쩔 줄 몰랐다. 자신의 유방이 청년의 손안에 잡혀있다는 것을 의식했을 때는 부끄러움과 감미로움이 교차되고 있었다. 내가 왜 이럴까? 새댁은 가만히 청년의 큰 손등을 잡고 떼어내며 조용하고 기어드는 목소리로 말했다.

"이 손 놓아주이소."

새댁은 빠져나오려고 몸을 비틀며 말했다. 인범은 자신의 손이 어디를 잡고 있는지를 알자 후닥닥 손을 떼었다. 인범은 새댁의 젖가슴에서 손만 떼었지 팔은 여전히 새댁의 가슴을 뒤에서 안고 있었다. 부드럽고 매끈한 여자의 속 살결이 손끝에 감미롭게 전달되었다. 인범은 아찔한 현기증으로 머리가 빙 돌았다.

새댁의 남편 호열은 땅바닥에 넘어져 초점 잃은 희멀건 눈동자로 이쪽을 쳐다보고 있었다. 다시 한 번 새댁이 인범의 품에서 빠져나오려고 몸을 비틀었다. 그제야 정신이 드는 듯 안고 있던 새댁의 몸에서 팔을 풀었다.

부드러운 살과 여자의 체취가 인범의 코와 가슴에 묘한 자극을 남겼다.

"아 예, 죄송합니다. 나도 모르게……."

"고맙고 미안스럽심더."

양산댁의 목소리는 메어있었다. 양산댁은 찢어진 티셔츠를 당겨 옷매무새를 고치며 넘어진 남편에게로 다가갔다. 달빛에 붉게 상기된 새댁의 얼굴이 일순 달빛에 비쳤다.

"괜찮습니꺼?"

새댁은 남편을 일으켜 세우며 말했다. 그러나 술에 취해 몸을 가누지 못

하는 남편의 몸을 새댁의 힘으론 일으켜 세우지 못했다. 인범은 호열이 가까이 가서 술이 너무 취해 몸을 가누지 못하는 호열의 몸을 안아 일으켰다.

"이 자슥, 니 뭐꼬?"

몸도 제대로 가누지 못하던 호열이 무방비 상태의 인범의 얼굴에 갑자기 주먹을 날렸다.

"퍽."

"아!"

인범은 가벼운 비명을 질렀다. 코피가 터져 흘러나왔다. 어제 맞은 상처가 채 아물지 않았는데…….

"아이고! 어짜노 저 피……."

달빛에 비치는 피가 벌겋게 묻은 인범의 얼굴이 귀신같은 형상으로 보였다.

"이 자슥, 니 진짜로 이 마을에서 안 사라질 끼가?"

혀 꼬부라진 소리로 고함을 질렀다. 고함은 고요한 밤하늘에 메아리치며 밤하늘 속으로 멀리멀리 퍼져나가고 있었다. 이 소리에 개들이 요란한 소리를 내며 다시 짖기 시작했다.

"여보, 와 사람을 때리고 마실 사람 잠도 못 자게 고함을 질러요?"

"이 가스나가 진짜로 죽고 싶나."

양산댁의 머리채를 잡아끌었다. 양산댁은 남편의 손아귀에 머리를 잡혀 얼굴이 숙여진 부자연한 상태로 두 손으로 남편의 손을 떼려고 안간힘을 썼다. 하지만 술에 취해도 양산댁의 머리를 잡은 손아귀 힘은 대단했다. 떨쳐지지 않고 남편에게 질질 끌리고 머리가 더 헝클어져 엉망이 되었다. 길에서 자기로 인해 양산댁의 부부싸움이 야기되어 인범은 이러지도 저러지도 못하고 멍하니 바라보고만 있었다. 눈이 시리도록 하이얀 만월의 달빛도 무심하게 머리 위에 머물며 구경만 하고 있었다. 새댁의 꼴이 말이 아니었다. 그냥 갈 수도 보고만 있을 수도 없었다. 인범은 결심한 듯 흐르는 코피를 닦을 생각도 않고 말했다.

"형씨, 이 손 놓으십시오. 이러면 안 됩니다. 아주머니 머리털 다 빠져요."

인범은 호열의 손을 떼려고 했다. 인범의 코에서는 피가 흘러 땅으로 떨어지고 있었다.

"이 자슥아 비키라! 더 맞아볼래?"

호열은 주먹을 들었다. 어쩔 수 없어 인범은 호열의 팔을 잡고 비틀었다.

"어…… 엇? 일…… 일……마 바라, 아얏, 죽을라고 환장했나? 일마가."

혀 꼬부라진 소리로 큰소리치지만 호열은 인범이가 조금 세게 비트니 스르르 아내의 머리채를 놓으면서 아내의 뺨을 모지락스럽게 때렸다. 그러고서 인범을 노려보지만 인범의 눈이 달빛을 받아 매섭게 자기를 노려보고 있음을 알고 비틀거리고 다시 아내에게 덤벼들었다. 인범은 빠르게 호열의 몸을 번쩍 들어 어깨에 메었다.

"아주머니, 따라오세요."

부리나케 호열의 집 쪽으로 오던 길을 되돌아 뛰기 시작했다.

호열은 버둥거렸지만 인범이가 거의 뛰다시피 빠르게 가니 몸이 흔들리고 있었다. 호열은 몸이 흔들리면서 고래고래 고함을 질렀다.

"야, 이 새끼야, 안 내려놓나? 나아라 인마, 니 죽이뿐다."

호열은 엄포를 놓았다. 새댁도 빠르게 인범의 뒤를 따랐다.

3

"여보게, 영길이! 관광마실 만들자는 그 청년의 말 어떻게 생각하노? 내사 마, 꿈만 같고마. 우리 마을이 청년 말대로 관광마을 만들면 부자마을이 될 수 있을까? 마실 뒤 산자락에 억수로 돈 많이 들여 산장원인가 뭔가 지어놓고 사철 내내 많은 사람이 놀러오는 것 봤제? 거기에야 뭐 볼 끼 있나? 안에서만 놀다 가지만 우리 마을이야 산 좋고 계곡물 좋고 정자 있고 목욕할 수 있제. 아래쪽에는 야천도 있제. 우리 마을이 훨씬 좋을 끼다."

"그것보다 황 이장, 우리 박정웅이에게 그 청년이 어떤 청년인지 알아보자. 니 정웅이 전화번호 적어놓은 것 있나?"

"지금 전화할라꼬?"

"오늘 알지 않으면 나는 밤에 잠이 안 올 것 같다 아이가. 전화번호 몇 번인가 봐라."

"바뀐 번호 모른다. 정웅이가 전화국이 곧 세 자리 국으로 바뀐다 카더라. 정웅이 사촌형 집에 가자. 정기 형님은 바뀐 전화번호 알고 있을 끼다."

"쇠뿔도 단김에 빼라고, 정기 형님에게 퍼뜩 갔다 오자. 이건 중요한 것 아이가? 저 젊은 사람이 누군 줄도 모르고 우리 마을을 그 청년 하자는 대로 할 수 없는 기라."

"그래, 맞다. 가보자."

아직은 남의 집을 방문할 수 있는 시간이었다. 황 이장과 노영길은 집을 나섰다. 만월의 보름 달빛이 길을 훤히 비추고 있었다. 처마 밑에 쭈그리고 누운 검둥이가 먼저 일어나 꼬리를 흔들고 앞장을 섰다. 박정기 형의 집은 황 이장 집에서 조금 떨어진 약간 언덕배기 골목 끝에 있었다.

대문이 없는 박정기의 집에 들어서니 개가 으르렁거리며 나왔다. 검둥이가 얼른 뛰어가 장난질을 시작하니 개는 짖다 말고 검둥이와 엉겨붙어 장난을 치기 시작했다.

"정기 형님, 계십니꺼?"

"누구요?"

낡은 흑백 TV를 보고 있던 박정기 영감은 지게문을 열고 밤에 찾아온 손님을 맞았다.

"형님, 영수와 영길입니더."

"오, 어서 온나. 동상들이 이 밤중에 우짠 일이고?"

뜨악한 눈으로 보며 방 안으로 안내했다.

"아임니더, 형님에게 급히 정웅이 전화번호를 좀 알라고예, 우리 퍼뜩 가야 합니더."

"그래도 이 사람들아 잠깐 들어온나. 그냥 가면 안 섭섭나."

"아님니더, 들어가면 마 이야기가 길어집니더. 형님도 주무실 낀데."

"그라모 조금 있어바라. 경찰서 전화는 국만 바뀌고 집 전화 바뀐 것 적어 놓았다."

환갑이 넘은 정웅이 사촌형은 황 이장보다 오륙 세 연배다. 박정기는 조그만 수첩을 백열전등 밑으로 가져가 돋보기를 끼고 찾아보고 있었다.

"경찰서 말이가, 집 말이가?"

"둘 다 가르쳐 주이소."

"경찰서는 02-270-060×이고 어……, 바뀐 집 전화번호는 02-580-516×이다."

"2국이 3국 자리로 바뀌었네요."

"그래, 바꼈다."

전화번호를 받아 쥔 노영길과 황 이장은 부리나케 황 이장 집으로 돌아왔다.

"빨리 전화해 보게."

황 이장은 돋보기를 찾아 끼고 전화를 했다.

"여보세요, 박정웅 씨 댁입니꺼? 박 과장 있습니꺼? 아 예, 여기는 경남

울주군의 배내마을입니더."

"집에 있나?"

영길은 조급한지 옆에서 물었다.

"집에 있단다. 바꾸어 준단다."

"박정웅입니다."

"어이, 정웅이가? 영수다. 그간 잘 있었나?"

"영수야, 참 오래간만이다. 우찌 그리 전화가 없노? 내사 마 월급쟁이라 전화 잘 못 하지만 말이다."

옛 고향 친구를 만나니 특유의 투박한 경상도 사투리가 튀어나왔다.

"니가 전화번호 곧 바뀐다고 해놓고 바뀐 전화 아리켜 주었나? 그라고 시골에 있는 우리야 맨날 흙 파먹고 사는데 무신 연락 할 일이 있겠노?"

"맞다. 내가 바뀐 전화 안 알려 주었구나. 그래, 오늘은 무신 바람이 불어서 밤에 전화를 다 주노? 나도 인제 몇 년 안 있으면 정년퇴직 할 끼다. 그때 되면 아이들 다 키워 놓았겠다 너거 인 데 내려갈 끼다. 늙으면 고향 가서 살아야 안 되겠나? 우짜든지 너거들 건강해라. 참, 영수야! 시골에 어떤 키가 큰 청년 안 왔더나?"

"그래, 그 청년 때문에 이래 전화 안 했나."

박 과장은 가슴이 철렁 내려앉았다. 사고를 칠 고 군이 아니지만 불의를 보고 그냥 지나치지 못하는 성미라 배내마을에서 폭력배들과 부딪쳤는지도 몰랐다. 인범이가 중상을 입힌 소매치기 사건도 아직 해결되지 않았는데…….

"고 군이 진짜 그리로 갔구나. 그래, 내가 경치 좋고 조용하니까 가보라고 했다. 와 무신 잘못된 것이 있나?"

"아이다. 그 청년이 어떤 청년인지 정웅이 니에게 물어보모 알 끼다 싶어 물어보는 기다."

아무래도 이상했다. 웬만큼 어려운 일 아니면 내 이름을 말할 고 군이 아니라는 걸 잘 알고 있기 때문이었다.

"여보게 영수! 그 젊은이가 어떤 사람이냐고 묻는 이유가 있을 것 아이가? 무턱대고 묻지 말고, 무신 일이 있는데 어떤 사람이냐고 물어야 될 거 아이가?"

"마, 그라면 사실대로 이야기하마. 그 청년이 우리 배내마을을 관광마을로 만들자고 의논을 안 하나. 그래서 청년이 어떤 사람인지도 모르는데 우찌 뜨내기인 청년 말만 믿고 일을 시작할 수 없다 카이, 마지못해 자네가 소개해서 우리 마실에 왔다고 니 이름을 말하더라. 그 청년 참 입이 무겁데. 니가 소개해서 왔다 하모 어떤데, 니 이름 말하는데 억수로 조심하고 겨우 말하더라."

"……?"

박 과장은 어리둥절했다. 고 군이 무슨 사고 친 줄 알았는데 엉뚱하게 우리 고향을 관광마을로 만든다고……. 여하간 안심은 되었다. '하긴 우리 배내골이 경치 하나는 일등 관광지로 손색이 없지.'

"여보게 황 이장, 그 청년 보통 청년 아이다."

"뭐, 보통사람 아이라꼬, 그기 무신 말이고?"

"아이다. 마 그 청년 믿고 하자는 대로 해 봐라. 하긴 우리 마을이 어디 보통 경치가? 그 청년이 하자는 대로 해 보면 잘못 되지는 않을 끼다. 그 청년에 대해서 다음에 상세히 이야기할게."

"그래, 알았다. 그라모 정웅이 자네 말 믿고 맡겨 보꾸마. 그런데 우리 마실 청년들이 그 청년을 때려 얼굴이 좀 상해서 마음이 무겁고마."

"뭐? 고 군이 맞았다고, 영수야 니 뭐 잘못 안 것 아이가? 에이, 그 청년 우리 마을청년에게 맞을 청년 아니다. 그 청년은 서울 폭력…… 아, 아이다, 아이다……."

"맞을 청년 아이라고……. 그러나 마실 청년들에게 맞은 건 사실이다."

박 과장은 고 군이 마을청년에게 맞았다는 것이 믿어지지 않았다.

"그래, 상세한 것은 다음에 이야기하자."

"그래, 늦은 밤에 미안하구마."

황 이장은 수화기를 내려놓으며 이마의 땀을 씻었다.

"뭐라카더노?"

옆에서 노영길이 조급한지 물었다.

"정웅이가 그 청년 보통 청년 아이라고 믿고 맡기보라 카네."

"보통사람 아이라꼬……?"

대대로 내려온 조상에게서 물려받은 밭떼기 논떼기 하나 변변한 땅을 갖지 못하고 대물림하는 가난에 한이 맺히고 배운 것 없는 무식한 농사꾼들에게 관광마을을 만들어 잘 살 수 있다니 흥분하지 않을 수 없었다. 논밭이 적은 산과 계곡과 물, 바위투성이의 마을을 고 군이 관광마을로 전환시키겠다는 착상은 실로 중대한 사건이었다. 어릴 때 한 고향 한 이웃에서 함께 태어나 잔뼈가 굵도록 자란 죽마고우인 황 이장과 노영길은 들뜬 얼굴로 서로 멍하니 마주 바라보았다.

황 이장과 노영길은 흥분되고 들떠 있었다. 우연히 나타난 낯선 청년이 가난을 면할 수 있는 마을로 만들어 준다니 눈이 번쩍 뜨이지 않을 수 없었다. 그것도 돈이 얼마 안 들고 노력만 하면 이룰 수 있다니 흥분하지 않을 수 없었다. 허파에 바람이 든 것같이 가슴이 자꾸만 부풀어졌다. 역사는 사람에 의해서 이루어지는구나! 이 마을 뒤 산자락에 부산 사람이 운영하는 산장원인가 무언가 하여 돈을 버는 거 보니까, 이 마을을 잘 가꾸면 그쪽 손님을 이쪽으로 끌어올 수 있다는 청년의 말이 틀린 말이 아니라고 생각했다.

사람 팔자 알 수 없다 하더니 이런 일을 두고 한 말인가 경솔한 속단을 해 보았다. 일 년 내내 좁고 척박한 농지에서 죽도록 일해 보았자 먹고살기 빠듯한 것이 이 마을의 실정이었다. 고향을 떠나지 못한 젊은 청년들이 고랭지 채소와 버섯과 약초 재배로 겨우겨우 살아가고 있는 것이다. 객지에서 공장에 다니며 살아가는 고향을 떠난 자식들이 먼저 떠올랐다. 아! 과연 관광마을로 만들어질까? 만들 수만 있다면 부촌이 될 수 있을 것이다.

입꼬리에 미소가 떠나지 않는 황 이장과 노영길은 밤이 늦도록 저녁에 먹다 남은 막걸리를 마시며 들뜬 가슴을 진정치 못했다. 둘은 관광마을을 만들 의논을 나누고 빠른 시일 안에 마을 회의를 하기로 하고 헤어졌다.

한편, 박 과장은 옛 고향 친구에게서 고 군이 고향에서 엉뚱하게도 관광마을을 만들겠다고 한다는 말을 듣고 생각을 정리해 보았다. 사건이 마무리될 때까지 피해있으라고 했는데 관광마을을 조성하겠다니 놀라지 않을 수 없었다. 고 군이 내 고향에서 큰일을 벌이려고 하고 있는 것을 알 수 있었다. 실로 이것은 보통 일이 아니다. 수백 년 가난을 숙명처럼 여기며 살아온 배내마을이 가난을 벗고 부자마을로 탈바꿈하려는 대역사가 이루어지려는 것이다. 그것도 폭력배를 상대하는 무술의 달인이라고 아니, 싸움쟁이로만 알았던 인범이란 아직 젊은 청년이 낯선 오지인 고향땅 농촌 마을의 운명을 바꾸어 놓으려고 하고 있는 것이다.

불가능한 것은 아니다. 가능할 수도 있다. 그것은 배내마을이 천혜의 절경을 가진 지형이기 때문에 확신할 수 있었다. 배내마을은 절경을 구경한 사람이면 어느 누구도 경탄하지 않을 수 없는 곳이다. 수량이 풍부한 계곡에 지천으로 널려있는 작은 돌에서부터 큰 돌을 감싸고 유유히 흐르는 야천에, 지금은 사라졌지만 10여 년 전만 하더라도 피라미, 쏘가리, 꺾지, 게 등 민물고기가 회유하던 자연이 넉넉한 그림 같은 곳이었다. 그리고 계류를 따라 계곡을 거슬러 올라가면 옥같이 맑은 물이 바위틈을 타고 숨바꼭

질을 하며 돌멩이들과 재잘거리고 노닐기도 했다. 또 크고 작은 폭포가 소를 만들고 산새들이 나무 사이를 헤집고 청아하게 노래 부르는, 숲이 우거진 영남의 알프스라고 하는 아름다운 영취산과 신불산, 간월산의 줄기 아래 자리한 마을이 아닌가.

젊은 고 군이 배내마을의 풍치와 절경을 보는 안목이 빗나가지 않았구나! 시간을 내어서 한번 내려가 보아야겠다고 생각했다. 박 과장은 소파에 깊이 몸을 파묻고 담배 연기를 내뿜으며 상념에 젖은 시야에 신념에 찬 고 군의 얼굴이 떠올렸다.

4

배내골의 밤은 깊어만 갔다. 4월인데도 고산지대이고 밤이라 그런지 텐트 속은 한기가 서렸다. 인범은 고아로 자라면서 집에서나 밖에서나 잠을 잘 때는 상의도 하의도 벗지 않고 언제나 낮에 입은 옷차림 그대로 등걸잠을 자는 것이 습관이 돼 있었다.

인범은 오리털 침낭 속에 몸을 깊이 파묻고 밤이 깊은데도 오랫동안 잠을 이루지 못하고 눈을 부릅뜨고 달빛에 투영된 텐트의 천장을 쳐다보며 무언가 모를 압박감에 잠을 이루지 못하고 있었다. 머리맡에서 가을도 아닌데 끼루룩 끼루룩 우는 귀뚜라미 소리가 애절하게 들렸다. 풀벌레 소리가 왠지 인범을 우울하게 했다. 그 우울은 오늘 저녁 황 이장과 노영길 어른께 관광마을을 조성하면 부촌으로 만들 수 있다고 자신 있게 말한 것에 책임감이 무겁게 가슴을 짓누르는 것과 무관하지 않은 것 같았다.

'과연 내가 이룰 수 있을까?' 자꾸만 불안해졌다. '무엇부터 어떻게 시작하고 어떻게 마을 회의에서 관광마을로 만들 수 있다고 설명을 하고 설득해야 하나?' 인범은 침낭에서 빠져나와 텐트 천장에 매달린 랜턴을 켜고 머리맡에 있는 노트를 꺼내 계획서를 작성했다.

1. 마을과 계곡을 깨끗이 하여야 한다.
2. 마을 뒤 산장원 입구에 광고용 '천하대장군,' '지하여장군' 대형 목각 장승을 세우고 또 민속주막을 짓는다.
3. 밭을 주차장으로 만든다.
4. 길을 넓혀 마차가 다닐 수 있도록 하고 마차를 구입한다.
5. 계곡, 들판 주위에 텐트를 칠 수 있도록 정지 작업을 한다.
6. 외지인에게 절대로 토지를 팔지 않는다. 팔려면 마을에 팔아야 한다. 이 조항은 결정되면 공증을 하여야 한다. 소유권은 마을이 갖는다.
7. 길가나 계곡 주위, 골목과 집 안 등에 토속수나 유실수를 많이 심어 마을을 아름답게 한다.
8. 토속 화초를 심어 꽃마을로 장식한다.
9. 토종닭고기, 염소고기, 채소, 산나물, 토속주 등 음식물을 판매한다. 또 유기농 농작물을 판매한다.
10. 옛 토속 민물고기를 서식시켜 관광객들에 구경시킨다. 단, 잡지는 못하게 한다. 물고기가 많아지면 먹거리로 잡을 수 있다.
11. 마을 사람들이 살고 있는 민속 집을 관광객에게 개방하여 집 구조와 생활도구를 구경할 수 있도록 한다.
12. 옛날 선인들이 사용하던 농기구와 가구들을 구입하도록 한다.
13. 관광객들에게 음식과 농작물을 파는 사람들은 민속 옷을 입고 사투리를 사용하도록 한다.

생각나는 몇 가지를 적었다.

돈을 많이 투자하여야 하는 사업이라면 이 마을 재원으로는 불가능할 것이다. 인력으로 가능한 사업에 중점을 두어야 한다. 과연 이곳 주민들이 인범의 계획에 동의하고 동참할 것인지……. 황 이장과 노영길은 상당한 관심을 가진 것 같았다. 인범은 지금까지 겪어온 어떠한 무서운 적들과의 싸움보다 두렵고 긴장이 되었다. 실패했을 때 나의 인생에 어떤 오점을 남길지 모른다. 이 나라 이 민족, 이 마을을 위해 최선을 다하자. 아름다운 이 자연이 오염으로 황폐해지는 것을 방치하고 방관해서는 안 된다. 자연이 인간으로 인하여 오염되고 황폐됐다면 인간의 힘으로 복원하고 정화시킬 수 있을 것이다. 인범은 계획서를 정리하고 랜턴을 끄고 침낭에 깊이 파고들었다.

산촌의 밤은 깊어만 가는데 외떨어진 산자락에 설치한 텐트 속엔 스산한 달빛만이 투영되고 있었다. 인범은 깊은 고뇌의 상념 속에 잠 못 이루고 밤을 지새우고 있었다.

5

배내마을은 갑자기 술렁이기 시작했다. 마을 사람들은 관광마을을 조성한다는 소문에 들떠 있었다. 부자가 될 수 있단다. 그것도 큰돈 들이지 않고 말이다. 마을 사람들은 관광마을을 만든다는 이야기로 둘만 모이면 화제의 꽃을 피웠다. 그러나 한쪽에선 송충이는 솔잎을 먹어야 한다, 농사꾼이 관광 장사하려고 한다고 돈이 벌어지나, 돈 버는 것이 얼마나 힘들고 어려운데 장사는 아무나 하는 것이 아니라며 빈정거리고 반대하는 사람들도 있었다. 그런 소문은 문호열과 깡구가 훼방을 하기 위해 떠벌리고 다녔다.

내일 모레면 마을 회의를 열어서 의논을 하여 가부를 결정한다고 의견들이 분분했다. 그러나 대부분의 마을 사람들은 마을도 깨끗해지고, 힘든 농사일을 하여도 가난하게 살아야 하는 것보다 관광마을을 조성하여 돈을 벌 수 있다는 것에 찬성을 하고 있었다. 힘들게 농사지어야 고생만 하는 가난에 한이 맺힌 마을 사람들이었다. 무언가 할 수만 있다면 가난을 면하고 싶은 것이 대다수 마을 사람들의 공통된 소원이었다. 무엇보다도 객지에서 어렵게 살아가는 자식들을 고향으로 불러들여 가족이 함께 행복하게 사는 것이 희망이며 꿈이었기 때문이었다.

문호열, 깡구, 정호는 바빠지기 시작했다. 그들은 관광마을 조성을 결사 반대해야 한다고 떠벌리고 다녔다.

"어이 깡구야, 그 또라이 같은 놈이 기어이 우리 마실에 일을 꾸미는 기라, 그 자석은 사기꾼인기라."

지난밤에 인범이에게 술주정을 부리다가 망신당한 호열은 더욱 인범을 증오하고 있었다.

"자슥이 이장 찾아다니더니 결국 일 꾸미네. 내 이 자슥을 마 어째뿌꼬."

문호열은 흥분을 하고 분노하고 있었다.

황 이장과 노영길은 마을사람 몇 사람과 의논한 결과 마을 회의를 열기로 결정했다. 마을 뒤 산장원에서 돈벌이가 된다면 그곳은 시설은 월등히 좋을지 모르나 이곳 마을 주위의 자연환경과 계곡의 경치에는 비교할 수 없다는 결론이 나왔다. 여론조사 대상은 마을 사람들과 고향을 떠나 도시에서 생활하는 사람들이나 부모 곁을 떠나 다른 곳에서 살아가는 자식들을 상대로 했다. 대부분이 배내마을에서 관광을 하지 돈 많이 쓰고 자연경관이 없는 산장원에 가겠느냐는 것이다.

마을 사람들은 마을길을 넓혀 차만 들어올 수 있다면 성공할 것이라고 흥분을 했다. 고향을 떠난 사람들과 또 자식들이 관광마을을 만든다는 말을 듣고 당장이라도 고향으로 돌아와서 관광마을 조성에 함께 하겠다고 하였다. 제일 어려운 것은 도로확장이었다. 청년은 돈이 많이 드는 도로확장보다 폭이 좁은 마차를 활용하자고 했다. 마차를 활용하면 도로확장보다 비용도 적게 들고 마차에서 얻어지는 수입도 올릴 수 있으며 마을 뒤쪽에 주차장을 만들면 차에서 뿜어내는 매연도 예방할 수 있고 주차비 수입도 만만찮을 것이라고 했다. 청년은 마차 구입비용과 기타 비용은 군에 협조를 받아 농협이나 은행에서 저리로 융자를 받으면 가능하다고 했다. 그래서 청년의 계획이 구체적으로 어떤지, 돈이 얼마 들지 않고 관광마을을 만들 수 있다고 하였으니, 회의를 열어 개개인의 의견을 확인하자는 결론이 났다.

마을 회의

1

5월 어느 화창한 날씨였다. 마을 사람들은 오늘은 일을 나가지 않았다. 수백 년 동안 가난을 숙명처럼 알고 살아온 마을을 관광마을을 만들어 잘 살 수 아니, 부자가 될 수 있다는 말에 관심을 가진 마을 사람들이 서로 이야기를 나누며 마을회관 앞마당에 모이기 시작했다. 나이 많은 할아버지, 할머니들도 지팡이를 짚고 모여들었다.

황 이장도 노영길도 마을 사람들 사이를 누비며 인사를 나누고 환담들을 하고 있지만, 얼굴 한구석은 긴장감이 감추어져 있었다. 남자들도 여자들도 젊은 아낙들도 청년들도 삼삼오오 모여 관광마을 만드는 이야기를 나누고 있었다. 저만큼에서 문호열, 깡구, 정호, 말썽꾸러기 세 명이 잔뜩 인상을 쓰고 건들거리며 마을회관 쪽으로 걸어오고 있었다. 이들을 본 마을 사람들은 눈살을 찌푸리고 그들을 쳐다보고 있었다.

이 세 명은 마을 회의 때마다 반대를 하고 말썽을 부렸다. 특히 이들은 관광마을로 만들겠다는 청년에게 쓰레기 줍기를 못하게 하고 구타까지 한 것을 마을 사람들이 알고 있었기 때문에 또 무슨 말썽을 부릴 것인가 걱정들을 하고 있었다. 이들이 마을회관으로 들어오고 있는 것을 본 황 이장과 노영길은 걱정스러운 얼굴로 그들의 표정을 유심히 살펴보고 있었다. '오

늘 저놈들이 제발 조용히 해 주어야 할 텐데…….'

세 명은 마을회관 마당으로 들어와 어른들 앞으로 가서 인사를 하고 있었다.

"이장님, 아저씨, 좋은 날씨입니더. 이제부터 바쁘시겠네요."

황 이장과 노영길에게 인사를 했다.

"아, 왔나. 인자 너거가 많이 도와주어야 된데이."

"우리가 뭐 아는 기 있습니꺼. 이장님은 마 글마 말 그대로 듣다가는 낭패 보지 않겠습니꺼?"

호열이가 빈정거렸다.

"아이다. 관광마을 만드는 것은 가능할 끼다. 우리 한번 해 보자."

"……."

황 이장은 이들이 말썽을 부리지 않게 하기 위해 다독거리고 있었다.

세 명은 청년들이 있는 곳에 가서 악수들을 나누고 히죽거리며 비아냥거리고 있었다.

"야, 우리 졸지에 벼락부자 되게 되었네. 인자 너거 고등채소, 버섯재배 안 해도 돈 벌 수 있게 되었네."

마당에 있는 많은 주민들이 이들을 보고 눈살을 찌푸렸다.

"자, 다들 안으로 들어가십시더."

황 이장이 동민들을 마을회관 안으로 안내했다. 모든 사람들이 조금은 들뜬 얼굴로 안으로 들어가고 있었다.

40여 평의 마을회관이 깨끗이 청소돼 있었고 북쪽 벽 칠판에 '배내마을 관광조성 안건회의' 라는 글자가 큼직하게 쓰여 있었다. 마을의 서기 이성수는 바쁘게 움직이며 황 이장의 지시를 받고 좌석 정돈을 하고 있었다.

"앞에부터 차례로 앉아주이소."

70여 명의 마을사람들이 조용하게 자리를 잡고는 회의가 시작되기를 기다리고 있었다. 무언가 분위기가 엄숙했다.

"여보게, 이 서기. 사무실 안에 청년이 기다리고 있제?"

"예, 있습니더."

황 이장은 자리에서 일어나 조그만 연단 앞에 서서 좌중을 훑어보더니 오늘 마을 사람들이 모이게 한 동기를 설명하기 시작했다.

"배내마을 주민 여러분, 농사철에 많이 바쁘실 낀데 이렇게 오시라고 하여서 미안스럽습니다. 여러분들도 이미 들어서 아실 끼지만 우리 마을에 얼마 전에 어떤 청년이 마을 구석구석을 청소하고 있던 것을 봤을 것입니다. 와 그 청년이 우리 마을의 쓰레기를 줍는지 아무도 몰랐을 것입니다. 마을 사람들은 처음은 그 청년이 정신이 조금 이상한 것 아닌가 하고 생각한 사람도 있었을 것입니다.

그러나 그 청년의 참뜻을 마을 사람들은 아무도 몰랐던 것입니다. 그 청년은 누구보다도 자연을 아끼는 청년이었습니다. 그라고 우리 마을에 오게 된 것은 이 마을 출신인 누가 경치가 빼어나게 좋은 곳이라고 소개해서 오게 된 것입니다. 그 고향 사람이 누군지는 나중에 밝히기로 하겠습니다. 청년은 우리 마을에 와서 산수와 계곡의 경치가 빼어나게 좋고 지금은 대부분 사라진 옛날 집들이 훼손되지 않고 보존돼 있는 것을 보고 민속관광마을을 만들 수 있다는 자신감을 가진 것입니다. 그것은 우리 마을보다 조건이 안 좋은 마을 뒤쪽 산장원이 관광객을 유치하여 성업을 하고 있다는 것을 알고 생각했다고 합니다.

우리는 청년이 어떻게 관광마을을 만들며 어떠한 방법으로 돈을 벌어들일 것인가 한번 들어보고 결정하도록 합시다. 이번 결정은 매우 중요합니다. 우리는 우리 마을을 더욱 단장하고 가꾸어 도시 사람들에게 구경시키고 돈 버는 마을로 만들자 하는 목적입니다. 우리 마을이 가난을 면하느냐 못 면하느냐가 달려 있습니다. 그렇다고 섣불리 결정할 것이 아닙니다. 신중히 잘 판단해서 결정해야 합니다. 돈이 많이 든다고 하면 못하는 것입니다. 오늘 마을 사람들을 한 자리에 모시고 청년의 계획을 직접 들어보입시다. 내사 마, 말솜씨가 없어 설명을 제대로 못한 것 같으니 노영길 친구의 말 한번 들어보입시다."

노영길이 걸상에서 일어나 연단 앞으로 나왔다.

"황 이장이 설명을 잘 못한다고 했지만 잘 하신 것입니다. 저는 관광마을을 만든다는 이야기가 나왔을 때 과연 우리 마을이 관광마실로 가능할까 깊이 생각해 봤습니다. 우리 마을은 농지로서는 지형적 조건이 안 좋아 논과 밭이 많지 않습니다. 산은 가파른 바위산이고 들판은 좁습니다. 그 대신 돈 안 되는 경치 하나는 빼어나게 좋은 것은 사실이 아닙니까? 지금은 마이카시대이고 먹고 살만 하니, 자가용을 타고 경치 좋은 곳을 찾아 관광을 즐기려는 사람들을 이곳으로 유치하자는 것입니다. 그러나 무엇을 어떻게 하여 관광마을을 만들고 어떠한 방법으로 돈 버는 마을을 만들 것인가는 나도 잘 모르겠습니다. 청년의 계획을 들어보도록 합시다. 그리고 결정은 한두 사람이 뭐라고 한다고 결정할 것이 아니라 자기 자신들이 깊이 생각하고 결정해야 합니다. 무슨 일이나 찬성, 반대는 어디 가도 있기 마련입니다. 다수에 의한 결정이 가장 민주적입니다. 일단 결정되면 반대하는 사람도 깨끗이 승복하여 한마음이 되어 일사불란하게 단결해야 합니다. 그렇지 않으면 일이 추진될 수 없습니다."

"무슨 다수고 민주적이라 말이고, 여기가 무신 정치판이가."

호열이 볼멘소리로 주위에 들리도록 중얼거렸다.

노영길 어른이 자리에 앉고 다시 황 이장이 연단으로 나오면서 마을 서기에게 말했다.

"김 서기, 청년을 이리로 모셔 오게."

"예, 사무실에서 붓으로 관광마을 조성 계획서를 적고 있습니더."

"그래, 아침에 종이와 벼루, 그리고 붓을 달라고 하더니 그걸 적을라고 달라 했나? 그런데 고 군이 붓글씨를 쓸 줄 아는가 뵈."

황 이장은 고개를 갸웃거렸다.

문호열은 나이가 황 이장 막내아들밖에 안 된 그 자슥에게 황 이장이 모셔라 하니 밸이 꼬이고 창자가 뒤틀렸다. 키만 멀쑥하게 큰 머저리 같은 놈이 마실에 와서 이상한 짓을 하더니 이제 우리 마실을 확 바꾸어 놓으려고 하니 그냥 볼 수 없다고 생각하고 있었다. 마을 사람들이 그 자슥에게 무슨 기대를 한다고, 오늘 농사일도 안 나가고 이렇게 많은 마을 사람들이 모여 또라이 같은 놈의 연설을 들으려고 하는 것을 보니 부아가 치밀어서 참을 수가 없었다.

언제 보아도 어수룩하게 보이는 인범이가 머쓱한 걸음으로 김 서기의 안내로 회관으로 들어오고 있었다. 김 서기의 손에는 커다란 종이 말이가 들려 있었다.

"이장님, 이 종이를 칠판에 붙이도록 한쪽을 좀 잡아주이소. 고 형, 어디에 붙일까요?"

인범은 종이를 칠판 한 곳에 테이프로 붙였다. 사람들의 시선이 일제히 종이에 쓴 글에 집중되었다. 종이엔 붓글씨로 이렇게 쓰여 있었다. 퍽 잘 쓴 붓글씨였다.

맨 위에, '관광마을 조성계획' 이라고 적혀 있고, 아래에 이렇게 쓰여 있었다.

1. 쓰레기 없는 마을로 만든다.
2. 마을 입구 밭을 주차장으로 만든다.
3. 좁은 곳의 마을길 몇 부분을 넓혀 마차가 다닐 수 있도록 한다.
4. 마차를 구입하든지 만들어야 한다.

5. 계곡을 깨끗이 청소하여 맑은 물을 보존한다.
6. 계곡 주위의 땅을 정지하여 관광객이 쉬도록 하고, 텐트를 설치할 수 있도록 야영장을 만든다. 차후 재정이 되면 방갈로를 지어야 한다.
7. 마을 골목과 주위에 각종 토속수와 토속 화초를 심는다.
8. 계곡 주위에 계곡에 어울리는 토속수를 심는다.
9. 사라진 옛날 토속 민물고기 치어를 방류하여 서식토록 한다.
10. 닭이나 오리, 산나물 등 토속 음식만으로 운영한다.
11. 지주는 외지인에게 토지를 절대 팔지 않고, 마을 사람에 한하여 매도해야 한다. 단 매입자가 없을 시, 마을에서 공동 소유로 마을 운영위원회에서 결정하는 지가로 판매해야 한다. 또 재매수를 원할 시 운영위원회에서 결정하는 지가로 매입할 수 있다.
12. 허물어진 토속 집을 수리 또는 재건한다.
13. 모든 집의 빈터에 채소나 유실수를 심는다.
14. 계곡 옆이나 마당에 원두막을 만들어 관광객에게 유료로 제공한다.
15. 마을 사람들이 관광사업을 지속적으로 운영하려면 단결이 중요한데 지주가 대지나 농지를 매도할 때 반드시 11항을 공증하여야 한다.
16. 가파른 영취산, 신불산, 간월산에 염소를 방목한다.
17. 관광객에게 음식물과 농산물을 판매하는 마을 사람은 민속 옷을 입고 지금까지 써 왔던 사투리를 계속 사용한다. 사투리를 사용하는 것은 관광객에게 민속마을의 인상과 분위기를 심어주기 위함이다.
18. 집을 관광객에게 개방하도록 한다.
19. 마을 단체로 옛 가구를 공동으로 구입하여 옛 민속 살림을 관광객이 구경할 수 있도록 한다.

황 이장과 노영길은 한지에 쓴 붓글씨를 자세히 보더니 김 서기에게 물었다.

"김 서기, 조금 전 이걸 고 군이 썼다고 했나?"

황 이장은 의아한 얼굴로 김 서기를 쳐다보며 물었다. 노영길도 멍하니 붓글씨를 보고 있었다.

"예, 고 형이 썼습니다."

"여보게, 고 군. 정말 이 붓글씨 자네가 쓴 거가?"

"……."

믿기지 않는 표정이었다. 한지에 붓글씨로 한 자 한 자 서예를 쓰듯 잘 쓴 붓글씨였다. 인범은 서예를 배우기 위해 밤마다 열심히 익혔던 것이다.

마을 사람들도 어떻게 아직도 젊은 사람이 붓글씨를 이렇게 잘 썼는지 모두 믿기지 않는 표정이었다. 문호열이도 깡구도 의외의 표정이었다. 저 또라이 같은 놈이 어디서 서예를 배웠는지 궁금했다. 그러나 옛날 어른들처럼 잘 쓴 붓글씨임은 틀림없었다. 호열과 깡구는 칠판에서 눈을 떼지 못했다.

인범은 사람들의 시선이 일제히 자기에게 집중되고 있음을 의식하면서 연단 쪽으로 걸어가 무춤하게 서서 시선을 마을사람들에게 두지 못하고 무표정하게 천장을 향해 있었다. 사람들은 저 말주변이 없어 보이는 청년이 무슨 말을 할까? 궁금해 하며 키가 멀쑥하게 큰 청년의 입을 바라보고 있었다. 노영길이 다시 나왔다.

"여러분도 아시다시피 이분이 우리 마을을 관광마을로 조성하겠다는 의지를 가진 이름이 고인범이란 청년입니다. 먼저 이 청년이 우리 마을의 잡다한 쓰레기를 며칠 동안이나 땀을 흘리며 치워준 데 대한 감사의 박수를 보냅시다."

많은 마을 사람들이 일제히 손뼉을 쳤다. 인범은 쑥스러운지 어쩔 줄 몰라 했다.

"그러면 청년의 계획을 직접 들어보도록 하겠습니다."

인범은 그제야 마을 사람들을 바라보았다. 그리고 수 초 동안 멀거니 사람들을 쳐다볼 뿐 아무 말을 하지 않았다. 마을 사람들은 인범의 입과 칠판에 붙은 붓글씨를 번갈아 바라보고 있었다.

"저 바보 같은 놈이 연설도 할 줄 모르면서 사람들 앞에 서더니 망신 좀 할 끼다."

문호열은 빈정거리며 조소했다. 황 이장도 노영길도 당황했다. 드디어 청년이 입을 열었다.

"저…… 저는 서울에서 온 고인범이라고 합니다."

인범은 큰 키에 머리를 깊게 숙여 인사를 했다.

"저는 이 마을과는 아무 연고도 없으면서 너무 큰일을 이장님께 권한 것 같습니다."

화두를 꺼내고 한참을 반응을 보더니 회관에 앉은 사람들을 둘러보았다. 이야기에 매우 신중을 기하는 것 같았다.

"이 마을에 처음 왔을 때 너무 황홀한 경치에 감복을 하였습니다. 그래서 이 천혜의 자연경관을 잘 보호하고 가꾸어서 도시인들에게 관광지로 개방하여도 손색이 없겠다고 생각하고 이장님에게 관광마을로 조성해 보실 의향이 없으시냐고 의논해 봤습니다."

모든 사람들이 조곤조곤 낮은 목소리로 의논하듯 이야기하는 인범의 말에 숨소리 하나 없이 듣고 있었다.

"구체적으로 어떻게 하면 관광마을을 조성할 수 있는지 저 나름대로 계획한 것을 말씀 드리겠습니다. 물론 저보다 더 좋은 계획을 가지신 분도 많으리라 생각합니다만, 저는 이렇게 계획을 세워 봤습니다."

인범은 연단 위에 놓인 작은 막대기를 들고 칠판에 적힌 글을 한 자 한 자 짚으며 읽기 시작했다. 칠판의 글을 다 읽은 인범은 잠시 말을 멈추고 마을 사람들을 바라보았다. 마을 사람들은 고개를 끄덕이며 인범의 얼굴을 마주 바라보았다. 인범은 말을 이었다.

"특별히 할 것은 마을청년들이 자치정화위원을 결성하여 우리 마을을 찾은 관광객들이 질서와 규정을 지키도록 강력하게 단속을 하여야 합니다. 단속의 취지를 홍보하지 않으면 깨끗한 마을을 보존할 수 없습니다. 그리고 제가 계획한 것으로 관광마을 조성이 결정되면 먼저 음식을 판매할 수 있는 공사부터 시작하여 준비되는 대로 관광객을 유치하였으면 합니다.

그 수입금을 재투자하여야 합니다. 제일 먼저 주차장을 만들 밭 소유자와 의논을 하여 승낙을 받아야 합니다. 그 다음은 마차와 말 구입비와 길을 넓히는 자금을 군의 협조를 받아 저리로 융자를 신청하여야 합니다. 저의 계획에 미숙한 점이 많을 것입니다. 보완할 점과 잘못된 것에 의문점을 지적해 주시기 바랍니다. 그리고 좋은 의견이 있으시면 제시해 주셨으면 합니다."

장내는 일시 조용해졌고 서로 얼굴들만 쳐다보았다.

"주차장 문제는 땅 주인에게 어찌해 주면 되겠소?"

황 이장이 먼저 일어나 질문했다.

"예, 그 문제는 땅 주인에게 그곳에서 소출되는 농작물 수입에 농비와 인건비를 공제한 순 수입에 대한 대가를 치러 드리면 되지 않을까 생각됩니다. 무엇보다도 중요한 것은 개인의 이익만 생각하여 과다하게 요구하면 사업이 이루어질 수가 없습니다. 그러기 위해서는 모든 금액 결정은 마을 회의에서 산출하여 결정하여야 합니다. 이것은 법적으로 공증을 하여 차후 말썽의 소지를 없애야 합니다."

"아까 마차라고 했는데 마차를 어찌한단 말이며 그라고 주차장을 마을 입구에 한다고 했는데 와 입구에 하려고 합니까?"

"현재 길 폭이 차 두 대가 마주치면 비켜나갈 수가 없습니다. 차 두 대가 왕복할 도로로 넓히려면 기존 집을 철거해야 하고 비용도 많이 들고 마을 안에는 많은 차가 주차할 주차장 부지가 없습니다. 그러나 마차를 이용하면 중간중간만 조금 넓히면 마차가 서로 비켜갈 수 있습니다. 그리고 차가 마을 안으로 들어오면 먼지와 배기가스로 공해도 되어 청정마을이 될 수 없습니다. 무엇보다도 마차 활용이 관광마을을 선전하는 데 제일 빠른 효과를 가져 올 것입니다."

"마차를 어찌 활용하며, 마차 구입비용은 얼마나 들겠소?"

황 이장이 질문을 했다.

"관광객들에게 마을 입구에서 계곡과 마을 안, 마차가 머무는 종점까지 마차를 이용하게 해야 합니다. 그렇게 하면 마차를 타고 구경도 할 수 있어 관광객들도 좋아하고 수입도 볼 수 있으니 배내마을이 낭만적인 민속관광명소가 될 수 있습니다. 그리고 아스팔트는 차후에 할 수 있습니다. 마차를 타고 울퉁불퉁한 길을 약간 흔들리고 타고 가면 오히려 흔들리는 재미도 있지 않나 생각이 듭니다. 마차와 대형 말 구입비용은 마을 대표분들이 군에 융자신청을 하셔야 하고 제주도나 경기도 민속마을이나 경상남도 통도사에서 사용했던 마차를 중고값으로 구입하면 될 것입니다."

"고 군, 구체적으로 수입항목은 어떤 것입니까?"

조용하게 있던 노영길 어른이 물었다.

"주차비, 왕복 마차 이용비, 음식 판매, 마을의 농산물 판매 등입니다. 그리고 나무가 있고 물이 있는 경치가 좋은 중간중간에 정자를 지어 임대도 하여야 합니다. 주수입은 음식물 판매입니다. 피서객들의 과일, 술, 등 간식 외의 음식물 반입은 일절 허용치 않아야 합니다. 음식물 반입을 허용하면 수입이 줄어듭니다. 그리고 버리는 음식물 처리도 문제가 됩니다. 산장원에서는 일절 취사를 못 하게 합니다. 우리 마을에서도 취사를 못 하게 하는 대신 음식값을 저렴하게 받아야 합니다. 그리고 나중 재정이 되면 방갈로를 지어 숙박비로 수입을 볼 수 있습니다. 제일 중요한 것은 음식점을 운영할 사람을 결정하고, 농산물을 재배하여 음식점을 경영하는 마을 사람들에게 공급을 하고, 또 관광객에게도 판매할 사람이 결정되어야 합니다. 음식 종류도 적당한 분포로 서로 균형을 맞추어야 합니다. 같은 음식을 많은 사람들이 취급한다면 안 됩니다. 채소와 농산물도 서로 달라야 합니다."

"주차비와 마차 이용비를 너무 많이 받으면 관광객들이 부담되지 않을까?"

"예, 부담되지 않는 금액으로 정해야 할 것입니다. 제 생각으로는 주차비는 종일 이천 원으로, 마차비 왕복도 천 원으로 하면 될 것입니다."

마을 사람들이 인범의 계획에 고무되어 희망에 찬 얼굴이었다. 이때다. 고무된 분위기와는 달리 시비의 소리가 터져 나왔다.

"야 이 자슥아, 장난 같은 소리 집어 치아라 마. 누가 돈 주고 마차 탈라 칼 끼고, 니 말대로 잘 될라 카겠나?"

갑자기 뒤에서 큰소리를 치는 사람이 있었다. 사람들의 시선이 일제히 소리 나는 쪽으로 집중되었다. 문호열이가 벌겋게 상기된 얼굴로 일어서서 고함을 지르며 인범을 노려보고 있었다. 황 이장과 노영길은 '드디어 저놈들이 방해하기 시작하는구나' 하며 문호열이가 앉은 쪽을 바라보았다.

"그래 맞다. 엿장수 마음대로 되겠나? 일 죽도록 시키놓고 돈벌이 안 되면 니가 책임질 끼가?"

깡구가 맞장구를 쳤다. 인범은 그들을 멀거니 쳐다보더니 말을 이었다.

"도로가 자동차 두 대가 서로 비켜나갈 넓이가 못 됩니다. 그리고 차량의 매연은 공해가 되고 마을 안에는 주차장이 없습니다. 마을 입구에 넓은 주차장을 만들고 주차비와 마차 이용비, 그리고 토속 음식 판매 등으로 관광마을로 성공할 수 있다고 봅니다."

"이, 자슥아, 본다 캐가 되나? 되면 되고 안 되면 안 된다 딱 분질러서 말해야지, 그런 책임 없는 소리 치아라 자슥아."

"……."

인범은 아무 말을 못 하고 그들을 멍하니 바라보았다.

"이 자슥아, 와 말 못 하노? 자신 있나 자신 없나 말해봐라."

"무슨 일이든 가능성을 가지고 일을 시작하는 것이지 100프로 성공을 확신하고 하는 것은 아니라고 생각합니다."

장내는 술렁거리기 시작했다. 마을 사람들이 눈살을 찌푸리고 그들을 못마땅한 눈으로 노려보았다. 말썽꾸러기들이 역시 말썽을 부린다고 대다수의 마을 사람들이 불만의 얼굴로 호열이 쪽을 노려보고 있었다. 청년의 계획이 가능하다고 믿었기 때문이었다. 황 이장과 노영길, 그리고 중년의 마을 지도자 강근식이가 일어났다.

"자자, 조용히 합시다. 문호열이, 김강구 너거 좀 조용히 질문해라. 회의 석상에서 와 욕을 하고 그라노? 그라면 너거는 관광마을 만드는 데 반대다 그 말이가?"

"반대가 아이라, 절마 저기 확실한 성공률도 없으면서 온 마을 사람을 고생시킬라고 하니 하는 말 아닙니꺼."

"그라면 성공 못 할 끼라고 너거는 확신할 수 있나?"

"…… 꼭 못 한다 한다가 아이고 절마가 뭔데 이 마을 사람도 아이면서 큰일 만들라 하노 말입니다."

호열이 소리가 작아지고 있었다.

"너거 지금 우리 마실이 얼마나 어렵게 살아가고 있는가 알고 있나? 너거도 어렵게 살아가제? 이대로 우리는 계속 가난 속에 살아가느냐, 이번에 가난에서 벗어날 수 있느냐 하는 중요한 기로에 있다 말이다. 그래서 온 마실 사람이 여기 모여가지고 의논하는 것 아이가. 너거처럼 싸움이나 하려고 하고 시비를 하면 되나? 조리 있게 의문 나는 것이 있으면 질문해 보면 안 되나?"

"그라면 돈 안 벌어지면 우리 일한 일당 이장님이 책임지고 줄랍니꺼?"

"……."

황 이장은 궤변만 늘어놓는 호열과 김강구의 말이 기가 차는지 말을 못하고 멀거니 호열이의 얼굴을 바라보고 있었다. 노영길 어른이 일어났다. 얼굴에 노기가 가득 서려 있었다.

"문호열이, 김강구 너거 그라모 관광마을 만드는 데 일하지 말고 또 음식 판매에도 농산물 판매에도 관여하지 마라. 그리고 나중에 수입이 있으면 배당을 받지 않도록 하면 안 되나?"

"그래, 너거는 빠지라! 말썽만 부리지 말고 이 자리에서 나가라."

"옳소, 옳소."

여기저기서 흥분된 마을 사람들의 큰 소리가 한꺼번에 터져 나왔다. 덩치가 크고 싸움 실력이 대단한 청년회장 신상근이와 김영오, 그리고 몇몇의 청년이 노기 띤 얼굴로 호열이 쪽으로 노려보았다. 여차하면 호열이와 깡구에게 달려가 쫓아낼 태세였다.

"나가라 하모 못 나갈 줄 압니꺼. 잘해 보소. 저 또라이 같은 놈 믿다가 고생만 할낍니더. 야! 이 자슥아, 니 두고 보자 이……."

호열이와 깡구가 일어나 인범을 노려보며 나갔다. 정호도 엉거주춤하더니 함께 나갔다. 그들은 평소 싸움을 잘 하지 않는 신상근이가 한번 화를 내면 물불 가리지 않는 무서운 성미임을 알고 있었다. 그리고 김영오까지 합세하면 도저히 이길 수 없음을 알기 때문이었다.

회의장은 호열이로 인하여 분위기가 무겁게 가라앉았다. 인범은 그들이 나가는 것을 초점 잃은 눈으로 바라보고 있었다.

"자, 다시 의논합시다. 지금까지 고 군이 관광마을 조성에 찬성하신 분과 반대하시는 분을 분명하게 하기 위해서 무기명 투표로 하겠습니다. 다수 결의에 의해 개표 결과 삼 분의 이 이상 찬성하면 일을 시작하고 모자라면 없던 일로 하도록 하는 것이 어떠십니까?"

"좋습니다. 그렇게 합시다."

"이 방법을 반대하는 주민은 손들어 보십시오."

아무도 손을 드는 주민이 없었다.

"이장님, 기명 투표로 하면 어떻겠습니까?"

한 사람이 의견을 말했다.

"그렇습니다. 이번 일은 개인의 재산상 앞으로 어려운 점이 있을 것입니다. 반대하는 사람과 찬성하는 사람을 구별해서 확고히 해둘 필요가 있다고 생각합니다. 재산상 손익이 있을 수 있기 때문에 누구 체면보고 결정하지 않을 것이라고 생각합니다."

"그럼, 황 이장 의견대로 하도록 합시다."

노영길 어른이 결정을 지었다.

종이가 배부되었다. 각자 이름을 적고 반대와 찬성 난에 표를 하고 있었다. 글을 모르는 나이 많은 분은 옆의 사람이 도와주었다. 기표는 진지하게 진행되었다. 개표 결과가 발표되었다. 68명 참석에 대부분 찬성이었다. 반대가 한 사람, 기권이 두 사람이었다. 오늘 나오지 못한 2명은 다수에 따라 따르겠다고 하였으니 찬성으로 했다.

"여러분, 거의가 찬성입니다. 그라면 몇 명의 운영위원을 뽑아 구체적인 협의를 하도록 하겠습니다. 자발적으로 운영위원회에 참여할 사람은 앞으로 나와 주십시오."

서로 얼굴을 쳐다보고는 아무도 나오려고 하지 않았다.

"그라면 저와 마을 간부들과 그리고 노영길 씨와 의논을 하여 몇 분을 지명하여 선출하겠습니다. 지명되신 분은 거절하지 마시고 운영위원이 되어 주셔서 함께 일하도록 합시다."

간부들이 사무실로 들어가고 마을 주민들은 삼삼오오 주위 사람들과 이야기들을 나누었다. 인범은 마룻바닥에 앉았다. 몇 분이 인범이에게 다가와 친절하게 말을 건네며 우리 마을을 위해 이렇게 수고를 많이 주어서 고맙다는 인사를 하였고, 또 악수를 청하기도 하였다.

사무실에서 간부들이 나왔다. 장내는 다시 정돈되었다.

"청년부에 신상근, 윤주일, 박인찬, 중년부에 강근식, 김우성, 노년부에 노길수, 이상오, 회장에 황영수 이장, 부회장에 노영길, 부녀부장에 노복순, 영철이 엄마, 태식이 엄마 등이 선임되었습니다. 그럼 지명되신 분은 남아주시고 다른 분은 가셔도 좋습니다. 오늘 수고 많았습니다. 잘 가이소."

인범은 마을 운영위원들과 오랫동안 회의를 하고 밖으로 나왔다.

해가 중천에 머문 점심나절이 지난 시간이었다.

2

이제 얼마 있지 않으면 여름이 다가올 것이다. 7월 10일 개장하기로 하였으니 앞으로 80여 일 남았다. 인범은 뿌듯한 기대와 희열과 그리고 막중한 책임감을 느꼈다.

인범은 황 이장이 빈방이 있으니 옮기라는 몇 번의 재촉에도 어릴 적부터 토굴과 동굴에서 살면서 야생적인 생활습성에 적응된 강인한 체력이라 텐트 생활에 조금의 불편함을 느끼지 못했다. 텐트 밑바닥에는 풀을 말리어 두텁게 깔아 습기가 차단되었고 폭신하기도 했다. 그리고 4월이라 그렇게 춥지도 않아 미루어 온 것이다. 오히려 밥을 함께 먹자는 등 부담스럽다고 생각이 되었다. 그러나 이장은 건강에 좋지 않고 마을일을 하는 인범에 대한 대접이 그렇지 않다고 자신의 집에 오라고 수차 권하고 있었다. 이제 본격적으로 관광마을을 조성하려면 이장의 집으로 옮겨야겠다고 결정했다.

인범은 텐트로 가서 점심을 먹고 구체적으로 계획을 구상해야겠다고 걸음을 빨리 하여 걷고 있었다. 골목길을 벗어나 주막이 가까워지자 문이 열려진 주막 안에서 이야기 소리가 크게 들려오고 있었다. 인범이 막 주막 앞을 지나려고 하는데 커다란 소리가 터져 나왔다.

"야, 인마, 그 좀 서 봐라."

"……?"

호열이 거친 소리를 지르며 나오고 뒤따라 깡구가 나왔다. 그들은 술이 취해 얼굴이 불콰해져 있었다. 인범은 가다 말고 무춤하게 섰다. 호열이와 깡구는 인범을 가로막고 노려보았다.

"야 이 새끼, 니 들어가서 이야기 좀 하자."

"……?"

그러나 인범이는 그들을 멀거니 바라볼 뿐 움직이지 않았다.

"이 자슥이, 사람 말이 말 같잖나, 좀 들어가자 안 하나."

호열이가 뒤에서 등을 떠밀었다. 인범은 떠밀려 주막 안으로 들어갔다. 주막 아낙 합천댁이 근심스러운 얼굴로 쳐다보았다. 김정호도 있었다. 전형적인 시골풍의 주막이었다. 의자는 나무가 아닌 낡은 싸구려 플라스틱 의자였다. 이들은 아까 회관에서 쫓겨나다시피 하여 이곳에 와서 술을 먹고 울분을 토하며 인범이 지나가기를 기다리고 있었던 것이다. 인범에게 행패를 부릴 것 같았다. 호열은 말없이 서 있는 인범을 보고 격앙된 소리로 시비를 걸기 시작했다.

"일마! 그 좀 앉아봐라, 서 있지 말고 말이다."

호열이는 신경질을 부리며 윽박지르고 있었다.

"인마, 앉으라면 앉아봐라, 자슥아."

깡구와 호열은 인범의 어깨를 억지로 잡아당겨 걸상에 앉혔다.

"야, 이 자슥아, 니 정말 이 마실 안 떠날 끼가?"

호열이가 의자를 인범이 앞에 바짝 당겨 앉으며 다그쳤다.

"형씨들, 같이 일을 합시다. 관광마을로 성공시킬 수 있습니다. 함께 일합시다."

인범은 그들을 똑바로 바라보며 진지하게 말을 했다.

"야, 인마 봐라. 되레 우리를 끌어들인다. 이거 혹 떼려다 혹 붙이는 거 아이가. 인마, 이거 그냥 두어서는 안 되겠네."

어이가 없다는 표정으로 저희들끼리 서로 쳐다보다 눈짓을 하더니 갑자기 호열이가 인범의 면상에 주먹을 날렸다.

"퍽."

"악!"

호열이, 깡구, 정호 셋이 인범이에게 주먹질, 발길질을 마구 했다. 좁은 주막이 난장판이 되었다. 주막 합천댁의 비명이 터져 나왔다. 인범의 코에서 또다시 피가 터졌다. 인범의 코는 며칠 사이에 이들에게 수난을 당하고 있었다. 인범은 이 마을에 와서 이들에게 얼굴을 내맡기다시피 하여 코의 상처가 채 아물기도 전에 또 얻어맞아 코피가 쉽게 터져 나왔다.

"인마, 이거 진짜 반쯤 죽어봐야 알겠나?"

또 세 명이 한꺼번에 달려들었다. 순식간에 의자가 넘어지고 인범이가 벽에 부딪치면서 그릇이 와장창 쏟아졌다. 그릇 깨어지는 소리가 요란하게 났다.

"그릇 다 부서졌다. 보소, 싸우려면 나가서 싸우소!"

합천댁의 금속성 날카로운 소리가 찢어졌다. 인범은 세 명에게 멱살과 옷을 잡힌 상태로 두 손으로 호열과 깡구를 끌고 밖으로 나갔다. 정호도 덩달아 딸려 나왔다. 그들은 순간적으로 인범의 무서운 힘에 의해 밖으로 이끌려 나오면서도 인범의 힘에 이끌려 나와진 것을 의식하지 못했다. 세 명은 밖에 나오자 저항하지 않는 인범을 또다시 주먹과 발길질로 난타했다. 인범은 그들을 힘껏 뿌리치고 그들을 노려보았다. 얼굴은 부어올랐고 피범벅이 되어 있었다. 피가 흐르는 얼굴을 세 명이 무차별 때렸기 때문이었다.

찬장이 떨어져 그릇이 와장창 깨지는 것을 본 흥분한 합천댁이 호열이의 멱살을 잡아 세차게 흔들었다.

"와, 싸움은 안에서 하노! 이놈들아, 그릇 물어내라! 전번에도 깨고 안 물어주었제? 이놈들아, 맨날 싸움질이나 하는 이 나쁜 놈들아."

악에 받친 합천댁이 발악을 했다.

"이년이 죽을라고 환장했나? 물어주면 될 거 아이가. 이년아, 모가지 놓아라. 이거 못 놓겠나?"

호열은 합천댁의 팔을 비틀어 저만큼 밀어 던져버렸다.

"야, 이놈이 사람 친다. 혼자 사는 과부라고 니가 괄시하나, 이놈아, 더 쳐라 쳐!"

고래고래 고함을 치며 일어서 다시 호열이에게 덤벼들려고 하니 정호가 합천댁의 허리를 낚아채 번쩍 들고 안으로 들어갔다. 합천댁의 옷이 찢어져 맨살이 나오고 머리카락이 얼굴을 덮었다.

"합천댁 와 이라노? 우리가 그릇값 물어주면 안 되나, 참아라 말이다."

합천댁은 악을 쓰며 정호의 손을 뿌리치고 일어서서 호열에게 다시 덤벼들었다. 정호가 합천댁을 힘으로 잡았다. 합천댁의 고함에 이웃사람들이 나와 구경을 하고 있었다. 인범은 순식간에 벌어진 원하지도 않은 싸움에 당할 수밖에 없었다. '약자와의 싸움이 더 어렵구나! 전혀 방어자세도 취하지 않은 방심이 이렇게 공격을 받는구나! 만약 이들이 필살의 주먹이 든지 흉기를 사용했다면 나는 꼼짝없이 당해야 했다. 아무리 약자지만 방심은 금물이구나. 서울의 직업 주먹꾼에게도 정통으로 당해본 적이 없었는데…….'

마을 사람들이 인범의 피투성이 얼굴을 보고 찡그렸다. 호열이는 주막 안으로 뛰어가더니 몽둥이를 들고 나와 인범에게 달려들고 깡구는 채소밭의 울타리 나무를 빼어 호열과 합세하여 인범이를 무차별 몽둥이질을 하려고 했다.

돌담에 기대어 노려보고 있는 인범의 머리를 향해 술에 취한 호열이와 깡구가 동시에 몽둥이를 내려쳤다. 박살을 낼 작정이었다. 구경하던 마을 아낙네들이 비명을 질렀다.

"악! 저놈들이 사람 죽인다. 사람 살리소!"

호열이와 깡구가 몽둥이를 동시에 내리치는 순간 아낙네들은 눈을 감았다. 눈 뜨고 볼 수 없는 위험한 순간이었다. 그러나 이미 방심한 인범이 아니었다. 깡구가 내리친 막대가 땅에 부딪치면서 툭 소리를 내며 부러졌다. 서울의 무서운 날치기와 폭력배들과 생명을 건 싸움을 하던 인범으로 돌아가 있었다. 눈을 날카롭고 몸은 한 치의 허점이 없는 공격과 수비를 취한 날렵한 자세였다. 호열이는 자신이 내리친 몽둥이가 땅에 맞고 헛방을 치자 악에 받쳐 마구잡이로 몽둥이를 휘두르며 덤벼들고 있었다. 깡구도 부러진 막대로 인범이를 몰아붙였다.

그러나 이들은 인범의 적수는 아니었다. 인범은 잠시 생각을 정리했다. 적당히 공격할 것인가, 피하기만 할 것인가 생각했다. 아니다, 공격도 피하여도 안 된다. 이들과 천박한 싸움을 할 수 없다. 큰일을 앞두고 내가 이 마을 사람들에게 싸움꾼으로 인상을 주어서는 안 된다. 그래, 내일을 위해 오늘 지는 척도 해야 하고 모욕도 수치도 감수해야 한다. 비겁자가 되자. 이들 앞에서 이런 굴욕도 단련되어야 한다. 굴복하자. 이득 없는 싸움에 승자보다 패자로 남자. 인범은 이렇게 결정짓자 후닥닥 달아나기 시작했다.

"이 자슥, 어디 달아나노. 오늘 니 죽이고 말 끼다."

호열이와 깡구가 뒤쫓아 갔지만 빠르게 달아나는 인범은 벌써 저만치 멀어져 있었다.

인범은 달아나다 뒤를 돌아보았다. 강구와 호열이가 따라오다 말고 서서 삿대질을 하며 악을 바락바락 쓰고 있었다. 그들은 더 이상 따라오지 않았다. 인범은 코를 풀었다. 붉은 핏덩어리가 나왔다. 야천으로 걸어가 세수를 하고 손수건으로 얼굴을 닦았다. 아직도 피가 흘러나오고 있었다. 지혈을 하기 위해 풀밭에 머리를 꺾고 하늘을 향해 한참을 누워있었다. 그리고 두 손을 깍지하고 하늘을 쳐다보며 복잡한 생각에 젖어 누웠다가 일어나 앉았다. 손을 코에 대어 보았다. 지혈이 되었는지 피는 흐르지 않았다. 일어서서 뙤약볕이 내리쏟는 들녘을 바라보았다. 작열하는 태양에 벼들이 푸른 기운을 솟구치며 싱싱하게 자라고 있었다. 이 여름이 지나고 가을이 되면 이 들에 알알이 영근 황금의 잔풍이 물결치리라. 인범은 논배미를 천천히 걸으며 호열이, 깡구를 생각했다.

언제까지 저들이 방해할 것인지? 큰일을 위해서 아부를 하며 협조를 부탁할까 생각도 해 보았지만 아부는 자신에게 어울리지 않음을 알고 실소를 금치 못했다.

'아, 나는 왜 이 마을에서 나약한 비겁자가 되어야 하는지? 그리고 운동신경이 무디어졌는지. 수많은 주먹꾼과 싸워도 이렇게 얼굴을 고스란히 내놓고 무방비 상태로 맞지 않았는데……. 아! 방심 아니, 방심이라기보다 그들이 약하다고 무시한 방심이 무서운 결과를 초래하는구나! 순간의 방심이 평생을 후회한다는 교통사고 예방을 위한 간선도로에 붙은 표어가 이를 두고 하는 말이구나!'

어느새 텐트 가까이 왔다. 인범은 텐트 옆 파랗게 돋아난 잔디 위에 누워 창망한 하늘을 쳐다보며 큰 대 자로 누웠다. 맑고 파아란 하늘에 희고 형형한 모양의 솜털구름이 점점이 떠 있었다.

문득 배고픔을 느꼈다. 시계를 보았다. 점심시간이 훨씬 지나 있었다. 인범은 일어나 코펠에 쌀을 담아 맑은 물이 흐르는 계곡으로 씻으려 내려갔다. 코펠에 불을 붙이고 다시 잔디에 누웠다. 서울의 집 생각이 났다. 순희도 울프도 센도 보고 싶었다. 아버지, 어머니, 그리고 미영이, 미숙이도……. 나의 쇠파이프 공격에 중상을 입었다는 날치기들은 어떻게 되었는지?

박 과장은 붙잡히면 아무리 범죄인들과의 싸움이지만 법적 처리는 벗어날 수 없으니 일단 피하라고 했다. 그러면 최선을 다해서 처리하겠다는 박 과장의 말에 이곳에 온 지도 벌써 10여 일이 되었다. 박 과장님에게 전화라도 한번 하여야겠는데, 사건이 어떻게 되었는지 궁금했다. 이번 박 과장으로 인해서 보람 있는 일을 할 수 있게 된 것에 가슴에 가벼운 희열이 고루 퍼지고 있었다.

밥이 다 되어 가는지 밥 냄새가 배가 고픈 인범의 후각을 자극했다. 그때다. 사람 소리가 들려 얼른 일어났다. 예감이 좋지 않았다. 아까보다 술이 더 취한 호열이, 깡구, 정호가 텐트 쪽으로 비틀거리고 오고 있었다. 그들 셋은 모두 몽둥이를 들고 있었다. 그 뒤쪽에 마을 사람 몇 사람이 뒤를 따라오고 있었다. 인범은 어쩔 것인가 순간 생각했다. 이들을 상대하여야 하나, 피해야 하나 결정을 해야 했다. 싸울 수 없었다. 놈들을 싸움으로 제압하려면 그들은 나의 적수는 아니다. 그리고 나는 이 마을 사람이 아니다. 뜨내기인 내가 막상 저들과 싸움을 하여 저들에게 상처를 준다면 마을 사람들이 좋아하지 않을 것이다. 나는 큰일을 해야 한다. 역시 피하는 것이 현명한 방법이다. 인범은 일어났다.

"야 이 자슥아, 니놈이 달라 빼면 어디까지 달라 뺄 끼고?"

인범은 놈들이 가까이 오는 걸 물끄러미 보면서 산 위로 올라가기 시작했다.

"어? 저 자슥, 또 달라 빼네, 거기 안 설 끼가? 니 죽이뿐다."

세 명이 술이 취한 벌건 얼굴로 씩씩거리며 올라왔다. 인범은 거리를 두고 천천히 산 위로 올라갔다. 세 명도 산으로 인범을 잡기 위해 씩씩거리고 올라오고 있었다. 숨을 헐떡이며 올라가던 세 명은 도저히 잡을 수 없음을 알았는지 올라가다 말고 고함을 질렀다.

"이 자슥, 안 내려올 끼가? 니 죽인다."

올라가다 숨이 차 더 올라가지 못하고 삿대질로 위협만 하고 있었다.

"야! 마 내려가자. 저 자슥 달라 빼는 데는 도사다 도사."

숨이 찬지 한참을 숨을 헐떡이더니 세 명은 산을 내려갔다. 밑에서 인범이가 이들에게 잡힐까 봐 걱정이 되어 뒤따라오던 마을 사람 몇 명이 근심스러운 얼굴로 바라보고 있었다.

"아 보소, 여기까지 말라꼬 따라오요? 참 내 웃기네."

호열이가 자기들을 따라온 사람들을 나무라고 있었다.

"봐라 호열아, 깡구야, 너거 그 사람에게 그라지 마래이. 그 청년이 뭐 잘못한기 있다고 그라노? 가자 마. 우리 마실 부자로 만들어줄라 카고 청소해 주는 고마운 청년 아이가. 그라고 너거 동생뻘 나이 아이가."

나이가 좀 든 중년 아주머니가 달래었다.

"아, 저 자슥은 사기꾼이라요. 절마 말만 듣고 우리 마실 사람들이 놀아나이까네 안 그라요."

"너거 오늘 마을 회의 때 쫓겨나간 것 때문에 분풀이로 저 청년을 때릴라꼬 그라제. 너그 그라모 이 마을 사람들이 관광마을 만들라고 하는 데 방해할라꼬 그라는 것으로 본데이. 참말로 그랄 끼가?"

나이가 든 농부가 얼굴에 핏대를 올리고 나무랐다.

"아저씨, 마 그기 아입니더. 절마 저거 말만 듣고 농사일은 안 하고 관광마을인가 그의 매달리다간 우리 마실 사람 밥도 제대로 못 먹을 낍니더. 아저씨도 정신 차리야 합니더."

술에 취해 비틀거리며 오히려 아주머니와 아저씨를 나무랐다.

언덕배기에 앉은 인범은 아래를 내려다보고 있었다. 호열은 텐트 주위에 있는 것을 보이는 대로 발로 차다 코펠에서 김이 솔솔 나는 것을 보았다.

"어이 일로 온나, 마침 밥이 잘 되고 있다. 어, 인마 바라. 반찬도 잘 채려 놓았네."

호열은 먼저 텐트 안으로 들어가고 두 명이 따라 들어갔다. 조그만 텐트에 세 명이 앉으니 꽉 찼다.

"야야! 너거 미쳤나? 남이 해논 밥을 와 너거가 먹을라 카노? 이라모 안된다. 빨리 나온나."

아주머니가 호열의 팔을 잡아당겼다. 호열이 아주머니의 팔을 뿌리치니 아주머니가 엉덩방아를 찧고 잔디에 넘어졌다. 보다 못한 아저씨가 나섰다.

"에이 불한당 같은 놈들, 이게 무슨 짓이고? 너거 좀 못 나오겠나?"

아저씨가 호열이와 깡구의 멱살을 움켜쥐고 밖으로 끌고 나오다 코펠의 밥과 반찬이 발길에 쏟아지고 텐트 한쪽이 무너졌다.

"와 이라요. 아저씨."

멱살을 잡혀 끌려 나온 호열과 깡구가 아저씨를 힘껏 밀어버리자, 아저씨가 저만치 나가떨어져 넘어졌다. 부인이 얼른 다가가 넘어진 아저씨를 일으켰다.

"아이고, 이놈들이 사람 치네. 말순 아버지 안 다친능기요?"

술이 취한 세 명은 텐트를 발로 차고 안에 들어가 배낭을 가지고 나와 버너와 코펠을 주워 배낭에 집어넣었다. 흰 쌀밥과 반찬이 잔디에 쏟아져

어지럽게 널브러져 있었다.

"에이, 재수 없다. 이거 가져가면 이 자슥 밥 못 해 먹을 끼다, 가자."

호열은 배낭에 버너와 그밖에 손에 잡히는 대로 집어넣고 앞장을 서 내려가고 있었다. 깡구는 텐트를 발로 힘껏 걷어차고 호열을 따랐다. 텐트의 한쪽 팩이 뽑아지자 기우뚱 하고 끈이 풀려 너풀거렸다.

아주머니와 아저씬 세 명이 하는 짓을 힘으로 막을 수 없음을 안타깝게 여기며 바라볼 뿐이다. 언덕배기에서 인범은 무슨 생각을 하는지 깍지를 한 무릎에 턱을 고이고 꼼짝도 하지 않고 앉아 이 모든 것을 내려다보고 있었다. 저 덩치, 저 큰 키에 반항 한번 못 하고 겁만 먹고 도망만 하는 참으로 바보스럽고 못난 사람이라고 생각했다. 아저씨와 아주머니는 청년의 모습을 바라보면서 눈에 물기를 머금었다. 말순 아버지는 말없이 일어나 팩이 빠진 구멍에 흙을 넣고 발로 다지고 텐트의 팩을 조금 옮겨 꽂아주고 끈을 당겨 텐트를 고정시켰다. 아주머니 두 명도 안에 들어가 엎질러진 반찬과 밥을 그릇에 담아주고 텐트 안을 정리해 주었다.

어느새 내려왔는지 청년이 잔디에 버려진 밥과 반찬을 치우고 있었다.

"보소 청년, 미안스럽심더. 마실 청년들이 이렇게 소란을 피워서……. 우리 마실 도와주는 청년에게 이래서는 안 되는데……, 참말로 부끄럽고 미안스러워서 어짜노."

"……."

"고 군, 할 말이 없네. 우리 저녁에 이장에게 일러 바쳐서 이놈의 자슥들을 단단히 혼을 내고 가방을 찾아주께."

"……."

인범은 말없이 빙긋이 웃었다.

"아이고, 청년이 기가 차서 웃는 갑네. 그러나 배가 고파 어짜겠노? 밥을 다시 하려도 저놈들이 밥하는 것을 몽땅 가져갔으니……. 이 일을 우짜모 좋노."

"한두 끼 정도 굶는 것은 아무것도 아닙니다."

다시 바보처럼 빙긋이 웃었다.

"우리 가십시다. 저놈들 하는 짓을 보니 속에서 천불이 나네요. 쯧쯧…… 마을에서 무신 조치를 취해야 할 낀데."

혀를 끌끌 차며 아저씨가 앞장을 서서 휘적휘적 걸어가고 있었다. 그 발걸음과 신경질적인 몸놀림에 분노가 잔뜩 묻어 있었다.

〈5권에 계속〉